上卷

坐看云起时

高尔纯 著

中国文史出版社

图书在版编目（CIP）数据

坐看云起时 ： 全2册 / 高尔纯著. -- 北京 ： 中国文史出版社，2019.11

ISBN 978-7-5205-1528-3

Ⅰ. ①坐… Ⅱ. ①高… Ⅲ. ①诗集－中国－当代②散文集－中国－当代 Ⅳ. ①I217.2

中国版本图书馆CIP数据核字(2019)第242810号

责任编辑：全秋生
封面设计：徐 晴

出版发行：中国文史出版社
地 址：北京市海淀区西八里庄路69号 邮编：100142
电 话：010－81136602 81136603 81136606（发行部）
传 真：010－81136655
印 装：廊坊市海涛印刷有限公司
经 销：全国新华书店
开 本：787×1092 1/32
印 张：18.5 字数：500千字
版 次：2020年1月北京第1版
印 次：2020年1月第1次印刷
定 价：68.00元（全2册）

坐看云起时

——代序言

二〇一四年盛暑的一天，家住西苑的小儿子接我和老伴到颐和园看晚霞，说那云朵美极了，不看要后悔的。我初不经意，反正也热得无聊，就跟着去了。到颐和园才发现，专门来看晚霞的人还真不少，其中许多是摄影爱好者，他们早在十七孔桥下架起“长枪短炮”，耐心等待最佳拍摄时机的到来。晚七点后，薄暮垂临，昆明湖上吹来的风也凉爽了许多。从铜牛背抬眼望去，一轮夕阳正从西山后缓缓下沉，最终仿佛坠进一个巨大炽热的容器里，溅起一片金色光焰。天际的流云霎时被它浸染，色彩由雪白而金黄，又由金黄而橘红，整个天幕锦涛翻涌，令人目不暇接。再看那朵朵流云，形态各异，白衣苍狗，火凤金龙，山怪海兽，异树奇花，极尽神奇瑰丽且瞬息万变。晚霞的盛装演出，足足持续了四十多分钟才落下帷幕。我在惊叹大自然神功造化之余，突然想到王维《终南别业》里的两句诗：“行到水穷处，坐看云起时”，不由怦然心动。人的一生都在行走，像溯流而上的游客，走到水穷处才停下脚步，此时放下一切执着，轻松地坐在那里看风景，竟有了不同寻常的收获。王维的诗让我心生顿悟，人生的好风景真的需要一番跋涉和探索，真的需要一种从容静穆的心态才能领略。尘世中人，往往过于执着名利，熙来攘往，来去匆匆，错过了无数好风景。人生的“水穷处”，往往是精彩的“云起时”，就像我在盛夏酷暑百无聊赖的黄昏还能欣赏到美丽的晚霞一样，这种机缘不应被错过。如果我们不被名牵利羁，如果我们能从世俗的懵懂中醒悟过来，主动进入一种“坐看”境界，换个角度体味人生，该是多大的福分！

那一晚，我想了很多，也想了很久，随之产生了一种将自己的感悟表达出来的冲动。古人云：“佳思忽来，书能下酒；侠情一往，云可赠人。”我看到的晚霞，都是我美好记忆的云朵。人生际遇如云，世事流变如云，故人往事如云，今人时事何尝不是云卷云舒？只要静观坐看，就不难发现它们的美丽。倘若能撷取一二，赠与亲友共赏，岂不美哉？岂不善哉？

于是乎，就有了后来这本散文集。

高尔纯

2019 年 7 月 12 日

目录

CONTENTS

第一辑

第二辑

第三辑

第四辑

第五辑

第六辑

第七辑

第一辑

我有时会突然闻到父亲的味道，那种特殊而又熟悉的酱油的味道。这种嗅觉记忆的再现，令我激动和有些许的不安：我知道，父亲依然在我身边，依然在关注并审视着我的一言一行。我不会忘记父亲的味道，永远不会！

——《父亲的味道》

天上的婚筵

一位作家说过："人间的追悼会，就是天上的婚筵。"

九十一岁的母亲沉沉睡去，再没有醒来。

她被送到龙尾山下的殡仪馆里，悲恸的哀乐和呼天抢地的哭声，她都听不见了，她要到天上赶赴那场美妙的婚筵去了。

脱离了躯壳的灵魂原来如此轻松和自由！活着的时候，步履维艰，挪动一步都很困难；如今却健步如飞，毫不费力地在蓝天白云间徜徉。

她听到了他的呼唤："嗨，我在等你呢！"

"嗨，我来了！"

他们生活了几十年，从未正儿八经地喊过对方的名字，一贯以"嗨"代之，"嗨"来"嗨"去的，"嗨"了一辈子。

果然，天那边，传来会心的笑声。

大凡夫妻都是从一场婚筵走向另一场婚筵的。第一场婚筵在人间，有共同的开始，却没有共同的结束。第二场婚筵在天上，一旦两个人等到一起，就永不分离了。

她向往这场婚筵，但也忘不了七十多年前的那场婚筵。

公元一九四〇年一月二十四日，农历己卯年的腊月十六，是二十四节气中大寒的第三天，古城宣化奇冷无比。米市街路北老黑家大门上贴出了红喜字斗方，两只大红灯笼也早早地高悬门首。晌午刚过，鼓乐和鞭炮声骤响，年龄还不到十六周岁的她被扶上迎亲的花轿。

"坐稳了，起轿！"她的心，一下子被悬了起来。一旦花轿落地，她就是高家的人了。可他是个什么样的人呢？自己怎么对他一点印象都没有呢？

这年阴历七月十五，她的父亲（即我的姥爷）带她到九天庙烧香，回来后问她：“高家二少爷咋样？”她奇怪地反问：“谁是高家二少爷？”姥爷笑着说：“就是在庙里跟我见面说话的高先生的儿子啊，他就在高先生身边，你见过的。”“他和我有什么相干？”“他就是爹给你物色的女婿呀！”“啊?”她惊呆了，逛庙原来是为相亲，自己怎么不知道！她羞红着脸说：“我真没注意他长什么样儿。”姥爷说：“这不打紧。不管咋样，他们家已相中你了。等换了贴，八字相合的话，就该订亲了。”果然没几天高家人就来“插簪”、订亲，张罗办喜事。如今，她就要嫁到高家去，做他的新娘了……她的心怦怦直跳，脸颊比头上的盖头布还要红。

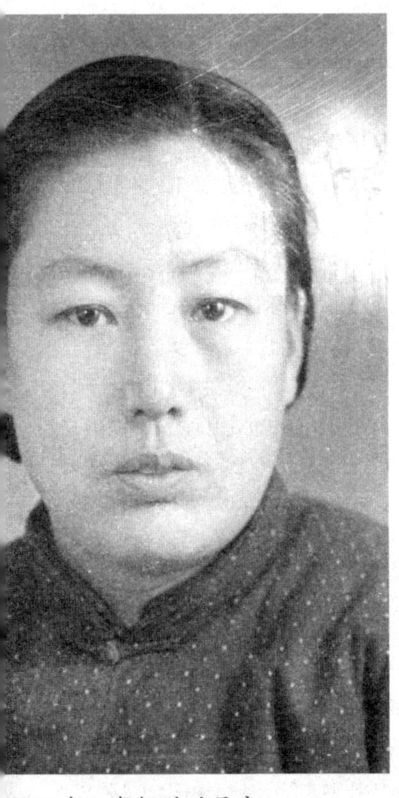

1958 年，年轻时的母亲。

花轿从西边的甜果坑巷走来，回去时偏绕个大弯儿，沿着米市街，从东边的小官沟巷北拐，穿过崇善寺街和财神庙街路口，一直走到宣化省立十六中门口，再向西，转回县衙门口街。高家就在这条街的东口处。她悄悄撩开盖头，透过轿窗向外张望，街上看热闹的人真不少！她做梦也想不到，今天居然成了人们关注的中心。女孩儿们曾不止一次幻想过的终身大事，竟然如此稀里糊涂地被父母之命媒妁之言“捏合”成了现实。

拜天地，入洞房，新婚筵，花烛夜……

当挑开盖头的那一刻，他看到她，她也终于看到了他。

谢天谢地！父亲选定的女婿比自己想象得还英俊漂亮。大眼睛，高鼻梁，个子不高不矮，身材不瘦不胖，一副文质彬彬的书生模样。

但他的目光却让人猜摸不透。是喜是忧？是满意还是失望？她看不出来，只觉着他惊奇和陌生的眼神背后隐藏着一种冷漠。

也许是婚宴上的喜酒喝多了，他满身酒气，和衣躺下，倒头便睡，完全不管不顾身边的新娘。她慌了，不知如何是好。她鼓足勇气，轻轻拍打着他："嗨，天不早了，脱了衣服，盖上被子，睡吧。别冻着！"

他却故意装作没有听见，还把头扭向墙壁，嘴里嘟囔着："你睡你的吧，别管我！"

她心想："别管你？这可是新婚之夜啊！"面对这个"冷二郎"，她既感心寒又感愤怒。心想："我是你家明媒正娶来的媳妇，你竟然这样对我！"她偷偷地哭起来，哭得很伤心，而他却呼呼地睡着了。夜深人静，花灯孤照，冷气袭人。她抹去眼泪，停止了哭泣，一把拉过被子，搭在自己身上，赌气不再理他。"好，你睡你的，我睡我的，谁稀罕你！"新婚之夜就这样度过了。

1941 年，年轻时的父亲。

第二天，"冷二郎"变本加厉，干脆把铺盖卷搬到他娘的屋里睡了。婆婆居然护着儿子，说他"不习惯和陌生人一块儿睡，过几天会好的"。这是什么话!媳妇能算陌生人吗？她不好说什么，总不能跟婆婆抢人吧。这门亲事主要是公公定的，婆婆开始并不同意，所以，新婚风波在婆婆眼里不过小事一桩。在婆婆的怂恿下，"冷二郎"有恃无恐，拒不回房竟成了常态。

独守空房的她实在忍无可忍了！

终于有一天，她想采取极端的方式，用结束生命来维护自己的尊严。她含泪向南跪拜父母，准备吞针自尽，不料命不该绝，被人及时发现、救起。她的"没有爱，毋宁死"的刚烈之举让"冷二郎"震撼不已。

"冷二郎"出奇地被她折服了。

他重新回到她的身边，向她示好并解释原委。原来，他拒绝同房，并不是不喜欢她，也不是嫌弃她，而是不愿接受父母强加的封建包办婚姻，在逃婚无望的情况下才想到用这种极端的方式表示反抗。没想到，对方也以同样极端的方式相回应。极端对极端，险些酿成一场大悲剧。

她坦然地告诉“冷二郎”：“我嫁给你也不是自己的选择。既然嫁给了你，就嫁鸡随鸡嫁狗随狗，想着要好好跟你过日子。我希望你对我好，但绝不会跪着央求你，我不是那样的人！”她的话不仅没有激怒他，反而陡增了对她的好感。相比之下，他感到自己的新婚表现实在荒唐拙劣、幼稚可笑！

多少年后她回忆说：“我俩当时都不满十六岁，还都是孩子。孩子间斗气，大人本不该插手。婆婆却把自己的好恶掺和在里面，护着他，跟我作对，谁受得了？既然他知道错了，我还能不原谅他？”他们的爱情之旅在不打不相识中开始了。如果说这世上真有先结婚后恋爱的模式，那么，她和他的结合就是最典型的范例。

几十年的共同生活，他认识了她，她也理解了他。在包办婚姻这棵苦树上意外地收获了爱情的甜果，不能不说是缘分使然啊。

二〇一〇年一月，他们结婚七十周年。儿子、媳妇从北京赶回来为他们祝福，亲朋好友无不夸赞他们相濡以沫和经久不凋的爱情婚姻。

这天夜里，他们睡不着觉，聊天：

“嗨，都七十年了，一晃就过了啊！”他说。

“谁说不是呢，我还想着结婚那天生你的气，想着后来咋就不恨你了。”她喃喃地嘟囔着。

他笑了：“你还揪小辫啊。”

她也笑了：“你头发都快脱光了，哪有小辫揪啊！”

他说：“嗨，这辈子不光我，所有高家人亏欠你的地方太多了。一大家子人，就你一个人操持着。起早贪黑干活，腰都累弯了。还经常受气、受委屈，我都知道。你想走出去，可为了这个家，却主动把上学的机会和工作的机会都放弃了，做了一辈子的家庭妇女。没有你，我真不知道这七十年该怎么过。”

她立刻打断他的话：“你快别这么说。我这么做，是因为看上你这个好人。你那么有才，你那么能干，为了这个家，还不是把什么都舍了？第一次解放，你本来可以出去干大事，说不定现在就是大干部，你却被我们拖累了，没有南下，找了个养家糊口的行当一干就是一辈子。“文革”中你吃了那么多的苦，受了那么多的罪，回到家却一声不吭，怕我担忧。如今老了老了，还学着干家务活儿，也是想多帮衬我，让我多歇一歇，你以为我不知道？”

他说：“我这个人还是命好啊，有你在，就是福。就说几十年的偏头疼病，没有你照顾，我哪能活到今天？我这个人笨，不会干家务活儿，想插把手也帮不了你什么忙。我现在只有一个念头，盼老天爷能让我走在你前头，倒下来好有你照顾，我这就知足了。”

她说：“说什么胡话？你可不能太自私！要走咱俩一块儿走，谁走得早就喊谁一声儿，咱们谁也别落下谁！”

“好，要走咱俩一块儿走，谁也别落下谁！”

“说定了？”

“说定了！”

……

后来，他还是先走了。四年前，他患病去世。她哭着重复着一句话：“你咋说话不算数啊！”

如今，她终于可以到天堂找他去了。

她知道，他早就在那里盼着她、等着她呢。

耳边已清晰传来婚宴的鼓乐声。远处，他捧着一大束鲜花，正大步流星地向她走来……

她主动迎上去：“嗨，我来了！”

2015 年 10 月 13 日

父亲的味道

在童年的记忆里，父亲的形象总是模糊的。他个子很高，肩膀很宽，走路步子迈得很大，迎面见到他，像突然降临的一座山。在家里，他说话不多，经常也如山一样静默着。偶尔，我爬到“山”上去，仔细端详他的眉毛、眼睛、鼻子、嘴巴、胡须，变为“特写”的他反而让我陌生。如果有人问：“你父亲长得什么样？”我肯定难以回答。父亲经常外出，跟我在一起的时间太少了。即便在家，他也尽量避免与我单独亲近，生怕冷落了大伯死后留下的三个孩子。只有夜里例外。有时我正睡着，朦胧中感到有人在偷偷亲吻我的脸颊，不用睁眼，光凭气味就能断定，是父亲回来了。我凭的不是视觉、听觉，而是嗅觉。

我熟悉父亲身上散发出来的那种特殊的味道，那味道中有甜，有咸，有酸，有酱味，也有酒香。后来才知道，父亲身上的味道是酱油的味道。父亲浑身的酱油味儿，比他的相貌、声音更加清晰而深刻地留在我童年的记忆中。

一九四八年，在我四岁的时候，父亲在家乡老市场内开了个叫“昇记号”的小杂货店，代销外地生产的酱油。母亲偶尔带我去找他，不熟悉地形的我，凭着对酱油味道的敏感，很轻易地就能找到父亲的店铺。

又过了两年，即一九五〇年，父亲经销的那家外地酱油厂破产倒闭，父亲决定自己开办酱油厂。当时故乡宣化还没有一家正规的酱油厂。日伪时期据说有过一家“山甚酱油公司”，是日本人开的，日本投降后就再无专门制作酱油的厂家了。

父亲对酱油酿造的痴恋，固然有养家糊口的现实考虑，但骨子里却含有较劲的成分，他不信离开日本人，离开外地人，宣化人就吃不上自己酿造的酱油。他要亲自创办一家酱油厂，为故乡父老争气。

一九五〇年是农历庚寅年。父亲与别人合资开办的酱油厂终于开业了。父亲给这个私营小厂起名叫“庚寅酱油厂”。

从此，父亲和他的酱油厂紧紧联系在一起。

父亲为办厂，历尽艰辛。没有资金，他东凑西借；没有技术人才，他主动拜师学艺。为确保一炮打响，他专门把一个曾在日本酱油厂里干过的赵师傅请来当技师。厂子初办，资金匮乏，雇不起零工，父亲坚持顶班干活。他名义上是股东之一，却照样和工人一样干最脏最累的体力活。那时，没有自来水，生产用水全靠到街上的水井一担一担地挑来。父亲每天要挑三四十担水，肩头全磨起血泡。寒冬腊月，母亲在街上看见正冒着风雪挑水的父亲，心疼得直掉眼泪。母亲未曾想到，被父亲时常炫耀的酱油厂竟是如此简陋，如此寒酸不堪。

但父亲却对他的酱油厂充满信心。

父亲的酱油厂在宣化西卢家湾的一个普通宅院里，沿袭了中国传统酱园前店后厂的格局。进门后，经过一条狭长的过道，再进入东边的院子就是了。正房是店铺，靠西头一间是办公室兼会计室，中间和东面两大间是销售部和库房，靠库房的墙摆放着一溜装着成品油的大缸。穿过堂屋北门，还有两进院子，是酱油制作车间，煮料、蒸料、

2001 年，父亲。

制釉、翻盘、发酵、淋油等生产工序都在那里完成。

父亲的酱油厂批零兼营，生意不错。好油不怕巷子深，来买油的顾客络绎不绝。浓厚的酱油味儿不仅弥漫了整个院子，连那条街的空气都浸染了。

父亲是个天资聪明又极富钻研精神的人。他从来没有将自己的目光锁闭在手工作坊的狭小天地里。他在向赵师傅学习传统酿造技术的同时，充分利用自己在高中学过的物理化学知识，展开对现代酱油酿造工艺的探究。一九五一年底，赵师傅辞职回津，父亲接替他主管全厂的技术和生产。庚寅酱油厂在父亲手中开始实现质的飞跃。

新中国成立之初，新型的化学酱油风靡酿造业。这种酱油是用盐酸分解大豆里的蛋白质，变成单个氨基酸，再用碱中和，加红糖做着色剂制造而成。与传统酱油比，生产周期短，投入成本低，便于贮藏，二十四小时即可出油。父亲为了把化学酱油的酿造技术学到手，几次到北京图书馆查看资料，并到有关厂家实地考察，对砂浴烤炉设备和盐酸与碳酸钠化学反应的工艺流程烂熟于心。回来后，他因地制宜搞革新，很快将化学酱油试制成功。一九五二年投放市场，大受欢迎。

他们生产的瓶装酱油，注册商标是一只生气勃勃的老虎。从此，他们厂的虎牌酱油畅销故乡市场，连张家口、下花园也纷纷经销他们的产品。

“老虎”出山，庚寅酱油厂名声大振。此时正值宣化市公会改选，父亲被大家一致推选为酿造业公会长和宣化商会学习委员，并代表商会到市里参加修改宪法的讨论。

父亲的成功，惊动了市供销社。市社领导认为，父亲的努力，体现了私营企业不甘落后和积极进取的精神，对国营商业有很大的促进作用。他们多次找父亲商谈，希望父亲的工厂能并入市社，谋求在一个新的平台上取得更大发展。市社领导的想法恰好与父亲的心愿不谋而合，他也早盼望能有这一天。父亲带头动员其他股东和所有职工入社，兴高采烈地投入国营企业的怀抱。一九五四年三月十三日，“庚寅酱油厂”正式更名为“国营宣化市社酱油厂”。按父亲的说法，他的工厂比一九五六年全国公私合营中的那些私营厂“提前两年进入了社会主义”。

参加市社后，父亲的酱油厂如虎添翼。生产规模一天天扩大，一九五六年又与醋酱、粉条厂合并，迁至大北街新址。酱油生产采用化学酿造与固态低盐酿造发酵并举的方式，优势互补，各显其长，使酱油销路大增。除全部占领宣化和庞家堡市场外，又开辟了下花园、新保安、沙城、东花园、康庄、延庆、青龙桥等京张铁路沿线的许多新的销售网点。

随着酱油厂归入市社，父亲的身份也从此转变，正式成为一名国营单位的技术干部。当时，国营单位职工时兴佩戴徽章，父亲把那个圆圆的徽章骄傲地别在胸前，心里美滋滋的。

父亲是从旧社会过来的人，新旧对比，使他感触良深。他厌恶旧中国的黑暗和腐败，对共产党领导下蒸蒸日上的新中国充满信心和期待。五十年代，各行各业都在向苏联学习，父亲发展现代酱油酿造业的梦想，插上飞翔的翅膀。他幻想有那么一天，他的酱油厂，也能像苏联那样，实现机械化、电气化、自动化操作，彻底摆脱原始落后的土作坊模式。

历史仿佛跟父亲开了个玩笑。一九五八年，“大跃进”来了。宏大的企业规划蓝图摆在父亲和所有相信共产主义即将变为现实的人们面前。上级决定，要在宣化西门外兴建一座综合性食品厂。初步规划，占地六百五十多亩，厂内马路就要三十米宽。这个包括酱油厂在内的超大型综合食品厂有五十多个车间，分工细致，无所不包。父亲光荣地被抽调到筹建办上班。当接受任务时，父亲有一种从未有过的幸福感和无比神圣的使命感，好像派他去建设的不只是一座食品厂，而是理想中的共产主义的大厦！参加誓师会回来，父亲激动得一夜都没合眼。

厂址选在柳川河西一片杂草丛生、坑坑洼洼的下湿滩里。日伪时期，这里曾建过砖瓦厂，那座高耸的大烟囱便是见证。

踌躇满志的父亲在苇席搭建的窝棚里睡觉和办公，每天负责调集上千名来自各行各业的干部职工和在校中学生参加义务劳动。吹哨集合，早晚点名，军事化管理。刚进驻时，工地还很荒凉，夜里经常有野狼出没，到后来，这里变成一个千军万马、热血沸腾的战场。盖房缺砖，领导当即拍板，把大烟囱拆掉。一个数十米高的庞然大物，很快就被拆得精光。速度之快，让父亲想都不敢想。

我记得，我那时刚上初中，每天中午骑自行车给父亲送饭。父亲又黑又瘦，几乎像非洲黑人。见我来了，咧嘴一笑，露出白牙。他打开饭盒，顾不上洗手，就狼吞虎咽地把满满一饭盒加了酱油的炒莜面鱼儿吃得精光，那样子既可怜又好笑。他吃完饭，没容我停留，就被别人叫走，又忙着去处理别的事情。

在脱产建厂那一段日子里，父亲身上的酱油味暂时被冲淡，散发的是一股发馊的汗臭。父亲说，他已连续两个月没洗过澡、没换过衣服了。

在大跃进年代里，人们敢想敢干，却缺乏科学精神。许多地方的领导贪大求快，急于求成，社会上弄虚作假和浮夸之风泛滥。父亲他们新建的厂房还没完全建好，省里就来人，下达在半个月内生产出十五万斤黄酱的任务，逼着厂领导表态，要他们"保证按时完成任务"。厂领导接受任务后，又层层加码，父亲非常为难。他和工人们绞尽脑汁，先是连夜给车间铺水泥地面，二十四小时凝固后立即投入使用。没有专门发釉设备，他们就用高粱席搭架发釉，再由别的车间代为蒸料，以加快发酵速度。经过半个月昼夜鏖战，总算完成了任务，但质量之粗糙，可想而知。而且，由于赶任务，安全措施跟不上，三个农民工煤气中毒，险些丢了性命。

建屠宰场时，因地基下陷，刚垒好的墙没两天就都坍塌了。父亲等人力谏领导停工，后请示上级批准，才没有继续蛮干下去。至于其他厂，也都因建在下湿滩上，地下水位高，安全隐患严重，有的投产不久，有的还没有正式投产就陆续下马了。

父亲说，这辈子最让他感动的就是大跃进中人们那种敢想敢干、不怕苦、不怕累、一心为公、忘我奉献的精神。最让他痛心的是，这种精神被盲目误导，变为一场劳民伤财的灾难。

后来，酱油厂又搬回老地方。父亲建设现代化酿造厂的美梦，随之化为泡影。父亲说，他实在想不通，为何会有那么多的人，费那么大劲，在那个激情燃烧的岁月里热火朝天地干蠢事。

使父亲重燃理想之火，是在一九七〇年。根据上级指示，决定在大新门内原地藏寺废墟上建新厂，父亲又被抽调出来搞筹建。这一次，父亲下决心绝不重蹈十二年前大跃进的覆辙，要建就建得扎扎实实。

父亲总是临危受命，承担别人不愿承担的重任。搞基建，既要讲科学，又要节约成本。屈指可数的基建款，逼着父亲不得不以本厂职工为主体完成基建任务，这在整个宣化地区尚属首例。基建完成后，父亲又把精力投入到生产设备和工艺更新上。

父亲通过摸索，在厂领导支持下，大胆借鉴国外“无盐发酵”的经验，废止了化学酱油和固态高盐发酵的旧的生产工艺，并取得成功。之后，他又积极实验“水保温”，决心把酱油酿造工人从传统的繁重的体力劳动中解放出来。父亲带领厂里的技术人员，先后到北京、河北、山东、辽宁等几个国内有名的大厂参观，回来后，根据本厂实际，提出一整套水保温实施方案。同时，添置了抓斗机、粉釉机、翻料机、原料传输机、釉池鼓风机等十多种机械设备。经过反复试验，酱油生产基本做到机械化，达到“楼上制釉、楼下发酵、抓料机淋油、传输机运料”的最初设想。

“文革”中，父亲虽然也受到冲击，但厂里的那些老工人一直念着他的好处，在他们的保护下，有惊无险地度过了那段“史无前例”的岁月。

粉碎“四人帮”后，父亲作为建厂元老，受到全厂干部职工的尊重和信赖。父亲的酿造厂也发生了很大变化，大容量锅炉、蒸料罐、以及天车等大型机械设备相继安装，除酱油外、制醋、制酱、豆制品、蛋白粉车间也焕然一新。

本来他在一九八七年就办理了退休手续，但厂领导希望他“发挥余热”，聘他做了一名生产技术顾问，专门协助厂领导制定和编写全厂的管理流程和各生产岗位的技术操作规范，兼给干部职工每周上一次技术培训课。

这一干，居然又干了十二年。

说来，别人无法相信，他这个“顾问”，只是个虚衔，白尽义务，不拿工资，每个月厂里只给他一点少得可怜的补贴。有人曾劝他“跳槽”，说他的技术是“金不换”，走到哪里也能挣大钱。父亲说，“厂领导和职工的信任才是‘金不换’，啥钱不钱的！”

于是，在宣化大西街，人们会经常看到一个骑着自行车的老人，出现在上下班的洪流中。寒来暑往，没有一天间断过。

母亲说：“你爸上班有瘾咧，一天不去，他都憋得慌。”

父亲毕竟年纪大了，虽然干的不是体力劳动，但一天下来也腰酸腿痛，他又有高血压病，家里人都担心，怕他累垮。我每次回老家，总劝他别再干了，他硬是不听，直到他过七十五岁生日时，我摆出了一个他从来没有想到的理由，才说服了他。

我说：“爸，您不服老，想为厂子多做些贡献，我们心里清楚。可您想过没有，现在，那么多工人下岗，许多年轻人都在待业，而您七十多了，还在那里撑着，别人会怎么想？您这是帮助厂领导搞改革，还是给厂里改革出难题呢？”

父亲竟被我问住了。他苦思冥想了几天，终于不再固执，听我劝告，回了家。

父亲一九九九年离开酿造厂，正式“告老还乡”，那年，他已七十五岁。

父亲回家后，却不适应退休后的生活，他说：“闻不到酱油味儿，浑身上下不自在。”

他经常一个人闷闷不乐地坐在写字台前发呆，或偎依在沙发上一动不动、一言不发地看电视。我担心他这样下去会患老年痴呆症，母亲却有不同见解，她说：“别担心，你爸的心思我知道，满脑子惦着的还是他那个酱油厂……”果然，每逢谈起厂子的事，父亲立刻像换了个人似的，浑身上下都来了精神。

记得，有一次母亲给父亲清洗他从前换下来的工作服，笑着跟我说：“你爸这衣服里还满是酱油味！我跟他几十年，没落着公家的一点便宜，就这不花钱的酱油味闻了一辈子！”父亲在旁听了，嘿嘿一笑说：“知足吧，能闻到我做的酱油味算你有福，今后你想闻都闻不到了。”

父亲曾蛮有兴致地跟我聊酱油，给我讲那些我过去很少问津也听不大懂的酱油酿造知识。记得也曾聊到过酱油的味道问题，他说：“酱油的味道构成很复杂，它是各种酶菌在发酵过程中相互作用进行生化反应的结果。制糒和发酵控制不好，香味就出不来，酱油的质量也不能保证。而控制制糒和发酵的关键是温度。制糒温度在孢子发芽阶段一定要严格控制在三十至三十二摄氏度之间，菌丝生长阶段最高不超过摄氏三十五度，过低或过高都不行。”他还说过：“我这辈子，没有多少业绩可言，只有两件事还算让我满意，一是在我手里，酱油生产初步实现了机械化和半机械化，让酱油酿造工人从繁重的体力劳动中解脱出来；二是基本实现了酱油制曲发酵的水保温，为酱油质量的全面提升奠定了基础。这虽然不是我一个人的功劳，但我毕竟出了力，尽了心，觉着没白活。”父亲说他现在还有许多不放心，最不放心的是产品质量能否一直保持稳定。他说：“再好的设备，没有责任心也做不出好酱油。”

他离厂退养之后，每次家人买回他们厂出的酱油，他都要亲自闻一闻，尝一尝，看看酱油的成色和质量有什么改变。一旦发现不对劲，就给厂里打电话，询问原因。父亲不愧是酱油方面的专家，酱油质量的好坏谁也糊弄不了他。尤其对酱油质量的鉴别，他具有很高的权威性。一般酱油的分级是依据氨基酸态氮含量来确定的，但他根据自己几十年的经验，有时根本不用化验就能准确分出酱油的等级和优劣。

父亲和他的酱油厂已融为一体，别人议论酱油厂，他就觉着是在议论他，他不容许酱油厂的声誉有一丝一毫被玷污。父亲最痛恨弄虚作假坑害消费者的缺德行为。有一次，他听说经销部门怕市场脱销，纵容下面的人往成品油里掺水，以增加产量。他知道后气愤地找主管厂长，要求立即制止这种不法行为。他说：“我们想赚钱，只能靠质量取胜，不能靠弄虚作假赚钱。这种钱赚得越多，我们厂子就垮得越快。”

……

父亲是个平凡的人，但他对于工作的责任感和事业心却是我们许多人都做不到的，或许，这就是人们常说的“平凡中体现着伟大”吧！父亲为他的酱油厂奉献了青春和毕生的精力，直到临终都无怨无悔。

如今，父亲已经离开了这个世界，他时常梦牵魂绕的酱油厂也不复存在。但我有时会突然闻到父亲的味道，那种特殊而又熟悉的酱油的味道。这种嗅觉记忆的再现，令我激动和有些许的不安：我知道，父亲依然在我身边，依然在关注并审视着我的一言一行。

我不会忘记父亲的味道，永远不会！

2015 年 8 月 18 日

我的祖母

祖母姓古，无名，户口册上的名字叫高古氏。二〇〇三年辞世，活了九十三岁，在高家族人中她是最长寿的一个。

我曾在记述母亲的散文里提及过她。我客观地记录了她和母亲婆媳间嫌隙的由来，展示了善良的母亲不鸣不争、无私奉献、默默尽孝的修为。但写完这篇散文后，总觉着还有必要再写写我的祖母，我生怕读者看了我的文章会对她产生误会，以为祖母除了迷信和偏执外乏善可陈。

其实，祖母是个性格丰富的女人，她身上有许多东西至今还让我惊叹和感佩，说不定某些基因早已潜入我的生命，只是我还浑然不知而已。祖母作古多年，我对她的不满和怨愤早就烟消云散了。有时做梦梦见她，也一直是笑容可掬的样子，连我自己都感到奇怪：是不是对已故的人就变得格外宽容了呢？我不知道。

祖母不识字，但聪慧过人。她喜欢看戏、听戏，而且博闻强记，老戏里的戏词儿在她的语言系统中占很大比重，她说话，动不动会用那些戏词儿来表情达意，无论是褒是贬，都喜欢借戏说事，借古讽今。乍听她谈话，会让你莫测高深。她的口头语言极丰富，有些貌似成语的词汇，直到今天我都查不到出处，可能是戏词儿，也可能是她杜撰的。比如，冬天雪下得很大，人们出行困难，她称之为“雪闭山门”；再如，孩子们在炕毡上跳来跳去，搅得满屋灰尘，她称之为“毛浪四带”；她形容我们孩子间相互挑逗为“撩猫戏狗”；戏称出发为“起驾”，有时她从外面回家叫“打马回朝”。妻子第一次到我家去，吃罢饭，祖母大度地说："你们一块到街上游玩游玩去吧。""游玩"这个词，在旧戏里常用，可祖母把它当作了口头语，凡是到外边走走、遛遛、逛逛、看看，统称"游玩"，让你有种说不出的闲逸和轻松的感觉。难怪妻说"不过是上趟街，可从奶奶嘴里说出来，就像大小姐去逛后花园一样充满诗意"。

祖母嫁到高家后，对各种赌博游戏产生浓厚兴趣，她无师自通，一看就会。玩麻将、赶老羊、推牌九、玩纸牌、吊猴、押宝等，样样在行。据父母亲讲，祖母与人赌博很少输钱。在她九十岁那年，张家口的侄儿到家来陪她打麻将，她居然头脑清晰，出牌不乱，应对自如，几个人变着法儿想赢她一毛钱都困难。

祖母身板硬朗，八十多岁时，依然耳不聋，眼不花。牙齿也好，连炒蚕豆都嚼得动。她喜欢抽烟喝酒，但方式方法跟别人不一样。别人抽烟，会把烟通过气管一直吸进肺里，她抽烟从来吸而不咽，烟吸进嘴里随即吐出，根本不咽下去。她一根接一根地抽，看似烟瘾很大的样子，其实香烟不过是在嘴里转个圈儿，便溜出嘴边，尼古丁毒性再大也奈何不了她。最近看到一篇文章，得知我国著名国医大师裘沛然也取此种方法，还升华为一种养生之道，曰"小循环吸烟理论"，他吸烟也只从喉咙里过一下，立刻就吐出来，绝不下咽，谓之"小循环"。吸烟虽有毒，但尼古丁只是匆匆过客，并未构成真正威胁。裘老

祖母于八十年代中

活了九十六岁，世人对他吸烟养生之说莫不惊诧，因为从科学上很难得到支持。祖母的吸烟习惯似乎可以为袭老的理论提供佐证。至于喝酒，祖母也与众不同。一是她有酒量，半斤八两不在话下；二是有限度，自觉已喝到位谁劝都不再喝。几十年来，家里请客喝酒，许多人都不是祖母的对手，许多人口出狂言在前，狼狈呕吐于后，唯祖母保持不败纪录，喝完酒还能神智清醒地照料酒醉的客人。祖母老来变得有些贪杯，每天晚饭时都要喝两杯白酒才肯去睡，因为她夜里失眠，酒成了她的催眠剂。母亲说，她毕竟年事已高，一旦饮酒过量，后果不堪设想，于是，尽量控制她喝酒，不把酒放在她屋里，只有吃饭时才拿过去。而祖母常耍些小把戏骗酒喝，比如吃饭时，趁别人不注意，先把杯中酒一口干掉后，又倒两杯酒放在那里，装作一直未动的样子。临终前几天，两杯挡不住，要喝三杯四杯才罢休，父亲无奈，只好在酒里兑水，不过，她此时对酒的含醇度已没有多少感觉了。

祖母从小工于女红，用彩色丝线绣荷包，绣枕头面或鞋面，巧夺天工。记得改革开放后，一些收藏民间工艺品的小贩专门跑到我家想淘换祖母绣的花样，可惜所剩无几。祖母不仅女红和一般针线活样样精湛，而且下厨炒菜做饭更是一把好手。莜面是故乡的主食，新媳妇到了婆家，她们的厨艺往往在做莜面时一显高下。莜面做法与白面完全不同，和面要开水，软硬要适中，做好的面食须上笼用急火蒸，时间短了不熟，蒸过了又会黏在一起，每道工序都很讲究。莜面可以压饸饹、推窝窝、搓面鱼、蒸面卷，也可打傀儡，包饺子。我特别爱吃祖母搓的面鱼，她把两块面蛋夹在两手的手心里，轻轻地搓动，两条又细又长的面鱼便从掌中制造出来。一般人一次只能搓一根，而祖母却能同时搓出两根，甚至三根，这是很让人叫绝的。面鱼蒸出来比饸饹劲道，但不好做。我也曾跟祖母学着搓鱼儿，但缺乏耐心，手劲也不匀，搓着搓着，两根搓在一起变成了一根。为了省事，干脆搓两下就拍扁，做扁鱼，但因太粗，蒸出来不好吃更不好看，那样子简直像一堆蛔虫。祖母包白面水饺也与别人不同，我这个北方人，爱吃水饺，无论到哪里，只要有水饺吃就很满足。但所有水饺的样子都差不多，唯独祖母包的水饺样子特殊，无人可比。一般水饺的边口在上，肚在下，而祖母包的水饺却边口在下，肚在上，样子像庙里和尚敲的木鱼儿。所以，祖母的饺子有个雅称，叫“木鱼儿饺子”。如今，在我家的成员中会包“木鱼儿饺子”的只有我妹了。

祖母是个能人，什么事都不甘人后，她孤傲自赏和喜欢独断专行的性格大抵与此有关。

看韩国电视剧《爱在何方》，子京的丈夫忆起小时候眼睛里吹进沙子，很疼，妈妈就用舌尖帮他舔出来的情景，倍感温馨。我突然想到我的祖母也经常这样做。故乡风沙大，被沙粒吹进眼里是经常发生的事。沙粒吹进眼里，在眼球和眼皮间磨来蹭去，非常难受，用指头抠、用手绢擦都无济于事，最通常的办法是哭，让充沛的泪水把沙粒冲出来。但我偏偏不善哭，偶有眼泪流出也达不到足以冲带沙粒的程度。每遇这种情景，母亲会说：“找你奶奶给你舔吧！”祖母见到我，不说什么，把我揽在跟前，用右手拇指和食指先把我进沙粒的眼皮翻起来，然后轻轻用舌尖一舔，说：“好啦，没事啦！”真够神的，飞来之疾，一舔了之。祖母翻眼皮舔沙粒的功夫似乎是绝活，院子里或邻居家的大人小孩儿，凡是眼睛进了沙粒、粉尘或小飞虫，都会找祖母“舔疗”。

祖母骂人亦是一绝。她骂人嗓门大，三门外都能听得见。而且时间长，骂个半小时一个钟头是常有的，家里人称之为“坐大堂”。在山西梆子里，唱青衣或须生的，坐在堂上，不动窝地唱，一唱便是几十句。于是“奶奶坐大堂”成了最形象的比喻。光骂还不是最奇的，最奇之处是被骂之人难受之至，而骂人者居然不动真气。记得，小时我们经常遭遇奶奶斥骂，如果你不离开，她会骂得一佛出世二佛升天，她用的字眼也特别狠毒如“没头鬼”“挨刀的”之类。可骂完后，她仿佛做完一套气功，非但没有伤肝动脾，反而心情平和了许多。我的母亲是被祖母骂得最勤的人，她也最了解祖母的骂人习惯，最初，自己委屈得哭，后来习惯了，祖母一坐大堂，她就赶快躲出来。当然，祖母见不到人，骂声依然不止，直到这套气功练完。祖母也许是天生当演员的料子，只是没遇到机会。她骂人的话，形象尖刻，也生动，充满创作激情。于是，在她“坐大堂”之际，全院的邻居们也像听戏一般听她开骂。

祖母的这种天赋还表现在哭丧的本事上，说起来，多少有点黑色幽默。亲戚家每有丧事，祖母必去悼亡之，那声调之凄婉、言辞之动人、表情之哀伤都会使吊唁气氛顿时达到高潮。分明有作秀的成份，但祖母的哭丧却显得非常得体、自然，听不出一点矫揉造作来。她的哭丧词因人而异，但都是即兴而作，现编现唱，像一首格调固定歌词灵活的叙事歌曲，屡唱不衰。她历数亡人生前的各种美德善行，泣诉自己对亡人过世所受到的震撼和哀痛。我曾多次亲眼见过祖母在亲戚家哭丧，她坐在地上，边用手帕擦拭眼泪，边用特有的哭丧调悼念亡人。声音断断续续，顿挫有致，嘴里唱出的词，全是对亡人说的话，完全用第二人称，“狠心的姐姐呀，你说走就走了，撇下妹妹我呀，只能哭皇天呀……”哭丧一般都在一二十分钟以上，丧家会及时劝慰祖母停止哭诉，不要过于悲伤。故乡哭丧的风俗很盛，但真正能像祖母这样哭出水平来的并不多。

祖母偏袒娘家人，对祖父家的亲戚比较冷淡。为此，曾遭到高家亲戚的寻衅报复。但祖母并不以为然，她的兄弟姐妹和侄男外女常来常往，一住大半年，吃喝穿戴与家人同，甚至有过之而无不及。祖父对祖母看不惯，但无可奈何，因为他本人也属不谋正业的纨绔子弟，除了酷爱山西梆子，成天沉溺于吹拉弹唱外，一无所长。由于他们都不善理财，花钱从不量入为出，塌下的窟窿越来越大，后来，不得不靠变卖房屋田产和家当度日。幸亏有母亲苦苦支撑，有父亲艰辛努力，才使高家未像某些大户人家那样沦落到山穷水尽的地步。祖母对祖父的感情远不如对她的娘家亲戚。一九六五年祖父病故，祖母当时正在甘肃我大姐的家住，没有回来，也没见上最后一面。后来回到老家，她也没有表现出过多的悲伤。足见她在感情问题上是拿得起放得下的人，没有一般女人在丈夫生前百般依赖，丈夫死后又无法独支的懦弱。

祖母还有乐善好施的美誉。对家境贫困的邻里，凡有求于她的，无不相帮。我家的生活用具，如筛子、笸箩、大秤小秤、饸饹床子、上房梯子、气筒、药壶等等，几乎成为全院乃至全街道人家的公用品。谁家缺了什么，他们首先想到向我家来借。祖母有求必应。她尤其同情那些携儿带女的乞讨者，她说："上山打虎易，开口告人难。有三分奈何他们也不会带着儿女来要饭。我们省下一口救济他们，是积德行善。"每遇这种情形，她必倾囊，毫不吝啬。记得母亲说过，就在她去世那年冬天，一个乞丐跑到我家后院行乞，祖母一直站在后房檐下等她返回，祖母一手拄着拐杖，一手攥着一块钱，生怕错过与她见面的机会。

祖母晚年，性格大变，变得不大爱讲话了，喜欢笑眯眯地听别人讲话。更不再挑剔，不再骂人，对母亲表示出极大的善意。临终前，甚至对母亲说："这辈子我报答不了你啦，下辈子一定报答你！"母亲听了，泣不成声。她说，几十年婆媳间的隔阂一下子全消融了。

祖母养着一只黄白花纹的猫，呼之"花花"，每天晚上搂着花花睡，她死后，那只叫花花的猫突然失踪，不知去向。母亲说，花花可能是到另一个世界寻找祖母去了。

2017年8月26日

属羊的男人

三哥尔未，农历癸未年出生，属羊，故名取未字。都说属羊的男人命苦，纵观三哥的大半生，真的让人相信了。

三哥和我是叔伯兄弟。一九四四年即我出生的那一年，伯父不幸病逝。三年后即一九四七年，伯母远嫁，抛下三哥和他的姐姐、哥哥悉由我的父母收养。从此，三哥跟我成了一家人。当时，三哥三岁，我两岁。懵懂无知的三哥还体会不到失去双亲的痛苦，伯母则对刚会说话的三哥很有些不舍。伯母后嫁的男人是个国民党军官，离开老家时曾派人盯梢，想把三哥抢走，亏得全家人日夜守护，才未得逞。

我和三哥一块长大，拥有几乎重迭的童年和少年时代。从小学到初中，又从初中到高中，我俩不仅在一个学校上学，还在同一个班里读书。

三哥天资或许比我聪明，但上小学比较贪玩。我呢，脑子开窍晚，想念书却不入其门。结果，殊途同归，我俩的学习成绩在班上都不是太好。直到上初中，差距才稍稍拉开。到了高中，我更后来居上，成为全班成绩最优秀的学生之一，而三哥却远远落在后边。

一九六三年，我俩高中毕业，同时报考了大学，我考上南开，他却未被录取。三哥认为，他的失利是错报了志愿，不该放弃文史而改报农医，据说那年考上文科院校的同学许多人的作文成绩远不如他。第二年，三哥又参加了一次高考，这回报的是文科院校，然而最终还是名落孙山。两度高考失利对三哥的打击实在太大了。

一九六四年暑假，我回家探亲，得知三哥高考再次受挫，心里也很难过。我劝他不要灰心丧气，不妨来年再搏一次，他却苦笑着拒绝了。临别前，我们借来 120 相机，在老院拍照。我选择在枣树下，手里捧着一本书，作读书状。他却执意站在房檐下一株长着宽厚绿叶的老玉米前留影。无意中拍摄的两张照片，竟成了我俩日后择业的写照。我一辈子从文，跟书本打交道；他却一辈子务农，在庄稼地里讨生活。老玉米的宿命，如影随形地影响着三哥的一生。

1964 年，三哥与老玉米。

三哥的这张照片我一直珍藏着。照片上的他，虽然刚刚遭到再次高考失利的打击，但不显颓唐。毕竟是风华正茂的年纪，暂时的挫折没有在他青春的脸颊上留下愁苦的印迹，相反，他嘴角微微翘起，满含着笑意，梳理整齐的头发和一身蓝制服将他衬托得英姿飒爽。

二〇一〇年六月，家父病故，三哥回老家奔丧，多年未见，他明显地老了许多。在龙尾山陵园，我俩长久地跪在父亲的墓碑前，任老泪纵横着，彼此哽咽得说不出一句话。

如今的三哥与照片上的他已判若两人。照片上那个站在老玉米株干前虎虎有生气的小伙子不见了，取而代之的是一张黝黑、削瘦、老成、写满人生沧桑的脸。

在老家服丧期间，我俩除了共同追思长眠于九泉之下的父亲，更多则谈到各自的经历。二哥好像并不热心谈论他的往事，每说几句，便匝住话头。我只好耐心地等待，等他的谈兴恢复再接着聊。几天来，我们交谈得并不顺畅，然而从他嘴里还是知道了不少关于他的故事，许多故事我都是第一次听说。

三哥说，第二次高考失利后，他像一只迷途的羔羊，徘徊在人生的悬崖上。最初，自尊心受挫，自卑感和绝望感令他窒息，他把自己关在屋里，羞于出门见人；待久了，又觉着无聊和心烦。况且，白吃闲饭也于心不安。犹豫了许久，他决定找个临时工干干。他说，外出打工，与其说为挣钱，不如说是为了填补精神上的空虚，打发无聊的时光。他先是到建筑工地当小工，推土运砖，挖沟和泥；干着没意思了，又到父亲工作的酿造厂找活儿干。他在酱油车间和制醋车间翻过釉，在糕点车间打过点心。按他的话说，“酸甜苦辣都尝了一遍”。后来，听说一所小学缺体育老师，便去应聘，总算找到一份代课工作。他没有教学经验，完全依着孩子们的兴趣上课，成了名副其实的“孩子王”。有一次，班上的大孩子欺负小同学，他就把带头的几个捣蛋鬼拎出来单独操练正步走，他喊着“一二一”的口令，让他们一直往前，不准回头，眼看要撞到校园的土墙上，也不喊“立定”。捣蛋鬼们方知这个老师不好惹，跟被他们气走的前任老师不一样，便乖乖接受惩罚，承认错误。但家长不干了，有的家长本来就护犊子，这次又抓到三哥“野蛮教学”和“体罚学生”的“把柄”，一起到学校告状，校长不容三哥申辩，一句话就把他辞退了。后来，落寞的三哥又到区文化馆当了一名计划生育讲解员。那个年代，人们的思想极不开放，两性话题讳莫如深，尽管计划生育属科普宣传，但对三哥这样一个“处男”而言，接受任务并不轻松。面对男男女女的听众，他要指着画有男女生殖器官的挂图，详细讲解生育知识和避孕道理，刚一开口，便羞得满面通红，准备好的讲解词竟忘得一干二净。偏偏有一些厚脸皮的中年妇女和爱开玩笑的男人，越是见他害臊，越是大胆发问，窘得三哥狼狈不堪。三哥实在受不了了，赌气说：“你们都长着眼，自己看吧，我不讲了！”说完扭头而去，自然，讲解员工作也就此结束。

当时，三年困难时期刚过，经济不景气，地方工厂不招工，班上没考上大学的同学都陆续到外地找工作，三哥却犹豫再三，没有去。一九六四年底，班上一个女同学准备去新疆支边，恳求三哥与她同行。三哥把她送上火车，那个女同学一把拉住他，说："别下去了，跟我一块儿到新疆吧。"三哥还是打了退堂鼓，说："你先去，以后我去找你。"几十年后，三哥又见到那个女同学，她说："如果那次你跟我去了新疆，没准儿我这辈子就交给你了。"原来，那个女同学当时正暗恋着三哥，三哥却浑然不知。

三哥就这样浑浑噩噩地过了一年多。他说："人失去了前进的目标很痛苦，还不如一棵老玉米。你看，老玉米长得绿油油的，充满生机，是因为目标明确：种子为了出芽，出芽为了长大；长大了，结玉米棒；玉米棒熟了，又会当种子，再长大，再结新的玉米棒。我当时却看不到目标，不知道前进的方向在哪里。"

一九六五年四月，三哥迎来人生道路上一次重要转机。一年前去甘肃工作的大姐来信，说解放军生产建设兵团正招收农工，像他这样高中毕业的知识青年最受欢迎。大姐和姐夫也在那里工作，如果他能去，可以彼此照应。三哥说，这个信息终于让他看到了自己的前途和希望。

三哥满怀憧憬地告别家乡，奔赴祖国的大西北。临行前，父亲拿出家里唯一值钱的一块老怀表，让他带在身边，说："西出阳关，千里迢迢，不比在家，万一遇到困难，你就把怀表卖了，或许能救你一时之急。"三哥接过表，泪如泉涌。他说："叔叔、婶婶，你们放心吧，你们的养育之恩我今生今世都不会忘记。"

三哥到了甘肃酒泉农建十一师，成为一名光荣的生产建设兵团战士。实行准军事化管理的兵团生活，在三哥眼前展开一幅崭新的充满革命激情的人生图画。辽阔而荒凉的河西走廊，人迹罕至的大漠草原，是他立功创业的战场。他立下誓言，要把自己的青春和一腔热血都献给兵团的农垦事业。为此，他毅然给自己改了名字，不叫"尔未"，改叫"尔威"，他要在战天斗地中一展雄威！

很快，他在水文勘察队当上一名普通的测量员。每天沿着疏勒河跑点，用手中的流速仪精确测出水流量，为兵团战士垦荒造田提供可靠的水文资料。

勘测队的工作艰苦而单调。有时几个人作业，有时则需一个人单独行动。其间经受的考验，很少为外人知。

有一次在敦煌岬测流，二哥一个人住在戈壁滩上。周围没有人烟，只有一丛丛的红柳和不时到河边饮水的黄羊陪伴着他。为了及时观测水情，他把帐篷支在离河边最近的地方，早晚八点两次监测河水流量。他说，那种孤独和寂寞令他终生难忘。夜里，他守着一盏孤灯，望着天上的星星却无法入眠。蚊虫的叮咬还在其次，对远方亲人的思念最让他难以忍受。他想呼喊，想狂叫，想唱歌，甚至想哭泣，但都无济于事。此时，他方知“西出阳关无故人”诗意的冷酷了。茫茫戈壁，不仅没有“故人”，连陌生人都难见一个！此处最活跃的，是那些因为很少见人也就不怎么怕人的动物。最初，三哥害怕在野外宿营遭受狐狸、跳兔、黄鼠以及刺猬们的袭扰，几天后，他竟渐渐地、莫名其妙地喜欢上了这些动物。每当看着它们从帐篷外探头露脑，心中便生发出一种迎客会友的激情和冲动……

勘测队每十天派人送一次给养。有时下暴雨，路不好走，送给养的车来不了，缺粮断顿也曾有过，但三哥说他并不紧张。因为河里有的是鱼，用自制的钓竿垂钓，很容易钓到手。喝着苏勒河纯净的河水，吃着苏勒河新鲜的烤鱼，那种近乎原始的生活状态既是艰苦的磨练，又是浪漫的享受。

三哥是个多面手。在农建十一师，他不仅当过测量队员、钻井队员，会开推土机、拖拉机，干过电焊工、机械维修工，还养过鸡、养过猪，在食堂当过炊事员。当然，干得最长的是农业技术员。后来三哥从建设兵团调到天水农科所工作，经过个人刻苦的努力，取得了中级技术职称。粉碎“四人帮“后，三哥不仅入了党，还当了队长。八十年代初，他带头搞改革，搞承包。过去收高粱，需要雇三拨儿人干活儿，分别割高粱头、拉高粱秆、刨高粱茬子，费工费时费钱。他后来跟农民工商量，只要把高粱头收回来，高粱秆和高粱茬子不要了，全给他们。农民工听了，觉得很合算，高粱秆可以做饲料，高粱茬子可以当柴烧，何乐不为？争着抢着把活儿干完了。五百亩高粱很快收回，一分钱没花，仅此一项就给队里省了三千多元开支。三哥后来到课题组，参与了“旱作农业技术示范”课题的研究，最终获得成功，荣获省上颁发的“星火奖”。他本人还被天水市评为“科技扶贫先进个人”。

在三哥的人生经历中，他与三嫂的恋爱最富传奇色彩。听三哥说，他们这段罗曼史从来没有跟别人讲过。

一九七〇年至一九七一年，三哥在钻井队工作。有一次他到踏实农场打井，开始很顺利，一连几眼都成功了。不料打到最后一眼井时遇上麻烦，卡钻了。钻头被坚硬的岩石卡住，怎么也提不上来，大家只能停机待援。当时钻井队暂住在踏实农场的大食堂里，歇工了，大家没事干，除了打扑克，就是偷看到食堂来打饭的那些女孩子。谁个丑，谁个俊；谁个爱唱爱笑，谁个爱哭爱闹；谁个挑肥拣瘦，谁个老实厚道，他们都有精细地观察和绘声绘色的描述。到了晚上，大家钻进被窝，灯一关便打开话匣子，队长也不干涉，偶尔也会参加点评。年轻光棍儿们越发来了兴致，甚至公然讨论谁选哪个当媳妇更合适，后来，背地里干脆就叫某女孩是某某人的“媳妇”。按说，时在“文革”，这样肆无忌惮地议论人家女孩子的行为，与当时“突出政治”的严肃氛围大相径庭，但队长却有自己的解释，他认为这是“关心群众的痛痒”“解决群众的生活问题”的具体体现。队长说，这里的女知青多，咱们队的小伙子多，正好互通有无，机会难得。队长还用最高指示激励他们：“抓而不紧等于不抓”。在队长倡议下，“谈对象”名正言顺地列入议程。

钻井队里的复员军人老吴，与踏实农场的王排长是战友。有一次，王排长向老吴推荐了一个他们排放羊班从天津来的女知青，还领着老吴专门与那个女知青见了面。回来后，老吴就跟三哥说了，并把那个女知青的样子描绘了一番，问他觉得怎么样。三哥说：“我不认识她，不好说怎么样”。老吴说：“这好办，我让你跟她见个面不就认识了！”

有天晚上，他把三哥引到女工宿舍，装作去聊天。三哥想见的那个女知青却没露面。后来才知道，那个女孩当时就躲在蚊帐里看书，三哥没看见到人家，人家却把三哥看了个门儿清。三哥坐在煤油灯下，明晃晃地照着，一张脸正好对着那个女孩的蚊帐。三哥的长相、表情、穿着、仪态，人家看得一清二楚。回来后，三哥和老吴都有点纳闷，不知女孩葫芦里卖的什么药。正在捉摸不透时，女孩突然托人捎话来了，说他愿意跟三哥面谈。于是，三哥再次来到女工宿舍。这次，宿舍只有女孩一个人，是别人有事不在，还是故意躲出去了，三哥也不知道。初次谈恋爱，三哥非常紧张，女孩反倒主动了一些。她坐在床边，三哥坐在桌边的凳子上，俩人保持着足有两米远的距离。女孩给他倒水，发现暖瓶水不多了，就去打水。三哥发现桌上有她的日记，趁她不在，好奇地翻了几页。里面记述着她上山下乡到农场锻炼的生活体验以及学习毛著、立志战天斗地的豪言壮语。字迹不敢恭维，但热情似火，不乏让人感动处。特别是日记里还夹着一张二寸照片，是她在天津照的，天真烂漫的样子十分可爱。三哥对她一下产生了好感。原来女孩是故意把日记放在桌上让三哥“偷看”的，而且还做了记号，三哥“偷看”日记自然瞒不过她。从女孩嘴里得知，她姓齐，是天津知青，十六岁初中毕业就来甘肃上山下乡，前不久，刚由农十一师农七团六连女子班调到踏实农场，现在是放羊班的牧羊女工。

这次见面，两个人并没有说多少话，但彼此都心照不宣，特别是三哥，对这个天津姑娘朴实热情、外粗内细的性格留下很深的印象。后来，钻井队的钻杆修好了，他们又恢复打井，钻井队也把家搬到野外的帐篷里。小齐每天放羊时，路过帐篷，有事没事总爱找三哥坐一会儿，聊上一阵儿，队友们都成人之美，主动提供方便。

夏天到了，正是羊群“抓膘”的季节。有一次，小齐在附近放羊，又来找三哥，正好三哥歇班。俩人越聊越亲密，忘记了时间，整整一个下午没出帐篷。眼看太阳落山，小齐才想到她是来放羊的。急忙跑出来看，天哪，一百多只羊全部失去了踪影！这一惊，非同小可，小齐连哭带喊：“羊呢，我的羊呢！”一群羊居然被她放丢了，这可不是闹着玩儿的。真要找不回来，后果不堪设想！小齐当时吓得直哭，不知该如何是好。三哥比较冷静，安慰她说：“今天天快黑了，你先回去，不要声张。等明天一早我多叫几个人帮你找，肯定能找回来。”

第二天，天还黑着，三哥怕小齐迷路，特地在帐篷外挂起一盏马灯。果然，小齐带了两条牧羊犬，奔着灯光来了。三哥叫醒队上的几个同伴，大家打着手电，帮小齐一块去找羊。三哥分析了昨夜的风向和附近水草情况，判定羊群跑到东边去的可能性最大。于是八个人，兵分四路，拉网式前行，但走了很长一段路，仍不见羊群踪影。三哥和小齐都有些担心，生怕羊群真的走散了、走丢了。又过了三个多小时，直到上午八点多，一个高个子的队友突然发现远处草丛里露出几个晃动的白点，草高看不大清。大家急忙跑过去，这才发现，一群羊正在草丛里栖息吃草。小齐仔细清点，一只也没少。

羊群终于找回来了，这让小齐和三哥都长舒了一口气。这次意外，更加深了他们之间的感情。三哥帮小齐找回了羊群，也找到了爱情。一九七二年十月五日，三哥和小齐正式结婚。这年三哥二十九岁，三嫂二十四岁。三哥说，他属羊，冥冥中与羊有着千丝万缕的联系。因为丢羊找羊而与牧羊姑娘喜结良缘，或许正是天意。

三哥说："羊从来都是一种'牺牲'。羊命就是为别人做奉献、做牺牲的命。"

三哥的话，简直像哲人的语言。我满以为他还会给我讲更多关于他的故事，没料说到此处却戛然而止。

我问："听说，你在那场浩劫中受了不少磨难和委屈，究竟是为什么？能不能讲给我听听？"

三哥说："都是过去的事了，不想再提了。比我遭大难的人多的是，我算啥！在那个年代，只要说真话，就难免招灾惹祸。加上出身不好，人家借机报复你，还不是轻而易举的事？有什么道理可讲？"

在我再三追问下，他才透露出点零星细节。原来，团里一些造反派早就对三哥长期受领导信任心怀不满，为了"路线斗争"的需要，三哥成为"走资派""重用剥削阶级孝子贤孙"的佐证。他们给三哥定了几条"罪状"，现在看来都属望风捕影、胡乱上纲，非常可笑。比如，说三哥"崇拜资产阶级、封建主义的腐朽思想"，"罪证"之一是三哥保存着两张剧照，一张是越剧电影《红楼梦》中王文娟饰演的"黛玉葬花"，一张是电影《刘三姐》里演员黄婉秋的剧照。这两部电影当时都被定为宣扬封资修的"毒草"，保存"毒草"剧照，自然就是对封资修的崇拜。其实，这两张剧照还是我在"文革"前寄给他的，没想到竟给他招来祸害。三哥说，"造反派不容解释，他们有他们的逻辑。我被隔离审查，经常被拉去开批判会，充当走资派的'陪绑'。在他们整我最厉害的时候，我曾想到过一死了之，甚至写好了遗嘱，但一想到老婆和孩子又不想死了，我死了容易，他们活着怎么办？我不能太自私了。羊既然是一种‘牺牲’，就更要为别人着想。后来，粉碎了‘四人帮’，我的命运彻底改变。现在看，个人的命运最终还要看国家的命运，十年浩劫，国家遭殃，你个人能有好吗？”

三哥能这么想，我很高兴，但他的性格确实改变了不少。我仔细观察，他讲话语速很慢，经常说半截话，有时沉默着不讲话，只听着我说。我知道，这些都和他在“文革”中遭受的打击有关。为了避免“祸从口出”，三哥宁可缄默不语，后来竟成了习惯，整个人都变木讷了。也许，这也是一种“牺牲”吧。

既然三哥不愿多说他的伤心事，我也不好再刨根问底。为了安慰他，我说了一句连自己都没把握的话，我说：“其实，羊是最吉祥的动物，现在有一部动画片叫《喜羊羊与灰太狼》，火得不得了。古人早就认为，羊大为美。属羊的男人个个都是美男子、个个都有好运才对！”

三哥听了，嘴角绽出了笑意，一下又像回到四十多年前，让我看到了那个站在老玉米株干前照相的他。

唉，属羊男人的命究竟怎样，谁也说不清，恐怕只有他们自己才知道吧！

2015年8月29日改定

（原载2012年第10期《散文选刊》）

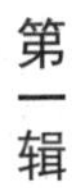

大哥，还好吗

大哥尔晨，属龙，长我四岁，今年七十有六了。十多年前，他患了脑血栓，住院治疗，康复后病情又反复过多次，最后一次尤重，是在二〇一三年夏天，医院下了病危通知。我和三哥尔威专程从外地赶回去看他，他已认不出我们。他躺在抢救室病房里，手腕扎着吊针，鼻孔和口腔都插着管子，已无法自主呼吸和进食了。蓬乱的头发，一张削瘦的脸，两只半睁半闭的眼睛似乎在寻找什么。我实在控制不住情绪，竟在病床前抽抽噎噎地哭起来。守在一旁的大嫂劝我别这样，想到这是病房，我才止住泪水。大嫂说："你大哥的情况你们都看到了，医院在全力抢救，即便真的走了，也不落遗憾了，你们哥仨毕竟还见了一面……"我以为这次见面，就是和大哥的诀别，心情异样沉重。没想到，两三天过去，大哥又奇迹般活过来，渐渐地，可以进流食了。大嫂指着我们问他："这是你弟弟尔威、尔纯，专门回来看你的，还认识他们不？"大哥半闭的眼睛突然睁开了，看着我们，嘴里嗫嚅着，想说又说不出来，眼角边流露出一丝惨淡的笑容。大嫂欣喜地说："你大哥认出你们了，他又从阎王爷那边蹓达回来了！"去年回老家，我又见到他，脑疾未癒，身体却比过去胖了些，自己还能下地行走，饮食起居基本也能自理。头发整齐了，还蓄了胡子，唯智力锐减，眼睛瞪着我却不认识。来了客人，大哥像个孩童似的，又喊又叫，不停地拍手欢迎，嘴里咕哝着什么，谁也听不清。唯一让我觉得他有别于孩童的地方是他拍手的动作，他不是胡乱鼓掌的，而是和着一定的节拍，像是打击乐的演奏。完全没有音乐素养的小孩子肯定拍

2001 年，作者与大哥尔晨。

不出如此节奏来的。从他击掌的声音和动作中，我仿佛又看到了那个乐观开朗的大哥。只是，这一切对他而言都是无意识的行为了。他拍得越起劲，我心里越难受，被他掌声击落的是我心中的泪水。大哥再也不是我记忆中的大哥了。

《论语》中记载，孔子的学生冉伯牛病了，孔子去看望他，一连发出两声感叹："斯人也而有斯疾也！斯人也而有斯疾也！"即是说，这样好的人竟生了这样的病，这样好的人竟生了这样的病！看到大哥现在的样子，我也会发出同样的感叹。

在我仅有的医学常识中，患脑梗的人多是些平日"三高"又用脑过度、不爱运动或精神抑郁又贪烟嗜酒的人。大哥则相反，从小到大，到老，都是个坐不住、闲不住的人，从来没有"三高"症状，喜欢户外活动又心胸豁达，他不抽烟、不喝酒，却爱好多样，兴趣广泛，吹拉弹唱，画画照相，没有他不着迷、不喜欢的。这样一个身体硬朗、乐而忘忧的人怎么会患上这种病呢？让我永远都想不通。

小时候，大哥不怎么喜欢上学，觉着成天关在课堂里太憋屈，喜欢任着性儿地疯跑、疯玩，充当孩子头儿。他经常带着小伙伴儿在街上玩打仗，在教室里玩跳山（从几张叠摞的课桌上跳下来），磕破脑袋摔坏腿，回家后挨骂挨揍是家常便饭。到了初中，夏天时，他经常到西门外的树林里采桑葚、到柳川河里摸鱼，冬天则喜欢溜野冰，几次险些掉进冰窟里。学校老师几天见不到他人影儿，急着四处找，方知他又旷课了。初中毕业，眼看临近升学考试，他还骑在北门外果园的树杈上当“孙大圣”，完全不把心思用在功课上。

初中毕业后，大哥未上高中，便直接走向社会，参加了工作。他先在街道办事处帮忙，后到文化馆，再后到卫生防疫站，最后才到区工会。别人替他惋惜，他却觉着开心。

大哥是个天资聪明的人，艺术悟性极强。这一点也很像他英年早逝的父亲，即我的大伯。据说，大伯就是个无师自通的艺术爱好者，吹拉弹唱都在行，尤擅工笔画，至今我家还保留着一张他画的工笔彩绘《蝶恋花》。或许是受遗传基因的影响，大哥从小就喜欢画画，喜欢音乐，喜欢写毛笔字。但在家人眼里，特别是父亲的眼里，这都属雕虫小技，不好好读书就不足成大业。所以，大哥初露的才艺并未受到家人的重视和鼓励，反而觉得他“不谋正业”。

大哥的才艺让全家人刮目相看，那是后来的事，颇有点戏剧性。

五十年代末，一次是全区文艺汇演，父亲带着我们几个孩子看演出。听到报幕员说“下面一个节目，二胡独奏，演奏者高尔晨”，我们都一愣，以为听错了。大幕拉起，只见大哥面带羞涩地走到台前，鞠躬后坐下来开始演奏，一曲《二泉映月》，吸引了全场观众。尽管是初学乍练，弓法还没那么娴熟老练，但琴声悠扬，激情满怀，如泣如诉，给观众留下了深刻印象，赢得了热烈掌声。在我家，祖父会拉晋剧板胡，父亲会拉京戏胡琴，完全没有想到大哥的二胡也拉得这么好。可他什么时候学会的？跟谁学的？谁都不知道！大哥让全家人惊喜的同时也留下一个悬念。后来，我才了解，大哥早就参加了街道组织的文艺宣传队，每天都在紧张地排练节目，自学二胡已经好几年了，只是一直瞒着家人而已。还有一次是区文化馆举办美展，一幅参展的铅笔素描《列宁》画像，引发好评，作者居然是大哥。父亲得知后不大相信，亲自跑去看，回来后喜形于色地说：“果然是你大哥画的，画得真不错，没想到他还真有两下子！”父亲的一些同事朋友和街坊邻居当面夸赞说：“原来你侄儿是个画家啊，你们高家出人才了！”大哥的努力终于见到成效并得到家人和社会的肯定，他从艺的决心更加坚定、心气儿也更高了。从此，他学习乐器、学习画画名正言顺，不再躲着藏着了。我发现，握着画笔或拉动琴弦的大哥，经常出现在家里、院里、公园里、郊外小树林里……我和三哥尔威也成了他最忠实的观众和听众，心甘情愿地受他驱使，为他画画、练琴服务。

一个没有进过艺术院校的人要立志从艺，谈何容易啊！大哥连高中都没上，更无缘拜师学艺，他的从艺之路全靠自学，全靠摸索，全靠实践。当他在街道办事处、在防疫站、在文化馆帮忙时，最初还是个临时工，每月收入勉强糊口，即便如此也要省出一点钱来购买绘画和音乐方面的参考书籍。好在各单位搞宣传，都有些基本配置，像画笔、纸张、颜料乃至音乐器材不需要另买。大哥便充分利用这些条件，没白没黑地加倍苦学苦练，好在他一看就懂，一学就会，很快成为行家里手。“文革”中，中央美院和其他艺术院校的毕业生曾下放到张家口地区劳动锻炼，大哥就利用这个机会接近他们，与他们交朋友，虚心向他们学习、请教，获益匪浅。“文革”结束后，大哥通过自学考试，取得了中央美院的专业毕业证书。

大哥是个名副其实的杂家。这个杂家是他从事的文化宣传工作环境造就的。在基层，搞文化宣传需要多面手，只会一种技能还不足以应付全面工作。大哥以画画为主，兼干摄影，还放过电影和幻灯。一般大型的体育竞赛和文艺晚会也能组织运筹。大哥不习惯使嘴皮子，喜欢带头实干，亲自上阵，亲力亲为，即便后来当了领导也绝不当“甩手掌柜”。每遇大型活动，像写标语、画海报、拍照片，无需安排别人，自己就全包了。还有些突发状况，需要现场处置，也非大哥莫属。比如乐队要上场，突然告知某某演奏员来不了，怎么办？每到这个时候，大哥都会挺身而出，一声“我来”，问题就全解决了，救场如救火啊。大哥什么乐器都会两下，吹笛、吹箫、吹笙、吹唢呐；拉二胡、拉提琴、拉手风琴；弹三弦、弹琵琶。除了钢琴，没有他不会的。虽谈不上专业水平，但应付一般的业余演唱伴奏，还是绰绰有余。文化宣传工作恰好需要这种杂家，这种十八般兵器样样都使得来的人。几十年来，大哥把文化宣传工作干得风生水起、有声有色，多次受到表扬和奖励。大哥本人也觉得干这一行如鱼得水，游刃有余。宣化区只要有文体活动，你看吧，台前幕后那个最活跃的人物就是大哥。大哥退休前已经是区工会的宣传部长，还兼任许多社会职务。

当然，就个人爱好和专业素养方面，大哥最钟情、平生投入精力最多、成果最显著的是绘画。他学过素描、水彩、水粉和油画，也学过剪纸和木刻。

看大哥画画和写美术字是一种享受。大哥创作往往不在狭小的画室中，而是在街上，在高大建筑的墙壁上，这和我想象中的画家作画完全不同。

“文革”中，政治宣传尤重写标语和张贴宣传画，其中书写“最高指示”和绘制领袖画像是最主要的形式。不知何时，这个任务落在大哥身上。

按理说，如此重大的“政治任务”，选择大哥并不合适，因为大哥出身不好。让一个出身不好的人去担此重任，难道不怕被说成立场有问题吗？革委会的头头们肯定是心知肚明的，也一定犯过纠结，但好像别无选择，除了大哥，当地再找不到别人。于是，领导找大哥谈话：“让你写标语，画主席像，是领导和革命群众对你的信任，也是对你的严峻考验。你可要经得住考验噢！”大哥诚惶诚恐，没有推辞，也不敢推辞，只说了一句：“我一定努力。”家里人知道后，都为他捏一把汗。大嫂说：“你这不是给自己找麻烦吗？画主席像，你干得了吗？万一画不像，说你是丑化伟大领袖形象，抓你个现行反革命，你有啥说的？”大哥说：“人家信任我，不好推辞。再说，我可先试一试，先画小样儿，领导通过了，我再画大的。”大嫂拗不过他，只好任他去了，可一直为他提心吊胆。

画领袖像，画幅一般都很大，因为要悬挂在大礼堂中央或广场的主席台上，太小不成比例。还有的要悬挂在宣化最高的古城楼上，只有超大幅画像才能与环境相匹配，才能体现出气势来。大哥从来没有画过这么大的画。当时，也没有投影仪、彩喷之类的现代绘画设备，全靠用比例尺放大的老办法，在画布上打格子，然后对照原画，一个格子一个格子地完成草图，一笔一笔地精描细摩，由局部到整体，定稿后再涂料上色。作画时，只能用肉眼观测判断，却不能有丝毫偏差，这是对人视觉记忆和临摹技巧的最大挑战。而且，登高作业，悬空挥毫，其难度可想而知。按原样放大，做到不走形已属不易，若再求色彩还原，表现出领袖的精神气质和神韵来更是难上加难。大哥居然旗开得胜，第一次作画便取得成功。后来他越画越熟练、越画越有经验，找他画领袖像的单位越来越多，甚至外地单位及解放军驻军部队也闻名而至，请他去画画。大哥除了画画，写标语也是一绝。别人在墙上或标语牌上写字，一般先用线条勾出轮廓，然后再用颜料填充。大哥则很少打轮廓线，只要把上下左右位置确定好，就用大排笔蘸上颜料直接去写。他胸有成竹，意到笔到，唰唰几笔，便一挥而就，既快又好。字迹大小、粗细，匀称美观。他除了仿宋体，各种变形体美术字也都能写。从此，大哥写字画画的名声远扬，口口相传，都知道宣化城有个能人，叫高尔晨。

大哥虽不是科班出身，但一直遵循着艺术规律。他坚信艺术来源于生活，在生活中发现素材、汲取营养、提高技巧，是他给自己设定的创作道路。他除了学习临摹国内外画家作品外，更重视深入生活，观察生活。大自然的千姿百态，现实社会的丰富多彩，各种人物形象和经历，都为他的绘画创作提供了最好的蓝本。为了及时捕捉生活，积累生活形象，他几十年如一日地坚持写生。无论到什么地方，他的兜里总揣着一个速写本。只要有时间，看到什么画什么。我翻过他的速写本，大大小小数不清。从内容看，极其广泛，有景物，有人物，其中人物最多。男女老少、各行各业，无所不包。他的笔下有炼钢工人、种地的农民、练兵习武的解放军战士、学校上课的老师和学生，机关干部和商场服务员、街头摆摊卖吃喝的小贩，绱鞋、打铁、焊样铁壶、爆米花的手艺人，舞台上唱歌跳舞演戏的各种艺人和体育场上参加田径赛的运动员，乃至抱娃喂奶的家庭妇女、医院里的给病人打针换药的护士，甚至盲人、乞丐、流浪儿，在他的画笔下都有记录。大哥还喜欢画古城的变化，在他的画夹里，“文革”前的“古上谷郡”牌坊、钟楼、鼓楼、拱极楼、天主教堂、未改建前的朝阳楼饭店、刚落成的百货大楼、新修的人工湖、北门外葡萄园，以及改革开放后新建的商场、银行、购物中心，还有一些历史场景如“文革”中学毛著，知识青年在农村，粉碎“四人帮”庆祝游行等等，都有所表现。2009

年，正值国庆六十周年之际，区电视台对大哥作了专题采访，大哥拿着速写本，由大嫂陪同出现在电视画面里，主持人介绍说："这位老人几十年如一日，用自己的画笔记录着祖国的发展和家乡的变化。"那一年，大哥已经得了病，讲话已经受影响了，但精神很好，显得特别开心。他没想到故乡人给了他这么高的评价。

大哥画速写有自己的特色，最初使用铅笔，后改用碳素墨水钢笔。钢笔画速写难度大，因为它要求一次成型，无法修改，下笔要精准，笔笔到位。看大哥的速写，与别人不同，简约中有厚重，粗犷中见细微，三五笔勾出形体，三五笔点出特征，虽不如照相真实，却远比照相传神。许多作品，连美院学生看到后都佩服不已。大哥以速写为基础，开展业余创作。他先后在省内外和全国报刊上发表作品，素描、油画、水粉、木刻、剪纸、白描插图、连环画等都有，并多次在美展上获奖。

大哥因乐观而艺术，因艺术而乐观。他把艺术融入生活，也把生活融入艺术。六十年代初，他与同样搞艺术的大嫂结了婚。大嫂是地区歌舞团的专业琵琶演奏员，二人因共同的艺术爱好走在一起。大哥说过，他对艺术只是喜欢，并没有想要成名成家。他说："我一画画，一拉琴，什么烦恼都忘了。快乐就是我的工作，我的工作就是快乐。成名成家什么的，我根本不去想。"

孔子说："知之者不如好之者，好之者不如乐之者。"（《论语·雍也第六》）也许大哥是最能体现夫子所言的人！

大哥的乐观和豁达也体现在他的为人处世上。他在宣传岗位上耕耘多年，在好几个单位都待过，"文革"结束前，居然还是个未被转正的"临时工"，我大惑不解。大哥说："我只顾工作，没考虑过自己的事，要不是粉碎'四人帮'后重新登记，我还以为自己早就是正式的呢。"大哥"马大哈"如此，难怪领导惊讶"转正大事，怎么自己都不着急呢"？直至二十世纪八十年代，大哥才补办了正式转正手续。

大哥长期拿的是低工资，生活拮据，却不愿跟别人讲。最困难时，曾狼狈不堪。记得刚结婚不久，想去岳母家拜访，又无钱买礼品，便从我家的酱油缸里（我父亲在酿造厂工作，工厂年终发不出奖金，每人发一桶酱油，回家储入缸中）灌一瓶酱油提走。还有一次，大哥一早站在路边等人，我妹上班路过，问他等谁，他说就是等你呀。原来，大哥到在小摊上吃过早点，付钱时才发现兜里没钱，只好尴尬地等我妹上班路过替他解危。大哥没钱，却又不在乎钱。每次得到一笔稿费，总会慷慨请客，像白来的一样，毫不吝啬。他跟别人打交道，也很少谈到钱。别人请他画像、写字，求他为出版物插图，往往一分钱劳务都不给，大哥也从不埋怨，觉得无所谓。“给人家帮忙嘛，啥钱不钱的！”这是大哥常挂在嘴边的话。大哥在生活追求上非常简单，穿着朴素，吃饭更不讲究。看他吃饭，无论好赖都吃得很香，风卷残云之后，撂下饭碗就走。大哥说他忙着呢，最不愿在吃饭上耽误工夫。

大哥又是个热心肠。社会上的事，别人的事，总爱瞎操心。大哥这个人，官不大，权没有，但求他办事的人却不少。一方面，他是多面手，画画、写字、照相之类，需要他帮忙的人很多。另一方面，他社交广泛，各行各业、三教九流，都有熟人，于是跟他职业无关的事，像孩子上学、医院瞧病、看演出要票，甚至商场抢购什么稀罕东西，也都来找他“想办法”，简直把他当成了一尊神通广大、无所不能的活菩萨。当然，对于家人和朋友，他更是有求必应，从不敷衍。

一九六八年，我大学毕业，分到坝上劳动锻炼，后来在那里结婚成家。坝上天气极度寒冷，没有合适的御寒装备很难过日子。大哥得知我和妻子买不到合适的靴子，很着急，想买新皮靴又没钱，就跑到部队找熟人。他给部队画过画，人家对他很熟悉，说“没问题”，就把战士替换下但还能穿的羊毛军用大头靴找来，让他挑。他挑了两双给我们寄来，一下子就把我们的困难解决了。穿着大哥寄来的靴子，迎着白毛风，走在冰天雪地里，脚上暖呼呼的，心里更是暖呼呼的。八十年代初，我调到西安工作，大儿子户口原本在宣化奶奶家，这时需要迁到我们那里去，迁户手续很麻烦，费了不少周折，多亏大哥帮忙，花了一年多时间，才把儿子迁户的事情办成。我们都很感激他。

二〇〇五年，我带着小儿子回乡探亲，小儿子自小在北京姥姥家长大，对故乡环境没有什么印象，我很希望这次带他到各处走走看看。大哥听说后，立即放下手头工作，坚持陪我们一起畅游故乡。那时他还没有得病，身轻脚健，拿着相机，一直走在前边带路。从老街、老院、我就读过的小学、中学，到故乡的主要名胜古迹钟楼、鼓楼、南门、西门、天主堂、清真寺、五龙壁，又到南关人工湖、西郊万柳公园以及新建的朝阳商厦、北方商厦、牌楼南步行街。最让我惬意的是，大哥还陪着我到柳川河、洋河及北门外葡萄园转了转，那是我儿时最喜欢去的地方。在葡萄园，大哥边走边回忆小时我们在这里玩耍的情形，又把我拉回魂牵梦绕的童年。大哥走在绿色的田埂上，走在被野草缠脚的阡陌里，陶然忘情，不住地跟我的小儿子说："这是我和你爸小时候常来的地方，这山、这水、这小路、这葡萄园一定还记着我们。"那一瞬间，我突然感到大哥返老还童，变、变，变成了一个调皮任性、无忧无虑的孩子头，在灿烂的夕照中绽放着灿烂的笑容……

如今，大哥再也不能陪我重游故乡了。

大哥，你还好吗？真的很想你。

如果你还有梦，梦中，那个跟在你屁股后头疯跑、疯玩，后来又看着你写字、画画的孩子，一定是我。

2016 年 12 月 24 日平安夜

君　妹

我和君妹都属猴，但比她大一轮，十二岁的差距，几乎像隔了一代人。三年前，父母相继离世，君妹是我唯一的亲人了。每逢周一早晨，总会有个电话从故乡打来："哥，你身体好吧？家里都还好吧？"每次接到她的电话，心里都有种说不出来的激动，热泪禁不住要在眼眶里打转。过去曾是与父母相约聊天的时间，如今却变成君妹向我问安的时刻了。电话像一条割不断的脐带，传输着来自故乡那头的亲情与关爱。今年四月的一天，君妹告诉我，她刚过了六十一岁生日，我听后竟懵住了。哇，君妹都年逾花甲了？我怎么一点感觉都没有呢？在我心目中，君妹还是扎着两条短辫儿的胖丫头啊！岁月，无情的岁月，你怎么会让我的小妹突然间长大又突然间变老了呢？

一九五六年，一个春寒料峭的夜里，母亲难产，父亲和姥爷用架子车推着她到医院分娩。第二天，父亲告诉我，"你娘给你生了个妹妹！"我好奇地去产房探望，她则在襁褓里睡得正香，肉嘟嘟、红扑扑的脸蛋，噘着小嘴，很可爱。母亲说："你妹妹生下来八斤半咧，比你们哪个都胖！"我很高兴，我有个胖丫头妹妹了！高氏家族到我们这辈男多女少，君妹的出生给全家带来了欢乐。我的叔伯大姐叫丽娟，小妹就顺着起名叫丽君。当时，我的叔伯大姐已经十八岁，两个叔伯哥哥一个十六岁，一个十三岁，我十二岁。君妹在我们眼里只是个需要哄抱的娃娃。等她长到六七岁、混沌初开的时候，我们都已经大了，各奔东西。一九六三年，我高中毕业，考上外地的大学，后来又参加了工作，长期背井离乡，与她见面的机会越来越少。君妹在我的记忆里总留着一些空白，对她成长的印象也总是断断续续的。她宛若山林中一棵竹笋，突然间，悄不言声地就长成一竿翠竹。

君妹从小皮实，不大爱哭，成天乐呵呵的，谁见了都喜欢。她年龄最小，自然是全家重点呵护对象。兄弟姐妹间任何人都可能为一点小事争吵、翻脸，唯独跟她没脾气，谁都会让着她。当时家里穷，我和三哥经常利用假期打工赚点学费和零花钱。我们卖过菜，给工地搬过砖，当过和泥、筛砂子的临时工，还到洋河边的铁厂废渣堆里捡过铁。寒冬腊月，为了捡铁把手都冻皴、冻破了。我们心里一直藏着个秘密，就是挣钱给君妹买个玩具，讨她喜欢。记得一九五九年冬，我俩第一次捡铁挣了一元多，跑到老市场买了个木偶人送她。木偶人的头、胳膊、腿儿是用猴皮筋连接的，关节可以自由活动，变出各种造型，君妹爱不释手。看到她无比开心的样子，我俩高兴极了。君妹四岁那年，遇到大饥馑，全家人都在挨饿，父亲和我都得了浮肿病，只有她，大灾之年，非但没瘦还胖了几斤。

1983 年，君妹全家合影。

君妹从小受宠却不恃娇，她比一般人家的孩子懂事都要早，这可能是受了母亲熏陶的缘故。一九四四年，我的大伯病故，伯母改嫁，留下三个孩子悉由我的母亲照料。从那时起，母亲便上奉公婆，下抚儿女，相夫教子，含辛茹苦地维系着一大家子人的生计。善良仁慈的母亲，一辈子吃苦在前，享乐在后，任劳任怨，无欲无求。“宁肯伺候人，不叫人伺候。”“知足的人常乐，吃亏的人常在。”这是她常挂在嘴边的话，也是她做人的信条。君妹在母亲言传身教中成长，充分传承了母亲的基因。

记得君妹刚会走路，人没扫把高就学着扫地，蹒跚地在院里画圈子，不让干都不行；父亲挑水回来，她急着撩门帘儿，迎面被水桶撞倒爬起来都不吭一声；母亲灯下做针线活儿，她也凑热闹，手里捏着线头怎么也穿不进针眼儿里去，急得直哭。母亲说："你还太小，长大了再帮我干活吧！"她终于等到七岁，上了小学，就以为自己什么都能干了。每天放学回家，她撂下书包便抢着做家务，择葱剥蒜，擦桌子洗碗，俨然一个"小大人"。待家里人吃完饭，腾开饭桌，她才去写作业。老祖母在家很少表扬人，唯独对君妹例外，她说："我活了这么大岁数，没见过这么懂事的孩子！"

君妹老实厚道又听话，在学校里爱学习，守纪律，和同学们相处得都很融洽。尤其是她爱干活，不怕吃苦，备受老师和同学信赖。她很早就当上班长。在她看来，班长的差事就是给同学服务，帮老师干活。差不多每天她都要提前到校，负责收齐同学的作业本交给老师，放学后最后一个离开教室，仔细检查门窗关好没有。到了冬天，还得早早起来帮老师把教室的炉子生着、拢好。在那个大力提倡"学雷锋做好事"的年代里，君妹一直是学校学雷锋的积极分子，经常受到老师表扬。

后来赶上"文化大革命"。在动荡的岁月中，君妹度过了中学时代。君妹曾因家庭出身不好受到过短暂的歧视，由班长降为课代表，入团申请也被无端地搁置，但她凭借良好的人缘和与人为善、与人无争的性格，不仅感化了别人也保护了自己，始终没受到过太大的伤害。

当时社会上也有人鼓动学校学生起来造老师的反，君妹很反感，一次都没参加过。有一次，她在街上碰见一位教过她的小学老师，便像往常一样趋前向老师致敬问候，没想到那位老师见了慌忙摆手制止，神色紧张地说："现在不兴这样了，叫人看见不好！"君妹说："学生给老师敬礼是应该的呀！"若干年后那位老师回忆说，在那个年代，见了面还敢给老师敬礼的，只有高丽君一个人。

较之君妹的坦荡，我则谨慎多了。记得"文革"中，一位高中老师给我写信索要毛主席像章和学习资料，我收信后却犹豫再三，最终都未敢答应他的要求。当时我在大学已被造反派定为"黑五类的狗崽子”，这位老师也因推行所谓“反革命修正主义教育路线”而遭受批判。我担心与他私下交往会授人以柄，说我们在搞“黑串联”。关键时刻，人性的懦弱与自私让我变得谨小慎微，不敢越雷池一步。与君妹相比，我实在自愧弗如。

动荡的岁月在君妹胸中激起过多少波澜？在她幼小的心灵里有过怎样的苦痛？我无从知道，但有一点我是清楚的，她过得并不轻松。为了让我在外安心学习和工作，她尽量把家人经受的屈辱与磨难咽进肚里，对我只报喜不报忧。许多事她都瞒着我，对我守口如瓶，生怕影响了我的情绪。

熟悉君妹的人都喜欢用“早熟”来形容她，我听了并不舒服。花样少女，豆蔻年华，谁愿意早熟呢？“早熟”乃是一种反常，是被生活逼出来的啊。俗语说：“穷人的孩子早当家”，君妹正是如此。

一九六八年，我大学毕业，分配到河北坝上“插队当农民”。最初，只在生产队干活儿挣工分，后来才补发了工资。一九七〇年我结婚成家，次年大儿子出生，因我和爱人不在一地工作，无法照顾孩子，便将大儿子送回老家由母亲和君妹代为照看。当时父母家生活并不宽裕，父亲一个人的微薄工资要维持全家人的开销，如今又多添一张嘴，拮据之状可以想见。我虽然每月照例会寄去一点儿生活费，但杯水车薪，远不抵实际支出。要维持一个经济拮据家庭的正常运转，何其不易！故君妹十二三岁就学会了当家理财。每月父亲开支后，她都会帮母亲拉出一个明细清单，买柴米油盐的，订报订奶交电费的，偿还别人欠款的，过年节给祖母买烟酒点心以及看病待客、应付不时之需的，都会分门别类记在上边，严格“量入为出”。我们寄去的生活费更是“专款专用”，只能贴补孩子，不能挪做他用。万一某个月花超支了，全家人都得勒紧裤带，靠省吃俭用来填补亏空。

一九七五年三月，君妹高中毕业，时年十九岁。根据当时的政策，父母身边只有一个子女的可免于下乡，君妹获得留城工作的机会。但工作很难找，想干个临时工都得求人托关系。君妹最先到宣化啤酒厂当临时工，干活却在十几里外的郊区，在啤酒厂下属的酒花种植基地摘酒花。这是个特别苦累、特别磨人的工作，单调、枯燥至极。干活儿的大多是上了岁数的农村妇女，像君妹这样刚出校门的学生娃不多。

摘酒花一直弯着腰，干一天活儿，腰疼得直不起来。君妹硬是咬牙坚持，不打退堂鼓。一个礼拜后，君妹已成熟练工，每天摘酒花比旁人既快又多，一些想偷懒的女人抱怨她“太积极”，拉快了全组的进度，一肚子不高兴，冷言冷语敲打她，她装作没听见。领工的师傅却看好她，提拔她当了组长，她除了带领大家干活还兼管出勤登记和领发工资。这年九月，君妹被调回啤酒厂清洗车间干活儿，业余帮着车间画板报、搞宣传。君妹在滴水成冰的天气里洗瓶子，手指冻得像红萝卜，下班后又忍着疼痛画板报，从不叫一声苦。她的顽强毅力和吃苦耐劳精神给师傅们留下深刻印象，后来她调离时，车间的师傅们都挽留她，谁都舍不得让她走。

一九七六年，君妹终于有了正式工作，通过竞聘和面试，分配到工商银行储蓄科，最初跑外勤，几年后调到基层储蓄所当了所长。她所在的储蓄所在城乡接合部，地处偏远，治安环境复杂。科里虽然派了个年纪大的男同志跟她搭伴，但有的时候还需独立支撑门面。比方同事外出，所里就剩她一个人当班。每遇刮风下雨，没有客户上门时，她就十分犯怵，担心遇到歹徒抢劫怎么办。从小连别人杀鸡都不敢正看一眼的她，想到要与舞刀弄枪的歹徒搏斗，着实有些怕，但又觉着不能认怂。“既然领导把这么重要岗位交给自己负责，说明对自己信得过，我怎么能辜负领导的信任呢？”想来想去，她决定克服依赖思想，做好独立应对的准备。她不知从哪里找来一根带铁齿儿的狼牙棒，一袋石灰粉，放在柜台下。她暗下决心：“坏人敢来抢劫，我就跟他拼了，哪怕牺牲自己也绝不让国家财产和客户利益受损失。”所幸她担心的情况后来没有发生，储蓄所一直平安无事，君妹的工作也越发得心应手。一九八四年，她荣调信贷科，开始了新的工作。

在许多人眼里，信贷科是个令人羡慕的“肥缺”。银行的贷款贷给谁，不贷给谁，贷多少，都由信贷科说了算。资金短缺的企业视银行为救命菩萨，谁不想巴结信贷科？正因为如此，信贷科工作人员的政策水平、业务素质和职业操守比别的科要求更严。君妹之所以被调到信贷科，就是领导看中了她的诚实守信和办事能力。君妹果然不负众望，她到信贷科后，严格按政策办事，严守财经纪律，作风廉洁，不徇私情，吃拿卡要那些事一件也不干。她经常深入基层，了解下情，亲自考察企业的实际经营状况、资金周转和还贷能力，绝不轻信空头许诺，谨防个别人弄虚作假搞骗贷。自踏进信贷科到退休，君妹一干就是二十多年，其间由她经办的信贷业务，件件有依据，笔笔有着落，从未出现过大的闪失。君妹不仅品德优秀，在业务技能上也是行里的一把好手。一九八六年她代表宣化工商行到张家口参加整个地区的业务比赛，一举夺得“算利息，一口清”项目的第一名，为单位赢得了荣誉。君妹有个很大的优点，谦虚而且低调，从来不把成绩记在个人的功劳簿上。她说：“我能有今天，是因为碰到了好领导、好同事，是我的运气好。没有他们的帮助，我能干成啥？啥也干不成！”这样的表态，谁听了都会折服。这些，我都是听父母讲的，他们是从银行大院那些邻居口里听来的。

这个世界上，什么人都有。有的人活着只想着自己，很少顾及别人。但也有一些人正好相反，他们往往为自己想得很少，却一心思谋着为别人好。君妹就属于后一类人。在单位上班，她一心扑在为客户服务上，回到家则想着竭尽全力把身边的老人伺候好。在敬孝老人方面，君妹考虑得比我更细心、更周到。父亲有辆自行车骑了快二十年，像相声里说的“除了铃铛不响哪儿都响”，尽管三天两头出毛病，父亲却舍不得淘汰。我曾提议给他买辆新的，可父亲硬是不同意，说车虽破修修还能骑，还说骑了几十年，骑出感情了，不想换，其实他是怕我多花钱。后来因为忙，我就没再过问买车的事。没想到君妹一九七五年参加工作后，办的第一件事就是给父亲买了一辆飞鸽车，而且事先没和任何人商量。父亲很感动，骑着新车到处炫耀说：“看看，这是闺女给我买的‘孝心车’！”谁都知道君妹买这辆车不容易，是她在酒花地干活挣来的，辛辛苦苦干一个月才挣三十多元，为买这辆车，她需付出整整六个月的辛苦！父亲说它是“孝心车”一点都不假。还有一件事，也让我记忆犹新。我家七八十年代住的还是祖上的老屋，几十年都没置换过新东西了，陈旧的家具，黯淡的色调，整个屋子显得老态龙钟、暮气沉沉。有一次君妹跟我说，她想让老屋变变样子，我没太在意。心想，谁家老屋都是这个样，除非重换家具大折腾，不然很难有起色。没想到，我再次回家，老屋真变样了！家具虽未动，但床上的床单换新的了，窗帘和门帘换新的了，桌上、柜上苫的塑料布也换新的了，而且都换成了明快的暖色调。原来发黄的墙壁也都粉刷了大白，黑黢黢的顶棚糊上漂亮的花格纸。老气横秋的老屋一下变得生机勃勃，光鲜照人，真有了“旧貌换新颜”的感觉。君妹说，这叫花小钱办大事。她解释说：“越是老人居住的环境越要有朝气，越要清清爽爽、亮亮堂堂的，这样住着才有好心情。”我对君妹的拳拳孝心感佩不已，我深知只有真正孝顺的孩子才会想出这样温馨的点子来！

父母住老房老院时，生活设施简陋，别说没有暖气、煤气，连自来水都得到街上去挑。我长期在外地工作，鞭长莫及，家里的一切重体力活儿如买煤、买面、挑水全落在君妹肩上。君妹虽是个女孩儿，干活儿却从不惜力，什么活儿都抢在头里，推、拉、挑、扛样样都行，街坊邻居夸她“比大小伙子都能干”。二〇〇一年后，父母从老房老院搬到银行宿舍，住进条件稍好的小区，君妹除了在家帮自己的老人干活儿，还经常为院中那些儿女不在身边的老人排忧解难。谁家买粮买菜换煤气罐找不到人，谁家念书的孙子外孙没人接送，谁家的老人身体不好上下楼梯没人搀扶，谁家有危急病人上医院缺少帮手，君妹都会主动伸出援手，从不推辞。“老吾老以及人之老”，在君妹身上已化作自觉行动。难怪院中的老太太跟母亲开玩笑，说：“你家的闺女可不是你一个人的闺女，她是俺们大家伙儿的闺女！”母亲听了暖融融的，她曾跟我说：“你妹的好名声让全家都沾光，这比啥都金贵！”欣喜之情，溢于言表。

君妹孝敬老人更表现在她的婚姻上。君妹到了谈婚论嫁的年龄，家里人都希望她找个称心如意的对象。后经介绍，君妹认识了宣钢医院放射科一个姓徐的医生。小伙子什么都好，就是受家庭拖累，在婚姻问题上缺乏自信。他父亲是老木匠，手艺不错，但年纪大了，身体有病，干不了重活儿，还喜欢喝酒，每月工资刚够自己花的。母亲是老病号，长期瘫痪在床，已经好多年了。作为孝子的小徐不仅要在经济上赡养父母，还要长期当陪护，悉心照料二老的身体和起居。每次谈对象，小徐都因家庭问题而遭对方拒绝，自己未免有点心灰意冷。认识君妹后，最初也未抱太大期望，但得知君妹心地善良又孝敬父母便产生了好感。君妹与小徐初次见面，小徐的实在和坦诚，“不隐瞒，一锅端”，既让君妹出乎意料，又给君妹留下深刻印象，她觉着这样的人正是自己要寻觅的终身伴侣。两个人一见倾心，互有好感，但在正式确定关系时，小徐还是有点担心，怕君妹最终会嫌弃他的家庭。小徐告诉君妹：“我家的条件实在太差了。你要是跟了我，恐怕这辈子都没好日子过，我真不忍心看着你跟我一起受罪。嫁不嫁我，你一定要想清楚，自己拿主意，我绝不强迫你。”君妹说：“谁家都有老人，我家也有老人。照顾老人是儿女的本分，我不会嫌弃你！你有孝心，说明你善良，将来对我、对我的父母肯定也会好。”小徐听后，眼泪抑制不住地流下来，活了这么大，他还是第一次从一个姑娘口中听到如此让人感动和暖人肺腑的话。君妹不仅是他的真爱，更是他的知音。

一九八一年十月，君妹与小徐结婚。婚后，君妹坚持和公公婆婆住在一起，好及时照料他们。婆婆半身不遂，卧床多年，穿衣、梳头、洗脸、喂饭一直由公公负责，君妹来了之后，全部接管下来，变成自己每天的任务。除了伺候婆婆起居，君妹还要为全家洗衣服、做饭，收拾屋子，礼拜天都不得休息。四年后，婆婆去世。一九八五年，君妹在单位分到住房，本可以独立出去过自己的小日子，但君妹舍不得撇下年迈的公公，最后还是把公公接到自己身边，跟他们一起过。当时君妹已经有了两岁多的女儿。公公有肺气肿和哮喘病，每夜咳嗽不止，孩子被吵醒后哭闹，君妹几乎睡不成一宿安生觉。时间长了，公公过意不去，几次提出自己要搬回老房子住，都被君妹拒绝了。君妹说：“您现在身体不好，正需要我们照顾，你不在我们身边，我们更操心，更睡不着觉！”后来，公公的身体越来越差，浑身无力，连下地走路都很艰难了。老人眼看自己帮不了忙还要给儿子儿媳增添负担，心里越发不好受，许多憋在肚里的话说不出口，只能偷偷掉眼泪。君妹感念老人的善良和体贴，对老人的照顾更加精心。她每天亲自给公公洗脸、洗脚，还让刚会说话的女儿逗爷爷开心。老人在君妹悉心照料下度过了生命最后的时光。一九八九年底，公公病逝。临终前，老人叮嘱儿子：“娶上这样的好媳妇是咱徐家的福，你要一辈子对她好！”

君妹先后送走了婆家和娘家五位老人，后来，又把爱心转向下一代身上，开始照顾女儿的女儿。她每次来电话，除了向我问安外就是夸赞她的外孙女如何聪明伶俐，如何好学上进，说她正在为外孙女做着什么。有时，打电话都要掐时间，说：“不能再聊了，孩子快放学了，我要忙着做饭了。”忙，忙，一辈子都在忙。忙是君妹生活的主旋律。她简直像一只风中旋转的陀螺，风不停，就永远没有停下来的时刻。我曾严肃地奉劝她不要老是替别人忙，也该闲下来安享晚年了。她却说：“我就是奔波劳碌的命，太清闲了反而不习惯。不让我干活，不让我伺候人，生活的乐趣就没有了！”

这就是君妹。

君妹是个普普通通的人，但她的追求、她的境界又异乎常人。在利己主义像雾霾一样笼罩全社会并日趋合理化、精致化的氛围下，君妹的存在让我有幸看到久违的蓝天。蓝天，湛蓝的天空，风清气爽的天空，曾经是人们最熟悉最寻常的风景，如今却快变成奢望了。想到君妹，我就想到了蓝天，也许这就是我对她最深刻的记忆和最直观的印象吧！

2018 年 1 月 29 日

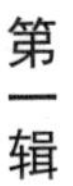

戈壁滩上一棵草

当我在键盘上敲下“悼大姐”这三个字时，泪水再一次模糊了双眼。我多想痛痛快快地大哭一场啊，为我那个耿直又“半吊”、善良又不幸的老姐姐！……可我始终不能，因为大姐去世的噩耗，至今还瞒着我的父母。我也没敢告诉孩子们，怕他们无意中说漏了嘴。这种无法宣泄的悲痛，沉甸甸地压在心头，令我窒息，不知该向谁去诉说……

这是残留在我电脑里的一段文字，行文时间是公元二〇〇〇年三月十九日。当时，我想写一篇悼念大姐的文章，可文章只开了个头就写不下去了。后来几次想续完，都没有写成，一直拖到今天——二〇一二年一月二十七日，距大姐离开这个世界已整整十二个年头了！

大姐是在二〇〇〇年一月二十七日因突发心脏病去世的。听三哥说，头天下午，她还好好的，晚饭是面条，吃得很香。睡下后，渐觉胸闷气短心口疼，以为是胃不舒服，想扛到天亮再去就医。后来症状加剧，大姐夫才决定送医院。然而为时已晚，大姐患的是急性心梗，来不及救治，便在二十七日的零点十分溘然长逝，享年六十二岁。

闻知大姐噩耗，我正要乘飞机到云南出差，无法赴天水见大姐最后一面，也未能参加她的葬礼，至为遗憾。更令我难受的是，大姐去世的消息还得瞒过老家的父母，他们都年近耄耋了，唯恐经受不起如此沉重的打击。最后大家商定，暂时不告诉他们，待来年适当时候再说。

大姐去世后一个多月，逢农历元宵节，我心怀忐忑地回乡探亲。

一进门，母亲就兴冲冲地告诉我：“你大姐来信了！”我大吃一惊，大姐已经去世了，怎么还会有信来？母亲说：“你大姐年前寄来二百块钱，却没一封信。是病了，写不成信？还是两口子又吵架了，没心思写信？我和你爸都不放心。收到汇款后我立马让你爸给她去了信，告诉她，以后寄不寄钱不打紧，一定要常写信来，没时间少写几句也行啊，省得让我们成天瞎惦记。这回好了，总算来信了！”母亲释然地笑着，从抽屉里取出信让我看。怪了，信封和信纸上的笔迹确实是大姐的。再看落款日期是一月二十日。即是说，这是大姐去世前一个礼拜写的。信的内容，无非是向家人报平安和问候过年的话。另外还有一页纸，是姐夫写的，特意说明：“丽娟写好信忘了发，收到家里的信后，只好补寄。由于粗心，让二老着急了，实在不好意思。”等等。看到这里，我明白了，原信确是大姐写了忘发的，姐夫重发此信却是做戏给二老看，想造成大姐还健在的印象，父母亲居然信以为真。父亲说：“没事就好。你大姐就这么个人，忘性总比记性大。六十多岁的人，还改不了这个毛病！”

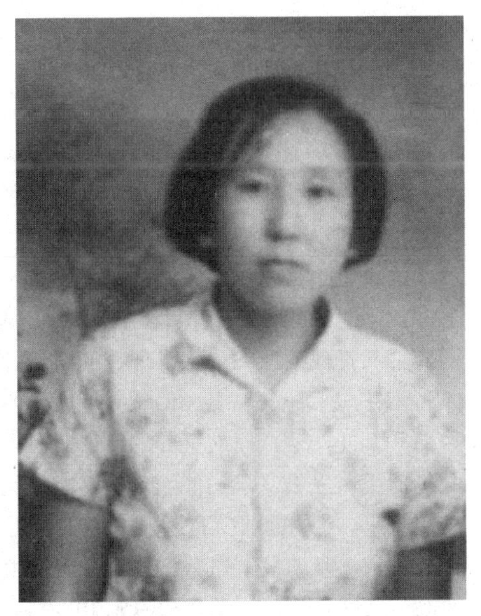

大姐，摄于六十年代中

大姐病故的消息，父母半年后才知道。最初接到姐夫和三哥的来信说大姐“身体不好”，渐渐地“病情加重”，直到“医治无效”，“安详去世”，“后事料理得很周到、很体面”云云，都是按事先设计好的“桥段”，由姐夫和三哥渐次向他们透露的，尽量延长了大姐因病去世的过程。二老思想有所准备，情感得到缓冲，哭了一阵，难受了一阵，也就过去了。然而，大姐从此成了二老嘴边离不开的话题，几乎我每次回家，他们都会伤感地谈到大姐，谈到与大姐相关的一些往事。于是，大姐也一次次地从我的记忆深处走来……我不能继续在痛苦中沉默了。

大姐是我伯父的长女，属虎，戊寅年（1938）农历八月十五日降生，故取了个与中秋月有关的名字，叫丽娟，“千里共婵娟”的意思，足见伯父对女儿疼爱之深。其后伯父又生了两个男孩，一个是大哥尔晨，一个是三哥尔未。不幸的是伯父英年早逝，一九四四年患肺结核病故，当时大姐才六岁，大哥四岁、三哥更小，还不到一周岁。去世前，伯父托孤给我的父亲，让我的父母替他把三个孩子抚养成人，父亲含泪答应了他的恳求。伯父去世后，伯母远嫁，父母亲秉承伯父的遗愿和嘱托，认真肩起抚养的责任，对大姐和两个哥哥视如己出，祖父祖母更对失去双亲的他们呵护有加。我是在伯父去世那年出生的，一生下来，我的前头就有了一个姐姐和两个哥哥。我和他们一起生活，一起长大，从未怀疑过我们并非一母所生。直到长大懂事才明白，原来我们之间是叔伯姐弟和叔伯兄弟的关系。

在我的印象中，大姐没有扎过小辫儿，喜欢留着齐眉穗儿短发，胖嘟嘟的脸蛋和一张略微上翘的嘴巴很有个性。她的两条细长的眉毛和一双黑眼睛时常紧蹙，像是在和谁斗气。只有说话时，才解开眉锁，莞尔一笑。大姐笑的时候比蹙眉时好看，笑得很纯真。若蹙眉时，两腮都鼓起来，眼睛也瞪起来，显得凌威不可犯。只要她一不高兴，我们就赶快躲开。不然，母亲会说：“你们都一边去，别惹你大姐生气！”

由于家人的宠爱，幼年的大姐，从小养尊处优惯了，说风即风，说雨即雨，干什么事都由着性儿来。在家里孩子中，她是老大，习惯发号施令，更喜欢独来独往，不屑跟我们这帮“臭小子”为伍。

大姐有自己的爱好。她爱看书，就像一只书虫，成天钻在书里。每天放学回家，刚撂下饭碗，她就捧起一本书来看，看得津津有味，入迷时，喊她叫她都听不见。这些书，当然不是书包里的课本，而是父亲说的“闲书”。所谓“闲书”，就是与正经功课完全无关的书。我家藏书很多，除四书五经外，还有大量旧小说，像《红楼梦》《水浒传》《三国演义》《西游记》《封神演义》《三侠剑》《济公传》《说岳全传》之类，大姐最喜欢的是这些旧小说。这些“闲书”通常是锁在柜子里的，不许我们小孩子看，唯独大姐例外，可以偷出来看且不受指责，令我们好生嫉妒。

大姐还喜好唱晋剧。这自然和我的祖父有关，是受他的影响。祖父高士选一辈子爱好晋剧，爱到成瘾成癖的程度。他最喜欢山西梆子音乐，花重金购置了全套山西梆子乐器，在家开坐唱班。在宣化城里，几乎无人不知有位对山西梆子喜欢到神魂颠倒、倾家荡产都在所不惜的爷。我们从小是在听祖父山西梆子的乐曲演奏中长大的。“四股眼”“夹板”“二性”“流水”等这些古韵悠长的晋剧曲调和唱腔我们都耳熟能详，也能跟着祖父的板胡瞎哼哼几句，但毕竟都不是唱戏的料，也没有那么大的耐心。只有大姐，不但喜欢而且乐意学唱。她嗓子好，领悟快，一学就会，大得祖父赏识。后来大姐又把学校班上喜欢晋剧的女同学一起拉来学戏。每逢开唱，街坊四邻都来看热闹，屋里门外挤得水泄不通。我素来对唱戏不感兴趣，但听到大人们在夸奖大姐时，自己也很得意，就像在夸我。大姐是十足的晋剧戏迷。我清楚记得，二十世纪五十年代初，为配合新婚姻法宣传，张家口晋剧团演出新编剧目《蝶双飞》，由当时著名晋剧演员筱桂桃和王艳婷分别饰演祝英台和梁山伯。在宣化剧场演出时，引发轰动，一连数日，场场爆满。后来应广大市民要求，市广播站又通过街头大喇叭为戏迷们播放演出实况，全城男女老少沉浸在听梁祝唱梁祝的戏曲氛围里。大姐完全被演员的演唱所倾倒，剧中人物的唱词她一句不落地记住了，而且所有的经典唱段都会唱。每天早上一起床，我就能听到她在唱，上学和放学走在路上她也唱。大姐唱戏时，感情专注、投入，唱着唱着就变成了戏中的人物，无法自已。比如，戏中梁山伯病逝，祝英台去吊孝一场，当唱到“一只眼睁来一只眼闭”时，大姐每次都会泪流不止，好像她就是那个祝英台。当时我很好奇，想不透她缘何如此。更可笑的是，她们几个喜欢晋剧的女中同学为了追星，天天到剧场外等着扮演梁山伯的演员散场，人家前头走，她们后面跟，直到把人家惹烦撵她们走，才遗憾离开。现在想起来，除了晋剧本身的魅力外，或许和她们当时都是情窦初开的少女有关吧？

大姐爱看书，爱唱戏，对家务活儿却懒得伸手。缝洗、烧饭一类

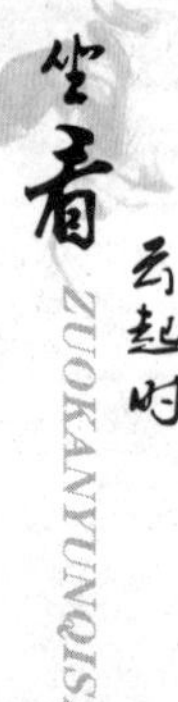

通常需要女人们干的活计，她一概不会做，也没兴趣做。基本上是衣来伸手，饭来张口，碰倒油瓶都不扶的。后来，连最溺爱她的祖母都看不惯了，给她起个绰号叫“小佛爷”。在祖母看来，只有庙里的泥胎佛爷才端坐不动，等着让人伺候，她一个女孩子万万不该如此偷懒和缺少眼力见儿。大姐对这个绰号好像不以为然：“佛爷就佛爷，咋了？我就是小佛爷！”大姐嘴噘得老高，照样我行我素。

当然，大姐也有我们所不及的长处，就是功课好。我们几个男孩子太贪玩，不爱读书，几乎人人都蹲过班，留过级。唯独大姐年年是班上的优等生，从小学到初中、高中，学习成绩一直在班上名列前茅，这也许是她能在家里看闲书而不被制止的原因。大姐看闲书也没有耽误功课，我们嫉妒也白搭。我们在学习上遇到难题，有时也向她求助，她一般都不会拒绝，不过帮完你后总爱要加上一句：“这么简单的题都不会，真笨！笨到家了！”搞得我们本想感谢又把话咽了回去。大姐就是这么个人，说话直来直去，不会拐弯儿，也不会讲客套，好话难听。

大姐个性孤傲，脾气犟，喜欢较真，认死理。如果谁惹了她，会跟你没完没了。拿母亲的话说，“你大姐是个半吊子，她一辈子吃亏倒霉都和她的半吊子脾气有关。”“半吊子”在宣化方言里是形容一个人主观、固执，不听人劝，讲话做事随意、任性，不计后果，不会通融。

但大姐为人正直，棱角分明，她的“半吊子”脾气里也有让人敬服之处。她可能看惩恶扬善的侠义小说看得太多，同情弱者，眼里容不下沙子，喜欢打抱不平，有时却不知进退，反把自己给害了。高中时，班主任是个男老师，作风不大正派，谁巴结他就对谁好，特别是模样俊俏、善于逢迎的女学生会经常受到他的青睐，而对一些来自农村老实巴交、不愿让他占便宜的女生则多有挑剔和责难。有一次学生间闹矛盾，他处罚不公，明目张胆偏袒一个女生，压制另一个女生，并且当众辱骂同学，大家敢怒不敢言。大姐忍无可忍，实在看不过眼，便在课堂上拍案而起，高声指责老师拉偏架，欺负不顺从他的女生。这极大惹怒了这位老师，从此对她耿耿于怀，总想寻机报复。果然，高中毕业时，在大姐的政审鉴定里，班主任别有用心地加了一段话：

“该生有走白专道路的倾向，思想不开展。”就这么简单的一行字，成了扼杀大姐政治前途的魔咒。在倡导“又红又专”、批判“白专道路”的年代，大姐背着一个莫须有的“走白专道路倾向”的罪名参加高考，加之家庭出身又不好，哪个学校还肯收？尽管她每科成绩都考得不错，录取时还是在政审的关口被刷掉了。可怜的大姐并不知道原委，一直蒙在鼓里，多年后才从别人嘴里了解到真相。

高考失利仅仅是第一步，倒霉事从此接踵而来。大姐补习了一年，本欲第二年再考，却不幸患了肺结核，虽经治疗后痊愈，可错过了参加高考的机会。大学不能念了，想找份工作干，恰碰上三年困难时期，哪里都不招人。后来，谋得一个给职工业余学校代课的差事，却因为一次记错了时间，耽误了给学生上课，自己又不肯主动认错，结果被学校解雇了。再后来，大姐到宣化城建局描图，总算安定下来，岂料在婚姻问题上又遇到烦心事。

大姐高考失利后，觉着自己是被家庭出身不好给害惨了，要改变自己的政治宿命和处境，最好是找个根红苗正的对象。这个想法现在看来幼稚，在当时却很可理解。大姐到了女大当嫁的年龄，上门提亲的、毛遂自荐的都有，但大姐都看不上。大姐执拗地认为，自己要么不嫁，要嫁便嫁个“响当当的无产阶级”，最好是一名军人。五六十年代，军人是不少女孩子心中的偶像，能与军人结婚，是她们莫大的幸福和荣光。大姐的同窗好友嫁给了一个解放军团长，让所有女同学羡慕不已。大姐后来真的遇到一个现役军人，虽然文化不高，长相也很一般，但初次见面就说对大姐有好感。大姐没谈过恋爱，面对陌生的男人，没想着了解对方情况，自己倒先亮出底牌：“我出身不好，连大学都没考上，这些都不想瞒你。你要慎重考虑，如果你不嫌弃，咱们就谈；如果觉得不合适，咱们就算了。”那人见大姐心直口快，爽朗地说：“这有什么？出身又不是你自己选择的，我看上的是你，不是你的出身。”还说“你不要自卑，将来咱们成立了家庭，互相帮助，一起进步”！几句话说得大姐心里热乎乎的。大姐被突然降临的爱情搞得晕头转向，满脑子美丽的梦幻，觉着从此就可摆脱厄运的纠缠。我当时正在读高中，看到大姐一下子变得兴高采烈、容光焕发，很为她高兴，家里也张罗着为她办喜事。谁料到，没过多久，那个信誓旦旦的军人却变了卦。据说，他的结婚报告递上去未批，还受到上级警告：如果与大姐结婚，可能会影响入党提干。他权衡再三，最后选择与大姐了断关系。大姐第一次谈恋爱就遭受如此严酷的打击，精神一下就垮了。她从此心灰意冷，完全失去生活的勇气和信心。多亏父母和全家人的及时劝慰，才使她从绝望的深渊中慢慢挣扎出来。后又经别人介绍，大姐认识了后来成为我姐夫的人。他也是一位军人，在炮兵学院当教官。大姐最初并不抱幻想，前车之鉴已让她伤透了心。但此人和前一位军人不同，不做空头许愿，在和大姐结婚问题上毫不含糊、妥协，不理睬外来的干预。而且，办事麻利快，嘁哩喀喳，爱你没商量，谈定了就领证、结婚。大姐说她成为新娘时，还跟做梦一样，不相信是真的。大姐结婚后，住进炮院宿舍，过了一段自由惬意的日子。然而好景并不长，他们婚后不到半年，姐夫就接到转业的命令，被调到甘肃酒泉农建十一师工作。至于转业原因，领导只说是响应军委号召，支援边疆建设。大姐清楚，姐夫肯定是受了自己的牵累，才被调离军职、下放到大西北的，心里充满愧疚和不安。

一九六四年春，大姐随姐夫一起离开宣化，到甘肃酒泉支边。那一年，我已经上了大学，并参加了河北抚宁的四清运动。接到大姐的信，感到大姐心头结着疙瘩，字里行间流露出感伤情绪和宿命论思想。我不仅给她写了封长信，还写了一首诗赠她，其中两句写道“既信沉浮由人定，何须泰否问君平”鼓励她通过自己的努力改变命运。

大姐到了酒泉，生活展开新的一页，但茫茫戈壁，能否生根开花，将面临新的考验。大姐从小没干过重体力活，对居家过日子一窍不通，她和姐夫的关系也由浪漫转入务实，这一切都让大姐眼前的道路坎坷艰难，充满变数。

最初，大姐受到的待遇还不错。由于姐夫在兵团搞政工，领导对大姐的工作安排比较重视。听说大姐高中毕业，又在城建局搞过绘图，所以大姐一来就被分到十一师勘察设计处当描图员，后来又到农二师师部当绘图员。大姐业务素质好，字写得漂亮，经常受到领导表扬，同事关系也比较融洽。无论在十一师还是在二师，大姐都给人们留下很好的印象。然而两年后，一切全变了。突如其来的政治风暴，却让大姐猝不及防，平静的生活被彻底打乱，她的命运也随之逆转。

兵团的领导和专家先后被造反派当作“走资派”和“反动学术权威”打倒，出身不好的干部职工，霎时都成为“狗崽子”和“黑五类”，甚至被定为“牛鬼蛇神”。大姐虽未入“牛鬼蛇神”之列，但在血统论盛行的年代里，绘图员当不成了，一夜之间被造反派清理出勘察处；酒泉也不能待了，被发配到天水甘谷县农十一师十五团中学药厂当工人。大姐想不通，可胳膊拧不过大腿，只好认命了。从酒泉来到甘谷，环境变了，她不再是受人尊敬的兵团干部家属，而成了需要接受改造的“可教育好子女”。工厂的政治环境极“左”，一些造反派似乎一直在盯着大姐，处处找大姐的茬儿。开始大姐忍着，只顾低头干活，造反派们反觉得是在向他们示威。一天，大姐上厕所回来，一个女造反派冷嘲热讽地说：“看看，就她高丽娟，懒驴上磨屎尿多！”大姐受到侮辱，反唇相讥：“你说我是懒驴，你是什么驴？你是不拉磨还乱放屁的驴！”在场的人哄堂大笑，女造反派恼羞成怒，伸手就给大姐一巴掌。大姐也不示弱，一头向她撞去，二人扭作一团，互不相让，直到厂领导出面，才把她们拉开。女造反派自然不依不饶，强迫大姐承认错误、直到大姐写了检查才消气。这件事，群众反映截然不同，有人认为是“狗崽子翻天，应该加重处罚”。但大部分人则认为那个女人太刁，太蛮横，欺负别人惯了，早该有人出来教训她。有人说“兔子急了也咬人，欺负人家高丽娟老实，可老实人也不好惹”！大姐从此出了名。

一九七五年，十五团解散，大姐由甘谷调到天水农科所中梁试验站当农工。姐夫也调到天水。干农活，春种、夏管、秋收、冬藏，四季劳作在田间地头，非常辛苦，但大姐喜欢。因为这种看似集体却更重个体的劳动，让大姐精神轻松，不像车间干活，四周全是监视的眼睛。这里也不像农村，干的虽是农活，在一起干活的却是有文化的知识分子。大家彼此间理解、默契，极“左”的氛围在这里被淡化了许多。据三哥说，大姐干活不惜力气，而且最怕别人说干不好，锄草、间苗，任务完不成，宁可加班加点绝不拖累别人，经常是别人收工了，她还一个人干着，坚持把自己的活儿干完才走。同事们评价说：“高丽娟是个实性子，干农活有点笨拙，但绝不会溜奸耍滑。”大姐皮肤晒黑了，手上磨得满是老茧，由于常年劳累，身体显出老态，腰开始弯、背也开始有点驼了。

大姐苦熬着，终于熬到了粉碎“四人帮”。已经习惯了面朝黄土背朝天老老实实当农民的大姐，不料又被拉回到脑力劳动的岗位。一九七九年，中梁中心小学缺数学教师，几个班的学生嗷嗷待哺，学校为找代课老师绞尽脑汁，这时有人推荐了大姐。校长亲自登门拜访，大姐伸出两只粗粝的手，苦笑着对校长说：“我都这样了，当老师，还行吗？”校长说：“行，早就听说你有学问，肯定行。”“你们说行，我就去试试，讲不好，让同学把我轰下台可不怪我。”后来大姐应聘，当了代课教师，一直干到一九八六年。

在这期间，大姐由于功底扎实，备课认真，讲课循循善诱，深受学生爱戴和欢迎。学校经费不足，她还自制教具，如圆规、三角板，用自制的数学模具启发学生思维；她关心学生，当知道有的学生因家庭生活困难而不能坚持上课时，就主动牺牲假日休息把他们请到家里来补课。大姐教的班，学生的数学成绩进步很快，教学质量在全校也是最好的。学校为长期留住她，从一九八四年开始就张罗着给她办转正，可每次转正表报上去就没了下文。后来，有人道出谜底，原来县教育局管转正的不是别人，正是当年在甘谷骂她是懒驴上磨、给她小鞋穿的那个女人。有人劝大姐到县里去找这个女人评理，告她打击报复，大姐说：“算了，不找了，也不告了。既然人家不批，肯定会说出一大堆冠冕堂皇的理由，再说没批的又不只我一个。代课，转正，都是当老师，都是教学生，我不在乎这个名分。”就这样，大姐转正的事一直拖下来，直到七年后调离中小也没有解决。

一九八六年，大姐由中心小学调到农科所资料室工作。所领导考虑到大姐岁数大了，身体也不好，负责资料整理归档，工作琐细但不太累，也容易发挥专长，大姐非常感激领导的关心。大姐在资料室干了四年，一九九〇年退休。

就在大姐办了退休手续离开单位那一刻，突然觉得喉咙有些哽咽。回家路上，放眼四望，山还是那座山，梁还是那道梁，而当年那个风华正茂的她不见了，变成了一个满鬓风霜、告老还乡的退休老太。

二十多年前和她一起来建设兵团参加边疆建设的女人，许多人入党的入党，提干的提干，没有入党提干的，在自己的岗位上也做了不少成绩，获得了不同的技术职称。而自己呢？什么都不是，什么都没有！许多机会都错过了，稀里糊涂地就到了退休年龄。“高丽娟，你真窝囊啊！”她心里自责，越想越觉得委屈，眼泪在眼眶里打转，差点哭出声来。

这是大姐后来自己讲的。我很理解大姐的心情。记得我上高中时，大姐曾用仿宋体的钢笔字写了苏联作家奥斯特洛夫斯基的一段名言赠我：“人的一生应当这样度过：当他回首往事时，不因虚度年华而悔恨，也不因碌碌无为而羞耻；在临死的时候，他能够说：‘我的整个生命和全部精力，都已经献给世界上最壮丽的事业——为人类的解放而斗争。’”这句话曾深深地打动过我，激励过我，我想，同样也曾像火焰一样点燃过大姐的青春。然而大姐在回首往事时，却感到自己蹉跎了岁月，陷入叹息与自责之中。

大姐几十年改变了不少，特别在适应环境和生活能力的培养锻炼方面，几乎像换了个人。她是两个孩子的母亲，白天上班，中午和晚上还得干家务。儿子闺女结婚成家后，她又帮着他们照看孩子。特别是外孙女笑笑，几乎是她一手抱大的。大姐小时候当惯了“小佛爷”，让别人伺候，现在却像仆人一样，从早到晚伺候别人。有时累了，她也发牢骚，发脾气，但家里的活儿一样不少干。她学着打毛衣，学做针线活儿，向当地女人学着做各种面食，比如那种绿色可口的菠菜面，就是跟天水女人学来的。她把所有的精力用在了改善家庭生活方面。她自己养鸡，除了下蛋，还孵化小鸡，一孵就是十几只。一次，她误把鸭蛋当鸡蛋，居然孵出一只黑小鸭，可乐坏了她，逢人便夸：“我家鸡婆有本事，连鸭子都能孵出来！”人家说：“不是你家鸡有本事，是你没眼力，连鸡蛋鸭蛋都分不清。”她听了哈哈一笑，并不生气。她给十几只鸡全起了名字，“芦花”“老黑”“小黄”……每天晚上睡觉前，一定要到鸡窝前巡视一番，点过名，看到每只鸡都归窝上架，才放心离开。她还养了一条狗，叫麻狼。最初并不知道是条狼狗，刚抱来时才小猫大，后来越长越大，体貌凶悍。大姐很为它操心受累，怕它惹事。麻狼在大姐面前却乖顺如羊，大姐走到哪里它跟到哪里。夜里，麻狼拴在鸡窝边，替大姐看家护院。自从有了麻狼，黄鼠狼不敢偷鸡，鸡们都有了安全感。听大姐说，麻狼本事大着呢，有时鸡们不听话在院子里乱飞，麻狼就扑上去，用嘴把它们叼回来。鸡中的调皮鬼慑于麻狼的威严，再不敢造次。一九八九年，单位分房，大姐要从原来的平房搬到楼房去。住小区楼房不让养大狗，这可愁坏了大姐。有时她捧起麻狼的脸喃喃自语："麻狼，麻狼，要搬家了，你可咋办呀？"麻狼似乎感受到主人的难处，居然在搬家前夕，不吃不喝，无疾而终，全家人都感到诧异和震撼。大姐难过极了，后悔不该跟麻狼唠叨搬家的事。她说："麻狼太通人性了，如果它不知道搬家的事，或许还能多活几年，是我把它害了。"

大姐心地善良，许多时候都是为别人着想，只是说话和行事方式过于执拗，才引起别人误解。一九八〇年一月底，我读研放寒假，从西安回宣化过年，特地绕道天水去看望她，在她家待了三天。大姐见到我，很亲热，夸我考上研究生，为全家争了光。她提到奶奶和叔叔、婶婶的抚养，感慨自己不能在老人面前尽孝还让老人操心惦记，深感不安。临走，她非让我把一袋五十斤重的白面和五十多斤重的苹果捎回家。我说："路太远，还要在兰州倒车，太不方便，不如少带一些，我把你的心意带到就可以了。"大姐却翻了脸，说："那怎么行？宣化缺细粮，老人吃不到这么好的白面。宣化也不出苹果，天水苹果甜，我得让他们尝尝。面和苹果你必须都带回去，一斤都不能少！"我怕大姐生气，只好照办。这一路，可苦了我，兰州倒车，搬上搬下；到了宣化，我背着一百多斤东西出站，立刻被车站工作人员拦住。告知我，行李超重，需要从始发站补票。我起初埋怨大姐，后来想想，大姐纯属一片孝心，我怎能怪她呢？

由此，我想到大姐几十年来的坎坷经历，如果能有更多人能从她的角度去关心她、理解她，她的命运肯定是另一种结果。这一点，在大姐死后得到验证。

大姐去世后，农科所为她举行了追悼会。农科所的书记曾与大姐一块工作过，对她比较了解。书记说："高丽娟是个老实人、本分人，心直口快，心地善良。她从内地来到边疆，到咱们这扎根几十年，很不容易。我们不会忘记她，她的追悼会要办得隆重些。”在凄婉的哀乐声中，农科所的干部职工都来向她告别，男女老少，不下百人。人们说，这么多人来给一个普通职工送葬，在咱们所还是头一回。

大姐是个平凡的人，平凡得像戈壁滩上的一棵小草。小草是不会被人注意的，尤其是初春，“草色遥看近却无”。但小草又是切实存在的，尽管平凡，也会发出生命的光彩，它曾和无数小草一起，无声无息地点缀着戈壁滩的春天。

2015 年 8 月 30 日

近 邻 三 老

社区真是个怪东西，它让素不相识的人变成左邻右舍。自搬进北影小区后，我突然与老艺术家葛存壮、张目以及高汉先生住进同一座塔楼里，这种意想不到的境遇，让我有幸看到近邻三老的另面形象……

"老小孩"葛存壮

葛老爷子有张生动的脸，两只眼睛炯炯有神，一溜胡子微微上翘，说话总带点幽默感。他开起玩笑来，像个老小孩，把别人逗得嘎嘎乐，自己却装得像没事人似的。二〇一一年春节前一个傍晚，有人请老艺术家到东方红大酒店聚餐，我和我老伴也在受邀之列。葛存壮下楼晚了，让谢芳两口子在楼下多等了他十几分钟，谢芳岁数虽没有他大，但腿脚不好，天这么冷，让人家在楼下干等，总觉着不够意思，可又不便解释。餐桌上，葛老爷子突然讲起刚才中央台的晚间新闻，他说，"今天的新闻联播你们听了没有？中央一号文件规定，国家在未来十年中准备拿出四万亿元投入农田水利建设。四万个亿，你们知道是个什么概念？我想，一百元的人民币，一百张一沓，是一万块，就这么厚——"说着边用两个指头比画着，"那四万多亿能摞多少沓？摞起来该有多厚？"大家听到此处，如堕五里雾中，以为他在讲新闻，都睁大眼睛，有人甚至帮他计算四万个亿可以分成多少沓。

不料，他卖完关子马上接着说"我思谋，四万个亿，要装在我家屋子里肯定装不下，可要多少房子才能装得下呢？我就这么琢磨来琢磨去，怎么也琢磨不出个答案来。这时老伴催我说，该出发了，已经晚了，我这才醒过神来”。说完抿嘴一笑：“嗨，都是这四万个亿闹的。”

大伙听了哈哈大笑，这才明白，葛老爷子绕如此大圈子，只是想解释他迟到的原因，给自己找辙，结果把所有人都转晕了，而他自己却像幼儿园小孩儿似的，认真扳着指头算数，煞有介事，真让人哭笑不得。

“老车夫”张目

张目是谢芳的爱人，今年八十三了。这个在二十世纪五十年代初歌剧舞台上扮演过“小二黑”（中国歌剧《小二黑结婚》）和“货郎”（苏联歌剧《货郎与小姐》）的男人，如今的主要角色是给太太当“车夫”。

在北影，你会经常看到张目骑着一辆带车篷的三轮摩托进出小区。知道的人，会笑着向他打招呼：“老两口又出去遛弯啊？”张目点点头，说：“可不，趁天气好，出去转转。”不知道的人，还以为是摩的司机，追着喊：“喂，老师傅，停一下，我坐你的车！”张目只好摆摆手，抱歉地说：“对不起啊，我这是自家车，不拉客人。”

我多次看到张目牵着谢芳的手从楼道里出来，再搀扶着她下台阶，走到小院东墙根，熟练地打开三轮摩托的后厢门，安顿谢芳在车椅上坐稳、关好车门，然后去发动车。随着突突的马达声，车慢慢悠悠、稳稳当当地开走了。车窗玻璃上立即映出广大观众所熟悉的那张面孔——《青春之歌》里的林道静、《早春二月》里的陶岚、《舞台姐妹》里的竺春花……看着他们远去的身影，我一次次地被感动，我觉得他们是整个北影小区里最靓丽的一道风景。

如今的明星大腕儿，个个宝马香车，兜风追风，谁会像他们那样乘坐一辆改装的三轮摩托出行？如今演艺界一些人结婚离婚如闪电，谁能像他们那样白头偕老时依然相爱如初、相敬如宾？

我曾好奇地问过张目：为何不买辆小车开？他说：“开小车可不如开三轮摩托方便，一则停车有困难，二则出门受限制，不像开三轮摩托，想停哪停哪，想去哪去哪。”谢芳补充说：“关键是我习惯了，只有坐他的车我才最放心！”

我说：“您跟谢芳老师都是演艺界的明星大腕儿，不怕别人说你们太寒酸？”张目说，的确有人这么议论过他们。有一次，一个朋友见到他的车，也想买一辆，就回去和他太太商量，他太太说：“你买我不管，但不许到我们单位去，我才不跟着你丢人现眼呢！”那个朋友只好作罢。

我说：“在一般人看来，你们这样的明星大腕儿，出门不坐宝马，至少也该坐奥迪什么的。”张目说：“我们又不是大款，别说没钱，就是有钱也不会摆那个谱。我俩都是普普通通的退休老人，自己知道几斤几两，别人说什么是他们的事，我们从来没把我们自己太当回事。”

张目的这辆“白洋淀”牌三轮车已经开了二十多年了。二十多年来，张目拉着谢芳徜徉在人生旅途中，上早市、逛公园、走亲访友。开亚运会时，张目的车被警察拦住，以为是黑摩的，当谢芳出现时，警察惊讶不已，想不到车主竟是他们平日难得一见的大明星。没的说，立刻放行。张目说，关键时刻影迷们还真够意思。

张目比谢芳大四岁，年轻时是著名的歌剧演员，他的业余兴趣广泛，琴棋书画、摄影、钓鱼样样喜好，但自从退休后，照顾妻子却成了主要职责，特别是谢芳腿摔伤后，对爱人的体贴照顾愈加细致入微。谢芳曾用十二个字来称赞张目：“撑我帆，把我舵。释我迷，助我乐。”

张目说，这是对他这个“老车夫”的最高奖赏了。

“老裁缝”高汉

高汉是个奇人，他曾做过邓拓的秘书和北京电影制片厂的副厂长，但在电影界知道他的人并不多。考其原因，非他才不出众，业不惊人，恰恰相反，正是他才太出众、业太惊人，敢于坚持真理讲真话，才受到“四人帮”迫害，身陷囹圄多年，许多人跟他不熟并不奇怪。高汉不仅是个奇人，更是个奇才。他在哲学和经济学研究方面造诣颇深，在古典诗词理论研究和创作方面也有不凡的成就。他擅长书法和篆刻，凭此专长，曾为革命事业做出过特殊贡献。抗战胜利后，北平大批爱国志士和进步青年纷纷奔赴革命圣地延安和各个解放区，高汉奉地下党组织之命，专门仿制北平市各区政府的公章和各区、各保、各甲长的官私印章，帮助这些去往延安和解放区的人巧妙通过敌人的封锁线。他们手持盖有高汉所刻“印章”的路条，竟能在敌人眼皮下畅行无阻，你不能不佩服高汉手艺以假乱真的高超。十年浩劫中，高汉成为江青钦定的文艺界重点黑线人物之一，但他心怀坦荡，宁折不弯，吃了不少苦头。其母被遣送回老家监督改造，高汉写诗送别：“白发稀疏腿脚僵，高龄襆被独还乡。一身百病今何托？黄叶西风向夕阳！”没料到连这首小诗也成为他坚持“反动”立场的罪证。

高汉是个乐天派，在狱中，他除了刻苦阅读马列和毛主席的著作外，还跟同室囚犯学会了裁缝活儿。先后有两个人教他做针线，一个是裁缝出身的湖南某县公安局长，一个是自幼在上海旗袍店当学徒后参加革命的延安老干部，两个人的手艺都相当了得。高汉在他们的悉心指导下手艺大长，几年过去，居然成了一名像模像样的裁缝了。每有空闲，他就坐在床边小凳上把床当工作台，缝衣服，补衣服，翻新棉袄。居然后来成瘾，不干则技痒。一九七五年出狱后，他旧习未改，依然把家里的床当工作台，他要给妻子做件棉袄。后来他回忆说：“做针线活也许既可补爱于妻子，又可实用，并和我喜好工艺的性格相结合，何乐而不为呢？”于是，他“从早到晚，埋头翻改，以新换旧，钉上岳母留下的蓝玻璃扣子，与海蓝的缎面求得和谐，再加上浅蓝的滚边，精工绝艺，自己看着都感到吃惊”。然而妻子吴青看了，却有点不是滋味。吴青说：“他把材料铺在床上，坐在小板凳上做裁缝。七年来他已习惯了狱中的生活方式，对家中的桌椅似乎都视而不见了。我见到这种情景，不禁悲从中来。”特殊年代和特殊环境中造就了一个特殊的“裁缝”，背景是辛酸的，故事却充满温馨。当妻子穿着丈夫用细针密线缝制的衣服时，那种发自内心的幸福感恐怕是一般人无法领略的。

如今，年届耄耋的高汉，精神矍铄，思维敏捷，超乎常人。离休后，他笔耕不辍，一连写了《高汉诗选》《三话》《人生处处青山》《天台山诗话》等多部著作，在海内外都引起反响。我曾去拜访他，谈起他当裁缝的事，他笑着说：“至今我还喜欢做点针线活儿，不过，亲自动手的机会越来越少了，真有点遗憾呢！”

2013年5月4日

老 翟

在我结识的电影导演中，翟俊杰是个最不像“导演”的导演。他没一点君临一切的派头，更没有颐指气使的习惯，和谁相处，都有种能让人立刻感到亲近的谦和。这种谦和不是装出来的，所以，给我印象特深。他是一个敬业的人，同时又是一个开朗的人，两种优长集于一身，使他比那些过于潇洒的导演多了份责任心，又比那些过于严肃的导演少了些古板和拘谨。他喜欢用诙谐的方式说“正题”，在说“正题”时也免不了搞点小幽默，甚至小小的恶作剧。即便在正经场合，也改不了他快乐的天性。

老翟口才好，讲话没一点拿捏，且声情并茂，很容易征服听众。二〇一〇年到福鼎参加散文创作笔会，他给散文作者谈影视创作与文学，引起极大轰动。人们听惯了某些专家学者故作高深的理论说教，偶尔听到老翟不拿讲稿信马由缰地谈影说文，都感到新鲜。安排四十分钟的发言，他讲了一个半小时，人们还嫌时间太短听不过瘾，笑声、掌声始终不断。致使接着演讲的诗人汪国真有了压力，无论怎样卖力，也难达到刚才那种出奇热烈的效果。

那次会议结束的晚上，开联欢会，作家们纷纷即兴吟诗，有的歌颂福鼎白茶，有的感谢当地政府的盛情，老翟也上台朗诵了自己过去写的两首诗，据他说，这辈子也只写过这两首。他说“我不会写诗，以为文字分开行、押上韵的就是诗”。结果，这两首不像诗的诗却大出风头，比那些作家写的诗还感人。

记得散会那天，我和老翟坐同一个航班的飞机离开福州。在长乐机场换登机牌时，同行的作家郭雪波、张培育夫妇代为我们办手续，

2010 年，作者与翟俊杰合影。

我把我的身份证和老翟的军官证交给他们。老翟说他的手提箱要托运，郭看了看说，这么小的箱子不必托运，省得下机后取行李耽误时间。老翟说："我的打火机在里边，不托运，安检查出来给没收了，怪可惜的。"郭雪波只好按老翟的意思办托运。我与老翟在远处等着。过了很长时间，不见回来，老翟不放心，就去看究竟。到了那里，见郭雪波正与柜台小姐解释着什么，老翟忙搭讪问："是不是我的行李有什么违禁品？"人家听了说："不是的，是想了解你们需要我们提供什么服务。"原来，柜台小姐看到老翟军官证上有"文职二级"的字样，知道他是相当于少将级别的部队干部，当然不敢怠慢，特意在换登机牌时给我们安排了最前一排的位置，那排座位通常是留给民航内部人和特殊客人坐的。换完登机牌，一位女服务员又专门引领我们通过安检，并一直护送我们到贵宾休息室。我跟老翟开玩笑说："我们可算沾你将军的光了，早知如此，何必办托运呢？别说带打火机，带什么东西他们兴许都能放行。"

到了贵宾室，根据规定，"将军"只能留一名"随从"，郭雪波说，"那就让高老师当你的随从吧，我们俩就不陪你了，待会儿检票登机时再过来。"于是，我一个人留下陪老翟。老翟说，他从来没享受过这种待遇，是不是郭雪波跟人家胡吹了什么，他也不知道。

老翟说："既然被当成贵宾，咱就享受享受吧。"所以当服务员问我们喝什么饮料时，老翟很内行地问："有无糖的健怡可口可乐吗？"服务员端来可乐后，老翟又问："有无糖饼干吗？"接着又送来一盘无糖饼干。老翟说："咱们垫吧垫吧，别去餐厅吃饭了，机场的饭，花钱多还吃不好。"听口气完全不像将军给麾下发令，倒像一个习惯跑外的大哥给小兄弟传授旅行经验。

我俩在休息室待了两个多钟头，开始登机后，又被安排优先登机。一上飞机，空姐们主动来嘘寒问暖，及时送来报纸和饮料，显得格外殷勤。

老翟给我讲，他和黄宗江一九七五年到广州军区去，人家不认识他们，那时没有恢复军衔制，单从军服上分不出官衔大小。见老翟长得胖，黄宗江长得瘦，就以为他是首长，黄是随从，见到老翟首先敬礼，问"首长好！"，而把黄宗江撇在一边。吃饭时，只征询他的意见而不问黄宗江有何要求，黄自认晦气，老翟却偷着乐，觉得既如此，不妨将错就错，便用四川话学着首长的口吻道："小鬼，有什么东西搞一些来嘛，我们吃了饭，还有事做。"接待的人忙问："首长想吃什么？""面条搞两碗好吧，还有香肠，能搞到半条也行，唔，还有花生米什么的，也搞些来吧，要快哟！"吃完饭，他才指着黄宗江告诉对方："他才是首长，我是他的随从，你们搞错了。"小战士听后，窘得满脸通红，急忙给黄首长敬礼道歉，老翟则哈哈大笑。小战士后来才品砸出刚才是有些不对劲：哪有大首长吃饭只要两碗面条、吃菜要半根香肠、一点花生米就高兴得忘乎所以了呢！

那天在飞机上，我俩一路聊天，夜里十二点多才到北京机场。因航班延误，来接机的八一厂司机已等候多时，一脸的不耐烦。老翟怕我不好打车，执意叫司机送我到北影，司机却别别扭扭的未置可否，竟在我一条腿还没落稳就把车开动了，差点把我带倒。看得出老翟有些气恼，但也无可奈何。上车后，我看到司机睡眼惺忪，难怪刚才那么粗鲁和失态！我本想"敲打"司机几句，可老翟似乎已完全忘了刚才的不快，自己点着一支烟抽着，又赶紧掏出另一支递给司机。我心想，"将军"都没生气，我这随从发哪门子火？忍了算了。八一厂那个司机岁数不大，机关兵当久了，有点油。此时他好像清醒了许多，对老翟和我的态度变得谦恭起来。他把我送到北影门口，还问我要不要把车子开进去，我说："谢谢，不用了。"

一辈子没干过随从，这次居然给老翟当了回"随从"，开心得很。只是老翟从不承认自己是"将军"，更不愿对外"烧包"，这次他"被将军"了一回，纯属意外。

我俩都是电影审查委员会成员，经常在审片时见面，相互间也经常开玩笑。但我从不敢称他官衔，否则，他会认为我在故意取笑他。

说曹操曹操到。你看，老翟同志又笑嘻嘻地走过来了。

2014 年 11 月 2 日

怪人连生

在我的朋友中，连生是唯一远离现代文明的人。他不会用电脑，写文章写信，依然靠笔墨纸砚；他不会用手机发微信，别人送他一部手机，他只学会接听来电，其他功能一概不会。外出时，手机不带在身边，却放在家里，完全退化成一部座机。

听说他还有诸多怪癖，比如：他不是回民，却只吃羊肉，让人莫名其妙；他没有传染病，到别人家吃饭却自带水杯和碗筷，让人怀疑他有洁癖；他年过花甲，却一直保持单身，自然也无儿无女，更让人猜想多多……

他是我南开校友。四十多年前的一天，他来我们宿舍，找我同舍同学孙学刚，他敲了门，却站在门外不进来。我推开门，对他说："请进来吧，学刚打水去了，一会儿就回来。"他后退一步，款款笑着说："不啦，我就在楼道等他。"过了一会儿，学刚回来，他才跟着进屋。他个子不高，皮肤白净，头发微微发黄，细眉细眼的，说话慢声慢气儿。学刚给我们介绍说："他叫王连生，是历史系六四级的，比咱们低一届。我俩都是从北京考来的。"从此，我和连生也就认识了。但我们并无更多交往，对他的情况也不甚了解。只知他有许多可笑的传闻，比如，说他一次到卫生所看病，挂号室护士错将一个女生的病历给了他，他看都没看，就拿着去就医，医生说："这不是你的病历"。他坚持说"是我的"。医生指着病历说："你看，上次的病历上写着你没来例假。这能是你的吗？"王连生居然不知例假为何物，误以为是指例行的假期，便梗着脖子争辩："我怎么能没有例假呢？我又不是特务，我又没被关起来，你们有例假，我也有例假！”搞得医生和在场的人哈哈大笑。这个段子传得很广，究竟是真是假，我没考证过，但他在我印象中确实是个可爱的书呆子。一九六八年大学毕业后，我们就再没见过面。

一晃四十年过去。差不多我连他的名字都快忘记的时候，却收到他的邀请，约我和学刚一起去聚会。原来，他一直没有忘记我，八十年代，他与学刚有了联系就一直打听我的消息，后听说我从西安调到北京，就特别想见我。

再度相逢，我们都是年过花甲的老人了。他的样子没变，说话的神态也和年轻时一样，只是眉宇间、两颊间，再见不到青春的气息，步态也显老迈。第一次见面，他坚持要在和平门附近的全聚德请我和学刚吃烤鸭。不料那天人多，排队需要等很长时间，我们下午还有别的事情，就建议他移师别处。他说“说好请你们到全聚德的，怎么能换地方”？我说：“北京烤鸭，在哪儿吃都一个味儿，附近的餐厅人少，烤鸭还便宜。”我们硬拉他到另一家餐馆，他嘟嘟囔囔的很不情愿。

老友相聚，聊得很开心。从谈话中得知，他一九六九年毕业后，分到天津汉沽中学教书，先教历史，后教语文，最后教外语，从教三十四年，一直干到退休。

我问他：“你一直教中学，就没想着换换岗位吗？”

他说：“我就是个当教书匠的料，习惯了，不想再挪窝。”

我说：“你心慈面善的，学生那么调皮，能镇得住他们吗？”

他说：“还行。让学生服你，靠膀大腰圆胳膊粗没用，靠吹胡子瞪眼也解决不了问题。”

我问：“那靠什么？”

他说：“要靠真诚和耐心。要让学生觉着你真是为他们好，对他们严格要求，一丝不苟。比如，写作业，我绝不容许学生糊弄差事。字迹潦草、卷面乱涂乱改的，我一律退回，让他们重写，写好后交上来我再批改，我从来不嫌麻烦。校长曾这样评价我，说：‘我不信王连生能力有多大，但相信他干什么都能干好。’有校长这句话，我觉得没白干，值了。”

他说话声音不大，说完这段话，自觉着像自我表扬，便不好意思地用右手捂住了嘴巴。我却被他的样子搞笑了。这次见面，连生并没有解释他急于见我的原因，我也不好多问。吃完饭，我起身买单，他却说："别动，说好了是我请客的！"语气不容置辩。我有点过意不去，我知道他退休工资不高，不该让他破费。学刚把我拉住，说："你不了解，他就是这么个怪人，不让他买单他会不高兴的，随他吧。"

我想起学刚给我讲过的一个连生请客的故事。有一次，他教过的学生，请他吃饭，他却坚持做东，不让学生掏钱。后来，僵持不下，服务员出了个主意，说"你们谁挣得多谁来买单吧"。为了主动掏腰包，工资不足四千的连生吹牛说："我挣七千多，我来买单。"他以为，这七千元的"高薪"能把人家吓回去。不料，他的学生说："我们的工资也不高，不过比老师要高些。"连生急切地问："高多少？"学生说："在你七千的前面再加个一，是一万七千元。"连生这才无话可说。

在饭桌上，我了解到连生如今还是单身，一直没有结婚。他在汉沽教书时，想不久的将来争取调回北京，不愿在那儿谈对象。后来，年纪大了，也没调成，婚姻大事也耽搁了。其间也谈过几个，有的是他没看上人家，也有的是人家没看上他。他书呆子脾气，却坚持自己的标准，非要找个有文化、又能过日子的人，而且性格不能太张扬，太浪漫。结果挑来挑去，错过了机会。曾有个女学生对他有好感，也符合他的条件，但比他小十多岁，他想到师生恋会让人说闲话，便断然拒绝。女学生问他原因，他含糊其辞地解释说："找对象，男女岁数上下不能差五岁。"那个女孩莫名其妙："男女不能差五岁，这是谁家规定的啊！"后来才知道是连生的托词，一气之下，再也不理他。

我曾猜想，连生急于见我，是不是想让我帮他物色个老伴？于是，再次见到连生，我主动提到这件事。他听了，笑着说："你误会了。我现在一个人过惯了，挺好，不想再找了。我见你，是想求你给我找点过去的电影资料。我知道。你在广电总局，是搞电影的……"

他的话大大出乎我的所料。

"你要找电影资料？"我还是不大相信。

他说："是啊。我从年轻时起就喜欢电影，高中毕业还想报考电

2012 年，作者与王连生合影。

影学院但没考成。几十年来，我唯一的业余爱好，就是看电影。参加工作后，每看完一部让我感动的电影，我就把好的台词背下来，成为和同事们聊天、消遣的内容。“文革”前的一些老电影，像《南征北战》《平原游击队》《霓虹灯下的哨兵》等，我都喜欢。有些经典台词，至今我还能背得下来。不信，我背几段你听听。”

说着，他开始给我背诵台词。

首先，是《平原游击队》里，老勤爷面对鬼子和汉奸的精彩对话。

汉奸翻译何非挖苦地说：“你怎么不说话？聋了？是哑巴？”

老勤爷闪动着两只怒眼，冷冷地说：“一个庄稼主子，不会说个话。”

何非：“你是人不是人？”

老勤爷：“我怎么不是人？”

何非：“你是人不会说话？”

老勤爷讽刺地：“那谁知道，敢许把祖宗三代都忘了！”

何非大怒，“我打死你个老杂种！”骂着端起枪来。

老勤爷一口吐沫吐在何非脸上，大骂道：“呸！你这个狗杂种，你还是中国人吗？成天帮日本杀害中国人，老天爷白给你披了张人皮！”

何非瞪着眼：“我崩了你！”

老勤爷拍着胸脯："来吧，小子，对准这儿打！你打死我这个七十多岁的人，看你多有能耐！被你们抓住就没想活！"

这时，日寇中队长松井走到老勤爷面前，拍着他的肩膀，伸着大拇指，夸奖着："你是中国人的这个。老头，我问你，皇军好，八路军好？"

老勤爷说："皇军好！"

松井问："皇军什么好？"

老勤爷讽刺地说："皇军不杀人，不放火，不抢粮食！这多好！"

连生一个人模仿三个人对话，把当时的环境和气氛，表现得栩栩如生。他接着又给我背诵了电影《年轻的一代》里，林育生（达式常）念信，"从此，你再也见不到你的父母了……" 字字动情，几乎要声泪俱下。连生说："这句台词据说还是周总理改过的。"

此外，他还表演了《霓虹灯下的哨兵》春妮及电影《红日》中张林的台词。他惊人的记忆力和惟妙惟肖的模仿力让我吃惊。我甚至觉得他没有干演员这行，有点屈才了。我虽然长期从事电影剧作研究，却记不住几句经典台词，与他相比，实在汗颜。

我说："你太了不起了！如果中国电影设立最佳观众奖，你一定是无可争议的不二人选。"

他说："我就是个普通影迷，没法跟你们相比。人老了，想寻点乐子，我突然想把一些老电影影像资料收集起来，慢慢欣赏。我已经从旧货市场上淘到一些，但还不够，所以想到你，你是圈里人，找这方面资料肯定比我方便些。"

我满口答应下来。我说："这好办，我帮你找。我手头就有一些电影光盘，你要，只管拿去！"后来，我陆续帮他找到一些，他如获至宝。

连生性格孤僻，朋友不多，喜欢独往独来。他自供清淡，生活上不讲究，属于那种知足常乐、为而不争的人。任教几十年，退休时，连套房子都没有分到，一直住在学校的一间库房里。他也曾提过申请，但始终没有结果。退休后回到北京，妹妹心疼他，把自己的房子借给他住。我问他，为何不找领导解决？他说："领导也有难处，我不想给别人添麻烦。”

我发现，连生书呆子脾气，几十年未变。他似乎与眼前的红尘世界相隔甚远，如桃源中人，不知有汉，何论魏晋。

连生外语好，教学之余，潜心研究英语词组变异，还翻译了一些短篇小说和童话故事，国内二十多家刊物都发表过他的文章和译作。前几年，他把自己的研究文章汇编成书，却找不到合适的出版社出版。有的出版社嫌他名气小，故意搪塞他；有的看了稿子提出要跟他“合作”，他听出了“弦外之音”，便撤回了书稿，不再跟他们打交道了。

跟连生接触多了，我发现，他的怪，他的特立独行，都和他的过于实在有关。他实实在在对自己，实实在在对别人，却经常被实实在在的世俗所误解。

前年冬，一次他在街上走，不小心被后面开来的一辆轿车挂倒，摔在路边。司机很紧张，赶快上前把他扶起，坚持要拉他上医院检查。连生自己试着走了两步，对司机说：“不用了，你看，我不是好好的吗？没问题，你走吧！”司机再三劝他“还是检查一下好”，他说：“没撞坏，检查个啥！”司机走后，在场围观的人都抱怨连生太傻，说：“你怎么轻易把人放走了？”他说：“人家没撞坏我，干嘛赖着人家不放？再说，我有公费医疗，就是有点小破小伤，也用不着他花钱。”有人背后小声嘀咕：“这老头真怪，脑子进水了吧？现在有人没事还碰瓷儿，他被撞了还替人家说话！”

去年夏天，他从很远的大兴来看我，特地在当地超市买了一个十多斤的大西瓜。大热天，汗流浃背地抱着个大西瓜到我家来，不是犯傻吗？我说：“吃西瓜门口就有，何必从那么远抱来？”他说：“吃西瓜，就要吃正宗的大兴西瓜。你们门口卖的未必正宗，我是在大兴超市买的，我问清了，连哪个村庄产的都有记录，保证不会有假。”我除了感动，也为他的“冒傻”而遗憾。

看惯了滚滚红尘，看惯了尔虞我诈，一旦碰到连生这样老实的好人，本来正常的东西变成了反常。我索性把一连串的问号抛给他：

我问他：“你到别人家吃饭，为何要自带碗筷？是嫌人家不干净吗？”他说：“不是嫌人家，是怕人家嫌我。我得过肺囊肿。”我说：“那也不传染呀，再说，早就好了啊。”他说：“还是注意点好。人老了，毛病多，你咳嗽，人家会怀疑你有肺结核，不如自己带碗筷好。与人方便，自己方便。”

“听说，你到别人家，从不坐床，这又为什么？”他说：“床是人家身体接触的地方，别人哪能轻易坐？所以，到别人家去，一定要坐椅子、凳子，连沙发最好都不坐。这是对主人的尊重。”

“我还听说，你约我们去吃饭，一定要避过周六周日或节假日，这又为什么？”他说：“这很好理解呀。因为，你们平日工作忙，周六周日或节假日一家人才得团聚。我不想打乱你们的生活，咱们不就是吃顿饭吗？换个别的日子也一样。”

“还有，你不是回民，为什么唯独喜欢吃羊肉呢？”

他笑了：“这就纯属我的癖好了。从小就这样，养成习惯了，习惯成自然，我也说不出原因来。”

原来如此！

听连生说，他一九四五年一月生于丰台。祖父是庄稼把式，父亲做小买卖，从不坑人骗人。三反五反，上级来查，既无偷税漏税，又无缺斤短两，他家卖的酒里从不掺水，所有商品都货真价实。一时，他父亲成了合法经商的模范人物。父亲教育他：“一个人做事说话难免有对错，要紧的是讲实话，不说骗人的假话。”“不管别人怎么对你，你都要对人诚心实意，有礼貌。”看来，连生严格地践行了家教。他的“怪”，是自己的道德操持与坚守几十年不变、不改的缘故。

我从连生身上明白了一个道理：人活于世，既是被观察被评价的对象，又是观察世态、评价世态的一个窗口。所谓正常与不正常、怪与不怪，有时会出现截然相反的认定。就像在疯人院，有神经病的人在一群疯子中彼此都觉得很正常，一点都不怪，可一旦有个没病的人闯进来，反倒被大家视作异类，觉得不正常了。

连生的种种怪，让我感动，让我汗颜，让我珍惜，更让我深思。

世界上如果能多一些像连生这样逆反世俗的怪人，该多好啊！

2014 年 6 月 16 日

好人迎庆

在影界，许多人喊他“庆哥”，这让我想起京剧《沙家浜》里那个始终没出场的人物阿庆。我眼前的“庆哥”，正好相反，每日都是生活的主角，反而不见了“阿庆嫂”的身影。原来他们夫妻早就劳燕分飞，巢各一方了。“庆哥”曾这样解释离异的原因：“你知道，我这个人喜欢交朋友，喜欢帮朋友办事，不论谁，只要求到我，我都不愿推辞。人家求我，那是信任我，抬举我，我能不尽力吗？为朋友办事，花费了我不少时间，有时连节假日都搭上了，平日下班后也很少在家里待着。妻子忍无可忍，终于向我摊牌，说：‘既然你把朋友的事看得比我和这个家还重要，咱俩何必硬凑在一起呢，离了算了！’我和妻子都是生性好强又不愿主动让步的人，针尖对麦芒。既然她不适应我的生活方式，我又不适合她的生活规范，干嘛还要死乞白赖地维持婚姻关系呢？于是，说离就离了。”

他说得很坦然，似乎也很轻松，但听着总觉得有年轻人斗气的成分。这些年，不少人给他介绍对象，但都无一例外地遭他婉拒。他说：“谁要嫁我，甘当老四才行。老娘老了，我要孝敬她；女儿还小，我要抚育她；前妻虽已离婚，但为我受了不少苦，身体又不好，我要关心她……这么苛刻的条件，世上再傻的女人也不会嫁我。这么一说，你就明白了，所谓当老四，那是开玩笑，我心里压根儿就没打算再找！我不能再给别人添麻烦，不能再让一个爱我的人承受无端的牺牲，那样做，不公平。此外，我身边还有那么多朋友需要帮助，我实在没有能力和精力再去经营一个新的家庭和婚姻。我思谋着，等我六十岁退休后，老娘不在了，女儿参加工作能自食其力了，如果前妻还没嫁人，还能容纳我，我就把她接回来重新一起过。我说的这些，都是实话，你能相信吗？”听完这番议论，所有人无不称奇，都说“想不到世上还有这号人”！有人干脆建议：“咱们攒个电影吧，片名就叫《庆哥和他的三个女人》”……

“庆哥”，姓王，生于一九五六年九月三十日，国庆节前夕，故名迎庆。王迎庆原在广电总局电影剧本中心任策划部主任，后调到中国电影报社任社长兼总编，现供职于中影集团，任精神文明委副主任。他在剧本中心时，和我一个单位，是我的下属。二〇〇五年我退休后，他也离开剧本中心。十年来，尽管我们再无工作上来往，但联系依然密切。因为他就住在我楼下，抬头不见低头见，在我的生活中，王迎庆是我躲不开的参照物，同时也是我的一面镜子。

迎庆是个好人，但活得并不轻松，尽管脸上时常带着微笑，但一双忧郁的眼睛还是流露出内心的沉重。三年前，他患了骨关节炎，两条腿都做了髋关节置换手术。报社工作忙，每周两期报纸，约二十万字的终审，他坚持在病床上完成。出院后，他拄着双拐上下班，见到我，依然客气地打招呼，依然笑着点头问候，看着他拄拐笃哒笃哒地从我面前走过，我根本不知道他是靠吃大量的止疼片来支撑度过每一天的。

这一点像他一贯的表现。在剧本中心时，他给人的印象是热情、肯干、急公好义，从不叫苦。剧本中心分给他的任务，每年都能出色完成，因此每年都毫无悬念地被大家评为优秀干部和模范党员。每当述职，他讲收获，讲体会，唯独不讲克服困难的艰辛。

有两件事给我印象颇深。一九九九年，由剧本中心策划、反映八十年前中国代表面对强权敢于说“不”、拒绝在巴黎和会上签字的历史题材影片《我的1919》赴法国拍摄。为加强摄制组管理，根据总局和电影局领导建议，由中心选派一名党员干部担任摄制组党支部书记。当时，我们选派了迎庆，一来他参与过策划，二来他是中心的模范党员。谁都知道，在摄制组当支部书记很困难，也很尴尬，但迎庆迎难而上，很好地承担了这个角色。在摄制组，他不等不靠，主动帮导演和制片主任做主创人员的思想工作，排忧解难，防患未然。在巴黎那段日子，正好赶上美国轰炸我驻南斯拉夫大使馆，迎庆及时组织主创人员学习新华社和《人民日报》相关文章，将大家同仇敌忾的爱国热情化作拍好影片的具体行动，几乎每隔几天，他就写一份摄制简报发回国内，通报摄制组的思想动态和拍摄进度。由于他和导演、制片部门的默契配合，在全组人员的共同努力下，这部境外摄制的影片，在拍摄环境复杂、拍摄周期又卡得很严的情况下，顺利圆满地完成了任务。还有一件事是策划电影剧本《郑培民》，这是列入电影局重点扶持项目的剧本，迎庆不仅在策划上尽心尽力，而且对于为此付出辛劳的各位编剧一直萦系在怀。影片拍摄时，虽然最终只选定了一个剧本，但对其他编剧创作的剧本，迎庆没有轻易地一毙了事，而是想办法通过出剧本集的形式，让他们的成果发挥作用。如此细心、如此人性化处理，我看除了迎庆，其他人很难想到和做到。

2000 年，作者与王迎庆合影。

迎庆调到《中国电影报》社后，遇到更大挑战。新单位积压的问题很多，特别是经济上的困顿，几乎到了破产的边缘。原来提供资金办报的合作方，突然出现资金链断裂，本来承诺支付的报纸原料款和印刷费三百多万，迟迟没有到账，报社职工已连续几个月拿不到工资。中秋节快到了，职工们人心惶惶，有的想着散伙，有的打算上告上访。为平息这锅沸水，他伤透了脑筋。一方面他着手机制改革，以期“釜底抽薪”，另一方面，又不得不临时筹措些资金来“扬汤止沸”。经努力，大部分人的基本工资节前兑现了，但仍有少数职工的工资和过节费没有着落。走投无路的他，无处告借，只好回家向老娘求援，把老娘的三万元退休金全顶了急用。当十五的月亮升起的时候，他拖着疲惫的身子回到家，跟老娘说：“儿子无能，让您老跟着操心了。”老娘说：“你能替别人想，让大伙都过个团圆节，我不操心，倒是放心了！”迎庆在《中国电影报》工作近十年间，终审的文稿六千余万字，无论报纸导向还是稿件的质量把关，都没有出现原则性问题，受到领导和业界好评。我想，这和他素日里兢兢业业的工作作风和甘于奉献的工作态度是分不开的。

迎庆有些事，如果讲给别人听，可能有人会将信将疑。社会不正之风泛滥，弄虚作假的事太多，“假作真时真亦假”。说一个人如何坏，大家立马都信，倘若说一个人如何好，准会提出质疑：“这是真的么？”但迎庆的故事，千真万确，绝不“只是一个传说”。我自己就有切身感受。

退休后，我和所有退休的人员一样，无可奈何地加入到“逸民”的行列，此时方知人情冷暖和你所处的位置大有关系。在一些人看来，你不在岗了，没有多少使用价值了，自然就会被遗忘、被疏远，天经地义。何况，我又一向是个不谙世故的“书呆子”。恰在这个时候，迎庆出现了。那张笑嘻嘻的很少见皱纹的脸，那双清澈见底透着天真的大眼睛，正好对着你。

迎庆对我们这些退了休的老人，非但没有遗忘和疏远，反而越发亲近，亲近得像对待自己的亲人。逢年过节，他不忘亲自登门拜访；平日里，也总想给我们找点差事，发挥点余热。知道哪个“老哥”“老姐”有病，他帮着寻医问药；了解哪个过生日，他总要打电话祝寿，嘘寒问暖；退下来的老友见面不易，他设法创造机会让大家开心一聚……

电影圈是个名利场。许多人为追名逐利，喜欢巴结有权有势的名人大腕，迎庆却始终惜老怜贫，热心于扶危救困。他居住的北影小区常有一些退下影坛的老演员、老职工，或离异，或有病，或鳏寡独居，或儿女不在身边，晚景堪怜，迎庆每每见到他们都产生恻隐之心。几年来，他尽其所能抚慰他们，关心他们，为他们排忧解难。有年冬天，迎庆组织几位老艺术家到大同云冈石窟参观，老演员张连文不幸把腿摔成骨折，返京途中，迎庆在车上就给北京打电话托人做好准备，自己出钱买了一个轮椅，等张连文一到，亲自推着轮椅送他回家。在其后的一个多月里，迎庆帮他联系住院治疗，一有空就去看他，照顾得比家里人都周到，感动得这位曾在影片《创业》里扮演周挺杉的老演员热泪盈眶。

在我们这个群体里，“有困难找迎庆”成为大家的一句口头禅。电影局一位退休的老局长，就曾不止一次地跟别人讲：“如果我半夜里有个病痛什么的，第一个想到要打电话求助的人，就是王迎庆！”

迎庆不但帮熟人，对陌生人的求助也不拒绝。在他周围经常看到一批小哥儿们，他们大多是由外乡漂泊到北京来求学求职的年轻人，他们在遭遇困厄时，都曾受到过迎庆无私的帮助和扶持。

小邹来自内蒙古赤峰，家境贫寒，他到北大读作家班，穷得连房租都付不起。迎庆偶然认识了这个憨厚朴实而又身无分文的穷学生，主动帮他还清欠学校的三千元房租，并让他搬到自己家里吃住。后来，小邹毕业了，靠自己的刻苦努力，做了编剧，在迎庆的帮衬下崭露头角。他第一次拿到稿费，舍不得花，先拿出三千元还给迎庆，可迎庆说什么也不肯收。迎庆说：“你还是把这三千元钱带回老家吧，你父母供你上学不容易，这点钱是你应尽的一分孝心！”小邹年后从老家回来，带回几只用玻璃瓶灌装的鲜核桃汁，说是他的父母特地送给迎庆的。小邹觉得有些寒酸，不好意思拿出手，迎庆却说：“这几瓶核桃汁虽不值钱，但情义无价，比送我金山银山都珍贵，你要替我好好谢谢两位老人家！”小邹的父母知道后，至为感动，让小邹永世不要忘记这位恩人。

迎庆每逢听到人们的赞美，总是说：“你们可别这么高抬我，我没你们说得那么好，我只不过是不忍心看到别人的痛苦，总想尽自己的一点努力帮帮他们。”

迎庆的工资收入并不高，日常度用也很节俭，除给老娘、女儿和接济前妻外，对自己近乎苛刻，从不乱花一分钱。他经常穿在身上的只有两套休闲西装，一黑一白，脏了洗，破了补，倒替着穿，十几年不换新的。我笑他“老虎下山一张皮”，他说他就喜欢这样。但他对朋友，对需要帮助的人，却毫不吝啬。

我有时觉得，迎庆好像生错了时代，更像古代小说中的江湖豪杰，重信守诺，慷慨仗义，与人肝胆相照，为朋友两肋插刀。

前几年，我出版了散文集《也无风雨也无晴》，它是我多年来散文创作的结晶。出版后，尽管受到业界好评，但在运作上却面临尴尬：出版社怕赔钱，不愿包销，我不仅要自费出版，还得自己来推销。迎庆得知我的困境后，二话没说，立即通过他的人脉关系，帮我打开销路，大部分书很快售罄。

有一次，一位女制片人拍了一部电视剧，由于初次“触电”，花了不少冤枉钱，万般无奈中找到迎庆，求他帮忙。迎庆见她可怜，就替她约了几个圈里的朋友吃饭，商量如何帮她推销发行。谁知那几个“圈里朋友”逢场作戏惯了，一开始没有把这事太当真，还想借机敲人家竹杠。点菜故意拣最贵的点，喝酒故意拣最贵的要，横吃横喝，好像人家欠了他们似的。迎庆实在看不过眼，主动替这位女制片人付了高额餐费。请来的那几个“圈里朋友”对迎庆的做法很不理解，都骂他是“傻冒”，迎庆指着他们的鼻子，毫不客气地说：“人家求我办事，你们不给我面子不要紧，不能忽悠、欺负人家一个女孩子，我真替你们害臊！”那几个人后来知道错了，纷纷赔礼道歉，也由此更加敬重迎庆的为人。

迎庆口碑好，求他办事的人多。有的人讲信誉，有的人则利用他的善良坑他、骗他。几年前，一个落魄的老板借走他一笔钱，说有急用，迎庆四处告借才帮他解了燃眉之急。后来此人忘恩负义，把借别人的钱都还了，唯独借迎庆的钱故意迟迟不还，还跟他玩“失踪”把戏。迎庆的弟弟好不容易才找到此人，当面拿着欠条向他讨账，那家伙却耍起无赖，故意找借口拖来拖去。有人建议迎庆到法院告他，迎庆却说，“我不信他为了钱，连信义都不要了。”可那人至今都没把钱还他。

然而，不讲信义的人到处可见。比如，有人找迎庆看剧本，答应看完后即付酬金，迎庆因忙，便找一些专家帮忙审读，待专家看完本，对方却再不照面了。迎庆只好用自己的钱支付专家的看本费。迎庆对这种言而无信的人虽然气愤，但也终归无可奈何。

在我印象中迎庆还是个诗人。每逢他喝了酒，满脸涨红之际，喜欢当场吟诗，有时能脱口而出，有时则需要一些酝酿。只见他面带微笑，两只眼睛紧紧盯着你，两手比画着，嘴唇微微启动，在人们期待中迸出一串很有节奏感的诗句。他的诗说不上多么工巧，但常有惊人之处，让你能体验到他那火山喷发一样的情感宣泄。我曾亲耳聆听过他口占的一首，如果有标题的话，这首诗应该叫《孤独》：

我孤独吗？
我不孤独。
因为，
还有孤独陪伴着我。

我孤独吗？
我也孤独。
因为，
我用孤独酿出的酒，
很少有人与我干杯！

孤独，是迎庆性格中的另一面。

迎庆弟兄五个，他排行老四，上面三个哥哥，下面一个弟弟。据迎庆讲，二哥最喜欢他，他也最喜欢二哥。他记得大哥参军的那一年，二哥正在北京起重机厂当学徒，一天晚上，听说大哥参军就要出发，二哥背着他去看大哥，到了新兵集中的地方，二哥掏出身上仅有的一块钱交给他，让他转交给即将出发的大哥。迎庆拿着钱找到大哥，但大哥不肯要，还把老娘临行前塞给的两块钱也让迎庆带回。迎庆兴匆匆跑回去，告诉二哥，二哥气愤地踢了他一脚，说："你真不懂事！"迎庆委屈地哭起来。二哥见他哭了，又来安慰他，把他一直背回家……后来二哥到了四川泸州三线工厂工作，在十年浩劫中不幸罹难，英年早逝。二哥的死像梦魇般折磨着迎庆，他时时会感到孤独，一种难以向人倾诉的孤独。

然而与一般人不同的是，迎庆的孤独没有令他走向消极、沉沦和冷漠，反而以一种积极、向上的姿态和异乎常人的热情展示给世人。

迎庆喜欢用自嘲和幽默笑面人生。

有人说他是"帅哥"，他解释说，"是蟋蟀的蟀。"

有人说他"长得少相"，他说，"谢谢，你让我找到一个'幼稚'

的别名。”

迎庆常说“人生苦短”。他经历了痛苦和磨难后，终于在孤独中大彻大悟。孤独酿造痛苦，酿造回味，也酿造幸福，酿造憧憬，酿造生命的动力。于是，内心世界孤独的他愈加热爱集体、广交朋友，愈加热心营造热闹的场面和和谐的氛围，愈加珍惜今天他所拥有的一切：生命和事业，亲情、友情与爱情。在茫茫宇宙的无限时空中，人生只是短暂的一瞬。我们要与短暂的人生挑战，那就用人间的至情大爱，去温暖、帮助身边每一个需要温暖和帮助的人吧，而且要争分夺秒……

迎庆向我谈起过一件至今让他无法原谅自己的事。他的父亲患癌症，身体瘦得皮包骨，特别怕冷。迎庆给他买了电热褥，睡前，给他调到高挡上，等捂热后再调到低挡恒温位置上。但老人怕费电，只要他醒来，总想把电源插头拔掉。而迎庆并不了解父亲的心思，误以为父亲嫌冷，还想把温度调高。父亲临去世那天，已经不能说话，身体更加虚弱，他坐起来，挣扎着去拔墙上的插头，结果重重摔昏在床上，从此再没有醒来……迎庆不断地责备着自己：“我太粗心了，没尽到儿子的责任。如果早一点领会了老爸的意思，这样的事是绝不会发生的，都怪我啊！”

迎庆说，他每想到此，就越同情那些和父亲一样需要帮助的老人。他最怕看到老人病痛，看到老人受苦，“看到他们，就会立刻想到我的父亲。我有责任帮助他们。”

我有时想，眼前有迎庆这样一个参照物，有他这样一面镜子，该是一种幸运。人活于世，做人难，做一个好人更难，如果再提升一个境界——做一个乐观的好人，永远快乐地无怨无悔地奉献自己的一切，当会更难！我愿在此同迎庆共勉，愿天下好人一生快乐，一生平安！

2015年8月21日改定

忆 富 仁

两年前的五月二日，得知富仁去世的噩耗，彻夜难眠，醒着梦着都是他。四天后，即二〇一七年的五月六日，我到八宝山殡仪馆参加他的追悼会，依然感觉像往日与他会面那样，笃信他就在前边等我。直至看到他安卧在鲜花丛中，双目紧闭，双唇紧阖，任凭哀乐声、哭泣声再大都无法把他吵醒，才悟到，他走了，真的走了，从此再也看不到他那张生动活泼的脸，听不到他侃侃而谈的山东腔了！

参加完追悼会回来，很想写点什么，岂知人在极度悲痛中思绪是紊乱的，几次提笔又罢。后情绪稍稍平复，想重新动笔却又一片茫然。自己二十多年前就离开高校，对鲁研界情况也知之寥寥，不可能像某些专家学者那样站在学术高度追述他的业绩，但更不愿此刻“谬托知己”，写点悼念文字借光蹭热。况且二〇〇九年我就写过一篇散文《记富仁》，回忆与他相识相知的过程，富仁也看过的，该说的好像都说了，再写什么，一直未想好。这几日，随着清明节临近，富仁又频频出现在我的梦里，大概是日有所思，夜有所梦吧？

我是该写点关于富仁的文字了，权作是对故友的薄奠。

在往事闪回中，我突然忆起一件看似吊诡的事，猛地触动了我的灵感。就在两年前的那次追悼会上，我提前到了八宝山殡仪馆。那天去的人很多，多半是富仁教过的学生，还有一些是富仁的亲属、好友、同行。会场设在竹厅，哀乐低徊，显得格外庄重肃穆。竹厅内外摆放着花圈和挽幛，入口处的挽联写着：“文章千古事研习鲁迅风骨铮铮，得失寸心知创新国学卓识炯炯”。追悼会开始，富仁的长子王肇磊诵读悼词，之后，大家簇拥着往里走，参加遗体告别。我被挤在人流中间缓缓而行，人头攒动的前方是富仁的遗像，非常显眼。掠过人头和肩膀望去，富仁的遗像与人群重合，刹那间造成一种错觉，好像富仁正对着听众发表演讲。我下意识地举高相机，拍下这壮观而奇妙的一幕。回来后，我迫不及待地检视所拍照片，怪了，人群尚在，唯独不见富仁的遗像，前面竟空空如也，几张照片都是如此，我惊诧莫名！我不信鬼神灵异，可此事却无法解释。难道，富仁是故意跟我开玩笑、打哑谜或者在暗示着什么？

富仁去世后，无数人为他难过、惋惜，为学界失去一位大师难过，为鲁迅研究失去一位扛鼎人物惋惜。更多人感慨他辛劳一生却未能长寿，事业有成却家庭违和，桃李满天下却孤独而终，求索之路漫漫却猝然而逝，留下诸多遗憾。他静静地躺在棺椁内，一生喜好与人交流的他，此刻无奈地选择了沉默，他无法开口为那些爱他的人们解释什么了。他远不如晋代的陶渊明，临终前还留下一篇《自祭文》，模拟自己躺在坟墓里接受亲友祭拜的情景，安慰人们不要太在意他，为他难过：

> ……外姻晨来，良友宵奔；葬之中野，以安其魂。窅窅我行，萧萧墓门，奢耻宋臣，俭笑王孙。廓兮已灭，慨然已遐，不封不树，日月遂过。匪贵前誉，孰重后歌；人生实难，死如之何。呜呼哀哉！

富仁则没这种机会了。可他好像还是想说点什么，不然怎么故意给自己留下空白呢？我不妨就顺着这个话题说说我所了解的富仁吧，但愿没有背离他欲想吐露的内容。

富仁出身布衣，崇尚自由；做人低调，处世平和；最腻歪摆谱、拿捏、讲排场。许多人忆及初见时的印象，说他像一位憨厚的老农。但这话只说对一半。富仁穿着朴素，语言朴实，没有学者教授的架子，但富仁绝不是土包子。他山东大学外语系毕业，很早受鲁迅《青年必读书》影响，大量涉猎外国名著，连写字都近似花体俄文。他满肚子洋墨水，只是不喜欢像假洋鬼子那样招摇过市而已。富仁说过“我首先是一个人，然后是一个中国人，并且是一个现代的中国人。作为一个人，就得说‘人话’；作为一个中国人，就得说‘中国话’；作为一个现代的中国人，就得说‘现代中国人的话’”。他还说过：“我是这个时代的一个普通人，平凡人，一个还不太自私和狭隘的普通人。”他的朴实和平易近人都不是装出来的，他的谦虚和低调也不是故作姿态。

2006年，作者与王富仁合影。

记得一九八四年，我的一本文论小册子即将出版，郑重地请他作序，他不仅谢绝还说我犯了“精神病”，他在信中说：

> 兄怎么会想到要我为您的书写“序”呢？你先静一静，回忆一下，我叫王富仁，和你在西北大学中文系研究生班是同学，个子矮矮的，头发总是乱蓬蓬的，黑的和白的都硬橛橛地在头上交插上指，一嘴黄牙，面黄瘦，好抽烟，聊城人，我们还经常在一起喝酒……你是否想起来了？我后来又来到北京当学生，头一段还给你写信，说他的毕业论文写不出来，头疼得很，很苦恼……这下该想清楚了吧？你是叫我给你写“序”吗？我有什么资格写序呢？用我的序文人家不会笑话你吗？若是你还是弄不太清楚，你等林倩老师放学回来（她是你爱人，你总还记得吧？）让她给你说一说这件事。总之，你最好先去精神病医院查一查，吃一段营养神经的药，安心休息，静静的养。

开了一通玩笑之后，他接着说：

> 玩笑说完，书归正传。兄书出后我写一个评介文章，找地方发一下，这是我早已想到过的，写“序”是断断不成的。兄若想到北京有适合于作序者，我设法帮兄联系……

我的书出版后，富仁不仅给我写了推介文章，还请陈学超先生写了长篇书评，发表在学术权威期刊《文学评论》上。富仁为人就是这么谦逊和实在。

富仁重诺守信，对朋友、对同学、对同事，从不玩虚的，但凡答应的事，一定尽力去办，绝不敷衍。

二十世纪八十年代中，随着文艺界拨乱反正，一批中外名著先后解禁，西方文论译著也陆续出版。北京得风气之先，几家大出版社争相推出一批好书。对我们这些正在读研的人来说，犹大旱之望云霓，渴求至极。每有新书问世，我都托富仁替我代购，富仁急人所难，从未推辞过。购书很麻烦，垫钱跑腿不说，还得负责挑选和邮寄，耗费大量时间。为满足我的要求，富仁每次买书时都购双份，一份归他，一份寄我，如此持续了一年多。后来看他实在太忙，西安书店也渐渐有售，才主动叫停。如今我书架上的书，好多都是富仁当时替我代购的。这种繁琐事、杂八事换作任何人都很难办到。我由衷感激他。他却觉得为朋友效力理所应当。在送我的《莫泊桑中短篇小说选》扉页上，他特地写了一段赠言，聊表相知相惜之情：

> 尔纯兄：世上数十亿人，可偏偏我就遇到了你，你就遇到了我。你说可恼不可恼，我说可贺不可贺！相逢千千万万，可偏偏我就知道你，你就了解我。真是怪矣哉也么哥，怪矣哉也么哥！

落款是“山东司雾仙人”王富仁 。李商隐诗云：“此情可待成追忆，只是当时已惘然”。如今“仙人”已去，“仙人”的墨迹尚存，反复玩味，泪如泉涌！

富仁追求精神上的自由洒脱，却很少在物质享受方面计较。他博士生毕业后，先在北师大任教，后应聘到汕头大学，成为终身教授。有人以为他是奔着优厚的佣金和待遇去的，实在是误解了他的本意，真正促成他南下的原因是汕大恬静和谐的治学氛围和优美环境。他想摆脱京城学界的喧嚣和纷扰，静下心来教书育人做学问。二〇〇五年一月他在给我发来的贺岁卡上，曾写过一首打油诗，描绘他南下后的心情：廿年在京都，一朝来汕头。前生疑鼠辈，东西南北走。小楼成一统，粤地无春秋。兄嫂若南来，潮汕有王叟。安居乐业之情，陶然乐甚之状，跃然纸上。

富仁到汕头后，生活上并不优渥，甚至多有不便。一个土生土长的北方佬、山东汉，很难适应潮汕水土。他的老伴后来耐不住南方饮食气候，赌气回京了，留下富仁一个人独自生活，那种孤独和寂寞是可以想见的。二〇〇七年，我带着疑问到汕头大学看他，发现富仁不仅气色好了，精力也空前旺盛。他说，在南方，春天永不会为落花而伤感。一种花谢了，还有十种花百种花相继开放。他说他一个人生活得很乐观，很自在。有书教，有书读，怎么会孤独和寂寞呢？一只叫胖胖的小狗与他朝夕相伴。每有客来，胖胖第一个上前迎候，忙着叼来拖鞋让客人换上。富仁早晚外出，首先要征求胖胖的意见："胖胖，咱们是不是该出去散步了？"胖胖欢天喜地地应叫着，出门带路。晚上睡觉，富仁也先把胖胖安顿好自己再上床。在一间并不宽绰的卧室里，居然有一张专属胖胖享用的床，上面有铺有盖有枕头，与富仁的床紧挨着，真让人匪夷所思。富仁自供清淡，成为习惯。如果说他也有奢侈的时候，就是给自己买烟、买书或迎亲待客，这些方面他可从不吝啬。至于平日消费，包括吃饭穿衣，能俭省就俭省，能凑合就凑合，几十年如一日。

富仁平易近人、处世平和的同时也有"耿"和"犟"的一面，他是非清晰，棱角分明，是个讲原则、有底线的人。富仁最看不惯见风使舵、左右逢源的伪君子。富仁之于鲁迅研究的态度就是最好证明。鲁研界和文艺界受各种思潮和利益的驱动，向来有一些跟风的人，"文革"前鉴于领袖人物对鲁迅的崇高评价，热衷以鲁迅划线，界分左中右，将学术问题政治化；"文革"中，为形势所需，又把鲁迅抬上神坛，变为他们手中斗争别人的利器；"文革"后则闻风而变，一改尊鲁敬鲁的面孔，反将批鲁贬鲁当作哗众取宠和沽名钓誉的手段。富仁与这些人完全不同，他说："我的鲁迅研究是根据我对鲁迅的感受了解进行的，而不是根据时代潮流的需要进行的。"（《中国需要鲁迅》第 7 页）富仁认为，鲁迅是伟人的文学家、思想家和革命家，是中国文化的守夜人，是中国反封建思想革命的先驱者。鲁迅的"立人"的思想，清醒的现实主义批判精神，对于今天建设社会主义现代化的中国仍具有强烈和巨大的现实意义。富仁说："我现在最想说的话是什么呢？我最想说的话就是：中国需要鲁迅、中国仍然需要鲁迅、中国现在比过去更加需要鲁迅。"（《中国需要鲁迅》第 199 页）富仁的观点曾遭人误解，甚至遭遇批判和责难，但他始终不悔。他说："在我最困难的时候，是鲁迅及其作品给了我生命的力量。我经历过困难，但困难没有压倒我。我是站着走过来的，不是跪着爬着走过来的。"（《中国需要鲁迅》第4页）富仁在接受孙萌采访时说："我在上世纪九十年代就曾说过，假如有人站出来把鲁迅完全否定，宣布鲁迅为非法，肯定有人站出来维护鲁迅，宁愿杀头也要维护鲁迅。我说至少中国有一个，我王富仁就是。"富仁这些话，融汇并再现了鲁迅精神，铁骨铮铮，掷地有声，让人不得不肃然起敬。

富仁坚持独立思考，绝不人云亦云。他写文章尽量用自己的语言说话，很少旁征博引。在治学和教学上也与所谓的学院派有很大不同，他更重视学术研究为文化建设服务，与时代现实相联系。他倡导学术民主和学术自由，鼓励学生的创新精神和探索勇气，看不惯学术腐败和业界拉山头搞小圈子的做法。人们敬佩富仁，不仅是叹服他精辟独到的见解、恣意汪洋的阐述、远见卓识的开放思维，更钦佩他真挚坦率的个性和刚正不阿的人格。

几十年来，富仁专注治学，潜心研究，勤于耕耘。从聊城，到西安，到北京，到汕头，一路苦拼苦斗，没偷过一天懒。虽天道酬勤，让他取得了骄人成就，但也付出了折损健康的沉重代价。本来就很孱弱的身体越来越不堪重负，健康状况让人堪忧，可他自己却不当回事。

富仁嗜烟如命。一九九七年我调到北京后，经常能见到他，多次劝他戒烟，他总会找借口辩解。有一次，他听我用现身说法讲戒烟好处，快一个钟头没有抽烟，我以为把他说动了，没想到他说："我是不想打断你说话，其实听你说话时我就想抽了！"你说可气不可气！

富仁到汕头后，我们还一直保持着通讯联系，过年过节，打个电话，互报平安。我知道他曾得过一场病，高血压症，医院都报了病危，他的孩子都赶过去了。还有一次胸部长了个瘤，动了手术才知道是良性的。几次病魔袭来，几次与死神邂逅，他都能"谈笑凯歌还"。他在电话中聊病情，像在讲别人的故事，不时能听到他爽朗的笑声，仿佛有惊无险的结局是件很可笑的事情。这让我反而为他担忧。终于，富仁没能逃过病魔的纠缠和死神的追逐。

二〇一七年二月十一日中午，我突然接到他的学生孙萌电话，告诉我，“王富仁来京看病了，是肺癌，正做化疗。”我无比震惊，怎么事先一点音信都没有呢？孙说，王富仁不想让别人知道，她是偷偷打电话给我的。她还提供了富仁大儿子王肇垒的手机号码，我即与之取得联系。下午两点多，我赶到望京，直奔富仁所住的东湖渠智造假日酒店，他住八一七房间。

几年不见，富仁已满头白发，虽不见消瘦，但面肤发黑，发暗，眼睛也没有了往日的光彩，病态非常明显。他说，去年春天咳嗽，在汕头医院检查，说他肺部有囊肿。六月到北京检查，确诊为肺癌，并且是晚期。在三〇一医院做了四次化疗，这次来京是做第五次化疗。每次化疗要输五天液，住院十多天，然后休息一段再安排下一次化疗。

我说，你怎么会得这种病呢？富仁淡然一笑：“我怎么不会得这种病呢？王力先生就是得肺癌去世的，鲁迅也是死于肺病。鲁迅才活了五十多岁，我已经七十多了，早超过鲁迅，没什么可遗憾的。”他说“这次得病开始没注意，以为是气管炎，抽烟抽的。不料咳嗽越发厉害，还咳血，在汕头拍片子说肺部有囊肿，才引起注意。到北京一查，就定性了，已经是晚期了”。富仁的语气很平静，看来对于他的病早做了最坏的打算。

看到富仁一个人孤独地待在这里，忍受病痛折磨，我很难过，想哭又不敢哭，就千方百计转移话题，不料左拐右拐，偏落到他的家庭上。富仁家庭违和我早有耳闻，但从未向他提起过。富仁却毫不掩饰地讲起与妻子的情感波折。其中，有性格上的冲突，有生活里的误会，也有自己的反省和自责，但没有一句委屈和抱怨。他说：“她在她们家是老大，我在我们家是独子，强强相遇，谁也不让谁。”还说“她心里还是有我的，知道我生病后，到处查资料，看到报上有治癌的偏方就搜集起来，让儿子及时转给我”。其实富仁也是如此，这些年他在汕头，一颗心依然牵挂着家里，从未让妻儿在经济上为难过。同时，富仁还经常向困难亲友施以援手，他总觉着这是自己应尽的义务。富仁说：“我现在问心无愧了，不欠谁的了，就这么走了也没有遗憾了。”那天还谈到化疗。他说，“化疗对身体伤害大，在不严重伤害身体情况下做化疗，如果伤害太严重，感觉太痛苦，我就停下来，寻求安乐死。”我当时听了，心头一阵紧缩，我不希望富仁谈到死，谈到这个最不吉利的字眼儿，生怕一语成谶。

富仁在生死问题上一向是达观的。记得二十世纪八十年代，我在西北大学研究生毕业后留校任教，我所在的中文系曾一度连续死人，短短几年，近二十位老师病故，搞得人心惶惶，我也很有负担。富仁来信安慰我，规劝我不要被神秘主义和死亡意识吓倒，要对生命有充分的乐观和自信。他说：

……我觉尔纯兄精神负担太重，这样对你的身体很可能会产生不利影响。我是个唯心主义着，我觉精神对肉体的支持力是极大的。先不要解除了精神武装，精神上恐慌，要比吸烟喝酒对身体的危害更大。望兄大着胆子过下去，人有生有死，管他娘的，活一天，活痛快一天，什么时候离别这个世界，上帝自有安排，愁和怕都没有用。不要用担忧经常提醒上帝注意你的归期，也不要老把死亡的髑髅摆在自己的面前，倒了自己生活的胃口。

那天，我在富仁处坐了两个多小时，怕影响他休息才离开。他执意送我到楼下，我走出宾馆大门，他还隔着玻璃窗向我挥手告别，谁知，这竟是永诀了！

富仁走了，一个我敬重的朋友和兄长走了，一个铁骨铮铮的汉子走了，一个不畏艰险、笑傲死神的勇士走了。但他的著作还在，他的事业还在，他的精神还在，永远不会离开这个世界、永远不会离开我们的。想想他已经做过的和没有做完的事业，我就知道自己该怎么做了。富仁，你想说的不必说了，你那神秘的暗示我大概也领会了。安息吧！

2019 年 3 月底，己亥清明节前夕

第二辑

我登高涉深，追寻我的所爱，我后怕过，但没有后悔过。有时我不明白，为何别人游山逛水那么容易，我却要付出如此多的代价？后来，我想通了，这是上苍在考验我的诚心，是我的爱比别人更多更深的缘故吧。

——《山水冤家》

从抚宁到枣强

我最早较深度地接触社会是在二十世纪六十年代，那时我还是个刚进校门的大学生，有幸参加了两段农村“社教”，一段在河北抚宁，一段在河北枣强。我承认，我对农业、农村、农民最初的认识以及所获得的一点社会经验都和这两次经历有关。虽然是真实的故事，讲起来却有点像演绎传奇。

一

一九六四年二月，农历春节后的一天夜里，几辆大卡车载着南开中文系师生由河北抚宁县城出发，驶向不同的目的地。我所乘坐的汽车是开往田各庄公社湾子大队的，车上共十人，其中老师一人，学生九人，都是六三级一班的同学。

时令已过立春，冀东天气还很冷，我们挤坐在颠簸的大卡车上，却没有顾忌严寒的威胁，大家一路高歌，群情激昂。在学校通过集训，认真学习了“双十条”等中央文件，对“四清”运动的重要意义有了“深刻认识”：在广大农村开展“四清”，是党中央的重大决策，对巩固贫下中农的领导权，坚持社会主义道路，防止和平演变，粉碎国内外阶级敌人的图谋关系极大。我们过去常后悔没有赶上抗日战争和解放战争，无缘经受血与火的洗礼。现在，总算赶上了“四清”，有了一次亲临阶级斗争战场的机会。前所未有的光荣感、责任感，使我们每个人都热血沸腾。

湾子村到了。已经酣睡的村庄一时被汽车马达声吵醒，黑暗的窗口，接二连三亮起灯光，先于我们进驻的来自本县的工作队成员和大队干部早已在村口迎候。我突然有些紧张，仿佛像某部战争片的开头：接受了战斗任务的敌后武工队员，立刻就要开展对敌行动了。我当然知道根本不是一回事，但这种错觉却令我有些冲动和好奇：那黑暗的角落里，会不会隐藏着阶级敌人一双双窥视的眼睛呢？

二

湾子大队有两个自然村，一个叫大湾子，一个叫小湾子。我被分到大湾子第三生产队，住在军属孙大爷家里。

工作队队长姓陈，是县商业局局长，腰间插着把带皮套的手枪，有事没事总爱拿出来摆弄。他满口“老坛儿”话，向群众发表演讲时，喜欢一只手伸出去，一只手叉在腰间。他有点文化，不像那些老粗干部，但对我们这些大学生似乎信不过，总觉得我们没啥社会经验，都是些纸上谈兵的书呆子。第一天开会，他特别嘱咐我们，不要轻易暴露自己的真实年龄，以免给人一种嘴上没毛办事不牢的印象，难以取信群众和震慑敌人。于是，我们彼此都以“老某”相称。那一年，我还不满二十岁，就被喊作“老高”，觉得很滑稽。工作队内部这么叫，干部和社员也跟着这么叫。我们这些大学生就像被拔苗助长了一样，听起来像是成熟了，其实并不自信。

三

进村后，首先要扎根串连，找到我们能够依靠的“根子”——贫下中农骨干，组织起阶级队伍来，好开展工作。而要取信于他们，就要严格实行“三同”：同吃、同住、同劳动。让他们感到工作队像当年的老八路，是他们真正的贴心人。

我上中学时经常到农村参加劳动，自以为“三同”并不困难，可真的付诸实施，却发现绝非易事。尤其是“同吃”就把人难住了。同吃，表面看是村里人吃什么你就吃什么，可“四清”工作队有特殊要求，鸡、鸭、鱼、肉、蛋之类的高档副食品一律不准吃，谁吃谁犯纪律。据说，有人就是吃了这些东西，中了阶级敌人的糖衣炮弹，被四不清干部拉下水。记得陈队长有句振聋发聩的名言：“筷子头上有阶级斗争！”我们听了，无不肃然。

湾子村，在整个田各庄公社不算最穷的地方，平时主食以红薯面窝头、杂粮面条、高粱米饭、苞谷渣粥为主，副食除腌制的大萝卜、圆白菜外，还不时能吃顿红薯粉条。农民过日子勤俭，不是逢年过节，做菜是不沾荤腥的。但他们又很好客，听说“做主的”（当地人对工作队的称呼）来了，总想做点好吃的款待我们，加之吃派饭，相互攀比，谁也不愿给工作队留下“抠门”“小气”的印象。于是，第

1964年，参加抚宁湾子四清的南开师生。

一个派饭人家的伙食就成了后来做派饭的标准。第一天吃派饭，早饭很顺利，没有犯忌的东西，但中午饭就遇到麻烦，红薯面窝头，熬酸菜，酸菜也没什么，偏偏加了豆腐。我只知鸡鸭鱼肉蛋不能吃，豆腐能不能吃，我还真不知道。为了不犯纪律，我只好推辞说我“忌口”，从小就不能吃豆腐。没想到，人家把这话当真了，又传给了其他人，说“工作队的高同志不能吃豆腐”。于是，以后派饭，再没有人用豆腐招待我，而其他人似乎并没有豆腐的禁忌，照吃不误，反笑我太死板。还有一次，我和另一个工作队同志老杜吃派饭，正碰上那家人刚办过喜事，酒啊肉菜啊，都端上来了。老杜是本县人，跟我说：“酒咱不能沾，吃点菜没关系，谁让咱们赶上了呢。”果然，第一筷子就把一大块肥肉送进嘴里。我则小心翼翼地把肉片扒拉到一边，专拣菜叶吃。老杜跟那家人又说又笑，我却浑身不自在，不是因为没吃肉后悔，而是为那菜叶多少也沾了荤腥，觉得自己执行纪律还不够坚决而遗憾。饭后，老杜跟我说：“在农村，你太严格，就不能跟群众打成一片。”我嘴上没说什么，心里不服气：你不守纪律，还想为自己找借口啊！

四

当然，对我们真正的考验是如何发动群众揭发干部的四不清问题。“四清”最早是清账目、清仓库、清财务、清工分，后来才改为清政治、清组织、清经济和清思想的。白天，我们跟社员一起下地干活，晚上给社员宣讲中央文件，组织学习讨论，地点在小学教室里。没有电灯，靠一盏汽灯照亮会场。男人们坐在后边，光线晦暗，正好抽烟、聊天、打瞌睡；女人们则有意往前靠，不是稀罕我们，是珍惜那盏汽灯，说是来开会，其实更想趁着比家里油灯亮无数倍的汽灯做点针线活儿，纳鞋底儿的，搓麻绳儿的，还有抱着孩子喂奶的，不想听会了，借口孩子哭闹，便溜之大吉。

我最初不习惯，觉得既然开会，就应像学校上课那样，端坐整齐，全神贯注，后来才知道，农村开会都是自由散漫，能来参加会并坚持到底就很不容易了。但我很认真，每次开会前都做充分准备。每天干念文件，他们不喜欢，他们最喜欢结合村上事例，谈点和他们有关的内容。为此，我通过调查研究，掌握了一些发生在他们当中的故事，甚至使用他们经常说的谚语、串话，穿插在讲话中，效果果然不错。比如，当地方言“勾当”，是中性词，没有贬义，第一次听见有个大婶喊：“老高，哪天到我家来，我跟你说点勾当。”吓我一跳，后来才知道，她是想找我反映情况。我把自己的尴尬像说笑话一样跟他们讲了，他们听了也直乐，会议气氛骤然变得轻松许多。

公社分团召开三干会后，干部和社员之间有了明显分界。干部是被清查的对象，当时叫上楼“洗手洗澡”。社员群众则是帮他们烧水和清洗污垢的。最早，政策界限不太明确，范围太大，连队里的记工员都被轰上楼，后来才得以纠正，在生产队主要是队长、会计和保管员。

我在的三队，孙姓较多，户连户，亲连亲，大家抬头不见低头见，会上务虚，不涉及具体人和事，发言尚可，一旦务实，要他们揭发干部问题，立马就变得支支吾吾，有的干脆成了一言不发的“闷葫芦”。这时，那些作为积极分子的“根子”就起关键作用了，如果他们也打不开情面，运动就难以进行下去。还好，三队总算没有冷场，群众陆陆续续揭发出一些干部多吃多占的问题，但都不严重。村里也专设了“检举箱”，效果似乎不大。

工作队陈队长很着急，因为不止三队如此，其他生产队和整个大队都没有完全打开局面。工作队连续开会，商量对策，最后的结论是我们对阶级斗争形势的严重性估计不足，运动的火候不够，群众有思想顾虑。工作队首先抓住大队班子的四不清问题重点突破，陈队长亲自上阵，对大队长和大队书记进行“政策攻心”，又通过忆苦思甜和典型示范等形式，激发贫下中农的“阶级觉悟”，在群众运动强大火力攻击下，“钉子户”开始被孤立，“攻守同盟”开始被瓦解，有问题的干部再也坐不稳马鞍桥，纷纷被群众拉下马。

这时上面又不断施加压力，要工作队乘胜追击，扩大战果，干部的“洗澡水”不断加温。一些干部为了早日“下楼”“归队”，说白了为早日过关，开始顺杆爬，编瞎话、说胡话，故意把屎盆子往自己头上扣。他们明白，好汉不吃眼前亏，说得越不靠谱，日后翻案越容易。当时，工作队在极“左”的氛围下，被虚假的胜利冲昏头脑，干部交待的水分越来越大。

记得三队有个会计，平时爱贪小便宜，但胆子小。运动开始，思想压力大，他怕自己那些多吃多占的问题败露，就把老账本藏了起来，再追问，他就胡编，一会儿说是冬天当柴火烧了，一会儿又说，放到猪圈墙缝里被猪啃了。他原以为没有账本工作队无法查证，就可蒙混过关，岂知毁灭证据是欲盖弥彰，是要罪上加罪的。后来，他害怕了，吃不下饭，睡不着觉，整个脸都变绿了。半夜里对着老婆哭，说他不想活了。我得知情况后，及时向工作队领导做了汇报，主动到他家里找他谈心，并做了他老婆的工作，宣传政策，讲明利害，终于把他从绝路上劝回来，他不仅交出了账本，还主动交待了一些问题。其实他的问题并不大，是自己弄巧成拙，险些成了全大队的重点人物。为了“将功赎罪”，他有意给自己上纲上线，如他觉得出工少，还拿队里的补贴工分，就是变相贪污，把工分折合成粮食和钱，几年来就是一笔不小数目。我则认为，参加劳动少或享受不合理工分补贴，是干部作风问题，最多算多吃多占，构不成贪污。可这件事，却真实反映出当时农村干部在四清中高度紧张和慌不择路的心态。

五

继抚宁四清后，我们在一九六五年九月又参加了一次四清，是在河北衡水地区枣强县，我所去的地方是康马公社武羊官村。

这里属于冀中平原，和抚宁比，不但地形地貌不同，语言和风俗也相差甚远。这里人的穿戴打扮很有特点，抗日战争影片里那些光膀子穿汗衫、头上罩条白毛巾的农民就是他们的标准形象。枣强县虽然一马平川，但长年干旱少雨，土地沙化和盐碱化程度相当严重，远远望去白花花一片。由于土地贫瘠，粮食产量很低，一亩小麦不过七八十斤。农民生活条件相对艰苦，每天伙食干稀搭配，以稀为主。

但这里民风淳朴，一些生活习惯也与其他地方迥然不同。比如，不论贫富，家家水缸里都喜欢养几条金鱼。究竟是为测验水质，还是为了观赏，我至今都没搞清。再如，小孩生下来，腰下系一沙袋，里面装着白色的细面沙，孩子大小便全在沙里。沙子经常倒出来清洗，然后烘干，轮换着使用。不光省去换尿布的麻烦，还使小孩下身经常保持干燥清洁，免受湿疹等皮肤炎症困扰。我们刚进村，女同学为接近群众，主动抱人家的孩子，没料到那么沉，光沙袋竟就有十多斤重，孩子没抱起来，差点把自己坠个跟头。

由于经历了抚宁四清，我们这次到枣强来，自觉老练了不少。对四清过程如摸底子、扎根子、揭盖子、梳辫子、打靶子以及组织经济退赔、思想清理、重组阶级队伍、建立新的领导班子等了然于心。对四清工作的重点也有了新的认识，不再片面追求所谓的"数字战果"，而是侧重对广大干部和社员进行广泛深入的社会主义思想教育。

六

武羊倌村姓武的居多。我的房东叫武振明，世代贫农，家里除老伴外，还有两个儿子，一个闺女，闺女叫秀儿。全家人无一不高大壮实。尤其他的老伴和闺女秀儿，粗手大脚、憨厚爽直，给我留下很深印象。

武振明人高马大，但心灵手巧，编一手好排子。所谓排子，就是用苇子搓绳然后一圈一圈盘起来编织成的缸盖、锅盖，造型美观且实用。编排子是当地人传统的手工技艺，也是他们农闲时主要从事的副业。每当赶集时，就拿它到集市上卖，像武振明这样行家里手的排子，用材考究、做工精细，一般都会卖出好价钱。当时村上社员手头紧，没现钱，平时想买个油盐酱醋或添件衣服啥的，除靠养猪养鸡外，最主要的换钱手段就是编排子。武振明老汉无疑将编排子视作一种发家致富的营生。

然而，四清工作队来了，社会主义教育的内容，就是让社员一心为公，不走资本主义的歪门邪道，尤其是拿农副产品私自到集市上买，是明令禁止的。武振明编排子卖排子，村里人都知道，一些眼红他赚钱的人，早就看不顺眼。我在组织社员学习时，有人突然提出："编排子、卖排子算不算搞资本主义？"表面上是向工作队提问，实际上是把矛头指向武振明。武振明自然心知肚明，他没等我解释，就扯着大嗓门回应说："我知道，你这是在说我。不错，我过去农闲时，一直编排子卖排子。可我靠两只手干活，不偷不抢，算毬啥的资本主义？"其他社员看见这阵候，谁也不说话了。我急忙打圆场，说："这个问题咱们可以讨论，具体问题具体分析。关键是看动机和实际后果……"我知道，这个模棱两可的回答，大家肯定不满意，可为了防止会上顶牛，我只能这么做。批资本主义，未曾想批到我房东头上，让我很为难。武振明是工作队依靠的"根子"，在运动中一直很积极，揭发干部的四不清问题时，敢讲实话，不怕打击报复。也许，正因为如此，一些干部的亲属想拿他说事。

散会后，我把这个情况向工作队领导做了汇报。指导员姓宋，外号宋大哈，他听了哈哈一乐，说："高儿（他喜欢把姓儿化，显得亲切），这有啥难的，你找武振明谈一谈，资本主义也好，资本主义思想也好，只是个提法，对贫下中农来说都是人民内部矛盾，有则改之无则加勉，急啥？编排子，当然不算资本主义，可偷偷到集市上卖排子就两说了。如果一心贪图赚钱，耽误了队里生产，那就是资本主义；如果偶尔卖个排子，也没误了队里的活儿，虽然政策不容许，但也没什么大不了的，做个自我批评就行了。"没想到，让我犯难的问题，老宋几句话就迎刃而解。回到住处，在武振明老汉面前，我鹦鹉学舌似地对他开导了一番，他很痛快地承认自己有缺点，说："我卖排子确实想多赚点钱。既然上面说这么做不对，是资本主义思想作怪，咱以后不卖就是了。"第二天，队里学习时，我按老宋的说法讲了编排子卖排子的事，武振明发言时主动做了自我批评。会议效果出奇地好，大家都说是受到了教育。其实，我知道，武振明心里并没有想通，只是怕队里其他社员说工作队偏袒他，才这么讲的。那年月，社员搞点副业就被说成是搞资本主义，现在想起来非常可笑。后来，我发现包括武振明在内的其他社员照样还在偷偷地编排子卖排子，只是瞒着工作队而已，工作队老宋他们知道了，却睁一只眼闭一只眼，根本不去追究。

通过这件事，我对老宋的看法有了些转变。想不到这个见面嘻嘻哈哈、永远没个正形的农村干部，群众工作还真有一套。老宋经常跟我们这些大学生说："农民最现实，你光耍嘴皮子，他们根本不相信。就像孩子饿了哭，人家有大饼，给一个大饼，孩子就不哭了。你家孩子哭，你没有大饼，只是用嘴巴哄他，说大饼肯定会有的，他才不会相信呢！"开始，觉得老宋的观点大有轻视政治思想工作的嫌疑，不太注意突出政治。后来跟社员接触多了，才知道老宋说的都是大实话。不是他头脑不清醒，而是我们思想太教条太僵化。在当时情况下，他能及时地觉察到极"左"路线的危害和空头政治的恶果，而我们却被极"左"的思想路线蒙蔽着，不识农村真面目。

武羊倌四清告一段落，当我即将离村时，武振明老汉的两个儿子都参了军。他家秀儿专门请工作队到他家喝喜酒。我记得我和老宋都去了，酒没有喝，但对武老汉的一片真情，我们心领身受。武振明说，等以后闲在了，一定要编个最好看的排子送给我。可后来，渐渐与他失去联系，再没有见面。

七

在武羊倌村搞社教时，我白天参加队里劳动，喜欢跟年轻人在一起。那些姑娘小伙，年龄跟我都差不多，他们看我个子高，割地时弯不下腰，像只大虾米，镰刀也握不吃劲，都笑我太"力巴"（即不熟练、蹩脚），但并不嫌弃我，谁先割完一垅，就马上回头帮我割。休息时，他们喜欢让我教他们唱歌。那时，每逢公社开会，各大队基干民兵都去参加，和部队一样，开会前时兴"拉歌"营造气氛，如果被点名的大队民兵唱不好、唱不齐那是很丢面子的事。自打四清工作队进驻后，许多村的青年人不仅能唱《社会主义好》《我是一个兵》《打靶归来》《社员都是向阳花》等一些老歌，还学会了工作队教他们的新歌。

赛歌时，他们唱的别的村不会唱，一下子便出奇制胜。武羊倌村的年轻人何尝不想独领风骚？只是他们平常会唱的歌太少了，所以把希望寄托在我们四清工作队里的大学生身上。我的嗓子不好，唱歌跑调，但他们的要求我不能拒绝。于是，我就找来我的同学帮忙，我们不仅教他们唱歌，还自己创作了一首歌。那首歌的歌词是我参加打井时，脑子一热写出来的，歌名叫《拉滑车》，表现年轻人打井劳动的欢快心情。头一句是“拉起那滑车，跑呀嘛跑得欢”，后面的记不清了。我找同学为歌词谱了曲。第二天，就教青年们唱。尽管词曲都比较粗糙，但青年们喜欢，很快就学会了。在一次公社开会时，他们就用这首歌和别的村比，一下把别村比傻了。不光村里青年没听过，连工作队也没听过。都问：“你们唱的是啥歌呀？”武羊倌村的青年们乐坏了，说“这次总算让我们露了一回脸”。

八

当时的农村，文化生活单调至极，没有广播、电视，电影或戏剧很少看到，村里也没有图书室。村里的青年，大多是上完初小或高小就回家务农了，全村上初中的只有两三个。还有的青年连初小也只上过几天，基本处于文盲或半文盲状态。文化教育的落后，使不少青年心灵和精神的发育受到影响。

我清楚地记着，有个青年所干的一件傻事。

他叫长友，中等个儿，小眼睛，留着锅盖头，说话有些口吃，笑起来显得很憨厚。

长友只有一个老妈，守寡多年，母子相依为命。长友二十多岁，还没有对象，原因自然与家境贫寒有关。我去他家吃过派饭，用“家徒四壁”来形容他家的状况一点都不为过。

他妈跟我聊起家常，每当谈起儿子成家的事，总是连声叹息：“唉，长友老大不小，连个媳妇都找不下，愁死我了。”

我说：“长友人憨实，能干活，找个媳妇还犯难？”

“我托人提过亲，可媒人到家里一看，就不来了。咱家太穷了，谁家闺女愿嫁到咱们家？”

“再托托看，我不信长友这样的小伙儿找不着对象。”

长友妈听我这样安慰她，便说：“高同志，你脸面大，有合适的千万帮我们长友踅摸一个。”

我没有答应，也没有拒绝。因为，长友妈热切的眼神，让我不能不产生同情之心。

站在一旁的长友嘿嘿地笑着，脸上露出几分腼腆。

后来我发现，长友有事没事总在我身边蹭，是否真对我抱有希望？我不得而知。

长友是共青团员。队里组织抗旱打井突击队，他最先报了名。我也参加了突击队的打井。

突击队有男有女，长友干活特别卖力，有时我怀疑他是故意表现自己。记得第一次打井，刚确定了井位，还没等正式开工，一个叫焕生的女孩就跑来报告，说长友一个人已经干上了。

我到工地一看，果然，只有长友一个人在刨坑挖土，而且已挖了一人多深，他光着膀子，将井底的土用锹铲起扔出坑外。老远看，像只鼹鼠在刨穴。

我有点生气，因为，打井是青年突击队的集体行动，我们还准备搞个开工仪式，没想到长友把大家的计划打乱了。而且，一个人打井，容易出危险，没有其他人在场，万一发生塌方怎么办？

我让长友停止挖土，他还以为怕他太累，依然嘿嘿笑着，不肯上来。特别看到队里的一些女孩子也在看他，干得反而更起劲了。我实在哭笑不得。

焕生说：“长友，快上来，再不上来你就别在突击队干了！”

焕生是团支部书记、突击队队长，最终还是她的话起了作用。长友只好退出战斗，不情愿地爬上地面。他满身满脸都是汗水和泥污，样子很滑稽，几个女孩子叽叽咯咯地笑他，叫他“傻长友”，他听了又是嘿嘿一笑，一点都不在乎。

我后来发现，长友喜欢在女孩子面前逞强，往往女孩子们也喜欢拿他取笑，指使他干这干那，他却有求必应，乐此不疲。女孩子们当中却没有哪个愿意同他谈情说爱。我问过原因，她们说，长友有许多毛病让人讨厌，比如，爱臭美，时常用一把小梳子拢他的锅盖头；爱直勾勾地盯着女孩子看等等。

但我还是喜欢长友，他在抗旱打井中不怕苦不怕累的精神，带动了整个突击队，我有意在青年面前表扬他，提高他的威信。

然而，不争气的长友后来竟做出一件令人匪夷所思的事情。有一天，队上派他赶着驴车到县城拉柴油，回来路上，他把拉车的母驴用树棍捅死了。原由竟是性心理作祟，好奇害死驴！

长友闯的祸，实在太离谱！不仅长友本人成为千夫所指的罪人，也让整个青年突击队蒙羞。特别一些女青年干脆把长友称为“流氓”“牲口”。

长友妈哭哭啼啼找工作队领导，说认打认罚，就是别把儿子送进监狱。那样，她也活不成了。

工作队专为此开会，贫协代表也替长友说好话，说他是“想媳妇想疯了”。武姓族人都出来求情，希望别把事情捅到上面，做了重点。

我的心情也很矛盾。生产队没有什么值钱的资产，一头母驴很被社员看重，用它可以配驴配马生骡驹。捅死一头母驴，相当工人毁掉一台机床，怎么不让人痛惜！就凭这，送他蹲几天班房也不屈枉。可长友毕竟是个无知青年，他愚蠢的行为虽导致了严重后果，但他确无故意害死母驴的动机，如果真按破坏罪处理，不仅断送了他的前途，也会给一个本来就很不幸的家庭带来更大悲剧。思忖再三，我还是替他说了好话。

长友最后受到赔款和团内记大过处分，并且，在全体社员大会上做了检查。几十年过去，我对这件事印象甚深。处于青春期的农村青年，在知识贫乏、文化落后的环境中，像长友那样干傻事的肯定不是个例。我意识到，要改变农村贫穷落后的面貌，除了大力发展社会主义集体经济外，还应加强科学的宣传和普及，这一点，绝不容忽视。

九

在社教运动中，通过忆苦思甜调动广大贫下中农的积极性，几乎是屡试不爽的法宝。通过忆苦思甜，能不能化解家庭矛盾，改善婆媳关系呢？我也很想尝试一下。

我在武羊倌村社教包队时，听到队里一些妇女反映，一个叫李金素的老人经常受儿媳妇虐待，吃不饱饭，有时只好吃浆糊或吃猫食。他们说，这媳妇很刁，谁说都不听，你们工作队应该管一管。一个两个人这么说，我没在意，说的人多了，我感到这是个不能回避的问题，必须解决。

我特地来到李金素家吃派饭，借机观察她家婆媳的真实状况。当地习惯，结了婚的女人称某某家的，老人的儿子叫德龙，她家媳妇自然就叫“德龙家的”。

第一次见到“德龙家的”，我以为认错了人，站在我面前的女人，四十多岁，浓眉大眼，打扮得干净利落，头发有些早白，但面容光鲜，总带着几分笑意，完全没有“刁妇”“恶婆”的感觉。

她给我端菜盛饭，很客气。但我始终没见到李金素老人。

她似乎看出我的心思，解释说：“我婆婆已经吃过饭，回西屋睡觉去了。岁数大了，容易犯困。”

我心想：这个女人真会说话。

我问：“大叔不常回来吗？”

她说：“我那口子，工作忙，根本不顾家，一年回不了几天。他把老娘全交给我伺候，我每天到地里干活，下地回来洗锅做饭，婆婆病了我端屎端尿，买药喂药，稍不周到就落埋怨。当媳妇难啊。”

她似乎还有满腹牢骚。

我匆匆吃罢饭，执意到西屋看老人，她没有阻止。

一撩西屋门帘，一股臭味扑鼻而来。窗子上没安玻璃，屋里黑糊糊的。老人正躺着，见我来了，忙坐起来。

“德龙家的”说：“这是工作队的高同志，来咱们家吃派饭，特地看看你。”

老人很瘦，但精神不错，眼睛和耳朵也好使唤，说：“快坐下！”

我问：“您身体好吗？”

老人说：“凑合着活吧。人老了，什么毛病都来了。年轻时得下的哮喘病，总好不了。哎，反正是土掩脖子的人啦，哪天阎王爷招我，我就去，省得给人添麻烦。”

老人似乎话里有话，只是在儿媳面前，不愿多讲。

我看老人的衣服、被褥都十分破旧，炕头一只大瓷碗，肯定是老人吃饭专用的。想到别人反映的老人受虐待的情况，我故意对“德龙家的”说：“大叔不在家，你要多尽孝了！”

“德龙家的”没有搭茬，扔我一句：“我知道有人说我坏话，谁家难处谁知道，我不在乎。”

这女人伶牙俐齿，不是个省油的灯啊。

我了解到，“德龙家的”不是本村人，是德龙在邢台矿上当工人时找的，她娘家生活条件较好，嫁到德龙家，很不习惯。她爱干净，爱打扮，没有干过农活，又遇上一个长年卧病嘴里爱磨叨的婆婆，憋了一肚子气。最初，还算有耐心，后来时间长了，她把婆婆看作负担，动不动就拿婆婆撒气。婆婆有时大小便失禁，拉在炕上，她骂婆婆是故意跟她过不去，给她摆屎尿阵。吃饭时，嫌老人咳嗽吐痰脏，从来各吃各的。老人晚上饿，要吃的，她不给，反说老人故意编算她，折腾她。于是，发生了老人因饿而吃浆糊、吃猫食的事情。

俗话说：清官难断家务事。解决她家的婆媳关系该从何下手呢？我一直很困惑。

有一天，我偶尔听到有个社员讲起李金素老人的家史，方知老人旧社会苦大仇深，她大半辈子逃荒要饭，还跟丈夫一起打铁卖苦力，一个儿子得病没钱治死了，一个儿子被日本人杀害，儿媳妇被日本鬼子强奸，自己的丈夫被逼疯，闺女卖给人家当童养媳。不是解放，她早就没命了。

我的灵感被触动了。我想，通过给李金素老人写家史，或许是改善她家婆媳关系的一个好办法。

我找到“德龙家的”，没有提她们婆媳的事，只说让她帮忙，采访老人家史，她很痛快应诺。此后几天，我利用休息时间到她家，找老人谈家史，她也在旁边听着。后来，家史写出初稿，我又在全队社员会上念给大家听，许多人为李金素老人在旧社会的不幸遭遇而掉泪。讲到老人所受的苦难，“德龙家的”再也忍不住了，竟在众人面前呜呜咽咽地痛哭起来。她说：“我太对不起婆婆了。她老人家旧社会受了那么多苦，我却不知道，还经常跟她怄气，让她受委屈，是我这个儿媳妇不孝！”她表示一定要痛改前非，做一个孝敬婆婆的好媳妇。

经过这次忆苦思甜后，人们发现“德龙家的”真的变了样，李金素老人脸上也多了笑容。

看来，人与人的关系，需要通过适当方式来沟通。只要良心未泯，就一定能找到化解矛盾的钥匙。

十

附：《李金素家史》（1965年12月4日根据李金素老人口述整理）

“穷不过要饭的，苦不过打铁的。”这是旧社会留下的一句老话。我在旧社会既要过饭，又打过铁，那穷苦的日子回想起来都难受，那不是人过的日子啊！

我叫李金素，今年六十九岁了。俺娘家姓李，是东边文登庄的。小时候，家里穷，我十四岁就出嫁了。娘家穷，找个婆家还是穷。婆家八口人，只有六亩薄地，别说灾荒，平常年景也难以维持。自从进了他家门，没吃过一顿饱饭。

民国九年闹大旱，到阴历七月十五还没下一场雨，地里庄稼全枯死了。全家老小靠挖野菜、捋树叶填肚皮。后来，野菜挖光了，树叶捋尽了，眼看就要饿死。婆婆把我和孩子他爹根起叫到跟前，说：“你们赶快到外面逃生吧，能逃几个算几个，我年纪大了，早晚是个死，别管我！”我们舍不得把老人留下，想带她一块走，婆婆却执意不肯，说：“我已经走不了了，带着我会拖累你们，大家都逃不出去，你们先走，找到落脚地方再来接我。”没办法，我们只好给婆婆跪着磕了头，便上路了。

听婆婆说，公公生前有几个穷朋友在保定，或许找到他们能混碗饭吃，就决定到保定去。根起推着辆破旧的独轮车，一头放行李杂物，一头篓子里装着不满一岁的德三。我在前面拉车，手里牵着刚会走路的德成。从枣强到保定好几百里，我们身无分文。一路上全靠讨要，晚上在破庙或地头安歇，天一亮再走。十多天，我们才走到保定府。

根起学过铁匠手艺，到保定后，在公公朋友的帮助下，在北瓮城圈里支起个铁匠灶，开始打铁卖苦力。大儿子德成，九岁上帮着他爹拉火，人还没有风箱高。我帮着抡锤。女人抡锤，别说现在，当时也很少见。十几斤的大锤，抡起来胳膊都发颤，一天下来，累得饭都不想吃。我身体瘦弱，来往人看我抡锤都抱怨根起太没良心，不该像使牲口一样使唤老婆。其实，我心里明白，不是丈夫心狠，是生活逼的，他也没办法。有些大活儿，一个人干不来，只能让我搭把手。由于劳累，吃不好饭，我的奶水不足，儿子德三饿得哇哇直哭，打着滚从炕上摔下来，跌得鼻青脸肿。我这个当娘的，心如刀绞啊。

过了一年，根起的手艺慢慢地被当地人了解了，找他打铁活儿的也多起来，如勺子、铲子、锄头、镰刀什么的，他都会打。我们全家没白没黑地干活，总算能维持个半饥半饱的生活。

第三年，我又生了德龙。我生下德龙第三天，就开始抡锤，根起说这是让我“练劲”。我腰酸腿痛身上软，一天晕倒好几回。月子里没打对好，结果害了一场大病，一躺几个月不能下炕。根起后悔不迭，说都是练劲练的。为了给我看病抓药，他把家里凡是能卖的全拿出去卖了，我还是不见好。我说：“我不行了，你别再瞎花钱了。我不放心的是咱们的孩子，你答应我，一定把他们拉扯大。”谁知，根起不但不听我的，还偷偷把刚五个月的德龙抱出去送了人。我知道后，哭得一句话说不出，我怨他、恨他，病更重了，成天嘴里说胡话：“小四，小四，娘看看你……”我跟根起说，你不把小四找回来，我也不活了。此后，水饭不吃一口，就决心等死了。根起没办法，只好又把德龙抱回来。经过这场大病，我虽然侥幸没有死，但身体完全垮了，至今落下个咳嗽气喘的病根，几十年都没有好。

我刚病好，大儿子德成又病倒了。德成九岁拉风箱，十一岁开始抡大锤，人小气虚，身子骨早早累散架。长到二十几岁，还是皮包骨，他病倒这年才二十四岁。他肚子胀得鼓鼓的，大口大口吐血，脸像麻纸一样煞白。家里没有钱，请不起医生，只好眼睁睁看着儿子断了气。儿子走的时候，连件外衣都没穿，破席片裹巴裹巴就埋了。我和根起哭得死去活来，我俩对不起死去的儿子啊。

大儿子死了不几年，日本鬼子就占领了保定。这帮野兽，杀人放火、奸淫掳掠，老百姓躲进山里不敢露头。这一年，我的二儿子德三刚二十三岁，一天，他回家取干粮，结果被鬼子抓走了。听到消息，我快急疯了。德三是我命根子，我不能平白无辜让鬼子把他抓去，我要找鬼子评理。我不顾别人阻拦，一口气跑到保定城里，路上碰到熟人，告诉我："不要找了，你家德三已经被鬼子杀害了，就在城墙根那边。"我不相信是真的，跑到城墙根去看，没见到尸体，只见到地上留着一摊血。我扑通倒下，哭喊着德三的名字，便昏了过去。醒来后，发现我已被人抬到家里。乡亲们告诉我，德三是被鬼子当"猴子"（即"八路"）抓走的，活活被鬼子用刺刀挑死了。我哭得几次没了气。他爹根起更经不住这样的打击，连气带吓，疯了。一会儿哭，一会儿笑，看见谁都喊德三。

二儿一死，他爹一疯，家里生活全没了着落，我和可怜的二儿媳妇只好靠讨饭过日子。没料到，一场大祸接着来临。一天夜里，十几个日本兵，突然闯进我家，嘴里哇哩哇啦乱叫，我听不懂，他们就去撬我儿媳妇的房门，我赶紧拽着他爹，一起跪在地上磕头求饶，鬼子根本不听我们的，一脚把我们踢出屋外，两个鬼子用刺刀把着门，不让进出。我可怜的儿媳，好生生地被这帮畜生糟蹋了。听着儿媳的惨叫，我的心像被刀割一样难受，我几次扑向屋里，几次都被把门的鬼子拦住，他们用枪托把我打晕在地上。那个夜晚，没有星星，没有月亮，黑得吓人。

黑暗的旧社会，可恨的地主老财和日本鬼子，逼死了我的大儿，害死了我的二儿，逼疯了我的丈夫，现在又祸害了我的儿媳，这日子不反真的没法过了。三儿德龙决定参加八路军，我一点也没有阻拦他。天下穷人，横竖是死，不如真刀真枪地跟狗日们干一场。我说："孩子，去吧，娘不拦你，打日本鬼子就是为你哥嫂报仇！"

德龙参军后，四儿德安出外当了学徒，我们身边只剩下个十二岁的闺女，叫大女。民国三十二年又赶上大旱灾，比民国九年旱得还厉害，快八月十五，秋庄稼还没法下种，逃荒的，要饭的，饿死的到处都是。我和她爹放弃了打铁，一起外出讨饭。大女很乖，每次要饭都拉着我，怕我摔倒，怕我被狗咬，要来饭，首先尽着我吃，看着孩子跟着我们受苦，心里实在不落忍。后来，有好心人说合，嫁给了一家开眼镜铺老板的儿子当了童养媳。我尽管舍不得闺女嫁人，闺女也舍不得离开我，但为了活命，只好这么做了。从此，我讨饭，再没有人跟我作伴。路上，偶尔别人问到："你那小闺女呢？"我一下就愣在那里，眼泪唰唰地流下来。我每天从那家铺子过，总想停下来多看上几眼，希望能和闺女见上面，可老板娘讨厌我，见我过来，就立刻把大门关死，像防贼似的。有一天，我讨饭回来，见一个蓬发垢面的孩子向我扑过来，走近，才看出是我的大女。多日不见，她已被折磨得不像样子，面黄肌瘦，脸上、胳膊上被拧得青一片紫一片的。她说，那家老板娘成天让她干活，稍不顺意便动手打她，不给她饭吃，她死也不回那家去了。

一九四六年，家乡解放，进行土地改革，我们全家重返故乡，从地主老财手里分得了属于自己的土地。当我第一次看到土地文书时，兴奋地睡不着觉，好像在做梦一样。旧社会一个打铁的、要饭的终于翻了身。没有党和毛主席，我们一家子哪能活到今天啊！

现在，我的两个儿子都在外边工作，德龙在邢台当工人，德安在北京当铁匠，每月六十多元。闺女重新建立了家庭，小日子过得蛮好。旧社会逼得我家破人亡，新社会把我家从苦海里打捞出来。我思谋，水有源，树有根，人不能忘本。咱穷人没别的道走，只有跟着共产党走社会主义，才是出路。

（高尔纯记录、整理）

2016年4月28日修改

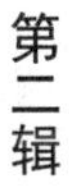

创业小史

人的一生充满变数，会有无数个“没想到”。我没想到，经历了十年浩劫，还有机会报考研究生，再回学府深造，毕业后还能留校任教；更没想到，在大学供职，刚站稳讲台，又被省委擢拔至西安电影制片厂当了副厂长。最让我没想到的是，既入西影且年过半百、事业顺风顺水之时，又接到调令，要我到北京筹建一个新单位，拓荒创业。

一九九六年七月十二日，广电部主管电影的副部长赵实到西影调研考察，上午召开中干会，下午与主创人员座谈，晚饭后，突然找我谈话。她说：“老高，找你聊聊天。”随即跟我谈起长沙会议后全国电影创作的形势及抓“一剧之本”的重要性和必要性。说到此，她话锋一转，问我：“我们想筹建一个电影剧本规划策划中心，一个全国性的指导协调电影剧本创作的专业机构，你觉得怎么样？”我完全没有思想准备，一时犯蒙，不知如何作答。好在我对全国电影创作形势和存在问题还有些了解，就坦率地谈了自己的看法。我说：“近年来受商品大潮冲击，大多数电影厂的文学部被撤销，编剧队伍流失严重，电影文学创作受到不同程度的影响。如果能有一个专业机构把全国重点剧本的规划策划工作抓起来，当然是再好不过了。它可以团结和凝聚全国的编剧力量，保证一批重点片创作任务的落实，同时还可以在电影编剧和电影厂家之间架起一座桥梁，对创作和生产都有好处。”赵部长似乎很赞同我的看法，她问我：“老高，如果让你出马来组建这个中心，你愿意不愿意？”“我？”她说：“对呀，就是你。我来广电部后看过你写的文章，也听过你在会上的发言，觉得你干这个合适。另外，我也问过许多人，包括原电影局的老局长滕进贤同志，他们都推荐你！”这位年轻干练的女部长与我素昧平生，对我如此抬爱，如此信任，让我感动不已。我经见过许多大领导，像她这样真诚朴实、平易近人的还是第一次遇到。我说：“既然领导信任我，我愿意接受这个任务！”

想不到，一个重大的人生抉择就这么敲定了。后来我才知道，电影局对成立剧本中心的事酝酿已久，也物色过不少人，但一直没找到合适人选。我有幸被选中是他们反复遴选比较的结果。赵部长到西影来是想亲自对我面试，同时也想听听西影干部职工对我的真实反映。陪她一块来考察的还有电影局王庚年副局长及艺术处的同志。由此可见，在调我到京的问题上他们是极其认真和慎重的。

我的调动过程很顺利，十一月份便接到上级调令并赶在年底前办完所有手续。一九九七年一月十二日，是我离陕赴京的日子。当晚到西安火车站为我送行的人很多，站台上黑压压一片，他们都是我西影的同事和朋友。我在西影六年多，与他们朝夕相处，同舟共济，建立了深厚情谊，一旦离别，心里有许许多多的不舍。记得在文学部为我举行的欢送会上，著名编剧张子良说：“西影有史以来，文学厂长离任，文学部都没有开过欢送会，你是第一个。说明大家对你有感情，不容易。你为人老实厚道，是个好人又有水平，能让人信服。”离开西影，能得到他们如此高的评价我知足了，我为西影付出再多都值了。

火车徐徐离开站台，我向送行的人群挥手告别，眼泪禁不住夺眶而出。我曾说过，离开西影可能如我来时一样行囊空空，但精神上获得的财富却船载车装都盛不下，它足够我享用一生。我由衷地感恩西影，怀念西影，永远为自己曾是一名西影人而骄傲和自豪！

车到北京，我的人生也抵达新一站，一切都要从零开始。

俗云：创业维艰。出发前，我曾设想过到京后可能遇到的种种困难，但到了之后才知道情况远比我想象的复杂，许多困难是我始料未及的。

首先是立脚，未有下脚处。初来乍到，我还没有被正式任命，新单位的建制还没有批下来。我和“中心”尚属“黑人”“黑户”。名不正则言不顺，言不顺则事难成。可筹建工作刻不容缓，不能等，即便“黑人”“黑户”也要干起来。我寄宿在中影公司招待所里，每天穿梭于小西天和位于东四的电影局以及位于复兴门的广电部之间。好在部局领导事先给我配备了个助手张喆，有他帮忙，省了不少力。

我俩每天夹着皮包跑来跑去，没有固定办公场所，很不方便。后经部局领导出面协调，才在电影资料馆十层租借了三间房作为临时办公场所。真要感谢资料馆陈景亮馆长，没有他慷慨相助让出一块地盘，我们的“游击战”还不知要打到什么时候。

1997 年，作者于剧本中心初建时留影。

办公地点有了，但办公经费尚未落实。日常办公开销全由电影局临时垫付，哪怕一张公交车票也得到电影局计财处报销。我的工资当时还在西安厂，没有转来，经济上也比较拮据。有一次，著名电影艺术家孙道临从上海来找赵部长，谈筹拍一部两岸三地电影人合作的影片，我也参加了，我们一直谈到下午五点多，赵部长有事提前离开，嘱我们陪老先生吃顿工作餐。她知道我们既无食堂又无招待费，就从自己兜里掏出一千元钱，交给我，让我安排。结果道临先生谈完工作就走了，并没有留下来吃饭。这件事，让我非常感动，既为赵部长体贴下属的行为感动，也为道临先生公而忘私的工作精神感动。自然也充满愧疚，因为道临先生中午下了飞机就赶到资料馆，连一顿正式午餐都未吃。让一位年逾古稀的老先生饿着肚子谈工作，实在是失礼。从这件小事上足见我们当时工作环境的尴尬和无奈。

初次创业，我体会到什么叫“白手起家”和“事必躬亲”。一九九七年二月我回西安过春节，别人放假，我却不能休息，节假日内，我每天闭门谢客，夜以继日地赶写剧本中心工作规划。那时还没有电脑，完全靠笔写手抄，再自己掏钱到市里的文印社打印，以便回京后在上班的第一天就把规划交到部局领导手里。我当时的精神状态说兴奋犹嫌不足，应当是亢奋，不是只争朝夕，而是争分夺秒，恨不能所有任务都在一天完成。

这年二月二十八日，广发人字 94 号文件下达，任命我为中国电影艺术研究中心副主任兼电影剧本规划策划中心（筹）负责人。我知道，这是权宜之计，所谓艺术研究中心副主任只是挂个虚名儿，筹建剧本中心才是我的本职工作。在剧本中心编制批下来之前，挂这么个头衔好干事，我完全理解部局领导的良苦用心。

一年之计在于春。电影策划投拍像春耕播种一样，尤以上半年最忙。为了与行将成立的剧本中心业务紧密衔接，尽快掌握各电影厂家剧本策划创作动态，我主动到北影、青影、八一厂、电影频道等单位去，与他们主管创作的领导及主创人员一起讨论题材规划，了解创作打算，从中遴选出一些需要重点关注的项目。这个过程中，也有幸结识了不少同行好友，如青影的杨恩浦，就是那时认识的，后来策划《我的 1919》，他帮了大忙。

创建伊始，初是人找事，后是事找人。夏衍电影文学奖评奖即如此。第一届夏衍电影文学奖剧本征集活动开始后，工作量之大超出预期。由于多年没有搞过这种剧本评奖活动，各地来稿云集，电影资料馆虽派了专人处理，仍应接不暇。面对堆积如山的稿件，如何处理？该由谁负责？下面工作如何进行？都还不够明确。关键时刻部局领导想到我，经研究决定，将夏衍奖列为剧本中心工作范畴，评奖办公室设在中心，由我出任办公室副主任，主抓此项工作。于是我边拟定重点题材规划，边抓夏衍奖的征文评奖，完善制度和细则。好在有资料馆刘

1997 年，剧本中心召开研讨会。

怀舜副馆长和张建勇同志协助，初评及后来的终评工作都得以顺利进行，整个评奖没有出大的偏差，为以后工作开了个好头。

然天有不测风云。正当筹建工作有了点头绪，没料到却遭遇尴尬。三月二十四日我到顺义参加电影工作座谈会，会上，部局领导向莅临大会的某中央主管领导汇报工作，谈到剧本中心时，电影局长顺便催问了几句，说目前编制还未批下来，恳请领导过问一下。没想到这位领导听后却说："批什么编制？你们可以找一些退休的老同志做这件事嘛，我们从前搞过一个影评指导小组就这么干的。每月每个人三百元，他们积极性还挺高。你们不要进人，一个也不要进。这个单位没有吸引力，不会有人愿意来。老同志每月三百元，不无小补，请十个人每个月三千多，一年才几万元。让他们读剧本，帮电影局决策参考。"领导一言既出，所有人如堕五里雾中，我更是一头雾水，不知如何是好，仿佛遭当头棒喝，一阵眩晕。心想，大领导怎么能这样说话呢？成立剧本中心应当是请示过他的呀，难道他忘了？有人安慰我说，领导是即兴发言，是担心增加编制惹出其他麻烦才这么说，并非刻意反对成立剧本中心。后来证明也确实如此。大领导虽然那么说了，但并没有阻止剧本中心的筹建。这场虚惊对我的刺激却非同小可，我真担心剧本中心会胎死腹中，每天战战兢兢打探消息，生怕发生变故。这年七月，剧本中心的建制终于批下来了，我这才放心地长舒一口气。干点事，多不容易呀！

广发人字[1997]471 号文件正式任命王庚年为电影剧本规划策划中心主任（兼），我为中心副主任，主抓中心日常工作，不再担任中国电影艺术研究中心副主任。编制问题解决后，一切顺当多了。我们随即招兵买马，搭台唱戏。继张喆之后，任爱梅、王迎庆、刘剑等同志陆续到岗，二〇〇一年张思涛主任以及冯锦芳等同志调入，中心也由小西天资料馆迁至复兴门广电总局办公。

从一九九七年筹建到二〇〇五年退休，我在剧本中心干了八年。八年间，我所做的每一件工作都和剧本中心所承担的任务使命有关，大体有五个方面：

一是对重点剧本的规划和策划。电影事业的发展服从于国家文化发展的总体战略，必须与党中央倡导的“二为”方向、“双百”方针、“三性”统一的目标相一致，在弘扬主旋律、坚持多样化、传播正能量方面下功夫。应当说，在这方面我一直孜孜以求，未敢有丝毫松懈。每年电影局确定的重点影片剧本中都有剧本中心的策划成果。这些剧本倾注了剧本中心同志的心血和汗水，其中有些剧本是我亲自参与策划创作的，如《我的1919》《詹天佑》《嘎达梅林》《石月亮》《秋天的流星雨》《划破长空》《一轮明月》等。为纪念中华人民共和国建国五十周年及五四运动八十周年，我抓了电影剧本《我的1919》的策划创作，这个剧本从创意到完成，历尽曲折，作者先后九易其稿，反复打磨。为了改好剧本和落实投拍事宜，我还专程赴法国巴黎，与导演黄健中、编剧黄丹一起体验生活，了解时代背景，搜集相关素材。剧本投拍，正赶上美国轰炸我南斯拉夫大使馆以及中国加入世贸组织的谈判；电影面世后，由于影片真实再现了八十年前巴黎和会的历史场景，昭示了弱国无外交的历史教训，在弘扬爱国主义、振奋民族精神方面产生了非常积极的影响，受到观众好评，还多次得到中央领导和外交部门负责同志的肯定和称赞。当然，剧本从策划到投拍是个复杂过程，要经历各种曲折。有些很有特色的剧本，虽然付出代价却中途夭折，无果而终，也是经常遇到的。我参与策划由白桦先生创作的剧本《诗人李白》就是一例。剧本写得很有激情和文采，但终因投资迟迟不能落实而告吹。它提醒我们，策划剧本一定要想到投拍的可能性，特别是市场的反馈和投拍资金的落实至关重要，社会效益与经济效益兼顾须反复掂量，不可偏废。

二是组织夏衍电影文学奖征文与评奖工作。从一九九七年第一届开始，剧本中心就将夏衍电影文学征集评奖工作列为重要议事日程。我是评奖办公室负责人，处理具体事务花费的精力比别人更多些。每年编织预算、草拟征文启事、召开新闻发布会、组织初评终评、会后将获奖作品集结出版等诸多繁杂工作都需亲力亲为。夏衍奖共办了八届，二〇〇六年后不再单独举行，改由剧本中心每年搞一次夏衍杯剧本征文。据不完全统计，前七届共收到参赛剧本三千三百二十一个，分别斩获一二三等奖及“青年优秀剧本奖”“少儿题材优秀剧本奖”“评委会奖”的剧本九十二个。这些获奖剧本，经过剧本中心和投拍厂家进一步扶持，绝大多都搬上银幕。其中不少影片获得政府华表奖、中宣部五个一工程奖、金鸡奖、百花奖和其他电影节奖项。如《进军大西南》《离开雷锋的日子》《一棵树》《红河谷》《冰与火》《横空出世》《我的1919》《冲出亚马逊》《国歌》《大战宁沪杭》《永远十九岁》《首席执行官》《惊涛骇浪》《美丽的大脚》等。夏衍电影文学奖是国家级的电影剧本评奖，对激发广大电影文学工作者的创作热情、推动电影事业发展功不可没。评奖活动见证了我国电影文学水平不断提高的过程和广大电影文学工作者砥砺前行的步履。记得前两届剧本征文中不少来稿写得很粗糙，甚至不知道电影剧本为何物，许多剧本只有一两千字，最极端的来稿只列个大纲、写个标题就送来了。越到后来，剧本质量越高，不仅文本形式比较规范，剧本的内容和艺术表述也越来越专业化。夏衍奖使广大电影文学工作者有了展示自己创作才华的舞台，通过评奖让我们发现了一大批很有创作潜质的编剧人才，如今活跃在影视界的一些当红编剧不少人都和夏衍奖有关。

三是组织专家论证会，对重点剧本进行具体扶植。在我印象中，请专家进行剧本论证最早是由电影局刘建中局长提出来的，得到了上上下下的欢迎和支持。剧本中心后来的声望日隆和我们对重点剧本的有效扶植、特别是通过组织专家论证来提高剧本质量的做法有很大关系。最初有些厂家对此将信将疑，担心剧本研讨会流于形式，失去客观性，成为一种徒有其表的宣传造势活动，但他们到剧本中心参加论证会后才发现，这里的情形与他们想象的完全不同。剧本中心的剧本论证会不讲客套，不玩虚的，钉是钉铆是铆，不仅与会者全部是电影界最有水平的专家评论家以及实践经验丰富的编剧、导演乃至从事市场运作的行家里手，而且讨论剧本更像专家会诊，不仅要说出剧本存在的毛病不足，还要具体开出治病药方，告诉你修改什么，怎么改，给你出点子、支招儿。但凡参加过剧本中心论证会的厂家和编剧都大呼解渴、过瘾，觉得这种论证会实在是雪中送炭之举。我们请的专家中许多是影界德高望重的老前辈，他们对剧本中心的论证工作非常支持，非常给力。如原电影局老局长石方禹、原电影学院文学系老教授王迪等都是我们的常客。他们对剧本要求严格，谈问题尖锐深刻，一针见血，常让在场编剧面子上挂不住，甚至窘出汗来。但诚心求教的编剧会越听越服气，越听越感动，如吃了感冒药的患者，大汗淋漓之后，浑身轻松，病痛全消。现在活跃在创作一线的许多电影编剧都有过在剧本中心聆受专家评论的经历，他们都感谢剧本中心给了他们一种特殊而又难得的学习机会。我在中心工作的这些年，主动来中心进行剧本论证的厂家和单位由少到多，最后应接不暇，每个月都排得满满的，显然都是尝到了专家论证的甜头。我曾计算过，我每年审看各类剧本不下二百个。看剧本花费大量时间，也非常辛苦，但想到创作者的艰辛和对我们的信任，再苦再累也不敢拒绝或敷衍塞责、糊弄人家。在这方面我可以说问心无愧。

四是培训创作队伍、组织剧作家采风。剧本中心成立后，电影文学工作者将剧本中心当作了自己的家，加深了彼此间的联系。每年，我们除了利用夏衍奖颁奖的机会与部分编剧直接见面交流外，还通过与各大制片厂所在地有关部门联系，举办电影编剧学习班，并进行实地创作采风。这项活动很受厂家和地方领导欢迎，因为各厂文学部撤销之后，个体编剧深入生活变得非常困难，影响到创作任务的完成。同时，由于编剧人才的匮乏，地方影视题材得不到有效发掘利用，也使当地领导大伤脑筋。如今，由剧本中心牵线搭桥，通过办班与采风相结合的方式，培训编剧人才，落实题材规划，何乐而不为。实践证明，此举对促进剧作家开阔眼界，加深对中国现实生活的切身了解，促进他们从生活中汲取营养，讲好中国故事裨益良多。我曾带剧作家去云南少数民族地区体验多姿多彩的民族风情，去陕北窑洞前聆听老延安们讲述革命斗争故事，去浙江、江苏改革开放取得巨大进步的城市和乡镇，听企业家们讲述他们艰辛辉煌的创业经历，到江西、安徽革命老区，了解当地人民继承革命传统，重整山河脱贫致富的伟大壮举。大家觉得这样深入生活、广接地气的办班和采风对提高自身素质、促进创作的意义太大了。一次办班采风也许不能立竿见影，但它对编剧树立正确的艺术观、审美观，摆正创作与生活的关系，走创作正道有不可估量的影响。在采风中，剧作家彼此间思想观念的交流碰撞，心灵情感的交融汇合，实际上也是一种学习借鉴的过程。和他们一起相处的日子，留给我许多美好的回忆，至今难忘。

五是搞好剧本中心的内部建设。剧本中心很长时间编制不到位，满打满算只有七个人。但总局无论大会小会，都要求剧本中心参加。诸如在岗培训、临时办班或分配紧急任务等，一般不会落下我们。从领导角度看，一视同仁，理所应当，但对剧本中心来说就犯难了，毕竟是个袖珍单位，本来就人手不足，再抽出人干别的，难免捉襟见肘。于是，在人少的情况下，如何提高工作效率，以一当十，便一直是我们需要解决的问题。在总局和电影局领导支持下，我寄希望于内部机制的调整，通过优化管理机制，调动大家的积极性，提高工作效率。但在这个方面，我们一直处于摸索阶段，因为对中心将来发展的定位还不很清晰，只能走一步看一步。一九九九年后，我们推行内部机制改革，落实量化管理，中心成立了信息联络部、规划策划部、综合开发部和财会室。大家分担任务，各司其职，严格考核，明确赏罚，一度工作有了很大起色。但这样改革到底符不符合中心定位，心里没底。但我坚持了两条底线，一是必须有利于中心主业，有利于剧本中心法定任务的完成；二是带头执行，以身示范。要求别人做到的自己首先做到。我每年和大家一样分担剧本策划任务，除此之外，作为中心常务副主任的本职工作还不能丢掉。凡是以中心名义向上级汇报的文件，凡要我出席的会议，我都不让别人代劳。我很难给自己的功过得失打分，只能说在创立剧本中心、建设剧本中心和发展剧本中心的过程中我尽了最大的努力。

二〇〇五年二月十八日下午，剧本中心开会，宣布我和思涛退休。赵实部长到会讲话，对我在剧本中心的表现有一段评价，她说："老高从西影调来，是创建中心的元老。他在中心工作了八年，在副局岗位干了十五年，贡献很大。从西北大学教书，到西影当副厂长，再到剧本中心当副主任，为电影事业奋斗，无私奉献，留下扎扎实实的足迹，取得了丰硕成果。他学识渊博，理论功底深厚。庚年兼职剧本中心主任时，实际是老高在挑大梁。剧本中心从无到有，从小到大，能有今天这么好的基础，和老高的努力分不开。他做出的不仅是贡献和成果，他的好作风，他不计名利、脚踏实地的境界特别值得肯定，值得我们学习。”赵部长的话令我感动不已，她的赞誉无疑也是对我的鼓励和鞭策。我很明白自己是几斤几两。

回顾我的电影生涯，一半留给了西影，一半留给了剧本中心。我和电影的缘分都在其中了。感谢部局领导多年来对我的支持和信任，感谢各位同事多年来对我的帮助和包容。尽管我知道我所做的与大家的期望值还有很大差距，但回首往事，我依然暖意融融。

退休后，很少去中心了，但剧本中心依然是我的牵挂。二〇一五年十二月十一日剧本中心新一届班子开会，总结工作，特地请我们退休老同志参加。苏小卫主任让我讲话，我说我只有两点希望：一是“安守本分”，二是“与时俱进”。

“本分”之“本”首先是“一剧之本”。剧本中心要高举这面大旗，理直气壮地强调剧本对于电影创作的重要性，任何时候都不能忽视。另一个“本”，是指电影艺术之“本”。电影艺术的最终目的是美化人的心灵，歌颂真善美，鞭挞假恶丑，弘扬主旋律，传播正能量。

如果说“本”是剧本中心的专业定位的话，“分”即是剧本中心的角色定位。在剧本中心工作，就要想到我们是为电影创作服务的，我们要甘当无名英雄。我们的奉献是给编剧创造有利条件，让更多优秀作品通过我们的扶植得以面世。我们到剧本中心工作的第一天，就要做好无私奉献的心理准备。

除了“安守本分”，还要“与时俱进”。

电影发展到现在，计划经济那一套行不通了。市场经济提出更高要求，必须研究新情况，解决新问题，打开新局面。但两个效益兼顾不能变，在任何情况下都不能牺牲社会效益。我们对过去好多行之有效的做法还应坚持，如组织专家论证会，组织夏衍杯优秀剧本征文，组织剧作家采风，举办业余电影编剧学习班、培训班等。同时，在互联网时代，更要重视网络的作用和影响。

剧本的策划、创作乃至推销、宣传，与投资方、生产方的合作都可借助网络平台来完成。另外，要扩大剧本中心的话语权，通过媒体对剧本创作态势及问题倾向提出自己的看法，以求对电影文学创作产生积极影响。

我讲这些话，自知浅薄但都出自肺腑。陆游有两句诗“身为野老已无责，路有流民终动心”。我换一句说“身为野老已无责，遇见烂片终揪心”。自己退休了，电影的好坏与我没有什么关系了，但我每当看到烂片的时候依然揪心。说明我与中国电影的命运分不开了。我们这些“野老”虽已不在一线拼搏，但实现电影的强国梦会和年轻人一样强烈。

一个人能亲自参与一个单位的创建，眼见其诞生、成长，是一种罕见的经历。这种幸福感、荣誉感无与伦比。二〇一九年春天来了，剧本中心也迎来她二十二岁华诞。让我衷心地为她祈福，祝愿剧本中心青春常在，岁岁繁荣，一路芳华！

2019年3月6日

忆说“阿堵物”

刘义庆在《世说新语》中记载了这样一个故事：王衍一向崇尚玄远清淡，讨厌妻子贪婪污浊，在他嘴里绝不提“钱”字。妻子想试验他，故意叫婢女以钱绕床，令他无法行走。王衍早晨起来，见钱阻碍了他的行动，却又不愿说出“钱”字，就对婢女说：“举却阿堵物！”意思说“拿开这东西”！这里，“阿堵物”成了钱的代称。一个故作清高的人鄙视金钱若此，实在让人啼笑皆非。

我对“阿堵物”的记忆是从幼年开始的。小时每逢过年，母亲便在头年腊月里，托在银行工作的堂叔，用一张五元钱的整币兑换出十张崭新的五角一张的零钱。我家五个孩子，大年初一，给大人磕过头，每人便可得到一张五角的压岁钱。另外五张，是母亲给拜年的亲戚家孩子准备的。五角钱，现在看来微不足道，可当时却是我们一年的盼头。

五角钱该怎么花呢？崭新的票子捏在手上，揣在兜里，掂来量去，不知该做何用。我和哥哥们到庙会的集市上去，琳琅满目的玩具、令人馋涎欲滴的小吃，都在召唤着我的“阿堵物”，可转一圈回来，五角钱票子依然攥在手里，只是上面多了些汗渍。

母亲笑着问：“怎么，没舍得花？”

我说：“不知买什么好。”

母亲说：“还是我给你们存起来好了，开学买个作业本、铅笔什么的，总比吃了、玩了强。”

母亲说得没错，也许，这是“阿堵物”最好的去处了。可我心犹不甘，总觉着“阿堵物”在我手里停留的时间太短，有些遗憾。

上初中后，由于家境困难，放暑假寒假时，我和三哥尔未开始学着打工赚钱。我们卖过菜，当过搬砖、和泥的小工，还到铁厂的矿渣堆里捡过铁。一向与我们无缘的“阿堵物”，突然间跟我们亲近起来，成为我们劳动的追求。

捡铁的经历至今记忆犹新。铁厂在洋河岸边，炼铁后的矿渣堆积如山。那时没有先进的回收技术，眼见着矿渣山一长再长，却无可奈何。后来，铁厂容许附近居民到那里捡铁，然后再用低廉的价格回收。于是，为挣钱来的愚公们挖山不止。矿渣里的铁并不容易捡，那是铁水冷却过程中，偶尔溅出的火星或溢出的铁水凝固在矿渣里形成的，只有用铁锤将矿渣敲开，才能见到一小坨凝固的铁块。偌大矿渣山，真正含铁的矿渣并不多，敲十块有一两块含铁就不错了。运气不好时，敲一天，也捡不到几块铁。为了捡铁，我和三哥冬天天不亮就起床，希望早去占个好坑口。我们跳进两米多深的矿渣坑里，用镐刨，用自制的铁钩抠，两只手冻得像红萝卜。中午不能回家，就啃几口冻得像铁砣一般坚硬的玉米面窝头，凑合着填饱肚皮。下午收工，当我们把捡到的废铁卖给回收站，换回一元多钱的人民币时，高兴得手舞足蹈，一天的苦累全忘了。记得那是一九五九年，妹妹刚三岁，我和三哥用第一次赚来的钱给她买了个木偶娃娃，妹妹很喜欢。看到她开心的样子，我才觉得“阿堵物”实在神奇，没有它，就没有木偶娃娃，也没有妹妹可爱的笑靥。

但“阿堵物”也曾令我惶遽不安。一九六三年我上大学，在班里拿三等助学金。三等属最低档，只有九元三角，但我已很知足了。为了对得起这份助学金，我精打细算，夏日里连三分钱一根的小豆冰棍都舍不得买。十年浩劫中，阶级斗争转化为人与人之间的清算和报复，班上出身不好、被列入“黑五类”的学生，通通被取消了助学金，理由是不容辩驳的：“工人阶级和贫下中农的血汗不能让狗崽子们享用。”在那段不堪回首的日子里，作为助学金的“阿堵物”，时时煎熬着我，只要想到它，我就像做贼被抓一样难堪，面对革命的声浪和自己良心的拷问，我感到无地自容，心想：如不拿助学金，我的处境不致如此狼狈，我恨透了“阿堵物”。

粉碎“四人帮”后，“阿堵物”不再被人为地政治化了。金钱甚至作为观念转化的重要标志，被堂而皇之地推向社会生活的显位。二十世纪八十年代初，我在西北大学读研时，经济系研究生张维迎写了一篇文章，公然为“钱”正名，引发全校乃至全社会的热议。他认为“钱是社会的奖章，得到钱意味着对社会做出了贡献”。当时，很多人难以接受他的观点，甚至把他说成是资产阶级自由化言论的典型。直至改革开放后，才觉得他的观点不无道理。然而，改革开放之初，为金钱正名谈何容易。我所在的大学中文系，对金钱的鄙薄心态与对知识分子清高的仰慕之情根深蒂固。系上的许多老先生以清淡为本，以简朴为荣，尤其在穿戴上，近乎普通农民，于是人们戏称西大中文系是“农民运动讲习所”。在市场经济大潮袭来的最初几年，许多人依然我行我素，保持着“任凭风浪起，稳坐钓鱼船”的优雅。直到改革深化、市场经济取代计划经济成为时代主流，而且顺之则昌逆之则亡的时候，才开始观念的转化。

1985年，作者在西大任教时备课照。

我亲历和目睹了这场转变。知识分子对“阿堵物”由视为铜臭、不屑一顾，到态度暧昧、未置可否，再到羞羞答答、半推半就，最后到名正言顺、大胆追求，经历了许多心路曲折。一九八二年，我留校任教后，看到一些老师课余给电大学生上课，心存羡慕，但又担心被说成“不谋正业”，许久不敢造次。后来，看到在校外兼课老师越来越多，系领导也并不干涉，才知道自己多虑了。于是，我也接受了给电大上课的任务。那时给电大上一节课五元，一周最多可上八节课，能净赚四十元，一个月就有一二百元的额外收入，这在当时已非常可观了。那时，我刚刚在西安安家，上有老，下有小，生活负担很重，这点额外收入解决了燃眉之急，不再像读研时那么捉襟见肘了——读研那三年，妻子每月给我寄三十元生活费，除了吃饭、买书，所剩无几，当时我还有吸烟的癖好，经常因囊中羞涩而“断炊”，狼狈至极。如今有了额外收入的“阿堵物”，总算过上衣食无忧的日子，顿觉脸上也多了光彩。

一九八五年，我的一部学术专著出版了，这部耗费了我两年多时间和大量心血写成的书，只得到二千六百多元的稿费，扣除三百多元税金后，实际只有二千三百元。即如此，对我来说也属莫大惊喜。我和妻带着出版社开具的支票到黄雁村分行提取现金，那种喜悦与紧张的心情无法形容。回来后，我们用一千伍佰元买了一台十八寸的索尼彩电，让两个早就渴望有电视看的儿子着实欢天喜地了一阵。我和妻又分别给两家老人各寄去二百元，聊表孝心。区区“阿堵物”，让老人们在邻里面前有了夸耀的资本。最后剩下不到四百元，妻悉数存入银行。每忆及此，我都会打心眼里感激党的改革开放政策，不然，“阿堵物”焉能垂顾吾等寒士之门？

到了九十年代，市场经济迅猛发展，如何挣钱、如何挣大钱和如何尽快挣大钱，似乎成为社会最关切的话题。“阿堵物”令整个社会变得躁动不安。我经常想到马克思在《资本论》的注释里所引用的邓宁格的一段话：“一有适当的利润，资本就会非常胆壮起来。只要有百分之十的利润，它就会到处被人使用；有百分之二十，就会活泼起来；有百分之五十，就会引起积极的冒险；有百分之百，就会使人不顾一切法律；有百分之三百，就会使人不怕犯罪，甚至不怕绞首的危险。”金钱似乎像潘多拉盒子里的魔鬼，一旦放出便露出其狰狞的一面。许多人在它的诱惑下，见利忘义，铤而走险，道德沦丧，乃至踏上不归之路。

在改革开放的时代，“阿堵物”是对每个人的考验。“君子爱财，取之有道”，说说容易，做起来难。难就难在对“道”的理解，各有不同。有时大道正理通行不畅，小道歪理却畅行无阻。连贪官都有为自己贪腐行为辩护的理论。

我庆幸自己是个没有多少发财野心和贪念的人，一个容易知足的人。我以为“阿堵物”再诱惑，也要守住为人处事的道德底线。记得我在西影厂当文学厂长时，经常利用出差机会与厂外作者联系并讨论剧本，厂文学部领导觉着我事实上已参与了组稿工作，在发编辑组稿费时，也给我领了一份。虽然只有伍佰元，但我知道后，以为非常不妥，当即责令他们退还计财处。我说：“我是文学厂长，组织剧本创作是我份内的事，出差捎带组稿，怎么能额外领取组稿费呢？这钱我一分都不能要。”还有一次，我与广电视部一位同志到北京参加一个会议，结束时，他告诉我，主办单位已经承担了我们的食宿和交通费用，我们的往返机票可以回厂报销做出差补贴，还说“别人都是这么干的，不报白不报”。我对他说：“别人怎么着我不管，但咱们的食宿费和交通费既然会议给报了，那就是给厂里省了钱，咱们不能再回头揩厂里的油。”这两件事虽小，但影响很大，厂里许多人正是从这些小事上认识了我，了解了我，觉得我这个人虽然有点书呆子气，但绝非贪财之徒。

二〇〇五年退休后，每月工资变为退休金。我和老伴靠退休金过日子，虽不富有，但无衣食之忧，生活稳定安适，我很满足，于是对“阿堵物”看得更淡了。我以为时间比“阿堵物”更金贵，与其拼命挣钱，不如放慢脚步，从容地享受生活。

人这一辈子时时都要面对“阿堵物”，但真正想通了的不多。褒之贬之、誉之毁之、爱之恨之，无所不有。然而，又与“阿堵物”何干？在我看来，对金钱的好恶不过是人心的一种反照而已。用什么手段得到它和得到它后用它来干什么，才是最该深思的。

清袁枚《咏钱》诗曰：“人生薪水寻常事，动辄烦君我亦愁。解用何尝非俊物，不谈未必定清流。空劳姹女千回数，屡见铜山一夕休。拟把婆心向天奏，九州添设富民侯。”大意是说，人这一生既然要过日子，就要应付柴米油盐的开销，这很平常，动不动就来麻烦你，我也犯愁。金钱未必丑陋，闭口不谈钱的人未必是真正的清廉之士。（像汉灵帝母亲永乐太后那样，贪财敛财，）每天让宫女一遍又一遍地为她数钱，或（像汉文帝宠臣邓通那样）拥有一座铜山，（可私铸铜钱，富可敌国，）到头来依旧落个人死财空的下场，这样的事情见得太多了。我诚心诚意启奏上天，保佑国家多一些为民办事、让天下百姓都能致富的官吏吧。

诚哉，斯言！

依我看，“阿堵物”是金钱，更是一面镜子，它照见社会，也照见人心。

2014 年 8 月 8 日

山水冤家

仁者乐山，智者乐水。我虽不敢妄称“仁”“智”，但对山水的钟爱却始终如一。享受山水之乐有时并不容易，曾几何时，缘分化作冤家，让你离它不得也近它不得，总要留下诸多遗憾。而这一切非但没有疏离了我对山水的情感，反而更激发了我对她们的眷恋。

我出世后，最先看到的应该是山。

故乡是盆地，东南西北群山环抱，除了黄羊山，我说不出更多山的名字，但我喜欢久久地伫望它们。无论晴空下逶迤俊逸的体态，还是风雨中龙腾豹隐的身影，抑或朝晖夕阴中不断变幻的峰峦色彩，都让我着迷。偶尔和小伙伴登临城北的小山，方知看好景还须登高处。骋目鸟瞰，山村烟树，古城巷陌，尽收眼底。身边，隆起的山体则像一个个拥被而眠的巨人，他们正呼呼大睡，耳边的风声是他们粗重的鼻息。我不知他们何时入睡，更不知他们何时醒来，只怕惊扰了他们的酣梦。

看山最大的收获是开拓眼界。远山的背后永远藏一个未知的世界，它呼唤我翻过一山又一山，去寻觅山外的新天地。

长大后，我游历了无数名山：北方的长白山、天山、太行山、终南山，南方的峨眉山、黄山、九华山、武夷山、武当山……长白积雪，终南飞泉，黄山云海，峨眉松涛，曲曲折折的滇缅盘山公路，层层叠叠的哀牢山哈尼梯田，都留给我难忘的印象。还有隐藏在深山中的古寺名刹，更是一座座中华文化的宝库。每到一处，都像拜见一位久仰的大师，面聆亲炙，受益颇多。

我素有恐高症，小时候并不明显，年龄渐长，反而突出了。游山的兴趣，往往因此而打了折扣。有一年到湘西张家界某景点，山崖边石级陡峭，虽有护栏，我却有欲倾欲坠之感。上山时我侧身贴壁，两眼紧盯着前人后背，虽心慌腿软，尚能勉强行进。下山时，我落在后头，前无游人，后无来者。瞥一眼身旁，山崖如壁；瞅一眼脚下，深渊万丈。心愈慌，腿愈软，连站立都不可能。最后，只得一屁股坐下，两手撑地，一台阶一台阶地“出溜”下来，如此丑态，自然成为同行者笑谈。又一次，到神农架，钻入一座山洞，洞内有段通道是用麻绳软梯搭建的，垂直上下。虽然只有十几米，我却觉得望不到头。游人一个接一个地援梯而上，我也稀里糊涂地跟着爬。谁知软梯晃晃悠悠，刚上几级我就害怕了，想打退堂鼓。只听下面人厉声催促：“快走，快走，别挡道！”我知道后悔已晚，退步抽身已无可能，只好战战兢兢地向上爬。软梯四周漆黑一片，高深莫测，我敛气屏声，手脚并用，经历了平生最恐怖的时刻，仿佛置身阿鼻地狱中，直到攀上最后一级软梯，看到远处洞口光亮，才像重返人间一般。恐高症是我登山的敌人，心与脚为仇，让我错过好多机缘。我曾在西安工作十八年，数次路过华山，甚至车开到山脚下，都没胆量作登峰尝试。最让我遗憾的是到云南香格里拉，大家约好乘缆车到中甸去，我终因恐高

1991年，摄于张家界，见证恐高。

临阵脱逃，未能领略到梅里雪山和世外桃源的绝世风光。

我总是在遗憾中结束登山旅程，又将新的希望寄予再次与它的邂逅，岂知光阴荏苒，时不我待，错过的机缘很难再来。

与山相比，我与水的缘分更大些。

故乡有两条河，一条叫洋河，一条叫柳川河。洋河在城南，自西而东流过，它携带了上游过多的泥沙，永远显得那么粗野和蛮荒。尤其在夏秋季节，暴雨过后，山洪下泻，浊浪滔滔，河上木桥常被冲垮，行人过河只能靠背渡人背着到对岸。而涉水者无不心惊胆战，因为河底流沙厚积，陷进去就没命了。与洋河这个“浑小子”比，城西的柳川河就是个文静的淑女了。它源自山泉，由北向南而来，清澈而甘洌。两岸绿柳成荫，潺潺溪流倒映着树色，像飘动着一袭绿色的长裙。

1991 年，作者在张家界留影。

儿时的我，每到夏天，最喜欢和小朋友到柳川河边玩，下到清浅的河水里摸鱼和嬉戏。但对洋河，却有种莫名的畏惧。大人们再三警告小孩不可到那里去，出于逆反心理，我们反倒对洋河有种向往和好奇。终于有一天，我们得到一个亲近洋河的机会。

一九五九年秋末冬初，我正上初二，学校组织我们到洋河北岸参加修建“庐山大渠”的劳动。挖渠时，听一个同学说他在河湾里发现了一条停靠的小船，引发我们极大兴趣。下工后，我们几个小伙伴悄悄脱离队伍，跑到那里。深秋的洋河依然波涛汹涌，只有河湾处波澜不惊。一条小木船果然停泊在岸边，船首和船尾分别由缆绳拴在两根木楔上。故乡非渔乡，在此之前，我们谁都没见过船，更没坐过船。一见着有船，便蜂拥而上，哪管三七二十一！有个姓冉的同学犹嫌光坐着不过瘾，擅自解开了船尾的缆绳，大喊一声："开船啰！"小船在河水冲击下，像扇面一样伸展至河中。大家模仿电影《渡江侦察记》里人物渡江划船的样子，嘻嘻哈哈地用铁锹做桨，胡乱划水。小船很快失去平衡，三晃两晃，翻入水中，船上六个人都掉进河里。当时我穿着棉袄棉裤，浸水后立即像负了沉重铠甲，越挣扎越往下沉，鼻子和嘴巴都呛进了水。当时真以为"吾命休矣"，连哭喊的机会都没有了。幸好船头的绳索没有解开，船倾覆在水但还离岸不远。经过一番挣扎，靠船头的同学先爬上岸。我坐在船尾，掉进了河心，冰冷的河水没过头顶，我不会游泳，别人都上来了，我一个人还在河里瞎扑腾。后来总算命不该绝，不知何时抓住了岸边一棵蒿草，才得以上岸。

这次遇险，给我日后与水的接触留下阴影，但它并未阻止我对水的亲近。

故乡地处塞外，由于交通阻隔，很多人除了家乡的洋河、柳川河，就再没见过更宽更大的水面。一九六四年六月，当我第一次在北戴河见到大海时，竟激动得热泪盈眶。海之大，海之阔，海之壮，海之美，远远超乎我的想象，它令我莫名惊诧！海，原是望不到边的；海水，原是像天空一般蔚蓝蔚蓝的；陆地之于大海，永远像条船，永远是座"浮宅"，大海招引我们奔向彼岸，奔向远方。

二十世纪六十年代，毛主席畅游长江，激发了无数青年人的游泳爱好。我当时正在上大学，游泳是体育课的教学内容。最初我只在学校的游泳池游，后壮着胆子到水上公园的湖里游，再后来，就想到大海中一试身手了。我游得并不好，但特别留恋游泳的感觉，仿佛那一刻，自己变成了一条快活的鱼，享受戏水的乐趣，体验追波逐浪的豪情。毛主席年轻时的一句名言："自信人生二百年，会当击水三千里"，也成为我学习游泳的座右铭。

涉水不受恐高症的挟制，但也会出现遗憾。如果说早年洋河遇险是一次无知之举的话，后来遇险则是过于自信了。一九九九年八月三十日下午，我在山东威海的海边游泳，同去的还有好几个人。我最初在岸边游，后在别人鼓动下，渐离岸向里大概游出一百多米的样子，才转身顺着与岸边方向平行游去。我本以为，离岸不远，不会有什么问题。岂料，刚想停下休息，就掉进一条深不可测的海沟里，整个身子都沉下去，双脚怎么也够不到底。我脑子一下蒙了，手脚也不听使唤。我闭着眼，拼命向上划，好不容易才浮出水面。我感到浑身无力，四肢发僵，动作失调，立即向岸边人呼救，可岸边的人都以为我在开玩笑，谁也没有理会我。最后，我总算游到岸边。他们看我脸色苍白，才知道我刚才呼救不是闹着玩。我侥幸自己有惊无险，但畅游大海的兴致被破坏了。乘兴而来，扫兴而归，遗憾不已。

尽管有过溺水的教训，也曾有过望海兴叹的无奈，但我对水的情感无怨无悔。几十年来，我游历过许多江河湖海。从渤海、黄海、东海到太平洋，从黑龙江、松花江、黄河、长江到湘江、珠江；从达赉湖、镜泊湖、喀纳斯湖到洞庭湖、鄱阳湖；从敦煌的月牙泉、济南的趵突泉到昆明的滇池、台湾的日月潭，我都去过。我曾到贵州黄果树观瀑，也曾到普陀山千步沙听潮；我在舟山东极岛看过红日出海，我也在杭州的西子湖畔观赏过三潭印月；我在冰雪覆盖的松花江上坐过狗拉爬犁，也在热气蒸腾的云南热海泡过温泉；我曾乘游轮壮游三峡，目睹高峡出平湖的胜景，也曾在陕西壶口，感叹九曲黄河一壶收的奇观；我在湘西的沅江边捡过美石，也在台湾高雄港的大排档尝过海鲜。我的许多经历与水相联。

我喜欢水，因为它为而不争，随遇而安；它不择地势，无形胜有形；它不畏艰险，柔弱胜刚强。无论大江洪波，还是小溪涓流，无论是恣意的汪洋，还是静谧的幽泉，都能启迪我的心智。许多时候，遇到心绪烦杂、心结不解或思路蔽塞、思维僵滞的时候，就到水边转转，看看浪翻浪涌，看看潮起潮落，浮躁的心便立刻安静下来，懵懂的头脑也一下灵光了许多。

我是个爱山爱水又恐高怕水的人，但只要有机会，我还是要到名山大川去，到我最爱的地方去。

宋人王观的《卜算子》，将山水比作美人的眉眼，说："水是眼波横，山是眉峰聚。欲问行人去那边？眉眼盈盈处。"写得真妙！

张衡在《四愁诗》中，更把对心中美人的追求、怀念，写得缠绵悱恻，淋漓尽致。"我所思兮在太山，欲往从之梁父艰，侧身东望涕霑翰。”“我所思兮在桂林，欲往从之湘水深，侧身南望涕沾襟。”“我所思兮在汉阳，欲往从之陇阪长，侧身西望涕沾裳。”“我所思兮在雁门，欲往从之雪纷纷，侧身北望涕沾巾。”细想，我的山水之恋亦如此。登高涉深，追寻我的所爱，我后怕过，但没有后悔过。有时我不明白，为何别人游山逛水那么容易，我却要付出如此多的代价？后来，我想通了，这是上苍在考验我的诚心，是我的爱比别人更多更深的缘故吧。

山水冤家，合该如此。

2015 年 12 月 1 日

戒烟者说

世人皆曰戒烟难，难就难在对自己下不了狠心。倘将戒烟当作对自己宣战，对自己忍耐力极限的测试，其效果会完全不同。我自己就有切身体会。

说起戒烟，还得从五十年前第一次抽烟谈起。

一九六八年夏，大学毕业在即，作为应届毕业生的我们，开始为分配去向发愁和焦虑，后来，文件下来了，讲得很明确，我们这些“文革”中毕业的大学生都要面向农村、工矿、基层和边疆，一句话，就是要到祖国最需要、工作最艰苦的地方去。既如此，还有什么好犹豫的呢？服从分配就是了。这么一想，大家反而轻松起来，甚至觉得在学校里待着太无聊，不如及早投身“三大革命”，参加改天换地的新战斗更好。一天中午，大家正在宿舍休息，一个同学突然笑嘻嘻推门进来，手里拿着一包香烟，一边晃悠着一边喊：“谁抽烟？战斗牌香烟！”他首先取出一支，用火柴点着，贪婪地吸了一口，故作夸张地显摆：“真他娘的香噢！”不知是因为香烟的味道刺激了欲望，还是战斗牌香烟名字触碰了大家的神经，整个宿舍的人都变得亢奋起来，大家纷纷索要香烟并一一点着。发烟的同学还喊了一句：“同志们，现在开始——战斗！”第一次抽烟，居然是集体行动，真没想到，我嘻嘻哈哈地加入了“战斗”行列。但我很快就发现，抽烟并不好玩，对我而言，那不是享福是受罪。我轻轻地吸了一口，就被浓烈的烟味呛得咳嗽不止，眼睛都咳出泪来。可碍于面子，不好意思扔掉，况且别人还在“战斗”着，我怎能当逃兵呢？硬是龇牙咧嘴坚持把一支烟抽完。“战斗”结束，没抽出半点喜悦，反倒痛苦不堪，头昏脑涨不说，嗓子也干得直冒烟儿。我心里说："这是嘛破玩意！以后谁想'战斗'就'战斗'吧，我可不想再受这份罪了！"

我以为有了这一次抽烟的教训以后就不再会跟香烟沾边了，岂料好了伤疤忘了疼，后来不仅又抽了烟，还上了瘾，当了二十多年忠实的烟民。

毕业后，我被分配到河北坝上"插队当农民"。我所在的农村，成年男人很少有不会抽烟的。他们抽不起盒装的香烟，抽的是自家地里种的旱菸叶。到谁家，他们总是把自家最好的菸叶装好，把烟锅子递给你，并把菸叶笸箩往你跟前一推："抽吧，抽吧！"如果你抽起来，他们很高兴，话匣子也随即打开。如果你说不会抽，他们会很失望，觉得你这个人"见外"，不够意思。一来二去，我就不好推辞了，从虚于应酬到真的吸上瘾，进展神速，早忘了第一次抽烟的痛苦。当地人抽烟，除了用烟锅子抽还用纸卷着抽，尤其是大队和生产队干部，兜里经常装着裁成小条的报纸，开会的时候，从烟袋中捏出一些碎菸末，放到纸条上，通过手指搓成一根"烟棒儿"，然后再将一头拧死，在另一头掐出个烟嘴儿来，最外层的纸头则用吐沫黏住。这一套卷烟工序完成，就该点火享用了。那个年代，最受农村人珍惜的是报纸，除看新闻，它的主要用场便是糊顶棚和卷烟卷儿。干部们守着队里订的报纸，自然"近水楼台先得月"。我后来也学会了用报纸卷烟抽。

也怪，这烟抽在嘴里、吸进肚里，跟当年吸第一口时的感觉不一样了，不再那么呛人和格格不入。渐渐地，抽烟变成习惯，像每天吃饭喝水一样成为生活的一部分。白天，下地干活，中间要歇息了，队长总是那句话："大伙儿抽锅烟再干吧！"大家纷纷放下手中工具，不约而同地开始摸烟袋。休息到点时，你会看到队长首先带头把烟锅子灰磕干净，用嘴对着黄铜烟嘴儿"噗噗"吹两口，确定烟锅杆儿通畅后装进烟口袋里，别在裤腰上，起身喊："好了，抽够了，该干活了！"晚上在队部开会或聊天，同样是吸烟者的大聚会。昏暗的灯光下，烟草味混合着灶里烧麦秸的味道让人有种安逸和舒适的感觉。抽着烟，有时候竟睡着了，烟灰烫着手才惊醒。这时，你觉得和他们真是打成一片了。

我们插队锻炼和下乡知青不同，是发工资的。在抽烟上，自然稍

1972年，当烟民的作者。

讲究些。烟锅太老旧，年轻人拿着个长烟袋锅不好看，我和队上一起插队的男同学每人从县城买回一只大烟斗，故意模仿鲁迅和高尔基的抽烟姿态，冒充名人的优雅。对我们这种小资情调，贫下中农并不在意，也没人让我们为此“斗私批修”。至于菸叶，有社员送的，也有从供销社买的，稍高档点的有“红双喜”“黄金叶”等。我们也送给社员们抽，可他们抽不惯，说远不如他们自家种的菸叶抽着有劲儿。后来到县上工作，生活条件进一步改善，由抽烟斗改抽纸烟。当时工资不高，抽不起带锡纸的“大前门”，抽一般的“红山城”“官厅”“大境门”就很满足了。

七十年代，县里有一阵时兴自制烟嘴儿。武装部有人到内蒙古草滩打猎，回来用猎获的黄羊犄角做烟嘴儿，由于新奇、美观，又不须花钱，一下被人发现并纷纷仿制。很快，这种有点像工艺品的黄羊角烟嘴儿走俏县城，甚至传到张家口，成为各级干部争相拥有的特色烟具。如果能得到它，即便抽的是廉价烟，也觉着比别人牛，有派。还有一阵时兴做卷烟机。一块小木板上装着滑轮和传送带，把纸条插进去，卷上烟丝，转动滑轮，一支烟卷就做成了。记得当时我也跟风、凑热闹，死乞白赖地求人帮我做烟嘴和卷烟机，但到手后没几天就不用了，主要是嫌麻烦。后来，这些物件都送了人。

我抽烟的高峰期是在县报道组当记者兼给县领导写材料的那些年。

无论写稿还是写材料，任务都很急迫。唯一能助我排遣杂念、集中精力和战胜疲劳困倦的“神器”，就是香烟了。仿佛一叼起香烟，精神就来了，灵感就来了，信心也来了。我通常是抽一支，写一段，再抽一支，再写一段。关键时刻，哪怕烟卷夹在手里不抽，心里也觉着踏实。相反，写着写着突然没烟了，立刻会怅然若失，感到手足无措。每次夜里加班，我都事先把烟准备好，因为晚上商店关门，没处买烟。每有“断炊”状况，我都会狼狈至极。夜深了，别人都睡了，买烟无店，借烟无门，只好撅着屁股趴在地上找烟头，爬来爬去，连墙角旮旯都不放过。我小心翼翼地捡起自己或别人抛弃的烟头，再把它们对接起来，码放于案头，像守卫高地的战士捆好手榴弹，只等敌人反扑时扔出去，拼个你死我活。如果捡不到烟头，弹尽粮绝，只好放弃“阵地”，明天再说。因为离开香烟，干耗着，很难有好的战果。我对香烟的依赖，曾到了如此程度。

我抽烟最凶的时候，一天能抽两包半，上午一包，下午一包，晚上半包。遇到加班，三包都打不住。可以这么说，稿子和材料都是用烟“熏”出来的，除非睡觉不抽，只要醒着或写作就想抽烟，分明是一种病态了。

贪婪无度的烟瘾，不仅使我味觉麻木，消化不良，而且血压升高，冬天咳嗽多痰。在妻子和朋友的劝说下，我开始尝试戒烟。然而，吸烟容易戒烟难。有个笑话说，一人谈到戒烟，夸口道：“戒烟有何难？我已戒过好几回了！”我的一个好朋友断言，“常人戒不了烟”，他开玩笑说：“能把烟戒了的人，什么坏事干不出来？”

我第一次戒烟，是在一九七七年。粉碎“四人帮”后，拨乱反正，觉着自己不能再蹉跎岁月，应把被耽误的时间补回来，决心从戒烟开始，把身体炼好。我也自知积习难改，如无强有力的外部环境干预很难自觉戒烟。这年的一月十七日，我主动向妻子交出全部吸烟工具，将所剩几包香烟也都付之一炬，除此，还郑重其事地写诗一首，让所有人都知道我在戒烟，以便“群众监督”。我的《戒烟诗》如下：

朝夕贪恋齿唇边，吐雾吞云计有年。
初是好奇后上瘾，积习成癖改亦难。
牙黄指黑衣百洞，口燥舌焦咳千番。
日里有餐多味寡，夜间无觉少梦酣。
问尔何能助思考？问尔何能解忧烦？
损人害己惹公怨，岂止白白掷角元！
亡羊补牢今日事，男儿有志不空谈。
立此存照向君示，知烟难戒偏戒烟！

诗难说多好，但言之凿凿，信誓旦旦，情真意切。戒烟决心不可谓不大，对吸烟危害的认识不可谓不深，似乎真要有一番戒烟的作为了。谁知坚持不到两个月，烟瘾就复发。撑不住了，便偷偷去买烟。单位不抽回家抽，人前不抽人后抽。最后，被迫宣告戒烟失败。那首《戒烟诗》，也成了对我最大的讽刺。

第二次戒烟是在八十年代初。与第一次“发誓戒烟”不同，这次属于“忏悔戒烟”。此时，我已离开沽源，考到西安，做研究生。每想到妻子为支持我读研节衣缩食，独守清贫，每月将大部分工资寄我，还要供养两个孩子和两家老人，我却不知心疼地抽烟“挥霍”，就于心不安，忏悔不已。于是，又开始戒烟。结果，依然以失败终。

两次戒烟失败说明，戒烟依靠外力不行，单纯出于经济考虑也不行。“发誓”也好，“忏悔”也罢，都是掩耳盗铃，既缺乏动力，又不能持久。

我真正把烟戒了，是在一种“顿悟”的状态下。

一九九四年十二月二十六日，是我五十岁生日。我给自己写了一句话，还托西安的一位著名书法家写成条幅。这句话是：“五十从头过，半百当少年”。想想自己半辈子的经历，想想人生苦短、时不我待，突然有一种壮志豪情在涌动。我不想倚老卖老，我想在有生之年再干一番事业，决定挑战自己。戒烟，成为自我挑战的首选。如果连烟都戒不了，还能遑论其他？

我想得就这么简单。当时，既没有人逼我、催我，也没人鼓励我、监督我。只有细心的人才发现，第二天，我突然不抽烟了。没有人知道我在戒烟，更没有人知道我戒烟的原因。后来，不仅同事们不理解，连妻子都纳罕。不少人问："你为啥戒烟？"我只谈谈地回了一句："不想抽了。"戒烟的滋味当然不好受。最初，闻见别人的烟味儿，自己心里的烟虫就蠢蠢欲动，连做梦都想着在吞云吐雾。提笔写作，没了香烟助兴，顿觉思维枯竭，灵感全无。但我还是硬挺过来了，意念和信念起了关键作用。烟瘾发作之际，我想的不是如何克服烟瘾，而是想着在挑战自我中能不能认输，能不能言败！就这样，第三次戒烟终于成功了！从此我彻底告别了香烟。

戒烟有种突出的成就感。人最大的成功不是超越别人而是战胜自己，戒烟又是对自己忍耐极限的挑战，一旦戒烟成功，其他困难就不在话下。我的人生自信从某种意义上说也是从戒烟开始的，说明自己的一些缺点和不足不仅可以改变而且能够完全改变。

世上最大的敌人，莫过自己；若想战胜自己，就从戒烟开始吧！——姑为戒烟者说。

2016 年 4 月 27 日

酒　缘

我与酒的缘分可谓久矣。

两三岁时，祖母和父亲喝酒，我去纠缠，祖母笑着用筷头蘸些酒让我抿，略一沾唇，我便觉舌麻、嘴辣、脸发烧，哪敢再造次！七八岁时，我可以替大人到酒铺买酒了。有一次，我买回酒，走到街门口，突然想到，大人们喝酒喝得那么香，为什么偏不让小孩子喝呢？不行，我今天非要尝尝不可。找了个墙角，看四下无人，便偷偷打开瓶塞，咕嘟嘟往嘴里灌了几口。本想喝了就走，可腿脚却像被绳子拴住，怎么也动弹不得。酒不光呛得我嗓子冒烟儿，肚里也像有一团火在腾腾燃烧，眼前天旋地转，眼睛想睁都睁不开。母亲见我买酒长时间不归，急着去寻我，才发现我手里攥着酒瓶，正靠着墙角酣睡呢。

这大概是我最早的喝酒记忆。

我一向以为，喝酒跟抽烟不同，抽烟有百害无一利，而喝酒不然，否则，兴盛了几千年的中国酒文化焉能延绵至今？

人们喜欢饮酒、品酒，是一种雅人雅趣。“绿蚁新醅酒，红泥小火炉。晚来天欲雪，能饮一杯无？”（白居易）让人渴慕；“渭北春天树，江东日暮云。何时一樽酒，重与细论文。”（杜甫）让人留恋；“花间一壶酒，独酌无相亲。举杯邀明月，对影成三人。”（李白）更让人叫绝。

喝酒能使人进入一种奇妙的精神状态。酒喝到一定份上，一切禁忌的缧绁被解除，一下变得胆大又单纯，平日里不愿开口、不敢开口、不好意思开口说的话，突然都涌到嘴边，想一吐为快。俗云“酒壮怂人胆”，“酒后吐真言”是也。

喝酒既能解忧，也能一泻情怀。古来将士出征，文人弄墨，总离不开饮酒助兴。曹孟德在《短歌行》里说得最明白："何以解忧，唯有杜康。"三国故事，倘离开"青梅煮酒论英雄""关云长温酒斩华雄"等歌颂英雄美酒的章节，一定会减色不少。现代文艺作品亦然，连当年的"革命样板戏"，都不敢漏掉用饮酒来抒发英雄豪情的细节。如李玉和唱的"临行喝妈一碗酒，浑身是胆雄赳赳。"杨子荣唱的"今日痛饮庆功酒，来日方长显身手"，都与酒相关。酒是武人血，更是文人魂。最典型的要数李白了，"李白斗酒诗百篇，长安市上酒家眠。天子呼来不上船，自称臣是酒中仙。"（杜甫《饮中八仙歌》）李白本人也坦言："古来圣贤皆寂寞，惟有饮者留其名。"美酒书写了多少青史风流！

但饮酒失度，酗酒成癖，就是害了。

李时珍在《本草纲目》中说："饮酒不节，杀人顷刻。"过度饮酒不光有碍健康，还会贻误工作，乃至给党和人民的事业带来损失。不少人，酒后失德，又哭又闹，寻衅生事，大耍酒疯；还有的，"酒杯一端，政策放宽；酒杯一举，可以可以。"什么违法乱纪的勾当都干出来了。近年来，反腐倡廉重点之一便是狠刹公款吃喝风。有的地方甚至下了"禁酒令"，对那些"酒精"考验的干部当头棒喝。

酒喝到什么程度才算合适？肯定没有固定的量的标准，每个人的酒量大小不同，很难强求一致。喝酒不是喝水，完全没有感觉或丝毫没有醉意，饮之何用？但喝过了头，酩酊大醉肯定又走向反面。那种无节制地饮酒，豪饮、狂饮，以至饮酒失德，饮酒乱性，饮酒伤身便非常不可取了。因此，从效果上看，应以"微醺"为宜，"微醺"就是微醉。微微有些醉意，戛然而止，可矣！

《菜根谭》里说："花看半开，酒饮微醺，此中大有佳趣。若至烂漫酕醄，便成恶境矣。"我非常赞同这样的观点。酒至"微醺"状态，似醉非醉，思维活跃但头脑清醒，真情毕露但方寸不乱。"微醺"之际，朋友相聚，酒能为友谊增温；偶有嫌隙，酒亦可使心结解除，化干戈为玉帛。

然而，这种分寸把握太难，谁要在举杯之前只想着"微醺"或刻意为之，饮酒的乐趣就化为乌有了。事实上，"微醺"尺度的把握，全在饮者的感觉之中。饮而有度，喝而不醉，既能在轻松心态下享受饮酒之乐，又能控好杯中酒这匹难驭的烈马。为客，不拂主人美意，不煞满座风景；为主，则能让所有来宾人人尽欢。诚如是，方为善饮者矣。善饮者除有酒量外，还和他的素养有关。

回顾自己喝酒的经历，自始至终都算不上一个善饮者。

我正式开始喝酒是在参加工作之后。我工作的地方，属于坝上高原，冬天最低气温能冷到零下三十七八度。从地理位置看，它在河北最北端，与内蒙古锡林郭勒盟接壤，草原气息很浓。大概受恶劣气候条件和半农半牧生产方式的影响，当地人喝酒、嗜酒，形成习惯。再穷的人家，缺什么家当都行，唯独盛酒的家什不能缺。我初次下乡到社员家，发现家家靠墙的板柜上都放着一溜玻璃瓶，里面装满五颜六色的液体，让人不解其故。后来才知道，那都是男人们喝完酒的空瓶子，穷而不失爱美之心的女人们舍不得扔，用它装了水，再弄些花花绿绿的颜色进去，放在那里当摆设。其实，换个角度看，也是男人们贪酒的“物证”。

当地人喝酒很粗放，酒器更不讲究，一般很少使酒盅酒杯，他们最喜欢用吃饭的粗瓷大碗喝酒。如果是几个人共饮，那就一碗酒轮着转。

1992 年摄于内蒙古，盛情难却。

你肯定看不到“曲水流觞”的文雅场面，只会看到《水浒传》里梁山好汉们开怀痛饮的镜头。谁接过酒碗都不作秀，不含糊，吱溜一口，咕咚一声，一碗酒眼见着下去一大截，轮不到几圈就喝光了。如果是“打平伙”（即AA制），喝酒更爽快，大家几乎是你争我抢，唯恐少喝了。只有主家买酒且不限量时，大家才从容些，才会划拳行令，喊着“哥俩好，五魁首”或“老虎、杠子、鸡、虫”什么的。

他们喝酒的豪爽我从前见所未见。有一次，我到一个大队采访，在供销社，看到一个老羊倌进来买酒。他像变戏法似的从皮袄里掏出一个脏兮兮的大瓷缸子，递给售货员，叮嘱他务必打满。他买的是那种高粱酿制的、度数很高的散白酒。我以为他要带走，不料，又从皮袄里摸出根干红辣椒。售货员打来酒，说：“看好了，满着呢！”老汉接过缸子说：“别掺水骗我就行！”说着，斜靠在柜台前，仰脖喝起来。他吃一口辣椒咕一口酒，嘴里嘟囔说：“嗯，龟孙们没哄我，地道好酒！”也就是五六分钟时间，他就把一大缸子酒“咕”完了。喝完酒，他抹了抹嘴，付了酒钱，转身告辞说：“今儿赶羊路过，没空多喝，下次再喝吧。记着，这坛子酒给爷留着！”我问售货员他喝了多少，售货员用手比画了个八字，说：“他的缸子比秤还准，少给一口都不干，精着呢！”我不禁咂舌道：“我的天，八两酒，一根辣椒，转眼就喝完了，太厉害了！”售货员不以为然地说：“这不算啥，他石头子儿都能下酒！听说家里连根菜毛儿都没有时，他就用小石子儿蘸着盐水抿一抿当菜了。这个出了名的酒坛子，喝两三斤跟玩似的，北边的蒙古人都怕跟他较酒。”

在那个地方，像老羊倌这样喝酒的传奇人物，我还遇见过很多。县妇联有位老大姐，年近五十，初次跟她在一起喝酒，自以为可以应付，没想到真正喝开了，才发现这位不显山不露水的女人酒量大得惊人，没几回合，一桌男人就被他灌倒一半，我自然也在其中。后来才知道，老大姐平时不喝酒，但喝酒从来没有醉过。拿她的话讲，“喝酒跟喝凉水一样，没意思嘛！”听说，县里许多女同志都有这样的能耐。这让我大长见识，但凡敢跟男人们较酒的女人都来者不善，千万不可小觑！

喝酒好玩，在于谁都不愿服输，越是喝醉了的人越说自己清醒。

侯宝林相声《醉酒》里的那两位醉鬼，都喝醉了，还没忘跟对方较劲比输赢。记得有一年秋天，我和报道组同事小温在某公社采访，相邻公社的一位朋友打电话来非让我俩到他家喝酒不可。我深知这位老兄是个喜欢较酒的人，又不好推却，就去了。两个公社所在地相隔三四十里，我俩骑着自行车去赴约。这位老兄那天还请了另外几个能喝酒的人作陪，明摆着要跟我们一决高下。开始喝酒还算平和，没喝几杯，老兄来劲了，非要换大杯敬酒，说："你们要看得起我，就干了；看不起我，就别喝。我先干为敬。"说完，一饮而尽，还故意把杯底倒过来，让我们瞧，另外几位客人也都跟着帮腔叫阵。看来不喝是不行了。我知道小温酒量大，故意说："你们别难为小温，他不会喝酒，我替他喝，我一个人跟你们干。"说完，一口把杯中酒倒进嘴里。我酒量不大，但喜欢"一口闷"，这一招把他们唬住了，他们以为我真能喝，反而把较酒对象转向小温，说什么也不同意我"代喝"，硬逼着小温端起酒杯。小温将计就计，佯装无奈地说："我虽然不会喝酒，但盛情难却，今天，我就舍命陪君子了。来，咱们都倒上，你们喝几杯我陪几杯！"一杯、两杯、三杯、五杯，小温谈笑如常，跟他较酒的人却一个个醉倒桌前。最可笑的是那位老兄，喝得手舞足蹈，出尽了洋相，和他告别时，他已醉成一摊烂泥。我和小温则像打了胜仗班师回朝的将军，骑着自行车，踏月归去，三四十里的路程，全然不觉劳累。这是我喝酒史上，最为自豪和惬意的一次。

还有一次是八十年代，我那时已到了西安，做研究生。一次和一个同学步行逛街，从小南门外一直走到解放路，中午在一家小餐馆里喝酒。我俩一人要了一瓶"江口白酒"，对饮起来。那天，喝得很开心，每人都把自己面前的一斤酒喝光了。临走时，他神智有些恍惚，勉强能站得住。我居然没有喝醉，还能搀扶着他一步步走回学校。可一到宿舍，他就哇的一声吐开了，醉得不成样子，睡到第二天才醒。我却没事，下午稍事休息，又到图书馆看书去了。他酒醒后对我的酒量大加赞叹："老高厉害，一斤不醉！"我也沾沾自喜，觉得一斤白酒已不在话下，凭我的酒量，满可以"闯荡江湖"了。

岂知，我的逞强，我的狂妄，使我大吃苦头。因为，谁都知道我酒量大，比别人能喝，于是每有聚会，我必然成为大家的主攻对象。

后来，研究生毕业，留校任教，教学科研任务繁重，身体素质急剧下降，酒量也在锐减。但我喝酒依然硬撑着装好汉。结果，常喝常醉、一醉就吐，头痛目眩，胃里倒海翻江，几天不想吃饭，就像得了一场大病，每每酒醒后都追悔不已。我曾写过一首诗，痛斥自己，反省以往，誓不再醉：

酒少饮，多饮必伤人。诚心待客常自醉，挚意答友杯先斟。大好时光蹉跎逝，皆因逞能一口闷。醒时不自禁，醉后梦沉沉，更有翻肠倒肚，天旋地转，浑身骨离筋。一醉三日软，无妄病缠身，头脑麻木记忆减，反应变迟钝。饮酒无大益，节酒须狠心。交友待客不在酒，亲朋相聚岂为饮？君不见，大使贪杯泄机密，小川酒醉枉断魂！喝酒都爱吹牛皮，酒场难逢真知音。从今决计酒少饮，不向杜康做顺民。处世从容心身健，琼浆玉液不动心！

然而，诗句毕竟是冲动之作，过去一阵，一经诱惑或别人几句好话，自己又好了伤疤忘了疼，再喝再醉。直到一次是自觉大丢其脸的醉酒，才彻底醒悟。

那是一九八五年的九月十日。系里为庆祝我国第一个教师节，在校外的迎宾饭店举行酒会，全系老师几乎都参加了。老中青济济一堂，气氛欢洽。喜庆之日，当然要举杯共饮。我那天格外兴奋，因为这一年我好事连连：留校任教后，我深得领导信任和广大学生好评，年初被推选为系总支委员、教师支部书记，还被任命为写作教研室副主任，我的第一本学术专著也出版发行。在昨天全校庆祝教师节大会上，我又被评为全校优秀教师，还获得了二等奖的物质奖励。工作和事业都可谓顺风顺水，志得意满。碰上这样的日子，我怎能不开怀畅饮呢！记得那天喝的是泸州大曲，每桌一瓶，其他是青梅酒、葡萄酒和啤酒。我在本桌已喝了不少，又端着酒杯到别处敬酒，特别在向老先生敬酒时，为显示诚敬之意，连干了三大杯后，又喝了不少，反正是来者不拒，敬则必干，一下被封为中文系的“酒坛新秀”。散席时，我已大醉，几个同事送我回家，一进门，我便不省人事。他们急忙叫来学校救护车，把我送到省医院“抢救”，经过打针输液，才清醒过来。第二天，好多系都来电话询问：“听说昨天你们中文系喝死了一个？”尽管是以讹传讹，但作为“醉鬼”的我已无法辩白。我自知大丢其脸，懊悔不已。事后，有人帮我分析醉酒原因，一说是我酒喝得太杂太猛所致，一说是我只顾喝酒没有吃菜、过分伤胃的缘故。我心里明白，这些都不是主要原因。我的醉酒是醉在忘乎所以和自不量力上。我体质下降，酒量锐减，本该有所节制，却因贪图虚名，争强好胜，醉酒献丑，落为笑柄，教训沉痛啊。从此之后，我痛下决心，做人愈加谦虚谨慎，饮酒不再妄自逞能。所幸三十年过去，我再没有醉过。每临酒宴，我坚持白酒基本不沾，红葡萄酒偶尔喝些，但也绝不贪杯，微醺而已。

辛弃疾写过一首《沁园春》，以一个饮者的身份与酒杯对话，历数与酒杯的恩怨，最后达成共识，“物无美恶，过则成灾”，让酒杯“勿留亟退”。酒杯很知趣，“杯再拜，道麾之即去，招则须来。”我想，我也应当如此，爱酒不溺酒，喝酒不醉酒，永远掌握酒杯的主动权，在微醺中享受人生的乐趣。

2015 年 11 月 9 日

第三辑

在这百花盛开、惹人动情的季节里，乡愁也会是很美的。

美丽的乡愁，就像小姑娘脸上的笑靥。

——《美丽乡愁》

美 丽 乡 愁

又是一年里最惹人动情的季节。金灿灿的迎春怒放之后，大朵大朵的白玉兰迫不及待地在无叶的枝头亮相。还有桃花与杏花，不经意间已把小月河两岸染成一片粉红。更有杨花柳絮，借着东风的娇宠，无边无际地狂舞着，飞扬着，像雪，像雾，哪怕情感再迟钝的人也会感受到春的激情与浪漫。

手机响了，是 W 君打来的。

“你在哪里？我给你家打了两次电话都没人接。”

“我在公园里散步。”

他“哦”了一声，又急切地追问：“现在给你打电话方便吗？”

“方便啊，有什么事，请讲。”

“是这样，其实，我没有什么事，唔，真的没什么事，只是想跟你聊一聊，不，也不能算聊……嗨，我也说不清了。”

他突然吞吞吐吐起来，我一时莫名其妙。

W 君是我的同乡，长我四岁，今年七十一了。自去年冬天邂逅京城，一直保持着电话联系。他是某医院急诊科的专家，退休后依然在医疗岗位上发挥余热。这个平日里惜言如金的老头讲话总像查房时给护士下达医嘱，一二三四，条理分明，没半句废话，今天是怎么了，莫非有难于启齿的事求我？

“老兄，你只管说，我听着呢。”我索性停下来，坐在路旁的椅子上，专门接听他的电话。

“是这样，我今天休息，到早市上买菜，听到小贩的叫卖声，突然想到咱们老家，想到小时候在老家常听到的叫卖声，不知你还记不记得？”

“我当然记得呀。”

他兴奋起来，说：“你还记得卖枣糕、卖豆馅窝窝、卖粉圪炸、卖烂煮豆的叫卖声吗？”

我“嗯”了一声，还没等回答，他便说：“你听着啊，我给你学两嗓儿。”

电话里立刻传来老家伙一声接一声充满抑扬顿挫的吼叫。

真好笑啊，我原以为有什么大不了的事情，没想到是为这！

但听着听着，我笑不出来了，因为从他浓重的乡音里和久违的叫卖声里，渐渐读出一种令我感动的乡愁。

我们都是六十年代初到外地上大学，毕业后又分到外地工作，从此远离故土的人。对故乡的思念，对亲人的眷恋，织成一片思乡的云，它萦聚心头，终难飘散。

人世间有许多事可以轻易忘却，唯独乡愁，不思量自难忘，竟与岁月同增长，而且痴情不改，历久弥新。

按理说，现在交通条件和通讯设备如此发达、便捷，有空多回家看看，没事多给家里人打打电话，满腹乡愁不就消解了吗？后来，我才知道，没这么简单。乡愁是人的情感在特定时空里的产物，它因时、因地、因人而生。随着时空的变化，有些乡愁或许可以消解，有些乡愁则永远无法消解了。

记得去年冬天，我和W君邂逅相逢，三十多年没见面了，见面后最大乐趣，竟不是共进美食，共品佳酿，而是用地道的家乡话无拘无束地“精神会餐”，彼此交流各自珍藏在心底里的那些对故乡的回忆。

我们谈故乡的历史文化，谈故乡的习俗风情，更多谈到故乡的自然环境、老街老院以及和我们童年少年成长密切相关的故人往事。谈故乡，我们总有说不完的话题。有时我们会因记忆的分歧而争执不下，有时又会因感同身受而老泪纵横。

W君告诉我，前几年他回故乡，参加母校校庆，顺便到他出生的老院转了转。自父母过世后，弟弟们搬出老院，整个院子和那片街道都在拆迁。老宅院不见了，唯有他家老屋的半截墙根还残留着，像是专门等他、候他、与他告别。他赶忙用相机拍下来做留念。

他说："我心里很矛盾，想故乡又怕看到故乡，因为我印象中的故乡实际上已经消失。除了钟楼、鼓楼、南门楼和天主教堂还保持着原来的模样儿，其他则面目全非了，而我记忆中的故乡却永远是没有改变的老样子。这种反差，令我每次回去都有种失落感。不仅不能抚慰我的乡思，反而徒增了几分乡愁。"

他说得没错，其实，我也有同感。

每次回老家，我望着眼前一座座拔地而起的高楼大厦和一条条整齐宽阔但又显得十分陌生的街道，脑子里呈现的却是几十年前的街景。这时我才发现，自己真正想造访的不是眼前的故乡，而是那个记忆中的故乡。我是一个跨时空的游者，靠的不全是眼睛，更有回忆和想象。每到这个时候，我总会想到贺知章的诗句：

少小离家老大回，乡音无改鬓毛衰。

儿童相见不相识，笑问客从何处来？

与知章老先生比，"儿童相见不相识"的境遇相同，"笑问客从何处来"却未必，因为，的确没人问我"从何处来"。如今的故乡，逐渐成为京西一个观光旅游的新去处，大家都忙着做生意，谁会留意熙来攘往中，还有个"少小离家老大回"的老人呢？于是，我觉着自己的情绪有些可笑，自己的状态也有点不合时宜了。

记忆中的故乡远不如现在繁华气派，几乎没一点现代的都市感。六里十三步的塞外小城，在厚厚城墙的围裹下，长期沉睡在农耕文明的酣梦里。二十世纪五六十年代，街上很少见到超过两层的建筑，砖木结构的土屋平房和四合院居多。街道不宽，大多是土路。素有"半城葡萄半城钢"的故乡，从道路的特色就能显示出来。大北街从钟楼一直延伸到北门口，两边的院子几乎都是葡萄园。柳川河水绕过北山，有一支流进城里，街上树多、桥多，马路两边的沟渠里清水潺潺。秋日，葡萄成熟时节，一条街都变成葡萄交易的市场。曾在一九〇五年巴拿马世博会上获奖的白牛奶葡萄，给故乡人带来莫大的荣耀。如果穿过南城门再往前到洋河岸边，就是钢铁冶炼厂所在了。这时你会看到马路、甚至两边的街墙全变成赭红色。拉铁矿石的马车一辆接一辆驶过，浑身上下落满矿石"红尘"的车把式策马扬鞭，嘴里不停地吆喝着，给负重的牲口们加油鼓劲。晚间，炼钢炉的光焰照彻夜空，像节日绽放的礼花。入夜，不时有火车通过，那有节奏的轰鸣，是全城人最熟悉的催眠曲。他们知道，故乡的葡萄和钢铁正通过詹天佑设计建造的京张铁路，经销全国各地，同时为故乡带来更大的收益，睡觉也觉得实稳多了。西门外，是大片的柳林和桑园。清乾隆年间，直隶总督方观承为根治风沙危害，奏请朝廷拨款白银十一万两，“于城外濠堤一带，加筑土墙，夹植高柳，以洁风沙”。后在知府张志奇、知县黄可润的率领下，故乡人开展了一场以植树造林、防风固沙为中心的维护生态环境的斗争，历时三年，终于实现了“植万株之柳，以祛千百年之沙”的壮举。后人在此修建了万柳亭，树碑勒石，以示纪念。儿时的我们，夏天经常到这里玩耍，编柳帽、做柳笛、采摘桑葚，下到柳川河里游泳、摸鱼，陶然忘情，乐不思归。相比之下，东城门外则显得荒凉一些。特别是小东门外，古来一直是处决死刑犯的地方，经常还有野狼出没，家里大人一般都不许孩子们到那里玩的。但一到秋天，东门外的土坡和壕沟边，长满野酸枣，孩子们经不住诱惑，会偷偷地瞒过大人，冒着说不出来的恐惧和被圪针扎破手指的危险，到那里摘酸枣。一九五八年大跃进，东门外变成大炼钢铁的基地，貌似大窝头一样的土高炉遍地开花，从此彻底打破了荒凉。在全民大炼钢铁的日日夜夜里，我们幼小的心灵也被狂热的激情燃烧着。

我们生活在故乡的小城里，清贫的环境并未削减童年的欢乐。那时，大部分孩子家境都比较清苦。我和许多孩子一样，上中学前没买过像样的书包，大多用洋面袋拆洗后做包袱皮儿，放学后把书本一裹，斜挎在肩上就走，当时谁都没觉着寒酸。少先队组织秋游，每个人带只大玻璃瓶，装满凉开水，边走边喝，兜里再塞两条煮熟的玉米棒儿，饿了，掏出来啃一口。我们咣里咣当地登山爬坡，觉着有说不尽的乐趣。

由于经常吃不饱，嘴馋、贪吃是我们那一代人共同的习性。所以，从记事起，就对小城里走街串巷卖吃喝的各种叫卖声特别敏感。我曾写过一篇叫《公家豆腐》的散文，回忆了和一位卖豆腐老汉间发生的故事。在当时，一块不起眼的豆腐，都会让全班的“馋猴”们为之神往，以至那个卖豆腐的老汉，也成了大家崇拜的偶像。他卖豆腐的叫卖声，常勾引我们馋虫欲动、魂不守舍。我们这些小孩子自然也把故乡有特点的叫卖声学得惟妙惟肖，目的不光是为了炫耀模仿的才能，还为了过瘾。把想吃而一时吃不到的东西大声地喊出来，仿佛在精神上得到了补偿。

W 君今天在早市上听到叫卖声，便立即引发了对故乡的回忆，想到儿时的情景，我非常能理解他此时的心情和感受。

我说："老兄，你学得很像哩，我也给你学两句，听听够不够味儿！"说着，对着手机话筒，尽量压低嗓门，喊道："豆腐——公家豆腐，五分钱一块……"话筒那边很快传来 W 君孩童般的笑声。

一个小姑娘恰好从我身旁走过，吃惊地看着我，不解其意。我又故意大声地重复了一遍，她咯咯地笑了，以为我在逗她玩。

啊，乡愁，两个老人的乡愁，竟在电话中，在你一句我一句的叫卖声中，相互交流着、发泄着、品味着……乡音未改，真情依旧，只是不再有往日的伤感了。因为，在这百花盛开、惹人动情的季节里，乡愁也会是很美的。

美丽的乡愁，就像小姑娘脸上的笑靥。

（原载《散文选刊》2011 年第 7 期，标题为《电话里的乡愁》）

2011 年 4 月 20 日

故乡与茶

“故乡与茶”这个题目，谈起来确实有些难度，好像出生茶乡的人更有发言权，不是茶乡的人没有种茶、采茶的体验，也描述不出茶乡内在的神韵。比如谈福鼎白茶，外乡人也可以谈，但总不如当地人谈起来那么地道和亲切。好在这个题目也有空子可钻，因为，故乡即便不是茶乡也有喝茶的习惯，每个人的故乡都和茶有着千丝万缕的联系。《周易·系辞上传》里说：“形而上者谓之道，形而下者谓之器。”故乡与茶的联系，既有物质（器）层面的，也有精神（道）层面的。这么想开去，也就有了饶舌的理由。

我认为，种茶、采茶不一定都能列入文化的范畴，但喝茶、品茶肯定是一种文化行为。中国人，不论故乡何处，都有饮茶的习惯，都是茶文化的践行者。记得林语堂说过：“饮茶的通行，比之其他人类生活形态为甚，致成为全国人民日常生活的特色之一。”（《吾国与吾民》）一个人对故乡的依恋，除了亲情外，更表现在对乡土文化的依恋上，其中自然包含了茶文化在内。

我的故乡不在江浙，不在云贵，也不在闽粤，而在自古以来都不种茶不采茶的塞北。故乡虽不是茶乡，却与茶也有着很深的历史渊源。

众所周知，新疆有丝绸之路，云南有茶马古道，但很少有人留意，在我国北方也有一条古老的商道，那就是张库商道。这条商道正是从我的故乡张家口出发，经兴和（张北）、滂江、乌德、叨林到达库伦（今天的乌兰巴托），再往北至恰克图，延绵数千里。这条穿越草原大漠的国际商道，曾将产于中国内地的茶叶作为主要出口商品源源不断地销往蒙古和俄罗斯，被史家称为中国北方的“茶叶之路”。很久以来，由牛、马车辆和骆驼组成的中国商队就开始跋涉在这条漫长的商道上。眼光独具的山西商人、京城商人及当地商人都看好茶叶贸易，纷纷在故乡一带建立自己的商号店铺，承揽外销生意，故乡成了中国茶叶在北方的一个重要集散地。随着茶贸经济的繁荣发达，故乡的茶文化也渐渐繁荣发达起来。

故乡人喝茶、品茶的习惯，丝毫不逊于出茶、产茶的外地人。二十世纪七十年代，故乡发现辽代古墓群，其中六号墓有一幅壁画“茶道图”，精细地描绘了故乡人早在八九百年前对茶叶加工、烹煮和饮用的生活场景。壁画上有五个人物，一女童坐于地上正在碾茶，旁一男童跪于茶炉前，观察火势，其后一中年女人欲伸手持壶，另外两女，

故乡宣化辽墓壁画茶道图

一个端茶离去，一个接茶而来。地上设风炉、茶碾，桌上置茶壶、茶碗、盛茶木匣及各种茶具。无论是茶具造型的精美独特，还是画上人物茶艺操作的精湛娴熟，都让今天的人看后叹为观止。“茶道图”足显当时故乡的茶道之盛，也为我国北方地区的民间茶道提供了可资考证的形象资料。

到了我小的时候，张库商道早已失去往日风采，但传统的故乡茶道依然在民间保留着。在故乡，“宴客须有酒，迎客必上茶”似乎成为一种不变的乡俗。如有客来而未上茶，将是一种严重的失礼。因此，故乡人家，不论贫富，家里时常都备着茶叶，只是价钱和等级不同而已。有钱的买西湖龙井、福建铁观音、云南普洱、四川沱茶，普通人家则喝一般的绿茶、红茶、花茶，最不济的人家也买些茶末喝。或许和地域气候有关，故乡人还喜欢喝砖茶，色重味浓，沏一壶能喝半天。

喝茶是故乡人生活中不可或缺的部分。早起第一件事便是沏茶、喝茶，尤其是老年人，喝茶比吃早饭还当紧，而且，茶越酽越好。故乡人过去很少用茶杯泡茶，通常都用茶壶沏茶，然后倒在自己的茶杯里喝。从我记事起 就看到家里那只大铜壶永远坐在火炉上，咕噜咕噜地响着。水开了，母亲居高临下地往事先装好茶叶的瓷茶壶里“栽水”（即倒水），然后再斟给每一个人。一家人喝过茶，吃过早点，各奔东西，开始一天的生活。年复一年，天天如此。

儿时，不懂得品茶，喝茶只为解渴，习惯于“牛饮”。在外边玩累了，口渴了，跑回家，抱起茶壶对着壶嘴儿，咕咚咕咚一阵猛灌，如果是刚沏好的新茶，太烫，不能对着壶嘴儿喝，就去溜别人碗里喝剩的茶根儿。年龄渐长后，开始学大人的样子，喝茶变得从容起来，斯文起来，慢慢也觉出了茶的味道。

“寒夜客来茶当酒，竹炉汤沸火初红。”古人喝茶的诗意，我虽无从领略，但冬日在故乡喝茶的情形至今记忆犹新。故乡地处高寒塞外，冬天寒冷而漫长，窗外大雪纷飞，屋里，家人围着火炉喝着热茶聊天，其乐融融。每当大雪封门，小孩子喜欢通过看茶碗里的茶梗预测家里会不会来客人。听大人们说，只要茶梗立着，不下沉，就预示着会有客来。这种大人哄逗小孩的把戏我们居然当真，斟了茶不喝，愣是盯着茶梗，候着它的应验。因为有客来，特别是带着孩子的客人来，家里就会热闹一阵，伙食也稍能改善一点。现在想来，自然十分可笑。说到喝茶，我还想到一样稀罕物件——茶壶帽，恐怕是我的故乡独有的茶具吧。过去，我们那里取暖条件差，天冷时，沏开的茶水很快就凉了。为了保暖，聪明的故乡人就在茶壶外罩上一个特制的做得很厚实的棉套儿，当地唤作“茶壶帽”。一般取深色面料做底面，上头再用彩色丝线绣上花鸟或字，壶帽大小及形状与茶壶相匹配，摆在桌上，俨然是件充满家庭个性的艺术品。不过，时间一长，沾满了茶污，也就不太显眼了。现在这种茶壶帽早已绝迹，没人再会想到它、用到它。

故乡的茶道，体现了故乡人的性格。故乡人喝茶，很少喝功夫茶，原因并非没有“功夫”，而是不大喜欢南方人小壶小碗那么近乎作秀的精致。他们喜欢大壶斟、大碗饮，也不讲太多的形式，礼到辄止。这与当地人性格有关。我的故乡，自古一直是兵家争战之地。特别在明清时，更成为一座拱卫京师的边关重镇。乾隆皇帝手书的“神京屏翰”御匾至今还高悬在故乡的镇朔楼上。故乡人久经戎马生涯和铁血战火的淬炼，民风质朴，性格粗犷，基因里灌注着一种忠义勇武的阳刚之气，喝茶有时像喝酒一样充满豪情。

然而，与酒比，喝茶却是故乡人的第一选择。老人们对此有一番解释：他们认为，茶养人，越喝越清醒；而酒伤人，喝多了会迷情乱性。他们最讨厌那种喝了酒就耍酒疯、骂孩子打老婆的男人。他们常常“以茶正酒”，劝说那些“醉鬼”：“喝碗茶醒醒酒吧，贪喝‘黄汤’‘猫尿’，喝死了也没人心疼。去，喝茶去！”

其实，酒和茶都是故乡人最喜欢的饮料，它们各有各的长处。在我看来，酒阳刚，茶阴柔；酒热烈，茶冷静。点燃激情靠酒，舒缓紧张靠茶；铁血男儿奔赴疆场理当以酒壮行，文人雅士邂逅款叙还是茶好；拍栏击节、慷慨悲歌酒助兴，低吟浅唱、细品人生须用茶。但茶确有酒所无法取代的功能：饮茶发心声，常常是理性的表达；而酒后吐真言，则往往是下意识的流露。茶的教化功能和文化底蕴，往往为酒所不及，它更加深邃和值得玩味。

陆羽在《茶经》里说，善饮茶者，应是“精心俭德之人”。所谓“精心俭德”，即指行为专诚、德行谦卑，善于克己而不事张扬。茶道融合了我国古代儒释道家的思想精髓，它能引导人致虚守静，抱朴归真，清淡高雅，中庸平和，达到修身养性的境界。故乡人对茶的偏好，说明他们是深谙此道的。

故乡的茶全来自外埠，没有自产的茶，只有调茶时才偶尔显出些当地特色来。故乡人每逢春夏，喜欢把一些花放在茶罐里“熏”，如茉莉花、玫瑰花等常被当作熏料，将它们的花瓣放在茶罐里闷着，让花香慢慢地浸透到茶里。当然也有直接掺进茶叶里喝的。到了秋天，故乡人则喜欢把一种叫槟子的水果放在茶罐里熏，槟子吃起来有点酸，不如苹果好吃，但香气袭人，味道浓烈持久。用槟子熏过的茶，非常好喝。每到中秋节来临，家家捧出“香槟茶”，品茗赏月，那特殊的香味沁人心脾，就如唐代诗人卢仝所描绘的那样，不但润喉解闷，而且清骨通灵，只差“两腋习习清风生”了。

我定居京城后，经常思念故乡，回忆在故乡喝茶品茶的情形。今年中秋节前，我又回到故乡，但已经找不到往昔喝茶的感觉了。我发现故乡人的茶饮习惯渐渐外埠化，茶店里各种名茶琳琅满目，饭庄酒店里，年轻人也学着外地人喝功夫茶，尽管尚不习惯，手脚显得笨拙，但他们觉着时髦。我真想向他们介绍一点故乡的茶事，可话到嘴边又不想说了。时代在变，故乡在变，喝茶的习惯哪能一成不变呢？我只是希望，“器”变而“道”不变，让故乡茶道能延绵下去，让在外的游子对故乡多留一些品之不尽的回味。

2010年10月21日晨

乡　音

离别故乡既久，思乡之情愈烈。身处外省他乡，偶听几句乡音入耳，便有无限乡愁涌上心头。记得几年前，一位在京工作的老乡打电话来，说他在集市上听到一种叫卖声极像故乡小贩，突发思乡幽情，非要给我学舌不可，我拗不过他，只好任他在电话中放诞地表演。可听着听着，我也被感染了，竟情不自禁地跟着他一起用家乡话吆喝起来，一会儿学卖豆腐，一会儿学卖炸糕，一会儿学卖煮大豆……其乡音也切切，其乡愁也融融。我俩都是年届古稀之人，却着实发了一回“少年狂”！

原来乡音是可触发乡愁，也可溶解乡愁的。

我的老家是河北宣化，距北京不足二百公里，但说话与京城殊然有别。特别是它的方言读音，外地人很难听懂。我曾跟朋友讲，鉴别一个人是否宣化老乡，就请他报数，你一听便知。从一数到十，普通话的读音是： yī一、èr二、sān三、sì四、 wǔ五、liù六、qī七、bā八、jiǔ九、shí十，字音清晰，四声分明，轻快自然。如果用宣化话读，会读成这样：yě也、liǎ俩、sā仨、sè色、wǒ我、liǎo瞭、qiǎ卡、bǎ靶、jiǎo脚、shǎ傻。不仅四声错乱，声调也拖长了，读起来舌头、嘴唇、腮帮一齐动，费劲费力。听到这样奇怪的读音，你定会捧腹不止！

宣化话与普通话比，肯定是“相声见绌”的。它也不像吴越软语，鹂啭莺啼，即便听不懂，也觉着悦耳。宣化话比较粗粝，发音直愣，同一句话，在宣化人嘴里可能就变味儿了。

宣化话许多读音与普通话不同。如“北（běi）”读“逼”（bī），北京，读为“逼京”，“大北街”读为“大逼街”，“北门外”读为“逼门外”。“脚（jiǎo）”读“节（jiē）”，“药（yào）”读“噎（yē）”，有句谚语：“剃头洗脚，赛过吃药”，用宣化话读，就是“剃头洗节，赛过吃噎”。

宣化话中有许多词都加了儿化韵，如“盆儿”“罐儿”“门儿”“毛驴儿”“小车儿”“蛐蛐儿”“花骨朵儿”“指甲刀儿”。最有意思的，还创造了一个缀尾词“盖儿”，比如说，“这里”为“这里盖儿”，“那里”为“那里盖儿”，“夜里”为“夜里盖儿”，“家里”为“家里盖儿”。

明朝武宗皇帝朱厚照，巡幸宣化，乐不思归，听这里人说“家里”为“家里盖儿”十分新奇，回北京后也和大臣们学舌，说宣化就是他的“家里盖儿”。后来清人毛奇龄在《明武宗外记》中有记载：“……上甚乐焉；每称曰‘家里’，还京后，数数念之不置。”可惜，作者可能忽略了一个重要细节，就是武宗嘴里说的不是“家里”，而是“家里盖儿”，如此才符合这位搞笑贪玩、酷好新奇皇帝的性格。

宣化话四声不准，阳平与阴平经常混淆。如烟（yān）和盐（yán）读音分不清，汤(tāng)和糖（táng）的读音也分不清。我到商店买东西，经常把“买盐”，说成“买烟”。在饭店吃饭，嘱咐菜中不要“加糖”，偏说成不要“加汤”，闹过许多笑话，至今都改不了。

此外，宣化话里韵母 en 和 eng 以及 un 和 ong 不分。有一次，我开会发言，偶尔谈到《三国演义》开头的话：“话说天下大事，分久必合，合久必分”，因我（分 fēn）与（逢 féng 疯 fēng）分不清，结果说成“话说天下大事，逢酒必喝，喝酒必疯”，引发哄堂大笑，有人揶揄我是在做戒酒的广告！再有，六十年代上大学时，一次我带领同学呼口号，本来是“美帝国主义从越南滚出去”！因我滚（gǔn）和拱(gǒng)读音混淆，结果喊成了“美帝国主义从越南拱出去”！幸亏同学们知道我是口音之误，没再追究，不然在那个极“左”的年代，说不定就犯了政治错误。

宣化方言读音是怎么形成的？我没有做过研究，但它跟宣化的地理环境与历史环境肯定存在着某种关联。原辅仁大学教授、比利时神父贺登崧一九四七年左右曾带着他的学生来宣化考察，认为宣化方言与当地的河流山川关系很大，后写成学术专著《汉语方言地理学》。古代的宣化一直受外族侵袭，如汉之匈奴，元之契丹，到了宋代，又是蒙古部族与汉军争锋之地，当地语言中不可避免地加入了这些外来民族语言交流的印记，即便是模仿汉族语言，发音上也会和真正的汉语不大一样。明清时，宣化作为扼守长城拱卫京畿的边关重镇，从全国各地征来戍边将士很多，加之从山西大量迁徙于此的流民及商人，后都入籍本地，无疑对宣化方言读音的形成具有深刻影响。

宣化方言词语中，有的严格保留了上古的读音和用法。如厾，音dū，用指头或尖锐物体轻击轻点的意思。早在我国古代绘画中就有“点厾”的技法。现代宣化方言里基本沿用了原来的读音和用法，如：

他用指头厾着我的脑门问：“说真话，是这样的吗？”

再如，舁，音yú，抬的意思。刘义庆《世说新语·术解》：“（殷浩）遂令舁来，为诊脉处方。”全祖望《阳曲傅先生史略》：“先生称疾，有司乃令役夫舁其床以行。”现代宣化方言依然在用，如：“我俩把鱼缸从院外舁进屋里。”

有的则是汲取了其他地方方言的发音和用法。如宣化话里经常使用的衬字“格”或“圪”，就是从山西、陕西和内蒙古一带地区方言中吸收过来的。比如，眨眼，叫“格眨眼”；瞅一眼，叫“格瞅一眼”；台子，叫“圪台子”。也用于形容词中间，如“兰格茵茵”“白格生生”之类。

还有的词语属于读音变异，本来与普通话没有区别，可在发音时走了调。如“黑七”，意厉声斥责，系“喝斥”的变异。再如“凉騷”，凉快之意，系“凉爽”的变异。包括最难懂的“耶列赫涝”，其实就是“夜里黑了”的变异，即“昨天晚上”。因为最早学话的人说得快，吐字不清，“夜里黑了”传来传去，就成了“耶列赫涝”，谁也听不懂了。

宣化方言词语除读音外，在词义上也有明显的历史和人文特征。比如：宣化人称占便宜，叫“占降营”，显然与历史上兵家征战有关。攻营拔塞，占据敌人巢穴，当然是最大便宜。再如，孩子之间闹别扭、起冲突或寻衅对抗，宣化话叫“格爷”。“爷”在当地常作自称或他称，格爷，即招惹人。如：“你们好好玩，不要打架格爷。”形容一个人的倒霉相，叫“揍相”，即一副挨揍的样子，令人厌恶和不屑，表贬义。这些都和当地崇尚英雄、崇尚武功的习俗相关。宣化人还常用“不识调教”比喻不可教育，不可理喻；用“欢势”，形容一个人动作敏健、精力旺盛。其实，“不识调教”和“欢势”原都是对马而言的，说明这些方言词汇与游牧民族的生活关系密切。再如“底撅”，形容骄傲、得意、自以为了不起。“结记”，指牵挂、惦记。“累手”，指受累、添麻烦。不仅有特点，也很传神。你尽可想象一个人得意时撅着屁股的可笑样子（底撅），原始祖先用结绳记事生怕忘怀的良苦用心（结记），一个人帮助别人干活，累得两手快抬不起来（累手）。何其形象，何其直观，又何其生动啊！

宣化话方言词语里也确有与众不同的叫法，我自己也觉着费解。如，蜘蛛叫“蛛蛛”，鸽子叫“楼楼”，胡子叫“胡柴”，厕所叫“茅肆”，淡叫“甜”。如果，宣化人说你的菜炒得“太甜”，绝不是说你糖放多了，而是说你盐放少了，没有味道。太甜就是太淡的意思。

宣化话里还有个方言词叫“俅货”，俅，读 qiào 是傻的意思，俅货，即傻瓜。这个字，宣化人常用，却很少有人会写，我是后来查字典查到的。

比如，这样一句话：有人把学雷锋办好事的人说成是傻瓜，可是，我们社会需要这样的“傻瓜”。

若换宣化话说，就是：有人把学雷锋办好事的人说成是“俅货”，可是，我们社会需要这样的“俅货”。

如不加解释，肯定会产生歧义。外地人没有见过这个“俅”字，只听读音，一定以为是“俏”字，“俏货”，就变成“紧俏货”“抢手货”或“漂亮货”的意思了，与宣化人说的“俅货”完全不搭界，甚至把整个意思弄反了。

可见方言在流行中都有局限性。我们宜用科学的态度加以分析和对待，既要发掘其确实存在的历史文化价值，又要看到它的不足，慎而用之，可别在使用方言时犯“俅”噢！

2015 年 12 月 4 日

梦里果园

童年的回忆，犹如飘忽的梦。梦境中，两只小脚丫，啪嚓啪嚓地回到那座神奇的果园里。

出宣化北城门，绕过瓮城废墟，沿城墙根儿向西，就能看到几间红砖赤瓦的房子，据说是日本人盖的，日本人盖它做什么用，我不知道。日本投降后，“红房子”长期废圮，成为流浪汉栖身的寒窑。破落地主孙某无家可归，就曾在此落脚，村人半夜三更常听到他呼饥号寒之声，讹传“闹鬼”，吓得不敢出门。古城墙年久失修，多处墙砖剥落，被人在墙体上凿出许多洞穴。有的前后打通，成为乡下人进城的方便之门；有的掏成猫耳洞，成为城里青年男女谈情说爱的幽会之所。某年某月，又传有杀人越货的土匪行凶作案后在此被警方抓获，浪漫之外又添几分恐怖。然而在我们孩子眼里，这些城墙洞不啻阿里巴巴的藏宝窟，越神秘，越恐怖，反而越能撩拨我们的好奇心。每次我从这里经过，都会紧张地四处张望，既害怕又渴望能发生点什么，可一次也未发生。新中国成立后，红房子辟为职工医院，再后来改建为育林基地，也称苗圃。从城墙根向北，几十亩菜地全栽了树，与西面北面的果园连成一片。几年光景，幼树成林，穿行在茂密的林路树巷间，宛若走进一座迷宫。野兔在树丛中奔跑，小鸟在枝头欢叫，葱茏茂密的枝叶云一般蔓延开来，绿得望不到边。朝苗圃的西北角望去，一排高大的钻天杨映入眼帘，那钻天杨后面，就是我家的果园了。

果园大门朝东，夯土短墙爬满葛藤。早春，桃杏怒放，花团锦簇的枝条争着伸出墙外，仿佛能听到她们的喧闹；深秋，“漏斗架”上一串串红如玛瑙、绿如翡翠的葡萄，隔墙溢光流彩，让人眼迷心醉。

盛夏，路边的车前子、蒲公英、灰灰菜、艾蒿、狼尾巴草、牵牛花、满天星等，一齐疯长，快把路面堵塞。一条小溪潺潺北来，流过门前，清澈而甘洌，人们日常饮用或浇园子都靠它。

果园以葡萄为主，漏斗形的棚架均匀分布在果园当中，相间有距。果园靠墙根的地方栽种着桃树、杏树、李树、苹果树、樱桃树。园中零星空地辟出菜畦，种瓜点豆。

从我记事起，果园就是我最向往的地方。我对这个世界的许多认识和感知，都和果园有关。如果说我比别的城里孩子幸运，就是多了这样一块能体验农家生活和亲近大自然的乐土。

童年的我贪吃、贪玩，而果园慷慨地满足了我的欲望。

果园的杏子最先让我馋涎欲滴。杏花落后，我们就盼着毛茸茸的青杏快快长大。我和两个哥哥，多少次徘徊在树下抱怨："杏子咋还绿着呢，急死人了！"等不到成熟，我们就想偷吃，结果，酸倒了牙根儿还不敢告诉大人。酸杏不能吃，大哥就教我把柔软的杏核剥出来"孵小鸡"，说杏核捧在手心里捂热焐黄，"小鸡"就孵出来了。我竟信以为真，惟恐手心温度不足，夜里把杏核儿夹在胳肢窝里捂着，睡觉都不敢松开。后来才知道是哥哥在骗我，可大哥辩解说："谁让你成天吵闹着要吃杏呢！不哄你，你能消停吗？"好容易到了青杏变黄、生杏变熟的时节，我们得到大人的恩准，去果园摘杏儿。我和大哥、二哥，像猴子似的爬上树，每人占据一棵，比赛着看谁摘得多。我个子小，又贪吃，边摘边吃，半天摘不了几个。两个哥哥比我爬得高，腿脚胳膊利落，一会儿摘一兜。我比不过他们，急得要哭。大哥说："你干脆到树下负责接杏儿吧！我们摘，你接，接到手都算你的。"我只好到树下来，他们扔一个我接一个，时间长了有点烦，我说；"能不能快点啊！"大哥说："再快，怕你接不过来。"我说："不怕。"大哥说："好吧，看我的！"没等我反应过来，他就使劲地摇动树枝，刹那间，满树的杏子就像冰雹雨一样倾泻下来，噼噼啪啪砸在头上，我赶快抱头鼠窜。两个哥哥却哈哈大笑，说："怎么样？还嫌少吗？"我兴奋地追赶滚落在地上的杏子，嘴里嚷着："太好了，太好了！再摇，再摇！"大哥拼命摇，我冒着"冰雹"捡，一会儿就捡满一大筐。回家后，头皮有点发麻，才想到是刚才被杏子砸的。祖父狠狠地把大哥训斥一顿，说他是“败家子”，这样做等于在糟蹋钱。因为熟透的杏子一旦被摇下来，就烂成一摊泥，白白扔掉了。大哥是受了我的怂恿才去摇树的，岂知犯了大错。但我依然沉浸在杏子的冰雹雨里，杏子噼噼啪啪砸在头上，那种感觉，从未体验过，太不可思议了！

入夏后的果园，各种解馋的东西越来越多，桃、杏、李子之后，还有萝卜、黄瓜、西红柿之类，没断过嘴。但我的兴趣，又转移到逮蝴蝶上。那种翅膀上有黑色圆斑的白粉蝶，漫天飞舞。听大人说，这种粉蝶属于害虫，它们是冲着鲜嫩蔬菜来的。白粉蝶很讨厌，飞着飞着，便落在菜叶上排卵，用不了多久，虫卵便长成青绿色幼虫，好端端的芥蓝或圆白菜，很快就被它们蚕食得千疮百孔。放暑假，无事可干，母亲就让我和三哥到果园菜地帮着干活。三哥说：“咱们来逮蝴蝶吧！”我说：“好呀，可这么多蝴蝶，怎么逮？”他说：“要逮蝴蝶，先要学会练蝴蝶，让蝴蝶跟着你飞，然后再逮它们。”我不信：“骗我吧，蝴蝶能听你的？能跟着你飞？”他说：“我也是刚学会的，咱们今天就试一试。”他找来一张白纸，用剪刀剪了一个蝴蝶大小的圆纸片，然后，扎上小孔，用线穿过去，一头拴在竹竿上。他晃了晃，说：“好了，可以去练蝴蝶了。”三哥挥动着手中的竹竿，线上的园纸片，随风旋转、起舞，宛然一只硕大的白粉蝶。果然，菜地里那些好色之徒，见到后趋之若鹜，都来尾随，一只挨一只，很快连成一大串。我高兴得大叫：“蝴蝶中计了！”三哥说：“你快到果园屋去掀门帘，我把它们引进去。”我照三哥吩咐，将果园屋门帘掀开，三哥悠悠地挥着纸蝴蝶，一溜烟跑进屋，后面的白粉蝶穷追不舍地跟进来。我赶紧把门帘放下，咔哒一声，十多只白粉蝶悉数就擒。这真是一个创举，想不到白粉蝶中了三哥的“美人计”！后来，我学着三哥的样子练蝴蝶，每每都有斩获。从此，练蝴蝶让我着迷，大中午我舍不得睡觉，顶着烈日，在园中奔跑，看着危害菜田的白粉蝶成了我的俘虏，我就像凯旋将军一样心满意足。自然，我也为此付出代价：胳膊、肩膀晒得脱皮不说，还长了一身痱子。

果园最诱人的时刻，是葡萄成熟的季节。故乡葡萄中的极品叫白牛奶，也是故乡葡萄的代表品种。用牛奶来形容葡萄，固然指味道甘甜，但更是比拟果粒之大。故乡人嘴里的“奶”，指的是乳头。葡萄珠状如牛乳，足见其大。儿时的我，常常站在高高的葡萄架下，那一嘟噜一嘟噜的葡萄垂下来，经常碰到我的头顶，我稍稍踮起脚跟就能把它含在嘴里。如果把葡萄架比作一头奶牛，我吮吸葡萄的姿势不正像牛犊吃奶么？所以，我对牛奶葡萄的形象感受，是别人没有的。葡萄是果园之王。果园一年的收成，全看葡萄的行情。抗过霜冻、虫害，躲过风灾、冰雹，果农们开始小心翼翼地采摘成熟的果实。葡萄下架，犹如女儿出嫁，果农们精心采摘，然后筐装车运，走向市场，每个环节都不敢有丝毫疏忽。在这个大忙时节，我们这些孩子往往会被暂时冷落，大人们生怕我们乱摘乱吃，干扰他们的工作。当然，我们最终也不会闲着。我们的用武之地是遛葡萄。大人们摘葡萄尽管认真仔细，但藏在犄角旮旯的葡萄仍有被遗漏的可能。尤其是距坑底较近完全藏在根部枝叶间的葡萄，大人们很难发现，即便发现了，也很难摘取它们。因为葡萄枝条繁密，空隙狭小，大人们想钻进去不容易。只有我们这些孩子，个个小猴子似的，无孔不入，无所不钻，恰好胜任。故乡的葡萄架形状在全国独一无二，从外看，像偌大的漏斗，故称“漏斗架”。若钻进去看，“漏斗”又变成一只巨型的没有顶盖的鸟笼。鸟笼底部，葡萄盘根错节，聚成一个圆台，果农们优雅地称之为“凤凰台”。平日园子里，我的视线被高大的葡萄架挡着，很少看到上面的天空，现在站在凤凰台上，眼界大开。蓝天白云飘在头顶，仿佛伸手可及；蝉鸣鸟叫响彻耳边，仿佛与我交谈。住惯了城里高墙深院的我，一下子回归自然，此刻和云、和树、和鸟、和虫一起，成为大自然的一分子，沐浴着和煦的阳光，呼吸着自由的空气，心里有说不出的激动！在这样的环境下遛葡萄，实在是一种无比惬意的享受。很快，在枝叶覆盖的地方，一嘟噜白的发黄、黄里又透红的牛奶葡萄被我发现了！我取一粒放到嘴里，啊，那甘甜的汁液，从舌尖一直流到嗓根，五脏六腑都被陶醉了。我大喊一声：“我找到一嘟噜最甜的葡萄！”此时，听到别的孩子也在惊喜地呼喊：“我也找到了！我也找到了！”孩子们遛葡萄的呼应声，此起彼伏，浑如天籁之音啊。

果园里，还住着一家姓刘的果农，他家的孩子小名叫大肚，因饭量大而得名。大肚岁数和我大哥差不多，但辈分比我们高，应叫他叔。大肚叔，高个子，身体壮实，性格热情豪爽。我每次到园子去，他都喜欢陪我玩。如果说，我的两个哥哥仅是我的玩伴而已，那么大肚叔则更像我的老师。在我眼里，这个粗壮结实的农村少年，无所不知，无所不晓。从他嘴里，我听到许多有趣的传说：如，“猫能上树，是老虎的老师”，“蜴虎会断尾求生，是蛇的舅舅”以及“狗怕弯腰，狼怕镰刀，鬼怕火烧”之类的谚语，我都闻所未闻。他还精通花草、鸟兽、昆虫的名字，教我如何吹蒲公英的绒球，如何用狼针（一种带锋芒的野草）当飞镖，玩打仗。清明前后，柳条发青，他教我做柳哨。他折根柔嫩的柳枝儿，掐断，选一段粗细匀称的作料。然后夹在掌心里，反复揉搓，直到柳皮脱了骨，捋下来，轻轻将一端捏扁，刮薄，就是一支标准的柳哨了。我经常吹着柳哨回到城里去显摆，那清脆的柳哨声，让院里所有的小朋友都羡慕不已。他还教过我用高粱篾子编蝈蝈笼子，编好后捉只蝈蝈放进去，挂在房檐下听它鸣叫。但终因工艺复杂，我没完全学会。大肚叔从小干农活，挑水种菜、浇园子，为葡萄施肥、打药，样样都会干。我最喜欢看他赤着双脚拾掇菜畦，先用铁耙把土拢顺拢平，再用手指头捏着菜籽插进笔直的垄沟里，点种完毕，最后用光脚把盖土踩瓷实。 畦菜种完了，地里干干净净，棱角分明的菜畦里，留下一排排整齐的脚印。大肚叔干完活喜欢带着我们到处玩。有一次，他带我们到北山脚下的河里玩水，天太热，我们脱光了身子，尽情在水中嬉戏。摸鱼捉虾，打水仗。正开心时，我的小腿肚突然被什么叮破了，抬腿一看，是只大蚂蟥。这只深褐色、浑身长满体节的家伙，正贴在我皮肤上吮血，半截已钻进肉里，半截还在外边蠕动，怪吓人的。我又哭又喊，不知如何处置。大哥看见了，说“快把它揪出来”！我正要揪，大肚叔厉声喊道：“别动，你千万别揪，揪断了，就不好办了。”大肚叔走过来，一边安慰我“别害怕”，一边用手拍打我小腿上方，经他一拍打，那蚂蟥居然乖乖地退了出来。大肚叔告诉我，蚂蟥又叫马鳖，分旱蚂蟥和水蚂蟥，专门叮咬人和牲口。人被叮后，你越去揪，它越不松口，会吸得更紧。他说：“最好的办法是用盐去杀它，这家伙最怕盐，见盐就死。没有盐，用拍打的方法也行。不过，要快，等它完全窜进肉里就麻烦了。”嗬，对付蚂蟥，还有这么多讲究，真没想到。于是，我对大肚叔除感激之外，更多了一份崇拜：他太有知识，太有智慧了。大肚叔不仅聪明能干，还慷慨仗义，他家有什么好吃的，总喜欢拿出来跟我们一起分享。记得有一年，葡萄成熟得晚，我们想吃葡萄可我家的葡萄还不熟。大肚叔就偷偷摘了自家的葡萄请我们尝鲜，我们都不好意思。他说："你家葡萄还没熟，就吃我家的吧。"大哥说："那怎么行？你家葡萄熟的也不多，看来看去就这几嘟噜，你家人天天盯着，万一发现少了，怀疑我们偷的，咋办？"大肚叔拍拍肚子，笑着说："有我呢，我就说，猫抓了，狗啃了，大老鹰叼走了，我大肚嘴馋偷吃了，又能咋样？哪能冤枉你们呢，你们就只管放心吃吧。"这位大肚叔，实在够朋友，他肚大，肚量更大，我们谁都比不了他。

……

转眼六十多年过去了。

我梦中的果园，我童年的朋友，一切都如风一般飘散了。

如今，我经常回果园去，在梦里。

梦里果园，依然向我敞开。

大哥、三哥、大肚叔还在那里，我看得见他们的身影。

大哥在摇杏儿，三哥在教我练蝴蝶，大肚叔给我做了新柳哨，在吹。

果园里传出孩子们遛葡萄的欢叫声：我也找到了！我也找到了！

啊，飘逝了的童年梦，真能找到它吗？

2015 年 7 月 21 日改定

老 街

我忘不了故乡这条老街，三十多处院落，二百来户人家，一草一木、一砖一瓦都深深印在我的脑海里。自我呱呱坠地到十九岁离开，它一直伴随着我成长。每当思念故乡时，我首先会想到老街，它像一幅水墨长卷在我眼前徐徐展开，我也会情不自禁地融进它的墨痕中，回到半个多世纪前的那条老街上。

我的故乡宣化，曾是一座拱卫京师、威震九边的军事重镇，近百年来才淡出国人视线。宣化距离北京一百七十多公里，却长期寂寂无闻。许多人不知道，秦始皇统一中国，分天下三十六郡，宣化即为上谷郡所在地；更不知道明清以来戍守此地的军事长官位高权重，个个佩将军大印；当然，更不知道，乾隆皇帝对宣化的评价只有四字：“神京屏翰”。在他看来，宣化是首都的战略要冲，失去宣化便失去了安全屏障，这是何等崇高的赞誉！然而，近代的宣化却默默处世，一直保持着低调。老街似乎与整个故乡一样，古朴而静默。

老街最初的名字叫“兵家桥西”，后叫“县衙门口街”“旧县署街”，新中国成立后更名为“和平街”。故乡曾因战事频仍声名鹊起，也随着烽火硝烟的熄灭而渐被冷落。故乡标志性的建筑镇朔楼（鼓楼）、清远楼（钟楼）和“古上谷郡”牌坊都相距老街不远。老街的北面和西面则是传说中朱元璋第十九子谷王橞的皇城和明武宗朱厚照的“镇国府”所在，只是年代久远，已无迹可寻。我常想，老街的静默或许和它的古老有关，哪个曾经沧桑的老人不喜欢静处默守呢？唯古城楼上成群的灰鸽不甘寂寞，经常在阳光下显摆着羽毛，在风雨剥蚀的城碟上行吟漫步，或者腾空跃起，凌空盘旋，给人以纵横历史、穿越今古的感觉。

在我记忆中，老街平房不高，土路不宽，大多数人家的门口都被垂柳和洋槐掩映着，两道浅浅的沟渠名曰“阳沟”，中间夹着一条马路。阳沟曾连接古城上游水系，服务农田灌溉，后水系损毁，只用于排泄雨后积水。老街有菜园和果园的人家很多，从低矮的夯土墙望过去，就能瞥见绿油油的菜畦和漏斗式葡萄架。春夏之交，槐花盛开，杨柳吐絮，老街会沉醉在沁人心脾的槐香里，笼罩在缤纷如雪的飞絮中。秋日，葡萄熟了，一串串红的、白的、晶莹剔透如宝石般的葡萄流光溢彩，经常吸引路人驻足观赏。那时老街人家还时兴养鸡养狗，日出日落时分，鸡鸣犬吠声此起彼落，遥相呼应。老街完全不像一条市井通衢，更像一条充满田园风光的乡间村路，它给我儿时所有的记忆都蒙上一层绿色。

老街是条文化街，一所小学和三所中学都在它周围。在我还不会走路时，母亲就抱着我坐在门前石墩上看街景，看那些背着书包、来来往往的学生。母亲说：“你快点长大吧，长大跟哥哥姐姐们一样，可以到学堂里念书了。”我家东边是宣化一中，西邻是和平街小学，再靠西是宣化四中，往北是宣化二中。学校的钟声、铃声、朗读声、喊操声、课间休息时的吵闹声，随风入耳，清晰可辨。也许正是这个缘故，我上学的要求和读书的愿望都要比别的孩子更早、更强烈。我在五岁时，母亲就把我送进和平街小学读书。从小学到初中、高中，一读就是十几年，基本上没离开过这条街。如果把老街比作一条河，我就是徜徉在河中的一条鱼，从东游到西，又从西游向东，我在游历中快乐成长。高中毕业后，我彻底游出老街和故乡，一直东游到大海，到海边城市天津上大学去了。我在老街这条河里长大，或许老街已记不住我这条小鱼，我却永远忘不了老街的恩泽。

静默是老街的性格，而文化是老街的底蕴。老街人不急躁、不喧嚣、处世平和，这与他们长期受传统文化的习染有很大关系。我常想，最早的老街人兴许不是这个样子，据史料记载，明代时，宣化城里居民多为军户，骁勇尚武，民风彪悍。“吹角边城片月明，夜深酒罢坐谈兵”（明・岳可《宣府城楼夜坐》）“村村结堡似星碁，父老能言战伐时”（清・黄可润《宣府十咏》）大抵是当时实情。后来，战争硝烟散去，士工农商渐增，文治代替了武功，兴学重教改变了当地风俗，也改变了老街性格。不知从何年何月起，老街人开始变得温文儒雅，彬彬有礼。我记得，老街人各行各业都有，平日里，他们各有各的营生，互不相扰；闲暇时，喜欢三五成群，聚在一起，下下棋，打打牌，或吹拉弹唱，过一把戏瘾。逢年过节，街坊邻居，礼尚往来，街上见了面，都争着向对方问候打招呼。对学校老师，更尊敬有加。小学生街上碰见老师，要停下来行少先队队礼，初中、高中生则颔首致敬。这种尊师重教的习惯代代相传，直至“文革”才中断。老街人知书达理，宽厚包容，乖戾暴虐的行为在老街没有市场。二十世纪五十年代，除了不谙世事的顽童外，大人之间绝少打架斗殴。即便发生龃龉，也少见撒泼骂街、拳脚相加那种粗暴场面，只要一个有威望的长者出面调停，十之八九的风波都会归于平静。老街人觉得，守着学堂，守着孔圣人，若做出不文明的举动有辱师道尊严，更有辱自家脸面。

在老街，“化干戈为玉帛”的事经常发生，我就经历过这样两件小事：一件是我上小学四年级时和小朋友玩弹弓，本来瞄准西边菜园路口练射击，不料弹弓打偏，把路口东一家的玻璃打碎了，炕上躺着个刚满月的孩子吓得哇哇直哭。我知道闯了祸，慌忙逃走。这家大婶打听到肇事者是我，便径直追到家来。母亲赶忙给人家赔礼道歉，示意“绝不宽容”，说着就要动手打我。大婶急忙阻拦说：“我可不是上门告状让你打孩子的！孩子不懂事，玩弹弓不知道危险，家里大人要管啊。今天多亏是打碎了玻璃，万一打到宝宝头上，可就出人命了。我是不放心，才来禀告一声的。”原来大婶不是来找碴撒气的，这让母亲既惭愧又感动。第二天，母亲带着我登门给大婶道歉，还买了一块玻璃给她家换上。两家人没有为这点事结怨成仇，反而加深了了解，拉近了关系，后来成为很好的邻居和朋友。母亲还把我们打弹弓的事跟学校老师汇报了，学校引以为戒，从此再没有孩子敢在街上随意打弹弓了。还一件事也让我记忆犹新。五十年代中，我家养过一条狗，因怕它咬人，白天拴在檐廊下，到夜间才放开。有一天下午，一位教中学的男老师到院里找人，我家的狗不知怎的，突然挣脱了链绳，猛扑上去，把老师扑倒，还把人家一条崭新的呢子裤管咬破。母亲慌忙出来解围，把老师请到屋里赔情说好话。那位老师惊魂未定，却没有发火，只问了一句："大嫂，能替我补一补吗？"母亲说："补可以，但会留下针脚印，还是赔您钱买条新的吧。"老师说："没关系，只要补平整，看不大明显就行。"母亲说："您这是刚做的新裤子，怎么能不赔呢！"老师说："裤子是狗咬的，怎么能让你们赔？如果能补就帮我补补吧！"母亲只好用细针密线帮他补好。临走，这位老师再三道谢，说"给你们添麻烦了"。母亲大为感慨，说："没见过这么好的老师。该道谢的应该是我啊！"我之所以对这两件小事念念不忘，或许是和当下那些"碰瓷"现象相对照，倍感反差悬殊的缘故吧？那时的老街人都是相互尊重、以和为贵的。若放到今天，说不定就是一场轩然大波呢！

当然，相互尊重还表现在互惠互让方面。老街游商小贩多，只有几家临街开个小门脸做生意。东边有姜氏兄弟开的煎饼铺，他们摊的小米面煎饼又薄又脆，生意很不错。而他们本院还住着一个姓梁的老汉，专卖卤煮豆腐，热腾腾的卤汁香味也极有吸引力。如果是为抢生意拉顾客，两家极易产生矛盾纠纷。可他们相反，你做你的，我做我的，互不相扰。他们有很好的默契和配合，姜氏兄弟坐地经商，而梁姓老汉则走街串巷，且刻意避开老街，到很远的牌楼西市场上叫卖，不跟姜家兄弟唱对台戏。老街人抬头不见低头见，为商者都注重信誉，不敢有半点弄虚作假。我家路南有个小酒铺，掌柜姓赵，团头圆脑，像版画上的财神爷，人称"赵板头"。赵老板做生意就比较讲诚信，我们小孩子去买酒，他总要提醒："走路看着点，别摔着；找你的零钱收好，回去交给家里人！"小孩子贪玩、鲁莽，经常不小心摔碎酒瓶或丢了找零的钱，不光自家受损失，卖家的声誉也会受影响，所以每逢小孩去买酒，赵老板总要不厌其烦地叮嘱再三。老街的最西头还有家小杂货店，店主姓毛，其母是我祖父的乳娘，论辈分，我应叫他"奶爷爷"。"奶爷爷"眼睛不大，又高度近视，眯着眼数钱的动作很可笑，但绝不多占顾客便宜，公平买卖，童叟无欺。每次见到我，他总要往我兜里塞块水果糖什么的，弄得我都不好意思去他家买东西。他家门口立着块石碑，上面刻着"泰山石敢当"几个大字。虽是块镇路石，却也起到为小店立信的作用，等于向人宣示，绝不欺客。小时候，我每次路过，总喜欢上前摸一摸。我觉得老街人心中好像都竖着块泰山石，君子爱财取之有道，绝不靠坑蒙拐骗赚黑心钱。老街还有两家裁缝铺，一家姓蓝，一家姓孙。姓蓝的老裁缝主要承揽传统服装，如大氅、旗袍、对襟棉袄、汗衫小褂等。他戴着一副老花镜，穿针引线，完全靠精巧扎实的手工技艺取信于顾客。孙裁缝比蓝裁缝年纪小些，有一台缝纫机，擅长做各种新式服装，像当年流行的学生服、宽胯瘦腿的骑兵裤（马裤）、双道明线缝制看着洋气的港裤，都出自他手，生意自然比老蓝裁缝好得多。但老蓝师傅并不嫉妒，更不因此放弃自己的特色，依然故我地坚持传统服装制作，因为老年顾客需要他，他不能见利忘义。

老街人还有侠骨柔肠的一面，他们解危济困、同情弱小。老街有个智障孩子叫梁巧儿，就是上面提到那个卖卤煮豆腐的梁老汉的儿子，比我大十几岁。我上小学时，梁巧儿已二十大几，成天笑嘻嘻地在街上逛，嘴里嘟嘟囔囔，说着别人听不清的话。小孩子们喜欢追逐他、捉弄他，但他不生气。有时孩子们恶作剧玩过了，大人们会出面喝止："不许欺负梁巧儿！"梁巧儿干活不惜力、不偷懒，但常弄巧成拙，比如挑土折了扁担，打水掉了水桶，毛手毛脚的，很不利索。尽管如此，老街谁家有事，都会首先想到请梁巧儿来帮忙，通过这种特殊方式，向这位智障人伸出援手。梁巧儿也很实诚，见活儿就干，不嫌脏累，别人想拦也拦不住。他干活从不讲价钱，因为他根本就不识数。但干完活，哪家都不会亏待他，甚至总想多给点，或多送他一些吃的。梁巧儿也从不言谢，接过钱或吃的，冲你咧嘴一笑便走开了。梁老汉的妻子长常年卧病在床，儿子又是智障，幸得街坊邻居们帮助才得以勉强度日。梁老汉经常说，"满街都是恩人"！

在故乡方言中，称傻瓜为"俅货"，梁巧儿无疑属于"俅货"一类。但"俅货"还有另一种解释，即讥讽那些办事执拗、不会变通、行为迂纳可笑的人。老街有两个世家子弟，从小当少爷惯了，肩不能担，手不能提，又爱面子。新中国成立后，家境败落，一贫如洗。想找点活干，又怕碰到熟人故旧，每天跑到牌楼西戏园子门口"扒活儿"却不敢张口，人们还以为他们是来听蹭戏的。偶遇雇主，看到他们白净文弱的样子，都怀疑他们不是干活的料。但两个人不偷不抢，只是迂腐而已，待人也有礼貌。我们小孩子虽然背后喊他们"俅货"，却不讨厌他们，他们对小孩子也很客气，只是好为人师，其中有一个还用毛笔在粉连纸上给我画过唐僧取经的白描画，我则用省下来的红薯或老玉米作为酬谢。他俩有点像孔乙己，穷酸而可笑，但老街人没有歧视和嫌弃他们，尽量帮他们谋生计、找工作。后来经过街道干部的努力，他们终于找到活儿干，渐渐地能够自食其力，别人再也不说他们是“twin货”了。

老街是静默的，但有着炽热的胸怀。在抗日战争、解放战争和抗美援朝的岁月里，老街人一展爱国豪情，他们在国家危亡、民族危难时刻毅然将自己最优秀的子弟送去参军。“青山处处埋忠骨，何须马革裹尸还”，许多老街子弟战死沙场，为老街人赢得了荣光。老街人有浓郁的家国情怀，他们既有祖先戍边守土的传统，又有军民一家、踊跃支前的习俗。记得解放初开展的抗美援朝募捐活动中，老街的男女老少都争先恐后地捐款捐物，热火朝天的场面让我至今记忆犹新。那时每家每户都在连夜赶制慰问袋，里面装上毛巾、棉鞋、鞋垫、袜子、牙刷、牙粉、笔记本等日用品。毛巾、袜子、牙刷、牙粉、笔记本是从商店买的，而棉鞋、鞋垫则是自己做的。白羊肚毛巾的慰问袋上绣着“献给最可爱的人”几个红字。我们小学生负责把收集到的慰问袋登记好，送到募捐站。那些日子，我们成天唱着“雄赳赳，气昂昂，跨过鸭绿江”，唱着“嗨啦啦啦啦，嗨啦啦啦，天空出彩霞呀，地上开红花呀，中朝人民力量大，打垮了美国兵呀”，如一群小鸟，在老街上飞来飞去，仿佛非此不能表达我们慷慨激昂的心情。此后还经历过全民扫盲运动。老街学校多，是重点扫盲示范区，中小学都专门开设了扫盲班，有专门老师讲课。我们这些刚上高小的孩子也承担了任务，就是配合老师教学，当课外辅导的“小先生”。每天晚上到一些文盲（主要是中老年妇女）家里督促她们认字学文化。那时，写字还用石笔和石板，再带一个小板擦。大娘大婶和老奶奶们对我们格外欢迎，与其说上课，不如说像去“坐席”，因为许多家专门准备了瓜子、糖水之类的吃喝犒劳我们。尽管我们水平不高，“受之有愧”，但十分开心，特别听她们叫我“小先生”“小老师”的时候，彻底晕翻了。

老街连着我的童年和少年时代，回望老街，就是回望自己走过来的足迹，蹒跚、幼稚却执着。静默的老街可以为我作证。

前几年，我又回了趟老家，到我出生的那座老院和那条老街转了转。老院拆了，老街也更换了名字。我踟蹰街头，想从每一个残破的门楼、每一面残颓的院墙或每一棵残留的老树中寻觅老街曾经的面影，才知是非常之难了。眼前，新建的楼群拔地而起，新修的柏油马路迅速拓宽，仅留的几处遗存也拆迁殆尽。路人匆匆，男女老少中，竟无一张熟悉的面孔。我多少有点失落。但当我打开回忆的闸门，让老街这条河迸涌而来时，陌生的老街突然变得熟悉起来。啊，那条古老而静默的老街，那条充满诗情画意的老街，那条带着诸多人情味儿的老街，那条洋溢着热忱和豪情的老街，原来它一直藏在我的心中！

老街不是我一个人的老街，它是许多人、几代人的老街；老街也不是一条亘古不变的街，而是不断流变中的街。对老街的记忆，不同人会有不同的内容，但每个人都会从中得到成长的启示。老街这条母亲河，哺育着一代代故乡人，并载荷着他们成长的故事，从过去流到今天，流向未来。

心中的老街，不会老去的，永远不会。

2016 年 10 月 6 日

蚂蚁与槐花

她笑起来很可爱，两只小虎牙，一双大眼睛，操着浓重的西路口音，亲切地呼喊着我的乳名：“四毛，来，我带你玩去。”

这是六十多年前的记忆了。

一九四八年，那时我刚四岁。一个四岁的孩子居然对一个陌生的女人留下记忆，实在不可思议。我至今都不知道她叫什么名字，大人们都管她叫“任太太”，她是国民党部队机关里一个姓任的科长的女人。任科长四十多岁，河北河间人，他在老家还有个老婆，任太太是她偷娶的“二奶”。

任太太怎么看都不像个官太太。她太随和，太没有架子，甚至太没有大人样儿。她刚十五岁，年龄、长相和性格都还是个孩子。她自己也没把自己当大人，更没把自己当太太。

当时，任科长在我院正房西间住，任太太有事没事总爱来我家跟母亲聊天，于是和我也惯熟起来。我对那个任科长没一点印象，他成天不在家，后来又调防到天津去了，家里只留下任太太一个人。

听母亲说，任太太是糊里糊涂地嫁给任科长的。有一年任科长随部队到她的老家绥远驻防，第一次见面，就瞄上她，三番五次托媒人上门提亲。她的爹娘贪图钱财，又畏惧任科长的势力，硬逼她嫁给了这个比她爹还要大三岁的男人。结婚第二年，任太太生了个女孩，月子里，她给孩子喂奶，因为太困，喂着喂着就睡着了，结果奶头堵住孩子的嘴，生生把孩子捂死了。她提起此事就很伤心，说：“我醒来，以为孩子还在吃奶，谁料全身都冰凉了。我紧紧搂着她，想把她焐过来暖过来，可是，不行啦。”母亲听了，说不出一句话，不知该安慰她还是该责备她。

我家离女子中学不远，任太太经常领我到女中操场玩。操场很空阔，四周长着槐树，中间是一大片褐色的沙土地，偶尔长着矮矮的小草。沙土地上布满蚁穴，红蚂蚁、黑蚂蚁到处乱窜。为了争食，蚂蚁们经常发生战争。我和任太太喜欢蹲在地上看蚂蚁打仗。黑蚂蚁个头大，搬运能力强；红蚂蚁个头小，但拼抢灵活。本来是黑蚂蚁的口中物，经过一番恶斗，偏偏成了红蚂蚁的战利品。有时，黑蚂蚁会搬来救兵，红蚂蚁只好丢盔卸甲，夺路而逃。我和任太太观战时，分别充当红蚂蚁或黑蚂蚁的统帅，给它们呐喊助威，甚至上手帮忙，一会她胜了，一会我胜了，玩得开心极了。在那一瞬间，我们俩都把自己化作了蚂蚁。

操场的槐树，在六月间开满一串串像雪一样洁白芳香的槐花。任太太说槐花可以吃，有股甜甜的滋味，问我想不想尝尝，我说“想”。任太太警觉地看看四周，确信没人注意时，便像猫一般敏捷地蹿上树杈，折下一枝槐花，又跳下树来。我吃着槐花，由衷地佩服她爬树的本领。她说：“这算什么，我在老家还经常跟哥哥们上树掏鸟蛋呢。”说到这里，她平日忧郁的眼睛里突然有了神采。

任太太会唱歌，那种西路人闯口外常哼的小调，成为她排遣寂寞和苦闷的内心独白。她一天到晚都在唱，我却从来听不懂她在唱什么。现在猜想，大概是西北流行的“二人台”或“花儿”一类的歌谣吧？

不知从何时起，我开始喜欢上这位叫太太的姐姐。

但大人们却说任太太窝囊得很，不光是因为她睡觉不慎捂死了孩子。几十年后我才知道，任太太当时的处境很可怜也很无奈。平津战役前后，他的丈夫任科长一去不返，生死不明。任太太夜里听到炮声就吓得喊爹叫娘，蒙着被子哭泣。张家口解放前夕，她已穷困潦倒至极，连日常生活的柴米油盐都难以为继。后来，她拿出仅有的几件首饰，央告一个姓毕的老兵（他是被国民党抓去的壮丁，也在任科长的部队里服役，后逃跑回来）送她回绥远老家。毕老兵见她可怜，答应只送她到张家口，帮她搞到去绥远的车票。当时，时局还非常混乱，毕老兵怕送她到绥远自己回不来，就只送她到车站。后来任太太是否坐上了火车？是否安全返回老家？毕老兵都不清楚了。

人的命运无常无定，特别是在战乱的年代。一个花季少女，因为父母的包办，被迫接受了一桩并不情愿的婚姻，而后，又经历了种种磨难，把本来属于少女的天真与快乐，乃至人生最宝贵的青春都无端地葬送了。

我曾试图用想象填补她后来的故事——

结局一：她随着人群，背着行李，发疯地奔向车站。可到了那里，才听说，因为前方打仗，开往绥远的火车已经停发了。这时，传来杂乱的枪声，几个国民党兵痞在车站寻衅闹事，乘客们纷纷逃避，犹恐不及。唯有她还傻傻地站在那里，向站台张望。猛然间，兵痞冲过来，把她的行李和手里捏着的车票抢走了，她拼命哭喊："我的行李，我的票……我要回家啊……"她被撞倒在地，没有人理睬她。

结局二：她侥幸挤上火车，回到老家。但父母家人看她一无所有地落魄归来，态度非常冷淡。根据乡俗，没有丈夫音讯，女人是不能改嫁的，于是，她一直守着活寡。从此，再看不到她的笑脸，也听不到她的歌声。直到五十年代末，确认了丈夫的死讯，她才嫁给本村一个死了老婆的男人。男人对她不好，经常喝了酒打她、骂她，拿她撒气。她后来得了重病，没有钱治，四十几岁就离开了人世。

结局三：她回到老家，父母又急着给她找了婆家。还算幸运，丈夫是村里的小学老师，生活虽然清苦，但小两口相处和睦，丈夫还支持她读完高小。"文革"中，丈夫因出身不好、她因给国民党军官当过小老婆而双双遭受批斗，好在都挺了过来。现在，年近八旬的她，身子骨依然硬朗，跟孙子、外孙经常讲起过去的经历，甚至忆及在河北，曾跟一个叫四毛的男孩逗蚂蚁、摘槐花的往事，孩子们说她"又在讲故事啦"，她分辩说："不是故事，是真的。"可没人相信、也没人在乎她故事的真伪。

……

我极力想象她的结局，却没有一种结局令我完全信服和满意。在我的记忆中，她依旧少女模样，像姐姐那样，呼着我的乳名，拉着我的手，向一个有蚂蚁、有槐花的地方走去。

2014年11月22日

年 味 儿

人们越来越抱怨，过年没年味儿了。

十几亿人围着电视机看中央台春节晚会，听窗外司空见惯的爆竹，吃早就吃腻了的水饺，收发从网上下载的拜年短信，聊老生常谈的话题……仿佛记忆中的“年”早已一去不返。

小时过年不是这样。小时的年是孩子们最大的盼！一年三百六十五天，有三百六十四天盼着过年！因为只有在过年这一天，才可能实现心中的愿望！

贫穷的日常生活，使我们对过年的物质追求变得特别容易满足。腊月里，看大人们为准备过年忙碌，心里便有几分陶醉。“二十三，糖瓜粘；二十四，扫房子；二十五，磨豆腐；二十六，去割肉；二十七，杀只鸡；二十八，蒸枣花；二十九，去打酒；年三十，包饺子。”一顿白面饺子，几样略沾荤腥的菜，就像吃到稀世珍馐一般。一件重新拆洗过的衣服，一双不起眼儿的棉鞋，像换了盛装，激动得连走路都不自在。

过年前，都要打扫房子，这种卫生习俗成为中华民族的悠久传统，其主题在于除旧布新。首先要用白粉浆刷墙，接着是用粉连纸糊窗户，再讲究点还要糊仰尘，即用白粉卷纸糊顶棚。之后是在三白落地的屋内增设装饰品，一是贴窗花，二是挂年画，一样都不能少。

窗花有红色和彩色的两种，蔚县剪纸窗花最好，构思巧妙，刀功极细。如莲（连）生贵子、吉庆有鱼（余）、丹凤朝阳、鸳鸯戏水等。红的、彩色的窗花贴在雪白的粉连纸上，格外醒目。那份和谐，那份雅致，别提多美了！

比贴窗花更重要的是挂年画。年画内容大体有人物、动物、山水、花鸟，门神、财神，胖娃娃、老寿星、美人图等，在保留传统内容同时，也会不断推出新花样。最受欢迎的是根据文学作品和传统戏曲故事所绘制的年画，当然也有些现实题材的年画，如建国初表现抗美援朝的、土地改革的、扫除文盲的、农业合作化的、除四害讲卫生的、宣传大跃进和解放台湾的。有的年画给我印象极深，比如两个系着红领巾的少年儿童放飞和平鸽的年画，让人好生羡慕。年画贴在白粉墙上，要反反复复看一年，但对我而言，永远看不够，我童年所获得的文学与历史知识大多和年画有关。现在过年再也看不到年画了，总觉着有些遗憾和失落。

屋内布置完之后就该在门外贴春联了。窗花与年画是给自家人看的，春联则主要给外人看，显示一个家庭的愿景和期许。春联一般要自己动手写，很少像窗花年画那样买现成的制品。年三十，写对子、贴对子是家家必备的。父亲是书法好手，街坊邻里以及父亲单位的对子都由他挥毫完成。我们几个孩子负责抻纸、研磨、把写好对子晾干，然后贴出去。春联内容多与迎春祈福有关，每年黄历上就有拟好的春联底稿供参考。但一般有文化的人家，喜欢自己拟联，于是对联内容与形式自然就透出了各家各户不同的特色。初一上街，家家大门都贴出红纸黑字的春联，姚黄魏紫，各有千秋。最近，看到台湾作家张大春回忆小时过年看春联的情景：大年下，父亲牵着我，在纵横如棋盘巷弄之间散步，经过某家门口便稍一停步，看看人家的春联写了些什么。走不了几步，父亲便分神指点着某联某字说："这副联，字写得真是不错。"或者："这副联，境界是好的。"（转引 2019.3.13《报刊文摘》）看来，过年写春联、赏春联是中国人普遍习俗。浏览春联如同观赏书法大展、诗文大赛，那种品头论足、欢乐祥和的文化气氛让人弥足留恋。

大年初一这一天，孩子们睡到半夜就起来了，为的是去放炮。一般是"小红鞭"，一挂鞭上有几十枚或上百枚小炮，声儿不大，听起来像炒黄豆的爆裂声。尽管不起眼儿，我们也舍不得一次放完，总是化整为零，拆开单个儿放。最牛的属"二踢脚"，牛皮纸坚实的外壳，里面装满黑火药，立在地上点燃，"呯"的一声腾空而起，仰头看时，它又“啪”的一声在空中爆裂。男孩子们喜欢用手指捏着放，以显示胆量。但不可捏得太紧，否则会把手炸伤。那时，没有礼花，只有“滴滴金”和“耗子屎”之类。“滴滴金”是一种含金属镁成分的香，点着后会放射出无数耀眼的火星，拿在手中挥动，宛似金蛇狂舞。“耗子屎”名字不雅，样子也难看，但好玩，点着后，就地转圈，“滋溜溜”作响，最后打着旋儿燃成灰烬。还有一种摔炮，不用点燃，摔地即响，危险性较大，一般大人不许孩子们玩。

年庆活动最讲礼数，受儒家文化濡染最深，天地君亲师都要敬到。恭敬的主要方式是磕头。除了祖宗与神明，就是给长辈磕头。孩子们对这项仪式并不反感，因为磕了头，一般会得到大人早就备好的压岁钱。虽然只是几张角票，毕竟可以充阔了，别的买不起，买串糖葫芦，买本小人书也不错啊。最烦的是由大人带着给院中邻居拜年，像一只讨乖卖萌的小狗，大爷大娘地叫着，却捞不到多少好处，最多能得到一块糖果。那时家家都穷，彼此都免了压岁钱。

那个时代，人们还讲迷信，把一切福祉归于神灵所赐。平常百姓家的祭神活动一直贯穿在年节过程中。门有门神，灶有灶神，井有井神，树有树神。年前送神，年后接神，神不论大小，都有个小小的神龛，贴一张红纸，上书某某神位，插几炷香，摆一碟点心，以示虔诚。我对这一切非常好奇，总想知道神们是如何享用这些供品的。可几天过去，不见动静，反而是我们小孩子耐不住嘴馋，偷偷将供品偷吃掉了。记得供品中有母亲做的“枣山”，用白面蒸的，呈三角形，上面插了大红枣，很好吃。母亲知道了，也不深究，只是恐吓我们：“供品是神吃过的，你们只要偷吃神就会知道！”听母亲一说，我们才觉得供品的“枣山”跟平时吃的确实不一样。我说：“呀，坏了，神吃过了，神知道了，怪不得味儿变了！”母亲笑着说：“自己坦白了吧？你们这些馋鬼，神知道了也拿你们没办法！”长大些我才明白，“枣山”变了味儿，不是神吃过，而是时间久了，面被风吹干、又浸渍了香烛味道的缘故。

过年，院子里习惯拢旺火，象征新的一年财运旺盛。大人们把劈柴堆起来，架成一座塔，然后浇油点着，撒上盐粒，火苗蹿得老高，发出噼噼啪啪的响声，大人小孩一片欢腾。如果，碰巧三十晚上下雪，那么过年拢旺火又跟堆雪人合在一起，那种欢乐的场面至今难忘。有一年，我的表叔来家，他带着鬼脸面具，给我家小狗脚上绑了罐头盒，我们围着篝火和雪人跑，表叔在后头追，张牙舞爪地吓我们，小狗也叮叮当当地凑热闹。那一夜，我们都快玩疯了。

过年要讲吉利话。早晨起床后，母亲把一块水果糖塞进我嘴里，说是“咬甜头”，咬完这一口，一年到头全是甜了。吃饺子时，故意把一只铜钱或钢镚儿包在馅里，谁吃着谁有福。可我们小孩子从来没有机会吃到，反倒是上了年纪的祖母年年中彩头。原来，母亲故意把有记号的饺子放到祖母筷子跟前，等她夹完，才容许我们下筷。祖母吃到有铜钱儿的饺子高兴得合不拢嘴，全家人都给她道喜。

过年也有许多忌讳。如除夕的晚饭不能吃光，吃鱼最好留下一半，叫“年年有余”。初一不能吃烙饼，否则年运要落（读 lào）。不能吃药，否则一年疾病缠身。最有意思的是，不能扫地，直到大年初五，才许清扫垃圾，而且要把扫来的脏土撮成一堆，中间插只坐地炮，点着后轰的一声，震得四散，大家拍手高叫：“穷土散了！”这种仪式叫“震穷土”。总之，年节的一切活动都被仪式化和娱乐化了，既神圣庄严又好玩有趣。

至于闹社火、逛庙会，诸多民间娱乐活动更加吸引人。那时，人们的参与性比现在高，除了耍狮子、舞龙灯需要专业队伍演出外，其他如扭秧歌、踩高跷之类，谁都可以参加。有些道具似乎家家都有，我记得小时候就玩过“霸王鞭”，也踩过“高跷”。现在固然也有这些活动，但多数是有组织地演出，能参与其中的是极少数，大多数人是充当看客。

年习延续至今，其主要内容已被电视取代。尽管中央台每年都为春节晚会下足了功夫，也不乏好看的节目，但年节的丰富性好像消减了大半。今年春节尤甚。除夕时，我的儿子、儿媳、孙女都从外地回家过年。我们老两口也早就盼着他们回来团聚，平常见不着面，过年在一起可尽情聊聊家常。岂料，晚会开始，中央台就搞了个“抢红包”活动，本来每天就机不离手的他们，此时更顾不上与我们交谈，一个个急不可待地掏出手机扫“二维码”“抢红包”，只有我和老伴看节目。一屋子人，除了我俩，都是低头族，听不见欢声笑语，只听见手机按键的声音。

中国人过年还是应该讲年味儿，因为年味儿中含着深刻的文化底蕴，有对祖先和逝者的怀念，有对亲朋团聚的热盼，有对上苍赐福的感恩，也有对新一年美好前景的向往与期盼。若是过于物质化，过于整齐划一，过于急功近利，必然会离真正的年味儿越来越远。

我怀念曾经的年味儿，说到底是怀念那种令人神往的文化氛围。

2015 年春节

第四辑

秋天来了，秋光无限。与春天相比，秋天更为金贵。如果说“春光一刻值千金”，我要说，“秋光一刻抵万金”。珍惜秋光就是珍惜生命的价值和生命的尊严。

——《秋日遐思》

黄　　叶

秋风吹红了枫林，也吹黄了银杏。和热烈的枫红相比，银杏的黄，清素而淡雅，甚至有点冷漠。我常想，枫叶依恋的是夏吧，它的红里珍藏着夏日太阳的温度与光焰，热血奔涌，激情四射；而银杏呢？它向往的该是冬，在它的黄里，你看得出，分明有冬日冰雪的纯真与宁静。

在京城，西山红叶早已成为吸引游者的经典景观，每临国庆假日，争相到西山看红叶的车，快把西去的路堵塞了。相反，街道路旁，抬眼即是的银杏黄叶却常被人忽视。

我很为黄叶抱不平。

昨夜一场秋雨，小区门前的银杏树叶子一下子变黄了，黄得纯粹，也黄得彻底。它不是珠宝店里那种显示着华贵的金黄，也不是农贸市场上诱人嘴馋的橘黄，它是一种淡淡的、嫩嫩的、带着满身童稚的鸭黄。

哦，一群天边游来的小鸭子，活蹦乱跳地栖落在枝头上，我听到了他们的笑声。

哦，一群牧野里飞来的黄蝴蝶，齐聚在树冠高耸的大厅里翩翩起舞，我看到了他们婀娜的舞姿。

哦，黄叶，你是冬与秋交接的信使，在一片片心状的叶子上写满了大自然的情话，我读得懂。

古人多以黄叶当作悲秋的象征。“雨中黄叶树，灯下白头人”（唐·司空曙《喜外弟卢纶见宿》）；“黄叶一离一别，青山暮暮朝朝”（唐·刘长卿《蛇浦桥下重送严维》）；“黄叶西风，罨画桥东，十二玉楼空更空”（宋·贺铸《罗敷歌》），让人从骨子里透着凄凉。

其实，黄叶所传达的冬之信息，不全是严寒冷漠，更多的是从容和淡定，它会让人从夏的喧闹中沉静下来，从秋之斑驳陆离中单纯起来。

蔚蓝的天空，鸭黄的树色，会在人心的画板上交融成一种生命的绿色，它看不见，摸不到，却真实地藏在我们的心底，令我们乐观和振奋。

看到黄叶，我自然想到银杏树的前世今生。银杏最早出现于三亿年前的石炭纪，大约五十万年前，欧洲、北美和亚洲绝大部分地区银杏类植物濒于灭绝，而中国的银杏却奇迹般地存活下来，被科学家称为“植物界的活化石”。银杏树生长慢，寿命长，结果需要二十年，又称“公孙树”。它顽强的生命力和奉献精神一直为人类所景仰。

就一株银杏而言，在它的四季轮回中，黄叶仅仅是它瞬间的形象。它也曾繁花似锦，它也曾硕果累累，它也曾经历过青春的萌动、恋爱的狂热和生儿育女的快乐。黄叶是它的记事本，密密麻麻地记满内心的感受。

我赞美黄叶，它更像饱经沧桑的老人，在生命即将走向尽头的时候，回眸人生，不卑不亢，嫣然一笑，给人留下隽永的回味和无尽的遐思。

那些不辞劳苦到远处看枫红的人，不妨也留意一下你身边的黄叶吧，它更像你年迈的亲人……

多看看黄叶，多听听他们的倾诉吧！

2013年11月12日

秋日遐思

秋天来了，从远处的山脊上，从近处的河水中，从大雁消逝的背影里，我感知到秋来的信息。

黛绿的远山不再纯粹了，那斑驳的峰峦曲线告诉我，秋天来了；门前常映着花影的小河单调了，那漂浮着落叶的河面告诉我，秋天来了；栖息的大雁开始南徙了，那凌空组合的人字形雁阵告诉我，秋天来了。

秋天来了，不知不觉中，人生也走过了春夏。

我常做童年的梦。梦见春草长出嫩芽，我和小伙伴们走在乡间小路上。雨后的空气里到处是醉人的泥土香，我们扯着喉咙唱着荒腔走板的儿歌，本想唤醒酣睡的大山，却惊扰了河边饮水的牛羊，它们咪咪哞哞地叫着，向我们表示春天的祝福。春天是多梦的季节，春暖花开，我梦中所有的好故事都是在春天里开头。

夏天，我们似乎已经长大。蓝天白云下，青山碧水间，绿树成荫，繁花似锦……农田里，庄稼忙着抽穗拔节；花丛中，蜜蜂忙着采蜜酿蜜，而蝴蝶们却忙着谈情说爱，大自然的一切生灵都赶在夏日里创造生命的奇迹。我在夏天里很少有梦，即便做梦，梦中的我也是在不停地奔跑和忙碌，读书、求学、工作、事业、爱情、生活……人生里许多大事都要在这个季节里完成。夏天是人生最华丽的篇章，许多起始于春天的故事都在夏天进入高潮。

然而，秋天来了。来得太快，让人猝不及防。

水果熟了，庄稼熟了，丰收的喜悦洋溢在每个劳动者的脸上，连蝈蝈和蛐蛐们都在纵情欢唱。然而秋风也传来冬之将至的信息，我惊讶地发现，吹熟了五谷的秋风同时也吹白了我的双鬓。秋天来了，我们渐渐老了。成熟与衰老相伴，繁荣与凋谢同行，原来这就是大自然的常态。于是，随着秋的降临，我们在喜庆之余多了一份对春夏的眷恋和对冬的不情愿。这种说不清的眷恋和不情愿更像是一种警策，它提醒我，岁月更替，时不我待，眼下的时日要格外吝惜和珍重了。

在生命的春夏，我们曾在心田里播种，不经意间长出一片片生命旺盛的“庄稼”，当时却被我们忽略了。如今，心田里的庄稼和农田里的庄稼一样成熟结果，等待着我们收割。这些庄稼就是我们对人生的体验和思考。我们要争分夺秒把散落在地里的庄稼收回来。哪些是麦穗儿，哪些是稗草，哪些要保留，哪些要扔掉，哪些事情必须做、赶快做，哪些事要放弃、最好要改掉，都要想清楚。俗语说：“一年之计在于春”，我要说：“一生之计在于秋”。人生的秋天，岁月过半，生命过半，来日无多。春夏不复返，往者不可谏，唯秋天还在当下，还在我们手里。查遗补漏，取长补短，继往开来，全靠秋天。人生的秋天是人生最后的冲刺，为了让生命活出精彩，我们需要在宁静的秋天里重新思考，提升境界，参透人生，返璞归真，用乐观淡定的心态迎接冬日的到来。一旦大雪纷飞，“千山鸟飞绝，万径人踪灭”之时，我们就会像柳宗元笔下的“蓑笠翁”那样，独坐孤舟之上，一面欣赏雪景，一面从容自得地凭江垂钓。不用问，“独钓寒江雪”的“孤舟蓑笠翁”早在秋天里就把什么都看清楚、想明白了。

秋天来了，秋光无限。与春天相比，秋天更为金贵。如果说“春光一刻值千金”，我要说，“秋光一刻抵万金”。珍惜秋光就是珍惜生命的价值和生命的尊严。

让我们在秋天里振作，也为秋天讴歌吧！

2018年1月19日

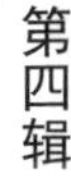

雨中品白茶

恕我孤陋寡闻，来福鼎前，竟连白茶的名字都未听说过，更无缘品尝。到福鼎后，方知白茶历史悠久，声名远播，而其故乡祖地就在这里。

感谢《散文选刊》组织的笔会，使我有了一次亲临福鼎了解白茶、品尝白茶的机会。

开会的第一天，听了当地领导介绍福鼎白茶的情况，大开眼界，回到下榻宾馆的房间后，第一件事就是泡杯白茶细品慢啜。福鼎白茶主要有“白毫银针”“白牡丹”“贡眉”和“新白茶”等品种。资料上说：“白茶成品外观自然素雅、满披银毫、白中隐绿；其汤色杏黄晶亮，入口毫香显露，鲜爽甘醇。”我急不可待地按图索骥，依照资料提供的程序和方法泡制、品饮，只觉茶香独特，比之铁观音清淡，比之龙井、碧螺春味浓。倘若要我再具体道出它如何独特、如何美妙来，则言拙辞穷，难以描状了。临来福鼎前，《散文选刊》的蒋主编嘱我，通过此次采风，务必写一篇关于白茶的散文，我真担心自己文思凝滞，辜负了他一片盛情。

翌日，会议主办方组织作家到白茶种植园和茶厂参观，我暂把写作的事搁到一边。

受台风“鲇鱼”的影响，几天来，福鼎地区阴雨连绵，唯今天雨势稍缓，丝丝细雨在为我们洗尘。由车窗看雨中景物，像加了柔光镜的摄影，靓丽而朦胧。远处翠峰绕雾，近处碧岗浮白，石上清泉幽幽，路边木草萋萋，偶有枯黄的枝蔓和经霜的红叶点缀其间，非但没显得萧瑟，反而平添了不少烂漫的生机。与寒流频扰的北方相比，福鼎的秋天简直是一派春光。

我们乘车来到管阳镇的河山茶园，这里是福鼎白茶原料茶种植基地。承蒙主人雅意，我们小憩时，工作人员特地给每人用圆筒状透明玻璃杯沏泡了一杯白茶，之后，又带我们到茶园参观。

福鼎有茶园二十万亩，仅“品品香”有机茶基地就有三千六百亩之多。环顾四野，山坡沟坎里种的全是茶树。

作为福鼎白茶的原料茶树，主要有大白茶和大毫茶。它们茸毛厚密、白毫显露、氨基酸等氮化物含量甚高。白茶在制作中，不炒不揉，自然萎凋，工艺天然，保持了原料茶最纯真的本色。常喝白茶，对清热解毒、祛病抗衰、养生益寿大有裨益。据说《红楼梦》四十一回，写栊翠庵妙玉请贾母喝的“老君眉”，便是白茶。福鼎白茶生长于钟灵毓秀的东海之滨、太姥山中，它取山海之神韵，汲天地之精华，又经千百年来无数茶人的悉心呵护与培育，终成今日之茶中珍品。

2010年，作者在福建福鼎茶园栽植茶树苗。

天仍下着雨，我一手打伞，一手端着茶杯，边走边喝。雨中品茶的情趣，实在前所未有。此时，我不再把杯中的白茶看成茶了，而把它看作了一个朋友，我们在秋雨中同行。每当品啜时，仿佛也在默默地交流着彼此的感受。

茶山一半被雾霭笼罩着，像新疆少女头上裹着白纱。坡上层层叠叠的茶树，宛若碧玉围裙，从山脚一直扎到山头的云里。茶树并不高大，近乎北方的冬青，嫩绿的枝叶相互交织，在雨中闪烁，像藏着无数双调皮的眉眼。轻风吹过，枝颤叶动，分明是一群山里的小姑娘在尽情地嬉戏。秋雨让她们的衣衫越发鲜丽，神采更加飞扬。

我突然想到，白茶最理想的处所，不该在我手上这狭小的茶杯里，而应在这无边的雨中。茶杯里，她们无奈地蜷曲着身躯，靠开水的浸泡才勉强得以舒展。而雨中的她们，自由自在，容光焕发，热情奔放，那才是她们本来的品格和面目啊！

我明白了，白茶好喝，是因它率真自然，不矫不饰，纯朴无华。它是太姥山中自由自在的精灵，是指引红尘俗人们返璞归真的天使。

我的灵感瞬间被激发，竟信口吟出四句诗来：

抱朴自无华，白毫绿雪芽。

品茗秋雨里，天地一杯茶。

当我再次品啜时，真的喝出了白茶的味道。那种甘甜和淡雅，那种从容和自在，那种沁脾和通灵的奇效，简直妙不可言！

我知道，这白茶的味道是喝出来的，也是读出来的。好茶靠品啜，更靠品读。我很得意自己的发现！

我一向对茶没有深入的研究，但对喝茶的时空却有切身体会。一杯茶，置身不同的时空和环境，有时会品读出不同的味道来。

记得一九八七年暑期，我和几个大学老师到湘西写作，途径辰溪，口渴难耐，偶见小街路口立着一块木牌，上写“喝茶不要钱”，旁设茶壶茶碗和几把小竹椅。我们开始将信将疑，生怕有诈，逡巡良久，未敢造次。后实在抵不住诱惑，便坐下来开怀畅饮，居然真的没人来讨要茶钱，方知设茶人一片真情，不啻雷锋再世。我不知那茶为何茶，推测可能是当地产的土茶，它将湘西人真诚朴质的民风融入其中，喝起来口感格外淳厚、清香，细品还略带些苦涩，一碗下肚，甘霖润肺，暑气顿消。至今这茶的味道还留在我的记忆中。

另外一次是在一九九一年，我当时在西影厂供职，中秋前夕，与另一位副厂长杨钢到甘肃敦煌的摄制组检查工作，入夜后，我陪他们夫妇到街上的茶摊品茶赏月。也许是我们有太多相同的经历，聊起人生的感悟竟滔滔不绝，月下的茶叙，也有似对酒当歌。我们喝的是当地的盖碗茶“三炮台”，赏的是一轮敦煌月。我从来没喝过这种加入了桂圆、大枣和冰糖的盖碗茶，也没见过天上那么硕大、浑圆、清丽、妩媚的敦煌月。那一晚，敦煌的“三炮台”居然把我喝得醺醺然，飘飘然，胜过所有的陈年佳酿。

还有一次是在一九九九年秋，我和几位电影编剧在杭州采风，特地来到大慈山白鹤峰下的虎跑泉，听泉、看泉，并用这里的泉水泡西湖龙井，那味道果然与其他地方喝过的龙井迥然不同。不仅色雅味清，而且茶香蕴藉。加之又听到寰中高僧感动神仙，化二虎帮他搬来南岳清泉的传说，尤觉神乎其神，玄乎其玄。“西湖龙井虎跑水”，世称“西湖双绝”，它的确让我领略到一种超凡的茶境。明人张源在《茶录》中说：“茶者水之神，水者茶之体。非真水莫显其神，非精茶曷窥其体。”此后，我虽无数次地喝过龙井，但再也寻不到虎跑泉喝龙井的味道了。

由此，我悟到，品茶似乎是分境界的。靠品啜，观其色，辨其味，固然重要，然仍属初境；如再靠品读，感其神，悟其道，才能到达至境。我辈品茶，常止于初境，未免遗憾；倘能由表入里，至“神”至“道’，才无愧于杯中之物。然此境是靠特定时空和环境来实现的，常可遇而不可求。

此刻，我置身白茶祖地，又在濛濛秋雨中，品杯中茶，看山间茶，读心底茶，这是何等浪漫，何等惬意！

更没想到，东道主为锦上添花，又在此处举行了一个“百名作家白茶种植园”揭碑仪式，还搞了一个福鼎白茶的认养活动。我和所有同来的人一样，冒着雨，到专辟的山坡上，用铁锹挖坑，栽上一株大毫茶树，并系上一枚写着自己名字的“认养牌”。茶园领导告诉我们，只要茶树成活，两年后就能采摘，到时会把茶叶分寄给每位领养人。

在一片绿汪汪的茶树的海洋中，我有一种福至心灵的快感。那株以我命名的白茶树，将永远作为我的化身，留在福鼎，留在神奇的太姥山下。

我相信，那株叫尔纯的白茶树，一定会枝繁叶茂，长成绿荫一片，因为，冥冥中，我已听到它深情地呼唤……

2010年11月6日

绍兴沈园记游

从北京抵绍兴，适逢下雨，大雪节气中的江南雨，让我特别感动。本来，绍兴落的是入冬后第一场雪，不料，落着落着，翩翩雪花竟化作了绵绵雨丝。久住京城、饱受雾霾困扰的我，一旦遇到暌违已久的甘霖，又那么纯净、透明、清爽，心情顿时由“灰蒙蒙”变得“湿漉漉”了。

在这样的天气里，我游了沈园，“湿漉漉”的心情达到极致。

这是二〇一三年十二月十七日，我到绍兴的第二天，昨日的雨非但未停，反而更大。午后，我从下榻的开元名都酒店打车到鲁迅中路的沈园，不到十分钟。下车后，我打着伞，冒雨来到沈园门口。抬眼望，石雕牌坊上郭沫若题写的“沈氏园”三个墨绿大字扑入眼帘；往里走，一块断云大石横卧在墙边。这块石头形体巨大，中间裂开，像被刀劈剑斫过一般。“断云”谐音“断缘”，暗喻陆游与唐婉的爱情悲剧，意味深长。

我举着伞，通过入口时，匆忙收合，不小心，雨水把检票员的衣服打湿了，急忙道歉：“对不起”。检票员是个中年女性，笑着说：“没关系。”又好奇地问：“老先生，下这么大雨，就您一个人来逛沈园啊？”我说：“我到绍兴开会，下午正好有空儿，就来了！”她说：“您真好兴致啊，今天很少有人来呢。”

雨中的沈园，果然“人迹罕至”。我却感到幸运，因为，好天气里，这样的景点肯定是人满为患的。

进园后，一太湖石柱突兀眼前，空灵剔透，上书“诗境”二字，画龙点睛地概括出此园非彼园的独特之处。如果，不知道陆游，没读过陆游《钗头凤》的人到此恐怕要失望了，它是专为那些喜欢陆游，

2013年12月17日，作者游绍兴沈园留念。

能体味《钗头凤》意境的游客们开辟的文学漫游之地。

园内大部分空间被一方池塘占去，据说这是宋代的池塘，二十世纪八十年代考古发掘时才被发现，系古人观鱼赏荷的地方。如今，水冷荷残，看不到碧荷红莲相映成趣的景色了。几只野鸭，在水中觅食，竟不顾风吹雨打，悠然自得。我沿池边石板路前行，过“冷翠亭”，到了“孤鹤轩”。“孤鹤”曾是陆游自喻，南宋朝廷昏聩，陆游一腔热血，呼吁整肃朝纲，收复中原，一统河山，却屡遭打击迫害，政治抱负无由施展，他常以诗词抒怀，如孤鹤哀鸣。轩内有“亭池”遗址。凭栏回望，细雨行过，仿佛白发飘逸的陆游把酒临风，长歌当哭，纵横老泪，泛起层层涟漪。我好像听到他深情而悲怆地咏叹道：“死去元知万事空，但悲不见九州同。王师北定中原日，家祭无忘告乃翁！”说到最后一句，诗翁手拍栏干，哽咽不能语。

转过孤鹤轩再向南，就到了钗头凤碑，这是全园核心所在，游客们慕名而来，就是想一睹陆游和唐婉的真迹，然而，历经八百多年风雨沧桑，一座沈园都没有完整地留住，陆唐题诗的院墙更无处可寻了。后来考古发掘到一段残垣，据说是沈园旧时的院墙，现已辟为“半壁亭”供人“忆览”，有人特地撰写了一副楹联：“莫因半壁忘全壁，最爱诗园是沈园”。像是在安慰游客失望的情绪。

眼前的《钗头凤》词碑是后人刻写在南墙断垣上的。两阕《钗头凤》都在其上。

一头刻着陆游的《钗头凤》：

红酥手，黄縢酒，满城春色宫墙柳。东风恶，欢情薄，一怀愁绪，几年离索。错！错！错！　春如旧，人空瘦，泪痕红浥鲛绡透。桃花落，闲池阁，山盟虽在，锦书难托。莫！莫！莫！

另一头刻着唐婉的《钗头凤》：

世情薄，人情恶，雨送黄昏花易落。晓风干，泪痕残，欲笺心事，独语斜阑。难，难，难！　人成各，今非昨，病魂常似秋千索。角声寒，夜阑珊，怕人寻问，咽泪装欢。瞒，瞒，瞒！

陆游真是不幸，事业困厄一生，爱情一生困厄。他和唐婉的美好婚姻生生被母亲拆散，上演了一出可歌可泣的爱情悲剧。

南宋周密《齐东野语》记：“放翁娶唐氏，於其母夫人为姑侄，伉俪相得，而弗获於姑。既出而未忍绝之，则为之别馆，时时往焉。其姑知而掩之，虽先知挈去，然事不得隐，竟绝之。唐后改适宗子士程，尝以春日出游，相遇於禹迹寺南之沈氏园。唐以语赵，遣致酒肴，陆怅然久之，为赋《钗头凤》一词题壁间云。……实绍兴乙亥岁也。”这大概是陆唐悲剧最详尽的记载了。至于唐婉因何“弗获於姑”，仍是个谜。但从陆游对她的一往情深看，唐婉是无辜的受害者。只因姑婆不容，便被赶出了陆家。起初，他们在外边找房子，偷偷相会，后来，陆母发现，坚决断了他们之间的关系。

故事的高潮出现在几年后的一个春日，当时唐婉已改嫁赵士程。陆游与唐婉在沈园意外相逢，唐婉告知士程，并派人送酒菜给陆游。陆游满怀伤感，借酒浇愁，挥毫在沈园墙壁上写下这首《钗头凤》。唐婉见后，感慨万端，也写了首《钗头凤》相和，不久便郁郁而死。此事对陆游打击甚大，是他终生难愈的心灵创伤。陆游一生写过许多诗表示怀念，如七十五岁时写的《沈园》二首：

城上斜阳画角哀，沈园非复旧池台。伤心桥下春波绿，曾是惊鸿照影来。

梦断香消四十年，沈园柳老不吹棉。此身行作稽山土，犹吊遗踪一泫然。

陆游八十四岁时，写《春游诗》，依然念念不忘：

沈家园里花如锦，半是当年识放翁。也信美人终作土，不堪幽梦太匆匆。

陆游对唐婉的感情隽永而执着，沈园相会竟成永诀，这一幕时时出现在他的梦中，牵动着诗人无尽的幽思。

过去曾无数遍读过陆游的《钗头凤》，今天身临其境，再读其词，我的心不由一阵酸楚，热泪在眼眶里打转，思绪一下飞驰到那个伤感的春天里。

“宋井亭”的东面，就是“葫芦池”。池上有座小桥，大抵就是陆游说的“伤心桥”了吧？当年，已属他人之妻的唐婉就是从这座桥上走过来的。陆游与之邂逅，两个人目光交织，两颗心无言地碰撞，这该是一个多么尴尬无奈却又令天地动容的历史瞬间！

如今，陆唐的爱情故事早已经化作过眼云烟，游人走过小桥，谁也不会有“伤心”的感觉。可是当年，这里确是情人泣血的地方！

葫芦池畔，伤心桥边，长着一株枫红，仿佛还在提醒人们不要忘记当年场景。风雨中，我看见满树的枫叶正扑闪着眼睛，淌下一串串泣血的泪珠。

公正地说，陆唐悲剧中最不幸的人物是唐婉，她是无辜的受害者，悲剧缘由除了姑婆不容外，就该归咎陆游的软弱了。陆游因“孝”而失“爱”，自酿苦果。愚孝与愚忠一样，是对人性的摧残。陆游在两个女人间取舍，最终屈从于母亲的意志，迁就了孝道而扼杀了与唐婉的爱情。他为此悔恨终生却无能为力，只能通过诗词徒叹“错错错”和“莫莫莫”了！

沈园南门附近有“问梅槛”。茅顶木亭，古拙，优雅。附近梅树甚多，陆游平生钟爱梅花，那首《卜算子·咏梅》道出了他对梅花品格与精神的崇高赞誉：“无意苦争春，一任群芳妒。零落成泥碾作尘，只有香如故。”一般论者都认为这是陆游孤傲不屈的性格的自况，我也很赞同。可是我想，倘若从个人情感的角度看，又何尝不能看作是对唐婉的怀念和赞美呢？

“问梅槛”是游园情侣们借机表白爱情的地方。槛内挂满写着爱情誓言卡片的风铃，密密麻麻，如一群蝴蝶随风起舞。风铃声仿佛是蝴蝶抖动翅膀的声音。

我走进槛内，穿过“蝴蝶”走廊，看到有两三对情侣在此处避雨，彼此相拥而坐，卿卿我我。我无意中听到他们当中有人正交流游园心得。

一个姑娘感慨地说：“唐婉也真是的，怎么说休就让人家休了呢？要是我，非跟那个不讲理的老太婆拼个你死我活！”

身边的小伙子瞪了她一眼，说：“你欺负我不算，还想找古人打架啊！”

姑娘倒在小伙子怀里，咯咯地笑起来。

笑声和风铃声在问梅槛里无拘无束地回荡。

……

走出沈园，小雨依然淅淅沥沥下着。

尽管我打着伞，我的心早被冬雨淋湿了。

一半为陆游、唐婉，一半为沈园。

冬雨中的沈园让我心醉！

2015 年 11 月 12 日

圆明园观荷

古人称农历六月为荷月。荷月观荷，正得其时。京城观荷佳处不少，然去圆明园观荷当属首选。因为圆明园三百五十公顷园林中水域即占三分之一，而荷花种植面积竟达千亩以上。仅此，其他园林就难与相匹。加之一九九三年以来，这里年年举办荷花节，荷花品类近四百种。荷塘浩浩，极品荟萃，斯时斯景，爱花的北京人岂能错过？

人对花的感受与季节有很大关系。自然界的花大多应节令而生，应节令而美，独领风骚于一时。什么节令赏什么花，渐渐形成人们的一种习惯，一种审美的渴望。比方说，冬雪飘飘，傲雪绽放的腊梅理所当然成为人们的最爱；秋风飒飒，凌霜盛开的秋菊又会让无数的看花人倾倒；春雨濛濛，满园桃李、红杏、迎春、海棠、樱花、牡丹争相吐艳，人们对这些报春的使者钟爱有加；每到夏日炎炎、暑气蒸腾之时，人们又会把心中的最爱献给谁呢？当然是“出淤泥而不染，濯清涟而不妖”的荷花了。你想，在酷暑的炙烤中不打蔫、不懈怠，依然精神抖擞、亭亭玉立、吐露清芳的，除了她，还能有谁？荷月里的荷花，是人们心中驱暑送爽的花神啊！

今年七月十六，是农历的荷月十三。昨夜一场微雨，多日暑气锋芒锐减。早六点多，我便起床，乘公交车直奔圆明园。从圆明园南门入园后，我急不可待地来到湖边，观荷的心情有点像与恋人幽会，充满惊喜和激动。对着荷塘，真想大喊一声：我来了！

绮春园和长春园是主要赏荷区。此外，在涵秋馆有精品荷花展。在曲院风荷、武陵春色、万方安和、濂溪乐处、月地云居等景点也都设置了游人赏荷处。偌大圆明园，到处都是荷花争奇斗艳的世界。园林管理人员别出心裁，特意在荷花节的宣传广告上将“荷塘月色”改为“荷塘悦色”。“花”为悦己者容，满园荷花仿佛都已梳洗打扮过，正落落大方、袅袅婷婷地含笑迎人。作为游客的我，能不感动？

我沿绮春园湖畔漫步，放眼荷塘，绿濛濛的一片，接地连天，像进入幻境。初升的太阳穿透云翳，投射到荷塘里，化作一层层柔和闪动的光影。一阵清风掠过，将满塘肥硕的荷叶不停地翻动，像是在阅读一本绿色的大书。书页有深绿、浅绿、嫩绿，静合时不甚明显，“翻页”中豁然有了分界。再细看，那宽宽田田的荷叶中有平展的，有卷曲的，还有折叠的，极像被翻过的样子。那时隐时现在万绿丛中的嫩粉与娇红，就是荷花了。荷叶是纸，荷花就是纸上的文字，也是这本绿色大书的精华所在。观荷就是在读书啊，我能读得懂吗？

荷花远看小如星斗，近看则大如满月。花色有白、粉红、紫、洒金等，尤以粉红色者居多。

就一株荷花而言，其花与其根、其茎、其叶形成一个组合体，更像一个人。花是人的头脸，茎叶就是人体的躯干了。根茎藏于水下，叶柄挺出水面，荷花长于梗端。有一梗一花的，也有一梗两花乃至多

2016 年 7 月，作者圆明园观荷留影。

花的。花凋谢后，花托长成莲蓬。故荷花旁，既有绿叶陪衬，又有莲蓬相伴。从这个角度看，一株荷花仿佛一个穿着绿裙、举着麦克（莲蓬）边歌边舞的姑娘。倘若再细看，凝于花瓣上的露珠，分明是她脸颊上沁出的汗水。载歌载舞的她何其辛苦，何其卖力啊！

当我的目光从一朵花移向另一朵花，再移向整个荷塘时，我突然发现刚才的感觉并不十分准确，甚至有点误读了她。荷花娇美，但绝不是只会弄风情的柔弱女子。一株荷花还不足显示她们的全部气质，只有放眼满塘荷花，才能看到她们超凡脱俗的巾帼气象。我是在满塘荷花迎风而动的一刹那，才对荷花有了这种全新感受的。

原来，风动中的荷花并非在翩翩独舞，而是在进行一场集体操练！天空放晴，曙光初照，映日荷花别样红。荷叶随风有节奏地摇曳，像演兵场上一群漂亮的女兵正在整齐列队，昂首前行，生龙活虎，满面容光。女性的阴柔之美与军人的阳刚之气，浑然一体，让我有一种说不出的激动。

我明白了，单株荷花或许是孱弱的，连成一体就会迸发出巨大的力量，她们不仅能歌善舞，同样可以肩负重任且不让须眉。不知为什么，看到眼前的荷花，我突然想到了当年在荷花淀里痛击日寇的女游击队员，耳边响起豫剧大师常香玉《穆桂英》中的经典唱段："这女子们哪一点不如儿男？……"

古往今来，赞美荷花的诗文不少，但我以为周敦颐的《爱莲说》最精辟，寥寥数语就把荷花独具的品格说尽了。他说：荷花乃"花之君子者也"，"中通外直，不蔓不枝，香远益清，亭亭净植，可远观而不可亵玩焉。"过去，读此文，常常忽略了"可远观而不可亵玩焉"这几个字，今天在圆明园观荷，才算有了真切的感悟。

荷花近看单看，如能歌善舞的袅娜美女，若远观群观，则如阵容严整的巾帼兵团，正气浩然，威仪不可亵玩。

圆明园是座遗址公园，曾惨遭帝国主义列强蹂躏，一八六〇年英法联军对它疯狂掠夺，至今被这伙强盗焚毁的宫殿建筑断壁残垣犹在，专供后人凭吊。我曾执拗地认为，参观此园最好选择在暮秋或寒冬，暮秋之苍凉，寒冬之萧索，更容易触景生情，让游人对那种国殇的氛围刻骨铭心。可是，今天圆明园观荷却改变了我的看法。荷花盛开的季节，同样可以来追寻历史、凭吊国殇，因为满塘荷花更能让人浮想联翩，触发像荷花一样纯净美好的情怀。在那片宫殿废墟的周围，中华民族不屈的意志犹如满塘荷花，它向世人宣示：美可以被摧毁，但不可被亵渎；美既是一种形态，更是一种力量，一种让一切邪恶势力望而生畏的精神力量。

荷月，在圆明园观荷，突然有了点小小的感触，遂信笔记之。

2016 年 7 月 27 日农历六月二十四，荷花节写就

新郑怀古

走在新郑古城墙遗址旁，突然有了一种时光穿越的感觉。依稀看到两千三百多年前的溱洧之滨，一群情窦初开的青年男女，刚从河里沐浴完，等不及春风将头发吹干，顾不上从容地整理好自己的衣冠，便迫不及待地来到草坪，加入到上巳节载歌载舞的队伍中。歌声嘹亮，舞步欢快，吸引了无数围观者。近午，歌舞场散去，那些俊男靓女们依依道别。然而不少情侣兴犹未尽，趁天色还早，又手挽手钻进附近的密林里。羞涩的小伙儿手里捧着蓝花，大胆的姑娘头上插着芍药。绿荫深处，鲜花丛中，隐现着他们相互依偎的身影。

不远的城墙上，有个姑娘始终没跟大伙在一起，她一个人独自登楼眺望，从她热切的目光里猜得出，她是在等心上人到来。姑娘心急火燎地来来往往，四处张望。久盼不至，久等不来，着实让她有点生气了，抱怨了。你听，她竟把心里的话全用歌声唱了出来：

青青的是你的衣领，悠悠的是我的心境。
纵然我不曾去会你，难道你就此断音信？
青青的是你的佩带，悠悠的是我的情怀。
纵然我不曾去会你，难道你不能主动来？
来来往往张眼望啊，在这高高的城楼上。
一天不见你的面啊，好像已有三月长啊！

——《郑风·子衿》

不知心仪的男孩是否听到了姑娘的歌声？也不知男孩见到姑娘后如何解释这次爽约的原因？更不知他能否得到姑娘的宽宥而重归于好？

但我有理由相信，真正纯真的爱情是经得住考验的。因为我从另一个男孩子的歌声里得到了答案。你听——

漫步城东门，
美女多若天上云。
虽然多若云，
非我所思人。
唯此素衣绿头巾，
令我爱在心。
漫步城门外，
美女多若茅花白。
虽若茅花白，
亦非我所怀。
唯此素衣红佩巾，
可娱可相爱。
——《郑风·出其东门》

多么铿锵的誓言，多么深情的表白！要是城楼上的姑娘能听到心上人如是说，大概也不会抱怨和失落了吧？

我从古城旁又来到“郑风苑”。这是新郑市新辟的旅游休闲景点，专门吸引游客回味《诗经》中《郑风》的地方。园中多处石碑，将《郑风》中的诗歌逐一刻录其上，供人欣赏。《诗经》中共收录《郑风》二十一首，就内容看，大都属于情诗，这在当时所有诸侯国诗歌中别具特色。据文史专家推测，这和郑国东迁并建都新郑后，经济富庶，国力强盛，百姓生活相对安定、日子过得比较滋润有关。在周代礼崩乐坏之际，郑地多受殷商文化浸染，乡风民俗与生活情调，都与周礼大异其趣。两性交往相对自由，社会风气比较开放。女孩子在追求美好爱情上大胆、泼辣，不受条条框框束缚，更没有后来“三从四德”伦理的禁锢。她们敢爱敢恨敢于担当，无须吞吞吐吐或逆来顺受。

如《郑风·褰裳》：“子惠思我，褰裳涉溱。子不我思，岂无他人？狂童之狂也且！子惠思我，褰裳涉洧。子不我思，岂无他士？狂童之狂也且！”（承你见爱想念我，／就提衣襟度溱来。／你若不想我，／岂无他人爱？／傻小子啊真傻态！／承你见爱想念我，／就提衣襟度洧来。/你若不想我，/岂无他男爱？/痴小子啊真痴呆！）又如《郑风·风雨》：“风雨凄凄，鸡鸣喈喈。既见君子，云胡不夷！风雨潇潇，鸡鸣膠膠。既见君子，云胡不瘳！风雨如晦，鸡鸣不已。既见君子，云胡不喜！”（风凄凄呀雨凄凄，/窗外鸡鸣声声急。/风雨之时见到你，/怎不心旷又神怡！/风潇潇呀雨潇潇，/窗外鸡鸣声声绕。/风雨之时见到你，/心病怎会不全消！/风雨交加昏天地，/窗外鸡鸣声不息。/风雨之时见到你，/心里怎能不欢喜！）

这些诗歌几乎完全颠覆了我对中国古代妇女的传统印象。两千多年前生活在溱洧之滨的郑国女性，在爱情追求上完全是积极主动的一方，她们无拘无束、自由自在，尽享大自然恩赐，在平等地位上与心上人共同编织幸福而浪漫的爱情梦幻。这是一种天人合一的境界，也是一种身灵契合的境界。不管后来的道学家们如何诋毁它的美学价值，《郑风》带给人们的冲击力至今依然是巨大的。

也许正因为如此，《郑风》饱受历代封建卫道者的诟病。最有代表性的一位是朱熹。他在《诗集传》中称郑风为“淫诗”，“几于荡然

2016年10月，摄于新郑“郑风苑”。

无复羞愧悔悟之萌。”在这一点上，他远不如孔夫子宽容。尽管孔子也说过“郑声淫”之类的话，但并没有在内容上对郑风予以否定，只是对“郑声”即郑国流行的音乐曲调不满而已。认为这种新乐背离并扰乱了“雅乐”，不像《韶》乐和《舞》乐那样合乎周礼。孔子对《诗经》评价甚高，他说过：“《诗》三百，一言以蔽之，曰‘思无邪。’”还说过“不学《诗》，无以言”。“《诗》可以兴，可以观，可以群，可以怨。迩之事父，远之事君；多识于鸟兽草木之名。”既然包括了二十一首郑风在内的《诗经》可用“思无邪”来概括，学《诗》又有那么多好处，怎么再会用一个“淫”字去否定郑风呢？显然不合逻辑。朱熹曲解孔子的话，故意将“郑声淫”篡改为“郑风淫”，把郑国情诗情歌统统说成是“淫奔女”的“惑男之语”，这种主观偏激和霸道的判断很难让人接受。

我们无法想象孔老夫子在编纂《诗经》时，看到《郑风》这些情诗时的具体感受，但从他精心收集这些散落民间的郑国情歌并决心将之传诸后人的努力中，可以想见他是满心喜爱的，至少不是排斥的。

《论语·先进》中有这样的记载：有一次，孔子让身边的弟子各抒心志。子路说，他想让一个中等国家变得强大，人民变得勇敢；冉求希望能治理好一个小国，使人民生活富裕、吃饱穿暖；公西华则想在朝廷祭祀或诸侯会盟中发挥作用。唯独曾点与众不同，他说他最想做的是：“莫春者，春服既成，冠者五六人，童子六七人，浴乎沂，风乎舞雩，咏而归。”（意即：“暮春三月，春天的服装已经穿定了，相约上五六个成年人，六七个小孩，一块去沂水里洗洗澡，在舞雩台上吹吹风，一路唱着歌走回来。”）孔子听后，“喟然叹曰：‘吾与点也！’”（意即：孔子听后，“长叹一声说：‘我赞同曾点的想法呀！’”）可见，孔老夫子并非枯燥无趣、只会刻板说教的人，而是一个充满生命激情和生活情趣的人，他追求治国安邦的政治理想同时也在向往一种纯洁无邪、自然和谐的生活氛围和精神境界。

我第一次到新郑来，一切感到很新鲜。新郑是中国最古老的县城之一。它古老的程度可以用8523四个阿拉伯数字来概括，即，它拥有八千多年前的裴李岗文化，五千多年前的黄帝文化，二千三百多年前的郑韩文化。它不仅是中华始祖轩辕黄帝的故里，也是春秋名相子产、战国思想家韩非和唐代大诗人白居易的故乡。面对精美浩瀚的历史文化遗存，我感到自己知识浅薄、孤陋寡闻。在新郑，我想得最多的是文化传承问题。

譬如《郑风》，现在的年轻人有多少人知道？他们热衷时尚，热衷学唱西方流行歌曲，却不知早在两千多年前，我们的祖先就已经付诸创作实践了。邓丽君有首歌唱道：“……你说过两天来看我，一等就是两年多。三百六十五个日子不好过，你心里根本没有我！”唱得很感人，可是要和《郑风》里的《子衿》一比，就黯然失色了！无论歌词还是所抒发的情感都远不及那个古代女子！我甚至臆想，倘若能开个跨时空的流行歌曲比赛会，让现代流行歌手与郑风的创作者们同台竞技，好好PK一下，说不定那些自命不凡的现代歌星们会自愧弗如呢！

当然，时代在前进，我们的审美不会一成不变。我只想说，在我们盲目跟进西方现代派文艺潮流的时候，能否也能关照一下我们民族自己的传统文化呢？能否在被淹没和被忘记的民族文化遗产中发现一些对我们今天依然有开发价值的东西呢？历史文化遗存不仅是一种逝去的记忆，更是一床培植现代新文化的沃土，我们要珍惜它、发掘它，使它在新的历史条件下重新开花结果，绽放出更加绚烂夺目的光辉！

2016年11月18日

巴黎鳞爪

——访法日记摘抄

一九九九年一月二十九日　星期五　晴

下午四点零二分（北京时间晚十一点零四分）到巴黎北郊的戴高乐机场。乘电动扶梯穿越白色通道，漫长而幽深，仿佛在时光隧道中穿行。此时北京已入夜，而巴黎却是晴空朗日的下午，时光倒流七个小时！虽然已经深冬，树叶凋零，但机坪草地依然泛着绿色，无数野兔在草丛间蹿来蹿去。路边的冬青树在万类霜天中独显生机。出航站楼后，中影驻法办事处的喇培康接我们到中国民航招待所，在这里吃住很便宜，又是中国人开的，生活工作都方便。

一月三十日　星期六　晴

上午九点去看外景地。开车司机姓高，叫高升，开着一家香水店，兼为国内来法国旅游的人提供服务。先到协和广场。广场中央耸立着二十三米高的埃及方塔。一七九三年法国资产阶级革命，愤怒的巴黎人捣毁了路易十五铜像，并把路易十六送上了断头台。广场西面是凯旋门，西南可以看到埃菲尔铁塔，东面是杜伊勒里公园。从协和广场，我们到巴黎火车东站。车站保持着古老风貌，但火车已非当年了。我们看到一幅反映一九二六年火车站的绘画，真实记录了那时巴黎人乘火车出行的状况。车站共三个大厅，宽敞明亮，气度不凡。中午，在高升香水店旁一家上海人开的餐馆，吃金边米粉面。下午两点，在中影驻法办与迦尔凡公司的汤姆逊先生谈协拍费用问题。汤姆好像很在行，看剧本也很细，据他说，要法国人拍至少六七百万美元，如他们协作拍摄费用可大大节省下来，二百万美元可拍完三分之二场景。当然，他的算法与我们不一样，许多项目还没有细算，拉出预算方案才能比较。

一月三十一日　星期日　晴

上午到凯旋门和香榭丽舍大道。太阳初升，给香榭丽舍田园大道涂上一片橘黄，此时，凯旋门浸渍在朝阳里，更显得雄伟壮观。

凯旋门高四十九点五四米，宽四十四点八二米，厚二十二点二一米，中心拱门高三十六点六米，宽十四点六米。门内刻有跟随拿破仑远征的三百八十六名将军的名字，门上刻有一七九二年至一八一五年法国战争史画面，其中面向香榭丽舍大道一面是著名雕塑家吕德设计和雕塑的“一七九二年志愿军出发远征”。凯旋门的拱门可乘电梯或攀登二百七十三级石阶上去，上面有个小型的历史博物馆。凯旋门下，是一九二〇年十一月十一日建造的无名战士墓。据说，在大战中，法国官兵有一百五十万人牺牲。每年七月十四日法国国庆日，法国总统都会通过凯旋门检阅仪仗队。

凯旋门有一个独特景观，每当黄昏，从广场向香榭丽舍方向望去，一轮落日正好镶嵌在拱形门洞里，金光四射。

从凯旋门我们驱车往巴黎西南的凡尔赛镇，著名的凡尔赛宫就座落于此。凡尔赛宫占地一百一十一万平方米，其中建筑面积十一万平方米，园林面积一百万平方米。

与北京故宫相比，它没有高大的宫墙，四周是用铁栅栏围起来的，一览无余。宫院内地面皆由石块铺成，经年累月，人踩马踏已磨损不平，但博大气势犹在。这座以香槟酒和奶油色砖石砌成的庞大宫殿，东西为轴，南北对称，内部装修富丽堂皇。宫中有许多豪华大厅，墙壁和廊柱全用大理石装饰，各种人物造型的石膏和大理石雕塑多得不可胜数。许多雕塑栩栩如生，人物衣服、披肩、裙带以及折褶，极富质感，仿佛在迎风飘动，让人惊叹不已。墙壁上的绘画更是精彩绝伦。许多是反映路易十四和拿破仑赫赫战功的画面。路易十六王妃的卧室奢侈豪华，床很高，足有一米五，不知每天是怎么上下的。

凡尔赛宫的花园极为宏阔，有雕塑喷泉、花坛和森林。巴黎是世界艺术之都，凡尔赛宫是巴黎的艺术瑰宝。

午后，逛了巴黎著名的跳蚤市场，之后又去参观了一个现代艺术展览。与刚看过的凡尔赛宫艺术形成强烈反差。古典艺术追求真实，现代艺术追求抽象，追求艺术家个人的独特感受，构图、色彩、线条、造型及使用的材料都五花八门。办艺展的基本是年轻人，有男有女，他们站在自己的作品前不厌其烦地向观众作推荐介绍。有一幅画，上面一条牛仔裤，臀部鼓起来，整个脏兮兮的，还有两个血手印。作者是一位女画家，她见我惊诧莫名的样子，以为是对她的大作感兴趣，便主动向我投来一笑，并向我介绍什么，我自然一句也听不懂，只好说了声谢谢走开了。又见到一幅作品，是装在玻璃框子里的，上面一群蝌蚪，近看才知是精子在游动，右下方是一个大卵子，表现精卵结合过程。还有一个作品，用两个圆灯泡表现女性乳房，用一个长灯泡代替男性生殖器，通电后闪烁不停。对这些“艺术”我实在不敢恭维。

二月一日　星期一　晴

上午到巴黎“凤凰书店”转了一下。法国人开的，专门经营中文书刊。有大陆的、也有港台的。然后到蓬皮杜文化中心，该中心位于拉丁区北侧、塞纳河右岸（北岸）。外部造型独树一帜，一反传统建筑的结构布局，故意将所有立柱、楼梯、自来水管道等请出室外，腾出更大空间留给内部使用。看上去，就像一座五颜六色管道和钢筋缠绕的庞大的化工厂厂房。在那一条条巨型透明的圆筒状管道中，自动化电梯忙碌地将参观者送上送下。当初，这座备受责难的怪物，现已被巴黎人接受并逐步喜欢，成为现代巴黎的象征性地标建筑。蓬皮杜文化中心由“工业创造中心”“公共参考图书馆”“国家现代艺术馆”和“音乐—声学协调研究所”四大部分组成。我们今天是到“公共参考图书馆”查阅一九一九年巴黎和会有关资料的。这座图书馆的设备功能和检索手段很先进，它拥有当代图书三十万卷，期刊二千四百种，幻灯片二十万张，微缩胶卷一万五千个，唱片一万张，及大量电影、电视、磁带等音像资料。

中午在一家中国餐馆“华东酒楼”用餐，内有画家范增题写的一幅对联：“华筵觞飞将进酒，东山月上快登楼”。

下午我、黄健中、王大为由喇培康陪同到“圆点电影公司”谈协作拍片，对方参加谈判的是圆点公司总裁让·弗朗索瓦·贝斯和杰拉尔·的布拉克先生。他们预算在法拍摄费用需要一千八百万法郎。除此，还需增加百分之二十点六的所得税、百分之七的管理费、百分之十的不可预见费，以及四十万法郎的保险费和四万法郎的合同起草费。可谓狮子大张口。

二月二日　星期二　晴

上午到中国驻法大使馆文化处，拜见侯湘华参赞。向她说明我们此次来法考察目的及《我的1919》目前筹备情况，希望得到大使馆帮助。她在会客室接待了我们，表示将尽全力协助我们在法国完成拍摄任务。在场的还有文化处二秘田薇女士。

然后我们去参观埃菲尔铁塔。

听导游介绍，埃菲尔铁塔高三百米，加上天线二十四米，总高三百二十四米。这个高度在一八八九年的巴黎是超记录的，它甚至比当时巴黎几个最著名建筑——巴黎圣母院、歌剧院、圣雅克塔、凯旋门、七月纪念柱和古埃及方尖碑高度的总和（二百九十七米）还要高。看来，只有登斯塔，方能领略“一览群山小”的境界。

铁塔分下中上三层，分别离地面五十七点六米、一百一十五点七米和二百七十六点一米。每层设有瞭望台，供游人俯瞰巴黎市容。当然票价也有所区别，下层三十法郎，中层四十法郎，最高层六十法郎。游客一般乘电梯上去，也有爬台阶上的，一千七百一十一级台阶，恐怕要爬一个钟头不止。

埃菲尔铁塔是为庆祝法国大革命一百周年而建造的。它的设计者是法国著名建筑师古斯塔夫·埃菲尔。这座庞然大物使用钢铁构件一万八千零三十八个，二百五十万颗铆钉，一万二千个金属部件，共用钢铁七千吨。这座气势恢宏的铁塔被法国人称为"铁娘子"。

铁塔的建成标志着法国古典主义建筑理念向现代主义理念的过渡，是对传统美学的极大挑战。法国著名作家、被誉为"短篇小说之王"的莫泊桑在《巴黎铁塔……且慢》一篇文章中写道："一座高三百米的铁塔像一支庞大的犄角，孤零零地在巴黎拔地而起，直插云霄。""这庞然大物像妖魔，吓得我们不敢正视，像噩梦，惊扰着我们的睡眠。"然而，就在人们的贬斥和诅咒声中，"大犄角"长出来了，不仅成为法国大革命一百周年的纪念碑，而且成为现代巴黎的标志。据说，铁塔建成后，莫泊桑和许多反对它的人依然耿耿于怀，不愿看到它，诗人魏尔伦每回路过铁塔都立刻另择路径，以避免看见它"丑陋"的形象。莫泊桑则不同，反其道行之，干脆钻进了"大犄角"，他经常光顾铁塔二楼的餐厅，理由是："这是在巴黎唯一看不见铁塔的地方。"

埃菲尔铁塔不仅在建成半年后就奇迹般地收回了全部投资，而且在第一次世界大战中为无线电通讯联络做出重大贡献。其后，埃菲尔铁塔成为展示法国工业文明和现代科技、集旅游观光、文化娱乐为一体的世界性著名景点，为法国经济带来滚滚财源。

登塔眺望，塞纳河、凯旋门、卢浮宫、拿破仑墓等巴黎主要建筑历历在目。在环形窗口，备有所在角度景观的详细说明书，非常方便游客按图索骥。墙上还标有从此塔到世界各地的直线距离，游客可以获得相关地理知识。陈列室中，有埃菲尔的蜡像，他正专心致志地研讨施工方案。

这个自由的国家，什么怪事都有。就在我们到达塔前时，有个专门给游客拍照的中年男人正面对游客掏出"那话儿"撒尿，嘴里还嘟囔着什么，别人见怪不怪，没人出来干涉。巴黎街头，男人随处小便、墙壁随处涂鸦、宠物狗随处便溺的现象经常能碰到，与古老的文明极不相称。有人讽刺说，法国人多有狐臭，所以香水制造业就发达了起来。

二月三日　星期三　晴

上午到喇培康办公室看汤姆逊提供的有关巴黎一九一九年的录像

资料，但可用的不多。下午，与汤姆逊进行第二次谈判。谈得较具体，他答应很快将单价表报给我们。

二月四日　星期四　阴

一天未出门，与仲平、大为草拟合同条款。晚饭后，到街上转了转，商店均关门，只有咖啡馆营业。在一个街心花园，见到有慈善机构“善心食堂”向流浪汉和穷人发放面包。一位从台南来的小姐告诉我，每周四晚他们都来发放，谁领他们都会给。听说最早发起者是位歌星，后从巴黎发展到全国，巴黎每个区都有这种善心食堂，完全靠社会募捐。由此，看出法国人善良和富于爱心的一面。

二月五日　星期五　阴

听司机老李谈法国人生活。他说，法国人和中国人不同，他们的生活习惯我们难以理解。晚八点商店全下班，休息就是休息，绝不延长营业时间。即便你延长也没用，法国人都回家或过夜生活去了。他们信奉的是“享乐第一，工作第二”原则。他们喜欢猎奇，喜欢冒险，喜欢浪漫和刺激。在吃喝玩乐、穿着打扮、追求享乐方面态度之认真远胜于上班。前几年，法国报纸登载了一幅漫画，用狗来讽刺法国人“享乐第一，工作第二”：一条小狗，星期一疲劳不堪；星期二无精打采；星期三无动于衷；星期四蠢蠢欲动；星期五眉飞色舞；星期六、星期天兴高采烈，张牙舞爪。

二月六日　星期六　多云有雨

上午，与大为参观巴黎圣母院。圣母院位于塞纳河中心的西堤岛上，建筑风格典雅和谐，正门前广场上芳草如茵，无数只灰鸽落在行人旁边觅食。正门正在修缮，用出租望远镜

1999年2月6日，作者于巴黎圣母院前。

可以看到正门建筑的细部。最上边耸立着两座钟楼，后面是高九十米的尖塔。钟楼使人想到雨果小说《巴黎圣母院》中的那个奇丑而又善良的敲钟人卡西莫多，想起那个热情美丽的吉普赛姑娘艾丝米拉达。我们从不同角度照了许多相。特别从右侧的塞纳河畔看圣母院的额教堂，更有一番动人风光。沿河全是卖书画的小摊。

中午，我们在附近一家咖啡馆喝咖啡。一杯咖啡十至二十法郎，坐在那里喝一整天没人管。下午，我和导演、美工、摄影去拉丁区参观圣热尔曼教堂及附近古老的街道，还在一家著名的咖啡馆避雨，此店建于一八七五年，曾是大艺术家经常光顾的地方。建筑和陈设很有特点，一下被导演相中，作为影片的一个外景地。

二月七日　星期日　晴

上午，我和黄丹夫妇一起去参观卢浮宫。星期天可以免费入场。卢浮宫与俄国列宁格勒博物馆、梵蒂冈博物馆号称世界三大博物馆。这座建于一二〇四年的宫殿，一直作为皇家和国家艺术品收藏馆。它的全部收藏量超过四十万件，其中雕塑五千五百件，油画一万五千件。雕塑中有世界驰名的“维纳斯”和“胜利女神”像，油画有“蒙娜丽莎的微笑”等稀世珍品。

卢浮宫六个展馆。入馆处是一个高二十一米、底宽三十四米的玻璃金字塔。四个侧面由六百七十三块菱形玻璃拼组而成。东、南、北三面各一个小金字塔，分别指示三条通往主要展馆的地下自动扶梯。在大金字塔周围还交叉设置了三个静水池和四个喷水池，相映成趣。该工程的总设计师是美籍华裔建筑师贝聿铭。他也是华盛顿博物馆的设计建造者。馆内的雕塑与名画太多，无法细观，只能走马看花地浏览。这是名副其实的艺术殿堂，能看一眼就很知足了。

晚讨论剧本，我以为目前最大问题是故事和细节还不够生动，顾维钧的个性也不够突出。我们不能片面强调巨片或大片，关键是有戏有人物。

十二点多，大为才回来，说与汤姆逊谈判很艰难，对方强调九百五十万法郎只允许拍四周，而导演认为没有六周根本拍不完。

如增加周期，成本会加大，全片两千万人民币打不住，会给筹资带来极大困难。

二月八日 星期一 阴雨

黄丹夫妇今日按期离法回国。下午，我去拜访熟悉华工情况的余钊先生。余钊是“江南”餐馆的老板，六十年代到巴黎，现在任法国广肇同乡会名誉会长、欧华文化交流协会会长。最后一个华工曾住在他楼上，老华工穷困潦倒，余先生帮助了他。老华工去世前，将他收集到的反映华工生活的照片全交给了他。我由司机李炳兴陪同，他会讲广东潮州话，正好给我当翻译。见余前，我们按照法国人习惯，买了一束鲜花。余先生很热情，讲了许多华人在法国的情况，特别是第一次世界大战中华人的突出贡献。临走，他把保存的历史照片慷慨借给我们参考使用，令我非常感动，我相信这些珍贵资料和照片一定会派上用场，为我们影片的拍摄增光添彩的。

1999年2月8日，作者采访余钊先生。

晚上，我和大为与汤姆逊继续谈合同，汤坚持九百五十万法郎只拍四周，我们认为不能接受，暗示他，如不让步我们可能会另找别的公司。

二月九日 星期二 小雪

上午到喇培康处。根据大家对考察和谈判情况的分析，又请示了庚年，认为影片总投资应控制在一千五百万人民币范围内。因此，在法国拍摄费用不能超过八百万法郎。所以，汤姆逊的报价不能接受，必须另谋出路。目前可行的道路有两条，一是继续寻找合作伙伴，在我们能接受的报价前提下签合同；二是从法国聘用一位制片主任，并和一家公司签订个别项目承包合同。此公司只负责管报关和批文，以及帮助我们找法国演员，其余租用服装、道具、摄影器材等一律由我们自己干。这样会把成本大大降下来。大家似乎更倾向后者。

二月十日　星期三　小雪

巴黎天气一日三变，上午晴，下午阴，忽而又漫天飘雪。过一会儿，日出天晴，郊外一片绿色，颇似春景。

今天与导演、美工、摄影去看景。先到距巴黎四十多公里的古地（COUDRAY）看一处古堡（法国人称古老的别墅为古堡）。古堡主人已故，儿女们也不在此居住，房子闲着，由主人的朋友代为照看。古堡为三层白色楼房，室内装修和家具摆设典雅考究，院子有一块很大的花园和草坪，房后是一个小湖，湖边停着两条小船。导演对此很感兴趣，据说这里曾多次被租用作影视拍摄外景地。

后来，我们又到距巴黎七十多公里的爱当巴（ETAHPES）镇去参观考察一个专门出租道具车马的租赁公司。在他们的库房里各个时代的马车都有，普通的、豪华的，应有尽有。对马的驯练特别专业，平时这些马如不使用，依然要拉着铁轮转，保持最出色的状态，时刻待命。

二月十一日　星期四　上午雪午后转晴

十点，我与大为、喇培康到巴黎演员失业介绍所（即演艺人才交流中心）。里面有许多演员进进出出，一个叫李奥的法国人接待了我们。我们咨询演员聘用事宜，他说，这里是政府设置的机构，专为失业演员找工作，不收费用。他们这里保存着八千位演员的档案，什么年龄段的演员都有。我随手翻阅了几份档案，年龄、照片、艺术简历、本人特长记载得非常详细。根据演员工会规定，主要演员最低聘金每天不低于两千法郎，群众演员不低于三百五十法郎，具体酬金要与演员本人洽商。如通过经纪人，需付经纪人百分之十的代理费。

下午，我们又去闪电公司谈外景服务事宜。这家公司专门负责联系拍摄外景地，他们有丰富的外景地资料，供你选择。一般私人外景地便宜些，公家要贵些。如一处古堡，造型与凡尔赛宫的镜厅极相似，一天租金一万五千法郎和百分之十的代理费。公家外景地要办理拍摄许可证，私人不必。

二月十二日　星期五　晴

中午，驻法大使馆侯湘华文化参赞宴请我们五人（黄健中、王大为、张仲平、李瑶和我），田薇二秘作陪。我向侯参赞汇报了十多天考察情况，对大使馆支持表示感谢。席间，王大为讲了好几个“段子”，逗得侯参赞捧腹大笑。其中讲某位电影厂副厂长改剧本的笑话，说他一次对编剧提出修改意见，态度极为认真，但编剧听了却忍俊不禁。这位副厂长用浓重的陕北话说：“‘兰兰回头一笑’不行，要改为‘兰兰回头妩媚地一笑’；‘道路很长’一定要改为‘道路很长很长’……”。

告别侯参赞，我们去荣军院和拿破仑墓参观。四点多，李炳兴师傅开车专门陪我到巴黎著名的圣心大教堂转了转。圣心大教堂建在蒙马特丘陵顶端，凭高而望，可看到整个巴黎市容。许多艺人在此聚集，弹吉他、拉提琴的，画画的。最多是民间画家，他们在这里为游客画像，收费不等，最高四五百法郎，最低几十法郎，水平也参差不齐。我看了会儿画像，买了两幅印制的水墨风景画，返回喇培康办公室。

二月十三日　星期六　晴

这是我在巴黎停留的最后一天。上午，与黄健中、仲平、李瑶告别，他们三个还要待几天。我和大为今天回国。上午到附近超市转了转，下午三点吃午饭。六点到戴高乐机场，在办理登机手续时，偶然发现我大学同学孙学刚，他已认不出我来了。我们大学毕业后只见过一面，那还是十八年前的事情。十八年无音讯，相逢竟在异国中，令人感叹世界真大，地球也真小。晚七点，我们乘中国国际民航 CA934 航班离开巴黎，向遥远的祖国飞去。

2009 年 6 月 15 日

第五辑

人炼是一种很高的修为，在你眼中人人是烘炉，人人都可以助力你锻炼成长。诚如古人所说："居不必无恶邻，会不必无损友，惟在自持者两得之。"

——《人炼》

人　炼

“炼，铄冶金也。”（《说文解字》）熔冶金属或矿石须以猛火，故“炼”字形从“火”，声从“柬”。这个形声字后逐渐推演，又衍生出“锻炼”“锤炼”“磨炼”等诸多的形容词，其指向也由物而人，专指人之成长所需经历的各种考验过程。人同金属、矿石一般，非“炼”不能成才。《菜根谭》开篇第一句便说：“欲做精金美玉的人品，定从烈火中锻来”。《西游记》里的孙猴子，本来没有识妖辨魔的本领，后被太上老君投进八卦炉并以三昧真火炼之，结果炼就一双能识妖辨魔的火眼金睛。这个神话故事把“炼”的神奇演绎到了极致。

人之炼离不开熔炉。熔炉何也？不是太上老君的八卦炉，也不是冶金厂里的庞然大物，而是人所处的环境，环境即熔炉也。无论是自然环境还是社会环境，都是炼人的熔炉，环境越困难、越艰苦、越险恶，越能炼就特殊人才。孟夫子说“故天将降大任于斯人也，必先苦其心志，劳其筋骨，饿其体肤，空乏其身，行拂乱其所为”。太史公更举例证明“炼”的成就：“盖文王拘而演《周易》；仲尼厄而作《春秋》；屈原放逐，乃赋《离骚》；左丘失明，厥有《国语》；孙子膑脚，《兵法》修列；不韦迁蜀，世传《吕览》；韩非囚秦，《说难》、《孤愤》；《诗》三百篇，大抵圣贤发愤之所为作也。”苏联著名作家奥斯特洛夫斯基讲述英雄人物保尔柯察金成长的故事，干脆取名叫《钢铁是怎样炼成的》。

特殊环境确能炼就特殊人才，但此种炼人之炉只可遇之，不可求之。生在太平盛世，非要亲历枪林弹雨、血雨腥风，抑或长在温馨之家，非要体验幼年丧父、中年丧妻、老年丧子的痛苦，可能吗？若真有此种人，也非头号神经病莫属。

那么，世界上还有不求而得的熔炉吗？答曰：有的，这就是生活在你周围并经常与你打交道的人。与不同人相处，都会施予你不同的影响，好的、坏的，正面的，负面的，有益的、有害的……这些影响如同无形之火，无时无刻都在冶炼着你的心灵，使你潜移默化。久而久之，近朱者赤，近墨者黑，你不知不觉被炼成了各种材料。俗语云：跟着好人学好人，跟着巫婆跳大神。如此看来。人作为烘炉，处处存在，且功能了得，我们都不能忽视它。

担心受恶邻损友的坏影响，或为了接近好人贤达，不少人选择趋利避害。“昔孟母，择邻处”，或“近君子，远小人”。在古代，这些应对办法或许有效，但在今天就很难行得通了。从迁徙择邻，到读书择校，再到就业上岗选择同事领导，都不是你个人能说了算的。即便有行为极端者，想隐匿山林当隐士，或闭门修行当居士，也无法完全摆脱人际关系的困惑。在现实社会里人与人之间的依存度只能越来越高，“置身人外”，“跳出红尘”，等于痴人说梦。古人所谓“闭门即是深山，读书随处净土”的话，说说可以，听听也无妨，但真拿来实行，恐怕谁都做不到。对于客观存在的人际关系，正确的应对办法是承认它、正视它、面对它。学会以人为炉锻炼自己，将“人炼”作为一种自我修行养性的方式，主动行之，积极为之，由此炼出人生的新境界。

人炼是一种很高的修为，在你眼中人人是烘炉，人人都可以助力你锻炼成长。诚如古人所说：“居不必无恶邻，会不必无损友，惟在自持者两得之。”（《小窗幽记》）

遇到真实善良德行美好的人，要珍惜机会，虚心学习聆教，取人之长，补己之短，见贤而思齐，

遇到虚伪邪恶德行丑陋的人，要作为自己的反面教员，善于从他们的堕落中汲取教训，防微杜渐。

极端的好人与坏人都是极少数，常见的芸芸众生则是真善美与假恶丑的复合体，灵魂深处既有天使的圣光又有魔鬼的阴影。学会和常人打交道并以常人为炉，锻炼自己，是人炼的基本功。

我有一个朋友，曾在一个文化单位供职，他当领导时注意培养年轻人，往往扶上马还要送一程，岂知被提拔的年轻人权欲过重，非但不知感恩图报，关键时刻还落井下石，为了向上爬，巴结新领导，极尽造谣毁谤之能事，让我这位朋友大吃苦头。后来上面来人调查，发现此人反映问题纯属诬陷，才还了我朋友一个清白。在蒙冤受屈的日子里，我的朋友悲伤过，但没有怨恨，他主动退出权力角逐，转而发愤读书和潜心研究，几年后成就斐然。他感慨地说，他真要感谢当初加害他的人，是他让自己经受了磨难，放弃了世俗的功利心，把精力更多地集中在有益的修为上。后来那个年轻人自知错了，愧疚不已，我的这位朋友却不计前嫌，依然赤诚相待。这件事让我明白，人炼是一种机缘，关键看你如何对待和如何把握。对待方式正确，把握得当，坏事可以变好事；对待方式错误，把握失当，好事也可能办砸了。

人炼最大的特点是主动适应与他人的关系，同时始终保持锻炼自己的初心，不俯就，不屈从，不迎合，在相处中守底线、长见识、增定力。大千世界，人心不同，各如其面。而相由心生，“胸中正，则眸子瞭焉；胸中不正，则眸子眊焉。”《呻吟语》里列举了十几种不好的习惯和行为举止，告诫人们慎勿模仿，如：武夫的粗豪、妇人的柔懦、儿女的娇稚、市井的贪鄙、凡夫俗子的庸陋、浪荡子弟的轻佻、优伶的油腔滑调、乡下人的撒野、堂下待罪之人的局促、奴婢仆从的自卑谄媚、侦谍之人的阴险诡秘、商贾的炫耀沽售等。与他们相处，要看出他们常犯的毛病，时时引以借鉴，正身正己。

以人为炉不是以人为敌，面对社会上无法摆脱的假恶丑现象，也要有治病救人的慈悲心，能挽救则挽救，挽救不了也不能与之同流合污。这样，和什么人相处都不怕了。记得林语堂在《苏东坡传》里记述，苏东坡曾对他的弟弟说：“吾上可陪玉皇大帝，下可以陪卑田院乞儿。眼前见天下无一个不好人。”

人炼不是单向的，你以他人为炉，他人也亦可以你为炉。我看过一个有关钱锺书和他的老师吴宓的故事，颇受启发。据说钱锺书在清华读书时是名噪一时的学霸，一九三三年他从清华外文系毕业，当时学校有意让他留校继续攻读西洋文学研究硕士学位，却被他一口拒绝。他甚至狂妄扬言整个清华没一个教授有资格充当他的导师！他的授业师吴宓教授听说后并没有生气，觉得钱锺书并非孔雀亮屏般的个体炫耀，只是文人骨子里的一种高尚的傲慢，没必要过分计较。后来吴宓打算与他的情人毛彦文结婚，钱锺书还调侃恩师的新娘“徐娘半老”，吴先生依旧不计较。一九三七年，钱锺书分别在牛津大学、巴黎大学求学，一九四〇年学成回国。清华大学想聘请他回校任教，时任外文系主任的陈福田和叶功超却极力反对。唯吴宓站出来替钱锺书说公道话，为他到清华任教奔走呼号。此事让钱锺书铭感五内，终生难忘。一九九三年，《吴宓日记》发表，钱锺书专门写了一封检讨信附上，他谴责自己：“少不解事，又好谐戏，逞才行小慧……内疚于心，补过无从，唯有愧悔。”（参见《中外文摘》2008 年第 24 期，吕麦：《傲慢与非偏见》）这个故事告诉我们，人炼往往是相互的，如果双方都是明白人，一定都能将对方视作熔炉，互学互炼。吴宓视钱锺书为炉，锻炼自己宽容和雅量；后来，钱锺书又以吴宓为炉，克服自己的狷狂和幼稚，两个人相互为炉的结果是相得益彰。

唐代僧人寒山和拾得曾有一段精彩对话传为修行美谈。寒山问：“世间有人谤我、辱我、轻我、笑我、欺我、贱我，当如何处治乎？”拾得答：“你且忍他、让他、避他、耐他、由他、敬他、不要理他，再过几年，你且看他。”我觉得寒山和拾得讨论的正是人炼的内容和细节。人炼就要有忍受对方施予你的各种磨难的耐心，如果你受一点委屈就“撤火”，放弃锻炼，终难修成正果。

以人为炉，锻炼自己，须抱积极入世的心态，不拒绝与人交往，并善于在交往中发现别人的长处和不足，提升自己的精神层次。但很多人做不到这一点，一旦发现对方有毛病，看不惯，便退避三舍，还以“泾渭分明”“不屑为伍”做标榜，结果人际关系越搞越紧张，最后形成僵局，结成死结，不仅无助于对方改正缺点不足，还加深了自己固有的性格缺陷，譬如自命清高、心胸狭窄、偏激冷漠等。倘若换一种思路，把对方也当作锻炼自己的熔炉，情形马上就不一样了。他令你讨厌的种种缺点毛病恰是对你的考验，你能轻易拒绝吗？你能随意疏远吗？显然不能。人炼的结果，必然是广结善缘，你身边的朋友、契友会越来越多，他们从你身上感受到与人为善的初心，你也从他们身上学到你所欠缺的各种优长。真真互见，善善相生，美美与共，人与人之间的关系会越来越和谐。

人炼需要勇气和恒心，但不会是苦行僧般地磨难。因为人炼只是常态下普通人挑战自我的一种尝试，无须刻意地设定环境条件。只要你以健康乐观的心态投入生活就足矣。当你在同别人相处中不断进步，不断获益时，你就会像经历了一场极限挑战，幸福无比，快乐无比。因为，世界上没有比自己战胜自己更开心的事了！

人炼无穷期。我们当活到老炼到老，让自己更完美，让我们周围的世界更美好。

2018年11月19日

自 画 像

（一）

有个朋友看了我的书，突然像发现了什么似的对我说："老高，我知道你为什么喜欢这个书名了！"他解释说，"也无风雨也无晴，那该是一种什么境界啊？貌似谦谦，内里却傲骨铮铮！"我一笑，未语。

我追求平淡而恬静的人生，厌恶尘世的喧嚣和浮躁。特别经历了恶争恶斗的时代，更加憧憬自由安定的心灵世界。我不是阳光下绽放的花朵，更不敢充当风雨中挺立的松柏，我只是一棵在春天吐绿秋天会黄萎的小草。我感谢阳光风雨的惠顾，但不愿借助它们为自己作秀，我不善演绎阳光风雨的传奇，只能讲一点也无风雨也无晴的平凡故事。只要无病无灾，只要快乐地活着，哪怕没有声音和色彩，我都会心满意足。

（二）

我不想同任何人竞争，只想保留一点自主表达的权力。就像小草，哪敢和鲜花、松柏比拼啊！但仰望它们久了，美丑妍媸总分得清。从小草的角度，偶尔发点议论，不管他们能否听到，听到后能否接纳，都感到痛快。原来，小草的价值不在创造风景，而在敢于评论风景。你是小草，即便说错了他们也不会跟你计较，因为你实在太渺小了。同样，你说对了，别人也不会把你当回事，因为你太卑微了！渺小而卑微的小草由此获得了评论风景乃至世界的权力。

（三）

我从小就爱思考，爱评论，就像一棵自不量力的小草。我不清楚这个习惯是继承了哪位先祖的基因。故乡老院中有根晾晒衣服的钢丝绳，从堂屋檐下一直伸到院门口。儿时的我经常站在院中，踮起脚尖用手捋着钢丝绳，望着天空发呆。为了想通一个问题，常从这头走到那头，又从那头回到这头，谁都不知我在干什么。直到我的手指关节被捋过的钢丝磨热了，磨烫了，才会从无边的思绪中折回来。

（四）

文学是大海，我只是一条小小的海鱼。也许耗尽我毕生的精力都无法游到彼岸，更无法领略到大海的全貌，但我依然会快乐地游着。因为我属于大海，大海赋予我生命的价值，离开它我什么都不是。

（五）

“生活不只眼前的苟且，还有诗和远方。”我很欣赏这句话。人老了，最大的悲剧在于安于苟且。我想说，即便我们眼前没了“远方”，也绝不能没了“诗”！诗是对美的追求和向往，是生命的尊严所在。只要“诗”在，活着就值得。

（六）

人到老年，肉体的躯壳渐趋衰老，唯精神与灵魂尚健，非但没有凋谢，反而愈加成熟，可谓到了精神收获的季节。一辈子的沧桑经历，一辈子的观察思考，一辈子的体验感悟，无数感性的禾苗长成理性的作物，悄然在你心田成熟了一大片庄稼，只是它不像农田里的庄稼让人一眼可望，它深藏不露，你不说出来谁都看不见它的存在。世间的庄稼成熟后，再懒的农夫也不会忘记收割，心田里的庄稼则相反，留意收割的人少之又少。有的是来不及收割就撒手人寰，更多的是眼睁睁看着它烂在地里。这是人类文明的巨大损失和悲哀。我们虽不是思想家、理论家，更不是哲人，但我们用一辈子实践换来的精神庄稼同样有着它的价值和它的意义。至少，它的真实性、广泛性和不可替代性就会让一切思想家、理论家以及所谓的哲人们相形见绌！我们种了一辈子的庄稼，稻、黍、稷、麦、豆，再粗糙，再不堪，收割下来毕竟都是粮食啊！我常想写点什么，就是不甘心让自己种了几十年的庄稼成熟后烂在地里。我坚信，写作不仅是生命存在的证明，更是生命存在的表述方式。

（七）

我素有恐高症，却渴慕登高，站在高山顶上俯瞰世界，会有另一种境界。山外有山，天外有天，登高会让人头脑清醒。“蚂蚁缘槐夸大国”之所以成为笑料，是因为蚂蚁的视野一直局限在狭隘的树洞蚁穴里。爬行在地面和树干上的蚂蚁永远搞不清蚁穴与槐树的关系，更不知道槐树与周围世界的关系，以为小小蚁穴便是泱泱大国。学会登高不仅可以望远，还可提升认识世界的维度和层次，不断发现和厘清事物的客观边界，明白自己和世界的比例。人有时为小小成功沾沾自喜，说明还处于“蚂蚁缘槐”的位置上。如果有一天蚂蚁爬上树冠，再回望蚁穴，就知道自己的渺小卑微和可笑了。人生是个不断攀登的过程，登高可以让自己保持虚怀接物的心态，我有时会自卑，但很少自负，因为我不想当夜郎自大的蚂蚁。

（八）

“重诺守信”是我的处世原则。从参加工作到现在，我开会很少迟到，聚会很少爽约，更没有答应了别人的事不办或说过的话不算数。重诺守信是对别人的尊重，更是自己安身立命之本。人而无信不知其可。出尔反尔、翻脸比翻书还快的人，谁还敢跟你打交道？

（九）

我不喜欢别人恭维，尤其是当着众人的面，会觉着如芒刺在背，浑身不舒服。但我也有小小虚荣心，倘遇到有权有势的对方居高临下的指责，咄咄逼人的训示，会产生强烈抗拒心理。难道你有权势就不能有话好好说了吗？我偏不吃这一套！结果证明，吃亏的总是自己。

（十）

偶尔看到二十世纪七十年代一张报纸副刊上发表的一组诗配画，诗作者之一竟是我，可我怎么也想不起来。那些顺口溜式的打油诗，充满假大空的政治口号，幼稚而拙劣。我吃惊自己，当初怎么会写出这种不入流的东西？同时也吃惊自己，怎么在无数回忆中把它忘得干干净净了呢？觉今是而昨非，是一种进步，但决不能忘却当初的幼稚和拙劣。人在回忆过往时都喜欢报喜不报忧，只讲过五关斩六将，不提走麦城，甚而想方设法文其过饰其非。难怪钱锺书说“回忆靠不住”呢！他说过，一个人在创作时的想象往往是贫薄可怜，到了回忆的时候，想象力却常常丰富离奇得惊人。我想，敢于承认自己当初的幼稚和拙劣，不回避，不掩饰，才是大境界、大胸怀；拥有了这样的大境界、大胸怀，才会有大进步。

（十一）

我是个脸皮薄的人，小时候爱脸红。偶然犯了错，被家长或老师发现当众训斥，会窘得面红耳赤无地自容。长大后，这种脸红的窘况很少发生了。非我不再犯错，是别人留着面子不愿揭短。长此以往，渐成一种错觉，好像我一直都对似的。有一次，我给电大学生上课，正讲到兴头上，突然被一个学生善意的提醒打断，她说我把一个成语读错了。我顿时大窘，脸红到耳根。一个名牌大学的老师被一个普通电大学生揭短，真够丢人的！但我又着实感动，没有她的及时纠正，说不定我还会沿袭错误继续误人子弟呢！脸红是一种应激反应，凡有羞耻心的人都会为不该有的过失脸红。脸红让我记忆深刻，一辈子都忘不了。我想，这辈子能有几次大的脸红也是一种幸运。红一次脸，长一次见识，多一次自我反省和改正的机会。做人不怕脸红，怕的是没了脸红的机会。

（十二）

前几天，莫名其妙地腰疼，后发展至腰肌痉挛，撕心裂肺，痛不欲生。深夜发作，只有老妻在侧，可她也有病，眼见我呼天抢地却无计可施。此时，我突然有了一种末日降临的感觉，倍感孤独和凄凉，随生出一些与往常不同的感慨。过去觉得死亡是个漫长过程，如日之东升西坠，眼前景物渐渐由明变暗。现在我才明白，生与死根本没有界限，恰如楼道停电，突然间一片漆黑，匆促得连手电、蜡烛都顾不上准备。人活着时，总觉着来日方长，漫不经心，致使该做的事一拖再拖。殊不知，上了年纪的人，危如风烛，生命的日历随时都可能是最后一页。我们无法共谋来路，却必须独对归途，千万别把归途想得太美满。叔本华说，人生无所谓幸福，不痛苦便是幸福，讲得太对了。痛苦的长寿绝无幸福可言，唯没有痛苦的善终才算幸福。至于俗世的名和利，生不带来，死不带去，跟你没有半点关系，永远不要计较，更不要跟别人计较，斤斤计较者都是大傻瓜！聪明人应多为现实着想，珍惜当下，过好今天最重要。活一天就快乐一天，哪怕生命之钟即刻停摆也不后悔。想到的感兴趣的事就赶快去做，毫不犹豫。宁可把明天的事提前到今天做，也别把今天的事推到明天办。否则，你留下了烂尾工程，于己是遗憾，于人则可能是负担和麻烦了。

（十三）

我常为自己不能超脱自我而烦恼，我坚信具有伟大品格的人都具有超脱自我的能力。有一种心情叫美丽，美丽的心情只配这样的人拥有。他们能在不完美的世界里发现美，并用这种美丽的心情去看待世界、影响世界。他们能从贫穷中看到富庶，从黑暗中看到光明，从微小中看到广大，从卑贱中看到高贵，从衰老中看到青春，从丑陋中看到靓丽。所以他们永不为自己一时的负面情绪所左右，永远进取，永不悲观。

2019 年 6 月 9 日

艺术与人生絮语

上篇：艺术

01. 写作之道在感悟

写作之道在感悟。人都有悟性，但什么时候开窍，说不准。

释迦牟尼坐在菩提树下苦思冥想了四十九天，终于开悟。后来，他把自己的心得讲给信众，意在让更多人开悟。结果，许多人把他的话当成了教条，死背硬记，没有结果；只有少数人，把他的话当作了开悟的钥匙，豁然开朗，修成正果。能不能成佛，不是看你经文背得如何熟练，而是看你懂未懂佛陀的本意，一句话，是否开悟。

林语堂在《人生三题》一文中写道："据李考克（Stephen Leacock）说，剑桥的教育是这样的，导师一礼拜请你一次到他家谈学问。就是靠一只烟斗，一直向你冒烟，冒到把你的灵魂冒出火来。与君一夕话，胜读十年书，就是这个意思。灵犀一点通，真不容易，禅师有时只敲你的头一下，你深思一下，就顿然妙悟了。现代的机械教育，总不肯学思并重，不肯叫人举一反三，所以永远教不出什么来。"（见《云梦生涯》第 10 页，北京师范大学出版社）

写作最困难的，不是写不出来，是写出来不知要表现什么。

如何将生活升华为艺术？主要靠感悟。有时，我们要由小及大，从小事件里发现大主题；有时，我们要由大及小，从大事件里看到微观的价值；有时，我们要从偶然里发现必然，看到事物的因果关系；有时，我们要从必然里看到偶然，了解个别的特殊和精彩。

哲人说，世界不是缺少美，而是缺少对美的发现。感悟就是对美的发现。

02. 为师之道在点拨

在学习写作的道路上，往往需要老师的指导，而为师之道却在于“点拨”。写作不同于一般的知识灌输，倒像外科大夫临床操作，许多经验要靠学习者本人在实践中摸索积累，老师再高明也不可能耳提面命、越俎代庖。所以，点拨是用学习者能够听懂、能够接受的语言去引导他们感悟，从而达到触类旁通的目的。当然点拨不是万能的，首先要看对象。有的人不灵光，你再苦口婆心，也是对牛弹琴。《西游记》里孙猴子学道，学七十二变，就是老师在他头上敲了三下，他一下就明白了老师的意思，半夜三更跑去听课，果然老师将七十二变化的秘诀偷偷传授给他，而其他学员则没这个福分。

03. 发掘生活的诗意

散文创作就是发掘生活的诗意。

从平淡的生活中发现诗意美，并用朴实生动的语言将它表现出来，即是散文。

04. 内外视野

散文是一种直面灵魂的文体，真情实感是散文的生命。

散文有两种视野，一种是外在的，即通过眼睛耳朵和各种器官亲自感知的世界；一种是内在的，即通过审美和内心的审视浮现于脑际的艺术世界。

两种视野都要求真实。但有时外在视野无法做到完全真实，那么内在视野就成为关键。

有了真情实感，没有经见的可以做到历历如在目前。没有真情实感，即便是亲身经历也和假的一样。

法国的大仲马和小仲马都是很有成就的作家。大仲马写出过《三剑客》《基督山伯爵》，小仲马写出过《茶花女》。但大仲马似乎根高筹。雨果对他们的评价说，父亲大仲马是个“天才”，而小仲马是个

“人才”。“他有一个人所能拥有的大才，然而仅仅是人才。”为何会有这样的差距呢？大仲马的一席话似乎道出秘密。他说：“我从梦里找题材，而我儿子则是在现实中找题材。我闭着眼睛写作，他却睁着眼睛写作。我绘画，他照相。”（引见《法》安德烈·莫洛亚《三仲马传》，郭安定译，浙江大学出版社）

唐朝杜牧的《阿房宫赋》，写尽阿房宫宏丽奢华，表现了作者对秦始皇横征暴敛、大兴土木、劳民伤财行为的严厉批判，告诫当朝皇帝（唐敬宗）不要步秦王后尘。可是杜牧写作时根本就没见过阿房宫，他所描绘的内容皆出于想象。宋朝范仲淹的《岳阳楼记》，通过对岳阳楼的赞美，抒发了作者的理想情怀，呼唤“古仁人”之心，提倡先天下之忧而忧、后天下之乐而乐的忧乐精神。而范仲淹当时并没有去过岳阳楼。至于明朝宋濂的《阅江楼记》，纯属面壁虚构，所赞颂的阅江楼在朱元璋时代压根儿就未建起来过。尽管如此，这三篇散文都不失为脍炙人口的名篇佳作，因为作者虽未目睹和亲历，但他们的感受是真实深刻的，他们靠内心审视达到了传神效果。“假作真时真亦假”，艺术真实之妙，恰在于此。

当然，最理想的状态是外在视野同内在视野的圆满结合，即从生活中来，又不拘泥于表面的生活真实，而能上升到艺术真实的更高层次。

孙犁《亡人逸事》写包办婚姻的妻子生前小事。说亲、相亲、参加劳动、主持家务点点滴滴。

> 我们结婚四十年，我有许多事情，对不起她，可以说她没有一件事情是对不起我的。在夫妻的情分上，我做得很差。正因为如此，她对我们之间的恩爱，记忆很深。我在北平当小职员时，曾经买过两丈花布，直接寄至她家。临终之前，她还向我提起这一件小事，问道：
>
> “你那时为什么把布寄到我娘家去啊？”
>
> 我说：
>
> “为的是叫你做衣服方便呀！”
>
> 她闭上眼睛，久病的脸上，展现了一丝幸福的笑容。

一个善良贤惠、勤劳节俭、无求无欲、对丈夫百般宽容和理解的妻子形象跃然纸上，让我们无不动容。

孙犁说过，“虽然我们结婚很早，但正像古人常说的：相聚之日少，分离之日多；欢乐之时少，相对愁叹之时多耳。”“过去，青春两地，一别数年，求一梦而不可得。今老年孤处，四壁生寒，却几乎每晚梦见她，想摆脱也做不到。”

可见，孙犁笔下妻子的形象，不仅来自真实的生活，而且又经过作者“内省”进行了艺术升华，他把妻子最传神的细节都刻画出来了，感人至深。

05. 不媚俗，不欺世。

“艺术真实”，说到底是创作者心灵和内心世界的真实，文如其人是也。作者通过作品塑造艺术形象，其实在塑造自己，在表现自己对生活的态度，展示自己的生活理想和追求。在现实生活里，人性的复杂性是难以用艺术再现的，艺术展示的真实只是一种有限的、相对的真实。艺术的认识功能、教化功能和审美娱乐功能决定了创作者对生活真实的攫取存在明显的主观色彩。认识功能注重真伪，教化功能注重善恶，审美娱乐功能注重美丑。

艺术塑造人物、反映生活时，只能突出其主要的、有利展示主题的部分，不能也不可能面面俱到。真实的人物或生活是怎样的，作品里就应该是怎样的，一丝一毫不能走样，谁也做不到。因为原生态的生活虽然真实，却是凌乱的、杂芜的、矛盾的，缺乏美感的，而且是难以看清和难以把握的。只有经过作者艺术加工的生活才是和谐顺畅、逻辑合理、可以一眼看清、可作审美把握并能产生审美愉悦的。

于是，艺术真实的创造也就承担了相应的风险，处理不好就会滑向反面。因为对生活真实的取舍概括只能比生活真实更客观、更典型、更有艺术感染力，而不是简单地提纯和净化，更不是胡编乱造。同时，作品题材的开掘、主题的阐发也需要建立在真实可信的时代和历史背景上。艺术真实之花是开在生活真实的土壤里，离开土壤，它只能凋谢和枯萎。可见，在艺术如何反映生活问题上，我们不能不较真，又不可太较真。不较真是欺世，太较真是媚俗，两种倾向都是创作的大忌。

06. 文章合为时而著，诗歌合为事而作。

近日读白居易诗，颇不平静。一位唐代文人，坚持“文章合为时而著，诗歌合为事而作”，执着走现实主义创作道路，永不懈怠地歌颂真善美，抨击假恶丑，让人肃然起敬。看到一个断臂的残疾人，便能写出《新丰折臂翁》，看到一个卖炭的老农，便能写出《卖炭翁》，看到一个弹琴的歌妓，便能写出《琵琶行》，吾辈则望尘莫及。白居易谈《秦中吟》的创作感受时曾说：“但伤民病痛，不识时忌讳；遂作《秦中吟》，一吟悲一事。”我体会到，振聋发聩的现实主义佳作，不仅需要艺术家敏锐的目光和高超表现力，更需要有匡扶正义的社会责任感和激浊扬清的大无畏精神，敢为人民大众发声、立言才行。

07. 文章要先写给自己看

孔子说：“古之学者为己，今之学者为人。”（《论语·宪问第十四》）古代贤人做学问写文章的目的是为了提高自己的道德修养，不像今天一些人写文章是为了沽名钓誉，专事向别人炫耀。

散文写作首先想着给自己看还是一心想着给别人看，其心态与效果会大不一样。想着为别人看，难免要讨好，要作秀，要卖弄，要掺假；为自己看则要实话实说，言必由衷。譬如饭馆的厨师炒菜，为了赚钱可能华而不实，但要做给自己吃，再简单、再便宜的饭菜也不会偷工减料和弄虚作假。

写文章首先要坚持给自己看，不违心、不自欺、对得起自己的良知和良心，然后再拿给别人看，这才是写作的大道、正道。散文写作尤其如此。

08. 作者的快乐和读者的愉悦

写作，特别是文学写作，如坠入爱河，笔端的书写是一种快乐的宣泄。创造新生命所经历的快感，贯穿于整个创作过程，进入高潮之时的状态也很难用高雅的文字描述。然而，再激情，再疯癫，再狂野，都要经理性的过滤和沉淀，使生理和心理上的“快乐”转化为审美的“愉悦”。

09. 文学不可沦为名利的附庸

说文学是雅人的事业，不关名利，太片面了；但要说靠它去谋生、去兑现，文学又变味儿了。陶渊明的诗写得那么好，曹雪芹的小说写得那么棒，是因为他们压根儿没想着拿文学去赚钱、去搏名、去混饭吃。现在人搞创作，不为赚钱出名，谁干？这样想想，文坛鲜有大作品问世、大作家诞生，就不奇怪了。一部文学作品成功后，必然会引来名利，可是文学一旦沦为名利的附庸，大家一门心思为名利而写作，那它就什么都不是了。

10. 艺术回避完满

人生追求完满，艺术则常常回避完满。

有情人终成眷属，是人们的理想，现实常常是有情人未成眷属。

在不完满中发现美、表现美才是艺术家的用武之地。

《红楼梦》多亏贾宝玉没有娶到林妹妹，不然他们的婚姻完美了，艺术就没有了。

月圆完美，可圆月只存在瞬间，一月之中，绝大多数时候月亮都不圆满。

人生亦如此，人生不如意者常八九。事事如意，洞房花烛夜，金榜题名时，他乡遇故知，可遇不可求，天下好事总不能让你一个人都占了。

刻意表现一个人圆满，不光不真实，也不艺术。

11. 破绽不妨有

鲁迅说："散文的题材，其实是大可以随便的，有破绽也不妨。做作的写信和日记，恐怕也还不免有破绽，而一有破绽，便破灭到不可收拾了。与其防破绽，不如忘破绽。"（《三闲集·怎么写》引见《鲁迅论文艺》365 页）

鲁迅所说的破绽大抵是散文在结构、语言表述上的一些瑕疵。如写信和日记，如果是给对方看还罢了，非要作为散文在报刊上发表，一想到要给更多人看，便不由自主地做作起来，本该是最自由最随便的文体在作者笔下变得拘谨异常，写出来的东西非但没有避免破绽，反而造成更大的破绽——“破灭到不可收拾了”。故鲁迅认为“与其防破绽，不如忘破绽”，按照自己真实的想法无拘无束地表述出来，其实是最好的创作态度。

作家孙犁在《芸斋梦余》中有篇文章谈散文创作，他说：“散文短小，当然也有布局谋篇，但我认为，作者如确有深刻感触，不言不快，直抒胸臆即可，是不可过多的构思设想的。现在一些文章评论家，谈论构思太多，也太机械。实际创作过程，往往并非如此。散文之作，一触即发。真情实感，是构思不来的。”他的经验和见解，似乎也印证了鲁迅的论断。

12. 简约至贵

我喜欢贾平凹简约的句式，他习惯略去一些关联词，读起来像五四新文学之初的感觉，脱胎文言，又较之舒展，似乎生硬，读下去便觉妙趣横生，它没有如今白话语言的那种杂芜冗滥，却保留了古典文言的凝练蕴藉。例如：

> 出外突然有人迎面过来打招呼，立即停下，作疑惑状。
>
> “你不认识我了？”
>
> “怎么不认识！”
>
> 于是握手，互问哪儿来，到哪儿去，互问老人康健孩子可乖，互说又胖了，又瘦了，半天的淡而无味的话。分手了，终想不起这是谁，不禁乐而开笑。
>
> （贾平凹《笑口常开》，见《贾平凹散文》第 105 页）

简约是语言运用达到炉火纯青境界的表现，至珍至贵，我国古代优秀散文都具备这种特色。《古文观止》和蒲松龄《聊斋志异》里的文章几乎是简约的范本，平凹的语言很好继承了简约的传统。寥寥数语，精确地记录了一个场面，生动地写出人物遭遇的尴尬，妙！

13. 关于白描

白描有时是被逼出来的。当你写作犯难，下笔词穷，实在想不出华辞丽句，转而用最直观、最朴素、最简洁的语言进行描物叙事时，白描的精义突然就被你领会和掌握了。

14. 相由心生　心境与审美

“相由心生”这句成语典故，出自唐朝裴度看相的故事。算命先生从裴度两次相貌和仪态的变化上窥见到他内心修为的变化，启示人们注重修为，修善断恶，是改变运命的关键。但这个成语还可做另一种解释，即是说人观察事物所得印象与观察者本人的心境密切相关。观察者的心理心态、感情情绪往往影响和决定着对事物观察的结果。特别是进入文学审美层次的观察，观察对象往往被附上一层主观色彩，落在文字上呈现千差万别。观察对象或许没变，观察者（审美主体）的心境变了，观察对象被描述出来的时候也就变了样。

昨日到圆明园观荷，回来后把所拍照片发到群里，受到不少朋友点赞，说我拍得太牛了，尤其看到照片上的题字更觉得饶有兴味。我把荷花照片集纳成一组，取名“芳阵娇兵”，因为她们太像正在操练的文艺女兵了！至于每株个体，又各显风姿，于是又给她们起了不同的芳名，如那朵叶子宽宽的叫“田田”，那朵带着露珠的叫“清清”，那朵红艳丰满的叫“盈盈”，那朵体态娇弱的叫“纤纤”，如此等等。还有一朵粉色的花朵仰头引颈，仿佛正在飙歌，她面对的恰是一茎莲蓬，宛然舞台上的麦克风，我就给她起名“歌手蓉蓉”，至于临水的一支荷花，体态修长，叶子像墨绿的裙，随风摆动，像翩翩起舞的样子，我就起名“舞者婷婷”。没想到我随意拍摄的几张荷照，配上我的解读竟受到大家的热捧。

我每年都会到圆明园观赏荷花，几乎每年都有一些新的发现。如今我才悟到，不是荷花变了，是我的心情变了，心态变了，眼中的荷花才会变幻出与已往不同的状貌。这就是“相由心生”吧！

15. 泰戈尔谈诗

诗，是我的终生情人。

……

我可能有意无意地犯了许多错误，但在诗歌创作中我从来没有说过一句假话。诗——这是神圣的殿堂，我生活中最深刻的真实东西就在其间受到庇佑。

见《泰戈尔论文学》（倪培耕等译）429～430 页

我们不能奢望每个人都成为诗人，但品味生活的诗意、追求诗意的生活则应是共同的、普遍的，因为我们都崇尚真实和真诚的人生，都渴望这个世界更纯洁、更美好，这恰是诗的精髓。

16. 梁实秋谈写作

伟大的文学家，不在乎能写多少，而在乎能把多少不写出来。

见《梁实秋林语堂妙语集萃》第73页

作文要少说废话。短的文章未必好，坏的文章一定长。

同上，第106页

梁公所言极是。艺术贵在言简意赅、以小搏大，此地无声胜有声。无论哪种艺术形式，即便像长篇小说、电视连续剧这样的大形式也不是越长越好。任何好作品都是在同等生活内容里最简洁的表述形式。有些长篇小说和电视剧之所以不精彩，除了选材外，内容的繁杂、叙事的拖沓、对话的啰唆是其主要弊端。“说什么”有时容易些，“不说什么”反而难。写作水平如何，在“不说什么”上更能一见高下。

17. 季羡林谈什么是好文章

当然，只写真话，并不一定都是好文章，好文章应有淳美的文采和深邃的思想。真情实感只有融入艺术性中，才能成为好文章，才能产生感人的力量。我所欣赏的文章风格是：淳朴恬澹，本色天然，外表平易，秀色内涵，有节奏性，有韵律感的文章。我不喜欢浮滑率意，平板呆滞的文章。

见《〈人世文存〉序》，北京师范大学出版社

季先生说的我很赞成。我觉得好文章最基本的特点就是真实、深刻、有文采。文章不真实是骗人，不深刻是平庸，没文采就缺乏艺术感染力。三不靠文章走到极致就是语言垃圾，应在努力清除之列。

18. 电影与文学

对电影文学剧本而言，电影其父，文学其母。它的存在价值，完全取决于电影，如果它不能为未来银幕提供可行性蓝图，不能被导演

拿来拍成电影，这样的剧本毫无价值可言。电影文学剧本从问世那天起就姓“电”而不姓“文”。然而，我们又不能忘记，文学是它的母亲。它是吮吸着文学母亲的乳汁长大的。它的形体与结构，以及诉诸语言文字创作艺术形象的基本规律都是文学的。没有文学卵子的接纳，电影的精子再多，也无法孕育出一个真正的电影文学生命。

电影和文学各有所长，文学喜欢演绎人类昨天的历史，电影擅长表现人类明天的梦幻。

19. 不笑而笑才是电影追求的喜剧效果

现在喜剧电影趋向小品化，热衷找几个职业相声或小品演员客串演戏，靠出洋相、斗贫嘴、耍噱头、搞夸张动作赚观众笑声，实在有点笨拙，观众也不买账。电影展示的是生活，脱离生活的表演观众看了不舒服。小品虽然也不能脱离生活，但它要抖包袱，只能把生活瞬间的真实戏剧化了，把生活的偶然性夸张了。这种戏剧化和夸张的表演出现在舞台上观众能够接受，也是小品自身的优势，但出现在电影里就蹩脚了，变成了弊端，因为它破坏了电影叙事的真实感。电影里的喜剧包袱隐藏在情节里，隐藏在人物身上，靠情境和性格的冲突来展示，最忌违背情节和人物性格逻辑拼凑“笑料”。严肃的生活、人物毫无夸张的表演却能引发观众的笑声，那才是真喜剧，“不笑而笑”才是电影追求的喜剧效果。

20. 优秀文学作品将引领电影的繁荣

中国多数获奖电影都改编自文学作品。文学的深厚文化底蕴和作家对生活素材的长期积累以及对生活的独特发现给电影二度创作提供了坚实基础。作家或许有挑剔导演的资本，导演却无轻慢作家的权力。因为，他们知道，在成功攀登电影艺术峰顶的路上，是那些看起来土里土气不事张扬的小说作家向他们提供了最便捷也是最牢靠的文学阶梯。没有他们，电影的成功几乎没有可能。电影导演可能犯诸多过失，但最不能原谅的过失就是轻慢文学，数典忘祖。

文学和电影各有所长，无法区分伯仲高下。文学靠文字讲述故事，电影靠镜头讲述故事，就视听的直观性而言，文学永远不及电影。然而，就文字激发的想象力看，电影又远逊文学。一部优秀小说被导演改编成电影，文学形象转化成银幕形象，作为小说的读者一方面会惊叹电影的神奇，它将小说中通过文字描述的人物和景物具像化了，不再虚幻，不仅看清了他们的长相，听到了他们的声音，还身临其境地接触到他们的生活环境，这是任何大作家都不能给予的。另一方面，又常常会感到遗憾：电影的时间容量仅有九十多分钟，银幕展示的空间幅度也相当有限，不可能将小说内容做彻底还原，删减、压缩、调整和改变都是很正常的，而且，导演有导演的构思，许多小说里看来是重要的内容在电影里却无足轻重，甚至当阑尾割掉了。于是，读者变为观众后那种对电影的不满足感便油然而生。小说与改编后电影的孰优孰劣的问题一定会争论不休。这都是无可奈何之事，我们不必偏执一端，只要能为大多数人接受，电影完全可以理直气壮地宣告成功而不需要取得原小说读者的认可。

我认为，成功的电影一定是吃透了原小说精华并巧妙地从中汲取了营养，变为二度创作的结果。而改编不成功的电影倒应该找找差距，是不是在某些方面轻慢了文学，没有把文学作者提供的资源用足用好。

21. 影视江湖

如今的影视人喜欢称自己是江湖人士，“爷”与“大哥”成了行业内名望与权势的象征。能混到爷和大哥份上的都是些明星人腕，连一些国企老总都想效仿，私下以“爷”或“大哥”相称为荣。影视江湖，仿佛是一块化外之地，鱼龙混杂，可以不受社会道德的规范和纲常法纪的约束。“人在江湖，身不由己”，是许多影视人的口头禅。好像他们说过的话做过的事都系环境所迫，与己无关。

最近因一部电影引发的一场舆论风暴，让人看到影视江湖龌龊阴暗的一面。影视虽自称江湖，却不大讲江湖规则，表面上爷与大哥们到处搅动江湖，抢占风光，实则金玉其外败絮其中，充其量是营造伪江湖而已，真正的江湖规则他们是不讲的。比如传统江湖讲义字当先，为朋友可以两肋插刀。身为江湖好汉，一般都敢死扛到底，绝不认怂，好汉做事好汉当。可如今影视界的所谓“好汉”，不仅见利忘义，背信弃义，一旦出了事，还推三阻四，不敢认头，宁愿装孙子。实在让人大跌眼镜！古代的江湖好汉，虽不足称英雄豪杰，但也能千古留名，是因为他们重情重义，关键时刻能见利思义乃至舍生取义，让人敬服。如今的影视界，那些号称“爷”和“大哥”的明星大腕们，常常为了个人私利不惜坑蒙拐骗，见利忘义，出了错还不敢担当，让人鄙视。

影视的伪江湖确实该换一换水了。

22. 为美术大家批评点赞

从二〇一八年一月开始，《书法报》开辟了“美术大家批评”专栏，不时有一些敢在太岁头上动土的评论文章出现报端，锋芒所指，都是书画界炙手可热的名师大家，这些人从来听惯了表扬吹捧很少能听到对他们作品的正面批评。广大读者似乎也长了见识，原来名师大家也是可以批评的，既然他们的作品都可以拿来批评和商榷，那么汗牛充栋的非大师非名人的作品呢，还在话下吗？《书法报》此举在书画评论上迈出一小步，却在净化整个文艺评论界空气方面迈出一大步。一池沉闷的湖水霎时被风吹皱，掀起了一阵不大不小的波澜。

由于资本的绑架、权钱交易的横行，曾几何时，书画界正当的艺术评论被亵渎和滥用了。假冒伪劣打着艺术之名大行其道，而一些违心的评论成为它们的帮凶。君不见，神州大地尽显神奇，有人写了几副字画了几幅画，一夜间就扬名立万，摇身变为“著名”书画家；拍卖会上，只要著名人物出场，再拙劣的作品也不乏买家，捧脚助威的评论家功不可没；许多贪官污吏附庸风雅，削尖脑袋往书画圈子里钻，为的是靠笔墨勒索和洗钱。凡此种种，不胜枚举。

中国人真的失去审美力了吗？普通人真的连美丑妍媸都辨别不出来了吗？当然不是。在权利和金钱双重作用下，敢讲真话的评论越来越少、越来越难，而信口雌黄、指鹿为马的评论屡见不鲜。在这种氛围下，皇帝的新衣依然穿着，骗子的竞赛，白痴的狂欢依然是常态景观。所以，当我看到“美术大家批评”时，心里很是感动，总算有人敢摸老虎屁股，敢发表些不同意见了。无论意见深刻与肤浅，甚至当与不当，都值得点赞。

作者 2018 年于西安，柏雨果摄影。

下篇：人生

01. 人活得不能太明白

人到老年总会想到归宿，一些心灵鸡汤偏将虚无主义鼓吹到极点，让你一睁眼就能瞅见八宝山，一闭目就能看到火葬场的大烟囱，一转身就是黄泉路、奈何桥。这些心灵鸡汤乍听是真理，听多了就是毒药，它会引你走火入魔。我向来认为，人的头脑要清醒，但活得不能太明白。太明白，自以为看破红尘，往往会悲观厌世，觉得一切都没劲，一切都瞎掰，仅有的一点人生乐趣荡然无存。倒不如稍稍糊涂一点，别那么太较真、太紧张，傻傻乎乎、乐乐呵呵地过日子最好。

02. 真善不作秀

真正的善，皆出自本心，是人性之泉的自然流露。诸如悲悯心、同情心、扶困济弱心、见义勇为心等等，都是人性善自然而必然的应激反应，不受外力影响，没有丝毫作秀的成分。如此善心善举，心安理得，无怨无悔，不会因自己的付出耿耿于怀。

我常看到另一些人，喜欢高调做善事，喜欢在聚光灯下“慷慨解囊”，在留言簿上“无私奉献”，善则善矣，但我总觉得有些变味。

某周日，我在小区院里恰好碰到一伙正在做好事的男男女女，他们是某集团旗下某支部的成员，利用休息日在小区家属院捡垃圾。人人手里拿着统一发放的夹子和塑料袋，但没干多长时间便鸣金收兵了，活动组织人说：“收工了，收工了，大家都过来照相。”我知道，他们的活动是要向上级汇报的，须有照片为证。组织者的重要任务是把支部成员做好事的行动记录下来。遗憾的是“战果”实在差强人意，不少人的袋子里只有一点点，甚至有的还是空的，然而拍照环节却很认真，大家尽量摆出各种造型，增强效果。小区院里，垃圾遍地，手纸烟蒂狗屎枯枝败叶比比皆是，他们怎么视而不见呢？我忍不住说了句“你们就是为照相来的吧”！他们许多人惊讶地看我，有些尴尬。我真想告诉他们一句话：真善不作秀！

03. 人生如戏

某君过去一直在基层单位工作，办事小心翼翼，说话唯唯诺诺，怎么看都不像一个当官的料。不久前，他擢升领导，再次见他，竟判若两人。此君学会了官腔，哼五哈六，怎么看都像个领导。我好纳闷，变得如何这快？难道权力可以迅速改变一个人的性格？后来我想通了，人生如戏，每个人都是潜在的演员，只要有演出的机会，都会进入角色。比方一个乞丐吧，突然要他去扮演一个富翁，初不自信，可一旦换上富翁行头，旁边又有仆人丫鬟伺候着，绫罗绸缎供他穿，山珍海味供他吃，宝马香车供他用，娇妻美妾供他乐，他一下子就觉着自己本来就是个富翁了，一举手、一投足都像天生富翁似的。

倘若有例外，比如怎么扮演都不像的，除非两个原因：一是他压根儿就不想演戏；二是他演腻了。不想演就演不像，演腻了就会穿帮。

当别人说某某不像什么时，你可以这么想：这个人有可能还没有把自己当演员，没有视人生为戏，可敬；或者，这个人演戏太长了，演腻了，想卸妆了，可叹。

某理论家晚年突然写了一篇人性异化的文章，让人觉得他一点都不像从前的样子了。他演戏演腻了，似乎也活腻了。果然，不久就离世而去。

04. 吹嘘源于不自信

热衷与名人拉关系，一开口便吹嘘认识某某，跟某某很熟，甚至立刻掏出手机要拨对方电话号码的人，往往是不很自信的人。与其说炫耀，不如说露怯。想想看，自己的价值要借助名人的光环来显示，能说是自信吗？

某某是名人，我认识某某，所以我也是名人了。

某某是有权的人，我认识某某，所以我也是有权的人了。

这种新的阿 Q 主义，既可笑，更可悲。

可笑的是常被人识破，可悲的是即便被识破还要继续做。因为除此就再无别的本事可炫耀了。

05. 工作和业绩

在某些人看来，什么叫工作？工作就是没事找事。

什么是业绩？业绩就是让没事的人突然有了事做，或把小事干大，把虚事干实，把大闲人忙得团团转，把无聊的主题演绎得绘声绘色。

看看如今各种名目的评奖会、纪念会、研讨会、庆祝会就能明白。

06. 智者与勇者

智者发现真理，勇者坚持真理。

当真理变为常识时，更需要无私的勇者。

现实社会里，能够说破皇帝新装的勇者太少了，而揣着明白装糊涂、赞美皇帝新装的智者太多了！

07. 入静

宋朝程颢的诗句“万物静观皆自得，四时佳兴与人同。道通天地有形外，思入风云变态中。”（《秋日》）说得很深刻，令我叹服。它告诉我们：只要静下心来观察你周围的世界，你必有自己独到的发现和见解，你会和他人一样尽情享受大自然四季轮回中的无穷乐趣。斯时，你悟出的道理可能超出了有形天地的囿限，你的思绪也与风云变幻的大自然融为一体了。可惜我们时常不能入静，我们的心灵受世俗的功利驱使躁动不安，我们非但不能领略到大自然美妙的风景，面对眼前纷繁的世界，也不能做出正确的自主判断，对生活也少了该有的和必要的情趣，彻头彻尾沦落为凡夫俗子。我常想，要超凡脱俗，不必非要到深山古刹里修行，也不必非要面对青灯黄卷不可，只要学会入静，哪怕身处喧嚣的闹市，亦能修成正果。

08. 兴致所来

《世说新语》中讲王子猷雪夜醒来，看门前白茫茫一片，吟诗饮酒时想到好友戴安道。兴致所来，即乘小舟去看他。走了一夜，天亮时才到达戴安道家门口。然而，王子猷并未进去，扭头又返回了。别人问其何故，他说："我乘兴而去，又兴尽而返，何必一定要见到他呢？"

《东坡志林》中有一篇苏轼的《记承天寺夜游》的短文，不足九十字，可能是最短的游记散文了。写元丰六年十月十二日夜，苏轼解衣欲睡，忽见月色入户，被皎洁的月光撩扰，再也难以入眠了。兴致所来，就去承天寺找朋友张怀民在月下散步。苏轼用极其精炼的语言记下所见所感："庭下如积水空明，水中藻荇交横，盖竹柏影也。""何年无月，何处无竹柏，但少闲人如吾两人耳。"

六百年前的元代，年过七十的画家黄公望在富春山闲居，兴致所来便面对青山在纸上涂抹几笔，坚持数年，没有一丝一毫的功利之心，画好后送给道友无用，亦称《无用师卷》，这幅兴致所来的无用之作，就是后来在海峡两岸文化交流中传为盛事美谈的《富春山居图》。

金岳霖二十世纪三十年代在清华教书，有一段经常到黄子通先生家去，别人都以为他们在探讨哲学，因为他们二位都是教哲学的，其实不然，金访黄只是为了欣赏一幅画。黄先生家里收藏了一些山水画，其中有一张是谢时臣的作品，金先生非常喜欢，竟看上了瘾。每到兴致所来，便去看画，说去就去，黄先生也没办法。

好一个兴致所来！

我们现在为何少了这种“兴致所来”的雅趣呢？是我们的文学修养退化了，还是我们的道德修养退化了呢？不论哪种，都说明我们想当雅人很难了，想装都装不像。悲夫！

09. 色戒

爱美之心，人皆有之。好色之念，焉能全无？

著名演员夏梦有影界第一美人之称。许多男性观众都为之倾倒，把她当作“梦中情人”。金庸说：“西施怎样美丽谁也没见过，我想，应该像夏梦才名不虚传。”老导演岑范说：“假如从来没认识夏梦，人生也许就会和别人一样。认识了夏梦，别人就跟她没有可比性了。”

孔子在《礼记》里讲：“饮食男女，人之大欲存焉。”食和性，历来是考察人性的重要尺度。尊重人性欲望的合理性，反对禁欲主义，本身没有错。但推到极致，只讲人性，不讲德性，只讲欲望，罔顾党纪国法，爱美而失分寸，好色而成淫癖，无理无度，就是腐败变质了。人之为人，在于有理有度。一味放纵人的自然欲望，无异于禽兽。因为人都是社会存在，是要受社会道德约束和规范的。有首抗日情歌唱得好：“日落西山满天霞，对面山上来了一个俏冤家。眉儿弯弯眼儿大，头上插着一朵小茶花。哪一个山上没有树，哪一个田里没有瓜？哪一个男子心里没有意，要打鬼子可就顾不了她！”窈窕淑女，君子好逑，无可厚非，但在国破家亡之际，只贪恋个人的情感和男欢女爱就不合适了。

陈毅老总写过一首诗《手莫伸》，直言云：“谁不爱粉黛？爱河饮尽犹饥渴！”“其实想伸不敢伸，人民咫尺手自缩。”想到党的培养和人民的嘱托，必须收敛好色之心，并警告说：“手莫伸，伸手必被捉！”

在滚滚红尘中，拒绝情色的诱惑，做到守身如玉、坐怀不乱并非容易，它不仅需要足够定力，还需要有超越世俗的高情雅趣，能清醒地区分什么是高尚的爱情、友情，什么是低俗的色情私欲，什么事能做，什么事坚决不能干。难怪，佛门剃度，一定要将色戒作为一条最重要的清规戒律让弟子来修持。

现实中，见色忘义，最终走上经济犯罪和刑事犯罪道路的反面典型比比皆是。君不见，多少老虎苍蝇，都曾是好色之徒。多少名人雅士，因贪色嫖娼而声名狼藉，断送了大好前程？殷鉴不远，色戒的警世钟不可不敲！

10. 爱情忠告

过去男女谈恋爱喜欢写情书，沈从文和张兆和的情书，鲁迅和许广平的情书，读了让人感动。现在，谈恋爱很少见男女之间用情书来往了，变成了电话或微信，或者干脆上床了事，神交迅速转为性交。现代社会里，爱情总是匆匆忙忙，变得苍白无趣。最近看一部电影《北京爱情故事》，主人公直言不讳：夫妻间前一段是激情，后一段是亲情，中间是婚外情，唯独没有爱情。

爱情真的消失了吗？当然没有。

爱情是被如今的一些人亵渎了，糟蹋了。

我真羡慕情书时代，男女之间可以在精神世界充分交往，而不像现在这般无趣。感情的积累需要过程，省略必要的过程，感情的基础就不会牢固。有闪婚就有闪离。激情属于生理，爱情属于精神，生理的满足是暂时的，精神的满足是永恒的。

如果让我对当下的年轻人说句爱情的忠告，就是：别急着上床！

11. 圈字析

圈字两读，一读 quān, 圈子的圈，另读 juàn, 圈养的圈。人之聚为圈（quān），畜之聚为圈（juàn）。圈子是人们出于某种原因和需要临时组合的群体，圈则是专门关牲畜的地方，如猪圈。在价值观淆乱的世间，人之圈常会堕落为畜之圈，一帮人臭味相投，惺惺相惜，为了某种私利，纠结在一起，相互吹捧，盗名欺世，骗人敛财，渐失人味，与畜类无异。一个圈字，两种读音，两种价值取向。不可不辨，不可不察。

12. 读书的圈子

现在人讲圈子，圈子能看出一个人的品位。现实的圈子层层叠叠，非常复杂。要进圈子还需别人帮忙，或通过手机微信把你加进来，或通过社交场合把你拉过去，都是跟着人家跑。一旦入了圈子，就是某个圈子里的人了。物以类聚，人以群分；近朱者赤，近墨者黑。尤其以利益为核心的圈子，俗者多多，雅者寥寥，办俗事容易，寻雅趣很难。许多人因此为圈子所累，为圈子所害，叫苦不迭。

其实，世上还有一种圈子，是自主设定的，无须他人帮忙，进了这样的圈子你只会受益而不会受累受害，这就是读书。读书也是在选择圈子。读你心仪作者的书，把你尊敬的人、钦佩的人、乃至虔诚膜拜的人都请进了你的圈子。圈子里的人，既是你的老师和偶像，也是你的朋友和知音。只要翻开书页，就能听到他们充满智慧的声音、生动风趣的语言和热情温暖的气息。他们个个大名鼎鼎，或中或外，或古或今，都是灵魂巨匠、泰斗大师，无论你有什么疑难，都会从他们那里找到答案，永远不会让你失望。你随时随地从这个圈子里汲取有益营养，受到熏陶启示，得到及时帮助。“谈笑有鸿儒，往来无白丁”。世界上还有什么圈子能与读书的圈子媲美呢？

2019 年 6 月 2 日

写作与发呆

写作严格地说应叫创作，由于形象思维的介入而变得奇妙。写诗歌也好，写散文、小说也好，都是一种不安分的灵魂企图飞出躯壳、超越现实的努力。笔下的人物、景物、情节都是你脑子里想出来的，或许有几分现实的影子，但早被你加工改造过了。落在笔下的文字，与其说是“作品”，不如说是你灵魂飞越时的状态，灵魂能飞多高，笔下的形象就有多美，像敦煌壁画里的飞天，飘飘渺渺，美轮美奂。

弗洛伊德认为，艺术家的本能和欲望长期受到压抑而得不到满足，便在艺术创作中寻求发泄，而这些本能欲望中首选是性欲。如此来解释人类创作的动因未免过于主观和偏狭，但仅从写作者的感受和状态来看，二者又确有相似之处。

文学写作的目的在于创造新的生命，肇于生活而达于艺术，这和人类通过精卵结合创造新生命几乎是相同的。在这个过程中，创造的艰辛与创造的欢乐并行不悖，妙不可言！作者对作品的期冀与母亲对未来婴儿的想象也是相同的，都相信自己创造出来的生命是世上最独特、最优秀的。一些痴心的作者犹如痴心的母亲，哪怕将来的孩子会丑，在他们的形象思维中也永远都是美丽可爱的小天使。

故，写作的快乐是创造新生命的快乐，是体味全新感受的快乐。届其时也，灵魂冲出躯壳，精神载着肉体自由飞翔，天地之间，了无羁绊，任我逍遥。写作之乐，无与伦比。

作家严歌苓说写作是“过瘾”。她说：“对我来说，生命一天达不到那个浓度和烈度，没有达到那个敏感度、兴奋点，瘾就没过去，那一天就活得窝囊。”“过瘾的本质都是要让灵魂从自己的躯壳里飞出来一会儿，是自己感到生命比原有的要精彩。这时，你愿意宽恕，与世无争——为了满足那‘瘾’，你不和世人一般见识。你相信他们身不由己，而你有那样一个秘密的办法，能给自己一刹那的绝对自由。”

我这个人没有别的爱好，唯爱信笔涂鸦，每有所感所思便让笔尖在纸面上滑行、起飞，进而在形象思维的天空里翱翔。也许写半天也写不出什么东西来，或者写出的东西十之八九会当成废纸扔掉，但我无怨无悔，且乐此不疲。因为写作的乐趣太美妙，太诱人了。确如严歌苓所说，写作是个“秘密的办法”，一刹那间会让你获得绝对自由。写作时，我的心灵不再被躯壳主宰，也不再被身外之物役使，随心所欲、随心所往，自由自在。写完一篇自己满意的作品，立觉神清气爽，像打完一套舒经活络的太极拳，畅快极了。写作对我是一种独特的健身运动，更是一种享受。

除了写作，还有一种方式可以放松身心，就是发呆。最近看到一篇文章介绍，说美国哈弗医学院和马萨诸塞州立大学研究显示，人发呆时，心无杂念，大脑中的a脑电波得到加强，可有效抑制信息超载，让注意力和意念更加集中，从而改善情绪，减轻压力，缓解焦虑不安。两年前，我国卫计委首度推出“5125”健康生活理念，其中第一个字母“5”即建议市民每天给自己留五分钟发呆时间，认为这对培养健康快乐的心态十分有利。报上的话我不全信，但发呆的妙处和乐趣我深有体会。小时候，我就是个喜欢发呆的孩子。母亲常看我站在院子中央，仰头看天，其实天上除了云彩什么都没有，而我一看就好长时间。若不是母亲喊：“又在那儿发呆了！”我还会看下去。上语文课，老师讲司马光打破缸的故事，我却看着课文里的插图发呆，我瞬间变了成司马光，用石块砸烂了学校水井旁的大水缸，我的同桌“二鼻涕”正从破缸里钻出来，还向我做鬼脸……若不是老师及时发现，拍桌制止，我还会继续走神发呆。发呆让我忘记了环境，忘记了目的，陶醉在自由幻想的天地里，可以这么说，发呆是文学写作的最初形式，是创作的“滥觞”。在没有纸笔、没有电脑打字情况下，发呆以及发呆过程中的胡思乱想几乎就是后来的写作了。

我突发奇想，如果哪一天科学技术发达了，可以把人脑子里想的东西直接转化成文字，连接打字机，打出来就是文章就是书，该多好！

传统的写作观念到时候全被颠覆，人们再不必为写作犯怵犯难了。作家协会也没有必要成立，因为每个人都是作家。创作的自由度达到极致，你可以想到哪写到哪，完全没有了拘束。写作的竞赛变成人们想象力的竞赛，逻辑思维和形象思维的竞赛。最关键的是，写作的快乐指数也会达到极致，因为大家都是写作竞赛的运动员。那时也许还会有审查机构，因为是比赛，维持公平竞赛，就要讲规则，总要有裁判，裁判就叫文艺评论家。不过，评论家想吹黑哨，想搞猫腻就很难了，因为他心里想什么，也会变成文字，别人一眼就能看穿，想作弊，几乎没有可能了。写作的全民参与，带来普天同乐的大盛况。想快乐，就写作，成为人们的共识，写作自然成为人们娱乐方式的首选……啊，不能再写下去了，我又开始发呆了。

2018 年 2 月 25 日

说　老

我等稀里糊涂地进入老年。

年轻时候想过老，都是看别人老了的样子。从来没想过自己会老，或自己老了会是什么样子。

老是从退休那天开始的吗？

好像是，又好像不是。不老，干嘛让你退休？可说老，我又不服，退休的前一天，我还和年轻人一样拼命地加班工作，能说今日之我就比昨日之我老了不成？

老是拿到老年证那刻起的吗？

好像是，又好像不是。北京市给每位六十五岁的老年人都发了一个卡，拿着它，上公交不用掏钱，逛公园不用买票，体现了政府对老年人的关爱。不是老朽之人，凭什么享受老年优待？可见老是无疑了。可最初拿它上公交、进公园时，我从查票人的眼神里看得出，他们并未把我当老人看，甚至还怀疑我是冒充者呢，因为我没有老年人的龙钟老态。

我自己都糊涂了，不知我是什么时候老的。后来，想了想，大概还是有个界限的。这就是当素不相识的孩子异口同声叫我“爷爷”，上了公交，乘务员每每指着我喊“谁给这位老同志让个座儿”的那一刻，我感到自己是真的老了。老得被别人一眼看出，再想掩饰都掩饰不住了。

知道老了，心头便掠过一层阴翳，透出些许凄凉，人生的终点似乎朦胧在望，一种迟暮的恐惧和颓丧悄然而生。

罗素在《怎样变老》一文中说道：一个人的生命就像一条河流——

开始的时候很小，仅局限于自己狭隘的堤岸，满腔热情地冲进岩石和瀑布。慢慢地，河流变宽了，堤岸在消退，水流也变得平静下来，最后，自然而然地，河流汇入了大海，平静而毫无痛苦地结束了自己个体的存在。

承认衰老并不全是消极的，与恐惧和颓丧俱来的还有争分夺秒重新规划人生的紧迫感。既然来日无多，接下来的日子就要节省着过、掂量着过，再不能糊里糊涂地轻掷光阴了。“夕阳无限好”讲的正是老年人时光的含金量。

人生皆在通往衰老和死亡的路上。从蹒跚学步开始走路，走过童年、少年、青年、壮年，一直走到老年。从“小桥流水人家”走到“枯藤老树昏鸦”，从未停下前行的脚步，但终点却是一致的。过去读古人诗词，以为最感人的是那些悲秋的作品。现在才知道，古来那些悲秋之作都是由老想到死而发出的感叹。

老是挡不住的，死也是挡不住的，只要不是神仙，谁都要老要死，只是前后促缓不同而已。既然老和死人人有份，谁也躲不过，何必惶惶不可终日呢？这样一琢磨，突然又轻松了许多，不像当初那么紧张了。

既然老了就得认老、服老。如果人老了，还一天到晚忙忙碌碌地追名逐利，就是没活明白。古人所谓“心为形役，尘世马牛；身被名牵，樊笼鸡鹜”。此话对年轻人是良药，对老年人则是警钟。

孔子说：“及其老也，戒之在得。”李国文有篇杂文专门谈到这个问题，他说：“老了，就要见好就收，就要适可而止，就要鞠躬谢幕，从运动场中回到看台，当一名观众。”倘若，无自知之明，“至此老天拔地，老眼昏花，老态龙钟，老朽无能之际，你老人家还不厌其烦地求，还不厌其多地得，那就很不令人尊敬了。”

我常看到一些“不服老”的明星大腕，虽颜容凋落、口齿漏风、目光呆痴、思维迟钝，仍不甘寂寞，频频在荧幕上曝光，在公众场合露脸，在名利场上不让后生。我真想说一句：“老调重弹也罢，老脸少露为佳”。为了您，也为了您的观众，敬请自重！“不服老”，取得人生主动权，尽其所能为社会发挥余热，不至变成儿女拖累和社会负担，这种想法自然是好的，但要有节有度，它与某些人打着不服老的旗号贪恋索取、贪婪所得完全是两码事。

钱锺书和杨绛夫妇也“不服老”，退休以后仍笔耕不辍，但他们从不炫耀自己，做人更加低调。几十年来，他们老而有为，默默地为社会为人民做贡献。杨绛去世后，不仅将她和钱先生生前的稿费和版税所得都捐给母校清华，设立“好读书”奖学金，还将全家财产悉数献给国家。他们老两口从不在大庭广众和媒体前频频亮相、刷存在感，更不干倚老卖老、觍着厚脸皮争名夺利的勾当。他们的高风亮节，给所有老年人做出了榜样。

老了就要有老的样子。活得不掉价，活得有尊严。保重身体最重要，自得其乐是首选。老当益壮看条件，老有所为讲奉献。懂得节制，懂得谦让，懂得包容，懂得见好就收，用行动给后生晚辈做榜样，让年轻人打心眼里服你、敬你、喜欢你。

人生大幕终将徐徐落下，我们从舞台上的演员会变为台下的看客。用不着悲观，用不着遗憾，保持几分从容和淡定，方能欣赏到人生的精彩，因为，那些精彩是年轻人的现在，也是你的从前……

2015 年 4 月 8 日

辩　老

乌鸦对白鹤说："你老了，我满头青丝，你却满头白发。"

白鹤分辩说："秃鹫比我更老，我好在白发尚在，他连顶发都脱光了。"

苹果对柑橘说："你老了，我红颜未退，你却像黄脸婆。"

柑橘分辩说："核桃比我更老，我不过脸黄而已，他却满脸沟壑了。"

……

拿自己的优势比别人的劣势，本属不妥，再把白发、脱发、脸黄和脸上的皱纹当作衰老的标志，更显荒谬。

……

创作亦有老态，比人的面容之老更难鉴别。

譬如，同是乌鸦、白鹤、秃鹫、苹果、柑橘和核桃，我对它们的感受就远不及从前。

儿时，我看着乌鸦妈妈，在我家后院的老树上衔柴筑巢，生下乌鸦宝宝后又忙着为它们觅食和哺育，心想，我长大以后，一定要做一个孝子，一辈子守候在父母身边，回报他们的养育之恩。

少年，我渴慕白鹤，它们能在蓝天上与白云嬉戏，然后飞回大地，优雅地栖落在一棵古松上，快乐地吟哦，心想，我将来要做一个鹤一样自由自在的诗人。

青年，我佩服秃鹫，独立悬崖，雄视昂藏，沉着淡定的神韵，威猛刚毅的气势，心想，我一定要做一个这样的男子汉。

上小学，老师讲牛顿从树上掉下苹果，发现了地球的万有引力，每当我看到苹果就想到牛顿。

上高中，读《楚辞》里的《橘颂》：“后皇嘉树，橘来服兮；受命不迁，生南国兮。”看到柑橘就想到屈原。

上大学，一次听到一位作家谈创作，他说，生活是属核桃的，你必须砸开了才能吃。每逢吃核桃，我总想到这句话。

然而，当我有了太多的人生经历之后，再看到乌鸦、白鹤和秃鹫，再吃到苹果、柑橘和核桃时，却再没有往日的记忆、热情和想象了。

我猛然醒悟：自己可能变老了。

老，不是白发、脱发、黄脸和皱纹，而是心上结下的厚茧。

心茧会模糊你的记忆，冷淡你的热情，阻碍你的想象，让你对身边事物变得麻木和迟钝，让你苟活于没有想象力的世界里而不自知。

人未老，心先老，韶光一去不返；

人虽老，心不老，还童庶几有望。

2011 年 2 月 17 日戏作

第五辑

制　怒

喜怒哀乐，人之常情，但同时也在检验着一个人的修养。比如说发怒吧，该怒则怒是美德："怒发冲冠，凭栏处、潇潇雨歇。抬望眼，仰天长啸，壮怀激烈。"岳飞眼见中原重陷敌手，山河破碎，生灵涂炭，而朝中主降派还一味苟且偷安，不由怒火中烧、怒不可遏，这种冲冠之怒恰是他刚正不阿、嫉恶如仇的表现，自然为世人称道。但日常生活中我们常看到另一种情形，在普通人际交往中，有的人一事不顺、一言不合便火冒三丈，动辄大发雷霆，乃至恶言相向，出口伤人，这种不该发怒而发怒、不该生气而生气的行为，则是一个人明显的弱点和缺陷了。胡适曾说过："世间最可厌恶的事莫如一张生气的脸；世间最下流的事莫如把生气的脸摆给旁人看。"他说的正是这种人。

生气最易伤身。据说人生气时体内会分泌一种叫儿茶酚胺的物质，作用中枢神经后会使血糖升高，脂肪酸分解加速，血液和肝细胞内的毒素相应增加。生气不仅伤害肝脏，还对消化、呼吸系统产生消极影响。生气还会消损容颜，使人未老先衰，过早出现色斑。最糟糕的是生气干扰人正常的思维和判断，使人在某一刻变得狂躁不安、愚蠢弱智。冲动之下，决策失误，一失足成千古恨。

美国心理学家费斯汀格讲过一个很有趣的例子。丈夫早起洗漱，将自己的高档手表放在洗漱台边，妻子看见后担心被水淋湿，转放在餐厅桌上。没想到儿子拿面包时不慎将手表碰到地上摔坏了。丈夫很生气，不仅动手打了儿子，还和妻子大吵大嚷，妻子当然也不买账，丈夫一怒之下，连早饭都没吃就去上班。到了公司才发现公文包忘在家里，又回去取，但钥匙在公文包里，进不去门。只好向妻子要钥匙。

妻子匆忙开车往家赶，出了交通事故，撞翻水果摊，赔了人家一笔钱。丈夫拿到公文包，却因上班迟到挨了上司一顿批评，心情坏到极点，下班前又因小事跟同事吵了一架。妻子因为早退被扣除当月全勤奖。儿子这天参加棒球赛，因心情不好发挥不佳，第一局就被淘汰了。摔坏手表仅仅是一个小小导火索。后面发生的一系列倒霉事，都是由于丈夫的心态不好造成的。通过这个例子，费斯汀格告诉我们，生活中发生的事往往只有百分之十发生在你身上，因你而组成，而其余的百分之九十则是由你对所发生的事情如何反应所决定。你控制不了前面的百分之十，但完全可以通过你的心态与行为决定剩余的百分之九十。这就是所谓的“费斯汀格法则”。

古往今来，凡贤达之人、聪明之士都会自觉克制发怒和生气，让自己尽量保持平和从容的心态。电影《林则徐》里，这位身负重任的钦差大臣为了应对复杂局面，特将“制怒”二字制成条幅挂于堂中，时时警策自己沉着冷静，不为洋人的挑衅和朝廷的作梗动怒、生气，以免误了禁烟大事。果然林则徐凭借勇敢和智慧实现了虎门销烟的壮举，为中华民族扬眉吐气。相反，不会制怒，再了不起的人也会以悲剧收场。《三国演义》里的周瑜策划赤壁鏖战，大破曹兵，“谈笑间，樯橹灰飞烟灭”。何等英雄！可他心胸狭窄，总容不下胜他一筹的诸葛孔明，一直为“既生瑜何生亮”犯纠结，三次因控制不住自己的情绪发怒、生气，最终导致旧疾复发，一命呜呼。

学会制怒，首先要想通、想开。愤怒只是一种情绪，人不能仅靠情绪来解决问题。岳飞让金兵恐惧，绝非是怕他的“怒发冲冠”，他的足智多谋、骁勇善战，“驾长车，踏破贺兰山阙”的决心和战绩才是令金兵闻风丧胆的原因。此外，激起对方愤怒有时恰是敌人的策略，聪明人不可上当。诸葛亮三气周瑜就是最好的例证。诸葛亮故意给周瑜添堵、激他生气，周瑜偏偏上了诸葛亮的当。如果是同志之间发生龃龉或冲突，你更要想开些。他做错了，只能靠理智而不是靠情绪来认错悔过，你再生气也于事无补。无端生气，等于将对方的错误变成了对自己的惩罚，除了伤害身体，还暴露出自己的无能，岂不蠢哉！

要制怒，最好学会冷处理。在火气上来之时能及时“踩闸”“熄火”，而不是一触即发，一触即跳。否则，“怒从心头起，恶向胆边生”，在冲动魔鬼的驱使下，什么违情悖理乃至丧失天良的事情都干得出来，待木已成舟，后悔亦晚矣。观察一些刑事犯罪案件，你会发现，犯罪方并非一开始就无理取闹，相反，许多人一开始是占理的，只是后来生气发怒，控制不住情绪才失手伤人，才造成始料未及的后果。如果发生冲突后能诉诸理性，学会冷处理，十之八九的悲剧都可避免于未然。

制怒的关键是有宽容之心。动辄生气发怒的人大多属于小心眼儿，心胸狭窄，听不得逆耳之声，看不得逆眼之事，一旦谁冒犯了自己，便以眼还眼，以牙还牙，绝不宽恕。结果，小不忍则乱大谋，小小涟漪酿成轩然大波。倘若有宽容之心，往往大事能化小，小事能化无。历史上有个“三尺巷”故事，传说清代开国状元傅以渐，在京城为秘书院大学士、户部尚书，得知家人因修建院墙与邻居发生纠葛，非但没有袒护家人，反而修书规劝家人主动让步，他说“千里修书只为墙，让他三尺又何妨？万里长城今犹在，不见当年秦始皇”。家人看后自感惭愧，主动让出三尺，邻居知道后也深受感动，也让出三尺，两家院墙的夹道变得更宽了，“三尺巷”变成了“六尺巷’，成就了一段感人的佳话。古语说得好：“忍一时风平浪静，退一步海阔天空”。一个人有了宽容之心，有了能忍能退、包容大度的境界，关键时刻一定会有化怨制怒的大作为。

人生于世，要经历和面对各种屈辱和烦恼，不可能不生气，不可能不发怒，但想到许多事情不是你生气发怒就能解决的，甚至因为你只顾生气发怒而失去解决问题最佳机会时，就要学会制怒，学会控制发怒发狂的魔鬼，让感情冲动回归理性思考。世上一切成功的经验和失败的教训几乎都和能否制怒有关，旧社会，连最普通的商人都懂得和气生财。可见，学会制怒是学会做人的一堂必修课。

2017 年 8 月 14 日

砂锅熬铁锅

外祖母生前曾讲过一句话，让我回味至今。她说："别以为结实的东西就一定长命，自古都是砂锅熬铁锅哩！"

砂锅熬铁锅，看似荒谬，实则道出一条朴素的真理。谁不知道铁锅比砂锅结实？可铁锅因结实而被人无节制地使用，寿命反而不如一个脆弱的砂锅。因为，使用砂锅的人处处小心，轻拿轻放，怕磕怕碰，百般呵护，乃至铁锅都用坏了，砂锅还完好无损。这句话也是外祖母的现身说法。她老人家一向身体不好，从二十几岁起就病病歪歪，医生说她活不长，可这个弱不禁风、脆若"砂锅"的老人竟然挺过古稀之年才辞世。而许多比她身体结识的亲戚反没活过她的年龄。

若扩而言之，上升到精神层面，一个人、一个国家的强大与弱小，亦情同此理。两千多年前的中国哲学家老子就说过："柔弱胜刚强"，又说"天下莫柔弱于水，而攻坚强者莫之能胜，以其无以易之。弱之胜强，柔之胜刚，天下莫不知，莫能行"。意思说，天下没有比水更柔弱的了，但是冲击坚硬的东西没有能胜过水的，因为它是无可取代的。弱胜过强，柔胜过刚，天下人没有不知，却没有人能够实行。生活中逞强好胜的人，世界上恃强称霸的国家，往往都逃不脱"铁锅"早夭的命运。唯有"为而不争""上善若水"的人和国家，才能游刃有余地生存发展，终成其强大。

我在报纸上看到一个残疾人成才的故事。二十年前，一个叫崔显仁的农村汉子，三十出头，不幸遭遇全身烧伤失去劳动能力，双手只剩下食指和无名指尚能轻微活动。为了改变命运，崔显仁用两只残手四根手指试着捏住粉笔，练习写字，十年间，他经历了无数失败，竟练就一种独一无二的运笔方法和书写技巧。他到城市摆地摊，当众表演，渐渐赢得人们的赞赏。后来，他的字被方正字库发现并收录，形成一种独家书法样式，世称“显仁体”。本来沦于“砂锅”的他，却弱势而为，在人们或鄙视或怜悯或嘲笑的目光中，选择了适合自己的奋斗方向和生存方式，最终取得成功，相反，社会上许多文化比他高、条件比他好、起步比他早的书法爱好者却一事无成，未能达到理想的境界，“铁锅”最终败给了“砂锅”。

国学大师钱穆，被誉为“现代学林一异人”，蜚声学界，著作等身，九十六岁方寿终正寝。岂知这位高寿老人曾经也是属“砂锅”一族。他生长在一个“短寿”的家庭里，祖父只活了三十七岁，父亲活了四十一岁。他的妻子、儿子、弟弟也都不幸早亡。钱穆年轻时体质极差，胃病缠身，消化不好，内心深处充满“三世不寿”的阴影，曾自言“几无人趣”。但他没有自暴自弃，而是强化生存意识，加强自我锻炼，清淡饮食，注重养生之道，最终用事实验证了“砂锅熬铁锅”的真理。

所谓“砂锅”“铁锅”系指身体素质而言，先天使然，我们出生时无法选择，但二者通过后天的运化，是可以转变的。“砂锅”体质的人，只要顺应天时，因势利导是完全可以乃至超过“铁锅”体质的人，创造出生命的奇迹。

南怀瑾先生说过，人有三个基本错误不能犯：“一是德薄而位尊，二是智小而谋大，三是力小而任重。”就身体素质而言，砂锅就是砂锅，铁锅就是铁锅，砂锅千万不能冒充铁锅。你本来身体弱不如人，却偏偏以健汉自居，不避寒暑、不忌生冷、不重视劳逸结合，超负荷地运动或工作，结果虚弱的体质更加不堪，砂锅早破的命运也就无可避免了。因此，要改变“砂锅”必然早破的宿命，首先就要敢于承认自己是个“砂锅”，这很重要。承认自己是“砂锅”与人们常说的“认怂”是两码事。“认怂”是在尚有能力拼搏时却主动退出竞技向对手投降，属于一种懦夫行为；而承认自己是“砂锅”则是一种实事求是的客观态度，也是一种自信，审时度势，激流而退，不失英雄本色。

承认自己是“砂锅”，不等于就是个坐等救援的弱者或是个无所作为的可怜虫。相反，越是“砂锅”，越要走出困境，越要改变弱势。“砂锅”要依据自身特点来调整自己的行为，制定适合自己的强身健体计划。据说，钱穆先生除了坚持打太极之外，最喜欢出游，驰心放足，游历名山大川，从中陶冶性情，寻找人生乐趣，走出一条健康之路。在这方面，医生的话和别人经验固然重要，但又不能盲从、照搬，关键看是否对路，看是否适应自己的需要。此“砂锅”非彼“砂锅”也，适用别人的未必适合你。不少长寿老人都有自己的健身方式，各具特色，互不雷同，说明健身有道却无一种固定不变的方法。

改变砂锅的宿命，另一要务是学会“舍去”。

李国文在《文人的风骨》一文中，批评某些文人，老了还不甘寂寞，为了名利之事疲于奔命，他说：“人的一生，其实是一个加减法的过程，年轻时期，不断地追求，不停地获得，是加法。入老年之后，便是减法了，一直减到两手空空，如同刚出生空着手来到这个世界那样，再离开这个世界。”老不是衡量是否“砂锅”的尺度，有些健康的老人依然宛似“铁锅”，但若和青年比，自然就属于“砂锅”一族了。人老了，身体精力都不能与年轻人相拼，该舍去的就要舍去，才能换来健康的人生。倘为个人名利耗心费力，不肯谢幕，确非明智之举。

作家二月河写完《乾隆大帝》后就不再写长篇小说了，只写点散文随笔之类小文章，别人问他为何这样时，他说过：“人啊，要有这样的勇气，承认人生是个抛物线，有上有下，不能只向上；上到顶点，当人生的线处于向下的阶段，无论怎样的努力，还是向下。任何一个完美的线条都是曲线的，抛物线才是最美的。比如航天飞机和发射出去的导弹，也不是一直向上。上升阶段时考虑这样才能达到极峰，下落时，就得考虑这样像流星闪亮一点。”“许多杰出人士不懂得这个道理，结果，最后做事都做得失败。”

世间人，人间事，量力而为最好。

“砂锅”“铁锅”各有用途，无可厚非。但作为人生感悟，“砂锅熬铁锅”大有深意，值得细细玩味。“铁锅”要汲取教训，珍惜自身条件，保持最大优势，发挥出人生最大价值；“砂锅”要自信自砺，低调处世，为而不争，相信通过努力，定能以柔克刚，取得最终胜利。

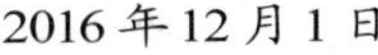
2016 年 12 月 1 日

爱是替对方着想

爱不是一句时髦诱人的口号，不是花晨月夕里情人嘴边的甜言蜜语。爱是肯替对方着想，肯为对方付出，甚至不惜牺牲生命。读了严歌苓的《陆犯焉识》，我对爱有了更深的理解。

书中的失忆女人叫冯婉喻。虽然她从来没有得到过丈夫真实的爱情，但她对丈夫却一往情深，为了搭救丈夫，她几乎献出一切。丈夫叫陆焉识，曾被打成“反革命”，从五十年代初到七十年代末，一直在青海劳改。粉碎“四人帮”后，陆焉识被政府特赦，他怀着团圆的梦想回到上海，而多年来苦等苦盼着他的妻子却得了失忆症，完全不认识他了。冯婉喻后来和陆焉识复了婚，却不知道每天陪伴在她身边的人就是陆焉识。在她即将离开这个世界时，心里依然想的是心中的那个“他”。书中有一段非常感人的描写：

> 这时她的嘴唇动了动。丹珏把耳朵凑上去，听了一会儿，抬起脸来，摇了摇头。陆焉识看见婉喻脸上出现了焦灼，赶紧把耳朵贴到她嘴唇上。他听着听着，点起头来，再转过脸，把嘴巴对准婉喻的耳朵。所有人看着这一对老恋人当众说悄悄话。几个回合的悄语过后，焉识慢慢直起腰。婉喻已经抿住了嘴，闭上了眼。该说的说了，该打听的打听着了，脸上一派满足。
>
> 没人问焉识和婉喻这辈子最后几句窃窃私语是什么。只有他们的孙女不太懂事，不太识相地追问：“恩奶最后说了什么？”
>
> 焉识神秘地一笑。
>
> 冯学锋后来从陆焉识的回忆中得知了老伉俪最后的情话——
>
> 妻子悄悄问：“他回来了吗？”

丈夫于是明白了，她打听的是她一直在等的那个人，虽然她已经忘了他的名字叫陆焉识。

“回来了。”丈夫悄悄地回答她。

“还来得及吗？”妻子又问。

“来得及的。他已经在路上了。”

“哦。路很远的。”

婉喻最后这句话是袒护她的焉识：就是焉识来不及赶到也不是他的错，是路太远。

这段文字把一个痴心女人对丈夫的感情表达到了极致。她生命的最后一刻，想的完全不是自己而是心中的丈夫，丈夫有半点被别人误解她都不干，她都亲自要替他开脱。读到这里，我对“爱”这个字眼顿生敬畏，世界上再没有比这个字眼更伟大、更圣洁、更让人感动了。

爱是一种善的本能和真的自觉。它从来不是逢场作戏，人在特殊情况下，爱会自然而然地表露出来。

我在报纸上，看到这样一则故事：一个老医生突发心脏病，被同事及时送进手术室。医院规定，病人手术前须通知亲属。他拨通了老伴的手机，说的第一句话不是自己住院要做心脏搭桥手术，而是问：“你现在是站着还是坐着？”听到老伴说是坐着，才放心地告知病情。原来，他是担心老伴听到他做手术的消息会受到惊吓刺激，说不定会摔倒在地上，出危险。

爱的真谛是肯替别人着想，不为别人着想就谈不上爱。

现在，标榜爱却不愿替对方着想的人太多了。他们嘴里高唱“让世界充满爱”，言行举止却只顾自己，不考虑别人。地铁站里、公交车上大声喧哗，屡见不鲜；公园里、广场上，飙歌的噪音，屡禁不绝。许多电视上作秀的“恩爱夫妻”，生活中却针尖对麦芒。曾几何时还卿卿我我，没过几天便分道扬镳。这些把“爱”挂在嘴边的人，喜欢“张扬自我”，“展示个性”，却不愿有任何担当。人与人之间仅存的一点温馨，常被他们我行我素的自私行为搅得没了温度。爱绝非轻飘飘的许诺，它是要用一生的心力和生命去兑现的。

爱源于善，源于真，讲自觉而不求理解，讲付出而不求回报。如果大家都能为别人献出一点爱，这个世界就是天堂般的乐园。

我看过一个犹太人的故事，说一个人去参观天堂和地狱，发现天堂与地狱里的待遇都差不多，每人面前都摆着丰盛的佳肴，人人左臂捆着一把叉，右臂捆着一把刀，那刀和叉的把柄足有四尺长。不同的是，地狱里的人都想用刀叉给自己夹菜却怎么也够不到菜，永远吃不到嘴里，饿得面黄肌瘦，无精打采。而天堂里的人，首先想着用刀叉为对面的人夹菜，虽然谁都没想着为自己，大家却相互奉献爱心，人人都吃饱了肚子，他们又笑又唱，过得非常开心。

这个故事告诉人们，爱在天堂，因为那里的人不自私，甘愿为别人做奉献。相反，生活在地狱里的人不缺别的，唯独缺少爱，舍不得替别人着想，不愿为别人做奉献。

人都在天堂和地狱间游荡，爱是将人引向天堂的路标。爱的路标上清晰地写着：请多为对方着想！

2019 年 4 月 20 日

第六辑

惟不忘初心，才能知道应当坚持什么，反对什么，哪些不能做，哪些必须做。当一个人深陷困惑、万般纠结之时，不妨想想渣滓洞里的那面五星旗，想想江姐和她的战友们绣红旗时的情景，我想，孰是孰非、何去何从的答案自然就明确了。

——《想起那面五星旗》

想起那面五星旗

十几年前，参观重庆歌乐山下的渣滓洞，看到江姐与同监难友们为庆祝新中国成立连夜绣制的那面五星旗，感慨万端！那是一面用红色被面制作的红旗，上面绣着四颗黄色的小星和一颗大星，与我们现在国旗不同的是，四颗小星未像现在国旗那样呈弧状环绕在大星周围，而是均匀分布于旗的四角，大星位居红旗中央。今天银幕视屏和舞台上凡演江姐绣红旗这场戏，都没有采用那种样式，一律改为现在标准的国旗，我有些遗憾。因为，只有那面特殊的五星旗，才能还原当时的真实情景，让我们记住那段刻骨铭心的历史。

重庆归来后，那面特殊的五星旗一直印在我的脑际，挥之不去。每当想到它，泪水总会情不自禁在眼眶里打转，我是真真切切地被它感动了！

那些被国民党反动派囚禁的革命志士，明知自己处于危险境地，随时有牺牲的可能，却依然充满乐观和自信。当传来新中国成立的消息，他们群情沸腾，再也无法抑制内心的激动。女牢里，江姐等革命者为了庆祝胜利，连夜赶制这面象征着新中国的旗帜。然而，她们只知道新中国的国旗是面五星红旗，却并不知道具体是什么样子，只能凭借想象，将心目中的五星旗绣制出来。

小说《红岩》里有这样一段描述：

……这面红旗，是那位不知名的同志——“监狱之花”的母亲，留下来的。残留着弹孔，染透斑斑血迹的红旗，被她珍藏在一床旧棉絮里。在她临危时，竟没有来得及交给自己的战友，而是在过了好久之后，人们才从她的遗物中找出来的。

当红旗在大家眼前出现时，几只拿着针线的手，团团围了上来。

“五星红旗！五颗星绣在哪里？”

“一颗红星绣在中央，光芒四射，象征着党。四颗小星摆在四方，祖国大地，一片光明，一齐解放！”

“对，就这么绣。”

尽管她们并不知道五星红旗的图案，但她们却通过炽热的心，把自己无穷的向往付与祖国。不知是谁抢先绣上了第一针，接着，许多灵巧的手，飞快地刺绣起来。热血沸腾着，把坚贞的爱，把欢乐的激情，全寄托在针线上，你一针，我一针，一针一线织绣出闪亮的金星。

红旗正中，闪现了一颗星，接着，又出现了四颗。

就在这面五星旗绣成后不久，江姐就被反动派杀害了，绝大部分被囚禁的革命者也相继倒在敌人的枪口下。她们没有等到自己绣制的五星旗在阳光下胜利飘扬的那一天就告别了这个世界。但这些憧憬胜利的共产党人至死没有放弃自己的信仰，她们几乎是在能听到重庆解放的炮声中从容就义的。江姐的遗言代表了每个共产党人和革命者的心声：“如果需要为共产主义的理想而牺牲，我们每一个人，都应该、也可以做到——脸不变色，心不跳。”

斗转星移，时代变迁。如今，庄严的五星红旗不仅在社会主义祖国大地上高高飘扬，而且，在世界各地，五洲四海，乃至浩瀚宇宙中，凡是有中国人出现的地方都会看到它自豪的身影。当中国航天员驾着神州飞船，走出太空舱，挥动手中的五星红旗的时候，当中国健儿在奥运会夺冠，领奖台冉冉升起五星红旗的时候，十三亿中国人无不为之欢呼雀跃！

将五星红旗视作中国人的骄傲，这一点没有人会怀疑了。然而，将五星红旗视作中华民族和中国共产党人的理想信念，并不是所有人都那么清醒和自觉。六十七年前，江姐和她的战友在狱中绣红旗的那一幕，还是被有些人忘记了。

江姐她们绣红旗，一针一线都凝聚着共产党人的理想和信念，镌刻着他们的对祖国对人民的庄严承诺和铿锵誓言。“一颗红星绣在中央，光芒四射，象征着党。四颗小星摆在四方，祖国大地，一片光明，一齐解放！”她们坚信在中国共产党领导下，中国人民只要团结一心，就能战胜帝国主义和封建主义的奴役、压迫，就能铲除掉几千年来不合理的剥削制度，让全中国的老百姓翻身得解放，过上和平幸福的美好生活。她们为了这一天的到来，宁可流血牺牲，也无怨无悔。

在共和国旗帜高高飘扬，我国国力日益强盛，全国人民在党的领导下奔小康的征程中，一些曾经的共产党人，却经不起改革开放的考验，他们在权力、金钱、美色面前，丧失了共产党人气节，背离了为人民服务的宗旨，私欲膨胀，利欲熏心，贪腐成癖，堕落为共和国的蛀虫。倘若江姐们九泉下有知，一定会心寒不已！

放眼如今世界，红尘滚滚，享乐主义蔓延，私情物欲横流。唯不忘初心，才能知道应当坚持什么，反对什么，哪些不能做，哪些必须做。当一个人深陷困惑、万般纠结之时，不妨想想渣滓洞里的那面五星旗，想想江姐和她的战友们绣红旗时的情景，我想，孰是孰非、何去何从的答案自然就明确了。

2016 年 10 月 6 日

讨 鳄 檄 文

——读韩愈的《鳄鱼文》

韩愈因谏迎佛骨被贬为潮州刺史，他在潮州虽然只待了八个月，却政绩斐然，有口皆碑，甚至后人褒奖他“功不在禹下”。潮州人为纪念他，当地江山因此易姓为韩。这种殊荣，古今罕见。韩愈在潮州大力弘扬儒家文化，切实解决民生问题，留下许多佳话。其中之一，就是驱除鳄鱼之害。《新唐书·韩愈传》称：“初，愈至潮，问民疾苦，皆曰：‘恶溪有鳄鱼，食民畜产且尽，民以是穷’。数日，愈自往视之，令其属秦济以一羊一豚投溪水而祝之。”“祝之夕暴风震电起溪中，数日水尽涸，西徙六十里，自是潮无鳄鱼患”。《新唐书》所描述的情节肯定有附会的成分，但韩愈驱鳄之举绝非子虚乌有。最确凿的证据，就是他写的《鳄鱼文》。

《鳄鱼文》（收入《古文观止》中题为《祭鳄鱼文》）是韩愈一篇很有名的散文。该文短小精悍，词严义正，刚柔相济，一气呵成。开头，交代了这次祭鳄行动的时间、地点和参加人。然后进入正文，回溯先王之治，驱逐鳄鱼出境及后王德薄，致使鳄鱼卷土重来的一段历史。接着说，如今情况变了，大唐天子神圣慈武，“四海之外，六合之内，皆抚而有之。”“鳄鱼其不可与刺史杂处此土也”。理由很简单：我这个刺史是受天子之命来此治民的，而你鳄鱼则是在危害民生，咱们势不两立。最后一段对鳄鱼下驱逐令，限七日内必须离开潮州，迁往大海。倘若置若罔闻，必将“杀尽乃止”。文章以“其无悔”三字收煞，足显韩愈身为潮州刺史有令必行、有禁必止、为民除害、除恶务尽的决心和气度。

对这篇文章，历来看法不一。一种认为韩愈在故弄玄虚，“诡怪以愚民”（王安石）。但多数人认为韩愈驱鳄行动实有其事，受到民众拥护。清道光年间潮州知府觉罗禄昌所题韩祠楹联写得好：“辟佛累千言，雪冷蓝关，从此儒风开海峤；到官才八月，潮平鳄渚，于今香火遍瀛洲”。

我不同意王安石的说法，韩愈不是在“诡怪以愚民”，他还是一心一意想为当地百姓办好事的。但我也不认为写篇祭文，搞一点祭祀活动就能把鳄鱼赶跑。

我以为这篇《鳄鱼文》应有另一种解读。从某种意义上说，它是一篇以驱鳄为名而剑指一切“为民物害者”的讨恶檄文。

韩愈到潮州面临的民生问题肯定不止是鳄鱼之害。“食民畜产且尽，民以是穷”的说法并不完全靠谱。而“苛政猛于虎”，苛政猛于鳄鱼，才是困扰民生的症结所在。但一个贬官，只身赴潮当刺史，人地两生，想在改变民生上有所作为谈何容易。他需要勇气，也需要策略。当听说鳄鱼为害时，巧妙抓住机会，借题发挥。他把崇尚儒道、

2007 年，作者于潮州祭鳄台留影。

大兴教化、惩恶劝善一套施政办法，通过驱鳄行动进行展示。让那些为非作歹的贪官污吏们认清形势，尽快收手。鳄鱼在作者的笔下，既是为害百姓的水怪，又何尝不是贪腐等恶势力的象征？

比如说到鳄鱼“据处食民畜、熊、豕、鹿、獐，以肥其身，以种其子孙，与刺史抗拒，争为长雄”。也可理解为对地方贪官污吏鱼肉百姓，结成关系网，盘根错节，尾大不掉的概括。

如果说，过去执法不严，让许多人钻了空子，情有可原的话，现在不行了。我是代表天子来治民的，你们要害民，咱们就没有共同语言了。

然后具体交待政策。“尽三日，其率丑类南徙于海，以避天子之命吏。三日不能，至五日；五日不能，至七日；七日不能，是终不肯徙也。是不有刺史，听从其言也；不然，则是鳄鱼冥顽不灵，刺史虽有言，不闻不知也。”这个话说得合情合理，可谓仁至义尽。

最后，下达最后通牒。“夫傲天子之命吏，不听其言，不徙以避之，与冥顽不灵而为民物害者，皆可杀。刺史则选材技吏民，操强弓毒矢，以与鳄鱼从事，必尽杀乃止。其无悔！”

这里，对十恶不赦不思悔改顶风作案的人提出严重警告。言之凿凿，掷地有声。尤其最后一句，不仅斩钉截铁不容置疑，而且把将要付诸的行动也明明白白地告诉了对方。

“其无悔！”意味深长，该说的都说清了，若再不听劝阻，依然我行我素，以身试法，等待你们的只能是“尽杀乃止”的下场，到时候可别后悔噢！

这确是一篇奇文妙文！

《鳄鱼文》是一个刚到任的朝庭命官向地方官员交待政策。先礼后兵，有理有利有节。如果这么解读，你会发现，文章字字紧扣主题，直逼要害。

如果以为只是念给鳄鱼听的，未免把作者看得太幼稚了。韩愈驱鳄，绝不迷信一纸祭文奏效，其后盾或撒手锏应该是“选材技吏民，操强弓毒矢”，靠铁腕、靠实力最后解决问题。

韩愈主张德政，主张教化，用道来规范人心，用道来惩恶扬善。所以，《鳄鱼文》通篇也贯穿了劝喻的精神。他以先王之治和后王之德进行对比，对鳄鱼成患的原因与责任做了客观分析。讲明利害，以新刺史到任，划出一条红线。过去的，只要改过，既往不咎；不思悔改，继续顽抗的，绝不姑息。

他之所以写这篇祭文，真正要告知的对象则是和鳄鱼一样长期盘踞此地扰民害民的那些贪官污吏。文章无一处提到他们，但又无一处不指向他们。这种含蓄隐射的笔法，让人对这位“文起八代之衰，道济天下之溺”的韩愈肃然起敬。

在反腐倡廉的今天，重读此文，感慨良多。

近年来，打虎拍蝇，如火如荼。法网恢恢，疏而不漏。社会风气，开始好转。一些犯错误干部在党纪国法面前选择悔过自新，重新受到人民群众的信任。但也有少数人不思悔改，继续顶风作案，心存侥幸，负隅顽抗。但下场不言自明。

一切恶势力都不要低估了党和人民的决心和力量。就像韩愈这篇文章告诫的那样：其无悔！

2015 年 10 月 6 日

老 赶 感 言

如今网路时代，一日千里，几天不读网文，就有许多中国话看不懂了。我经常拿不懂的词语请教年轻人，久了，他们讥笑我是“老赶”，还不无怜悯地说：“真难为你们这些老赶了！”

“老赶”，即永远落后潮流但又不甘落后、企图尽力追赶之意。我觉得用“老赶”来形容我等，还算褒贬适度。

世界变化速度之快，让仅有的汉语词汇无法应付，只好凭借临时创造的词汇加以填充。这些词汇没有历史，在一般字典、词典里找不到出处。它们像糖炒栗子般现炒热卖，一夜间便走红网络，并通过点击率，约定俗成为流行词汇。这些词，有的好懂，有的费解，有的睿智，有的笨拙，但无一不被大家津津乐道。不管语言学家承认不承认，也不管你喜欢不喜欢，网友间却达成默契，你用我用，你知我知。有时，越怪异，越搞笑，使用频率越高。

古人云“不学诗无以言”，现在是“不上网无以言”。不上网，不懂网络语言就没法跟外界沟通。

如：“白富美”（皮肤白皙、家境富有、长得漂亮）、“高帅富”（又高又帅又有钱的男生）、“把妹”（想办法把妹子追到手）、“包子”（笨蛋）、“备胎”（备用的男女朋友）、“凤凰男”（从贫困农村走出来在城市取得成功的男人）、“腐男”（喜欢同性爱的变态男性）、“大虾”（大侠）、“闷骚”（外表冷静、沉默，内心很骚）、“劳资”（老子）、“驴友”（旅游）、“骨灰级”（指各种领域中钻研颇深很有水平的人）、“月光族”（将每月赚的钱都花光）、"菜鸟"（用于做菜的鸟类，指普通人、水平较低者）、"亲"（相当于"喂"，一般称呼、表亲热友好）、"吃瓜群众"（指一般被网络裹挟没有定见的网民）、"单身狗"（单身汉）、"票房毒药"（影片或演员上座率差）等让我大开眼界，想不到还有用这样的词来形容人的。

识时务者为俊杰。要看懂网文，就得谙熟网语。近一年来，我边看边学，掌握了不少网络词语。譬如："屌丝"（社会底层人自嘲语，与高富帅相比无钱无貌的人）、"剩女"（未嫁之大龄女）、"宅男"（成天待在家的男孩）、"秒杀"（很快被打败）、"撞衫"（穿着相似）、"吐槽"（发表怨言或批评）、"脑残"（思维迟钝）、"奇葩"（标新立异，引人注目）、"悲摧"（倒霉）、"卖萌"（卖乖）、"顶"（支持）、"给力"（加油鼓劲）、"东东"（东西）、"神马"（什么）、"逆袭"（逆势而为，通过努力反败为胜）、"裸婚"（免去买车买房办婚礼的结婚方式）、"囧"（郁闷、悲伤、无奈）、"你懂的"（即不言而喻，你应当知道的）、"杯具"（悲剧）、"悲催"（悲惨得催人泪下）、"打酱油"（事不关己，不认真对待）、"围脖"（微博）、"圈粉"（想法让别人喜欢你）、"虐狗"（在单身汉面前秀恩爱）、"爽歪歪"（痛快）等。

活到老，学到老。年轻人个个是仓颉，语言创新人才辈出，咱就在后面紧赶吧，总不能学了一辈子中文，老了连中国话都看不懂了吧！

其实，和我相似的"老赶"不乏其人。

据报载，某小学语文老师，突然看不懂学生作文，原因是学生作文里使用了大量网络词汇，而且是四字成语。如，"喜大普奔"（喜闻乐见、大快人心、普天同庆、奔走相告）、"十动然拒"（十分感动、然后拒绝）、"人艰不拆"（人生已如此艰难，有些事就不要拆穿）等，这些谜语般的网络文字，让语文老师大呼看不懂。

网络语言中确有新鲜感人、甚至超过传统成语的，如"洪荒之力"，本来是中国游泳运动员傅园慧在里约奥运会接受记者采访时随口说出的一个词儿，由于她真率和夸张的表情，不仅她成为网红，“洪荒之力”也成为最受到热捧的网络词语。现在想想，要形容和比喻那种发自内心并达到极致的创造力、爆发力，除此再没有更合适的词语了。还有一些网络句式，如“厉害了，我的某某！”等也恰当地反映出广大网众的心理，把那种由衷的赞美之情和自豪感表现得淋漓尽致。但后来用爆了，才失去新鲜感。

网络语言是最时髦的语言，年轻人趋之若鹜。网络语言风趣幽默的特点，很快被文艺作品所吸纳，成为调换观众胃口的喜剧噱头和笑料。当前的影视作品中，特别是现实题材的影视剧台词中，网络语言屡见不鲜，它造成的娱乐效果、游戏效果，不言而喻。当然，也有变成恶搞的，如一些历史题材或古装戏曲中也会用网络语言制造笑料，尽管这种语言穿越，却可能破坏作品时空的统一性。

网络的发展，肯定会对传统的中国语言系统造成冲击，肯定会催生许多新的词汇和俗语，无视这种存在，完全抱抵制态度肯定是行不通的。然而，我也有所担心，此种网络词语滋生太快，良莠不齐，在中国语言文字的畛域里，会不会像野草般疯长？传统的成语反被冷落，被疏远，被抛弃？新词语的解释权谁来界定？谁来鉴别？流行是否意味着合理？作为“老赶”，在追赶的同时也想提醒有识者思考。

我确实感受到这种隐忧。比如，网上那些粗口谩骂的话，用的就是网络语言，如“尼玛”“撕逼”“马勒戈壁”等，龌龊不堪。还有的网络语是以俗为美，以丑为美。如“劈腿”这个词，本来是体操用语，无可厚非。后来被人借用，戏称演艺圈里艺人感情出轨、脚踩两只船的行为。开始在小圈子里流传，满足一下低级趣味，似乎也可容忍。可如今这个词冠冕堂皇地成网络流行语，却没人觉着不妥，我倒有点奇怪了。

“劈腿”在形容男女感情出轨时就变成性行为的隐喻了，成天挂在口头上，委实不雅。梁实秋在一篇小品中谈到，有人戏言，吃了狗肉之后，见了电线杆子就想翘起腿来。人怎么也不能像狗那么随便，想“翘腿”就“翘腿”吧！倘若是当众“劈腿”，会更遭人谴，纯属畜生所为了。语言美在于含蓄、文雅，太直白，太低俗，难免让人作呕。

学网语不是为赶时髦，是为丰富语言表现手段，更好传播中国优秀传统文化。作为“老赶”，深感肩上责任重大。我们既要紧跟时代，与时俱进，尊重语言创新成果，又要用分析的眼光看待网络语言，注意去芜存菁，净化语言生态环境，保护民族语言的纯洁性、规范性，防止语言垃圾不受制约地滋生蔓延。否则，将来治理语言环境污染比治理自然环境污染还要困难。

但愿我的担心只是杞人之忧。

2016 年 7 月 4 日

起名与改名

中国人一般都有两个名儿，一个是小名儿，就是小时候大人随口叫的，比较亲切，又称乳名或昵名；一个是大名儿，是长大些，或要去学堂念书时起的，又叫正名或学名。小名儿比较俗，根据各人在家排行不同，属相不同，出生时境况不同，信手拈来，如：大牛、二狗、小龙、黑蛋、石头、丑女、傻小等等。多数小名儿正话反说，怕孩子名字太响亮，招灾惹祸，不好养活。大名儿则从文从雅，即便没文化的家长也想请人赐个有文化的名儿，万不敢含糊的。大名儿多是父母长辈对子女前途的期许、瞩望，许多名字还寄托着家族的使命感在内。

命相学对起名很重视。首先要根据他的生辰八字，找出命相中五行相克相生的对应密码，然后用适当汉字加以调整，以期拾遗补阙，逢凶化吉。在中国人的名字里，以金、木、水、火、土为偏旁的居多，盖缘于此。起名儿很讲究，人名儿起得好坏，据说关乎人一生的运命。

一个人名字常常有奇缘。

我曾在报上看过一篇文章，讲一个叫王白旦的人发迹的故事。“王白旦”听上去像骂人。他本是东北某钢厂一名普通工人，一九六九年“九大”召开前夕，他们钢厂分得一个参加九大代表的名额。由于王白旦有七年以上的党龄，又是老工人，恰符合条件，遂被顺利推选为九大代表。这还不算，全会选举中，他名字笔画少，自然排序靠前，他虽没有名气，但名字怪，好记，加之谁对他也不了解，自然没有人刻意把他名字划掉。选举结果，他的得票数居然在当选委员中遥遥领先。

最神奇的莫过屠呦呦。

二〇一五年十月，我国女科学家屠呦呦因发现青蒿素治疗疟疾的新疗法获诺贝尔生理学和医学奖。后来人们发现，她的名字与后来她取得的成就之间早就存在了联系。一九三〇年十二月三十日，浙江宁波一个女婴诞生，其父听见女儿哭声“呦呦”，立即想到《诗经》《小雅》里的诗句“呦呦鹿鸣，食野之蒿”，就给女儿起名“屠呦呦”。这位父亲当初起名时并未料到这会影响女儿一生的奋斗方向，更无从知道，“呦呦鹿鸣，食野之蒿”里的“蒿”，竟是女儿屠呦呦从中提取青蒿素有效治疗疟疾、从而为人类做出巨大贡献的那个“蒿”。“呦呦”名字与“蒿”的机缘巧合，不能不让人称奇叫绝。

为了有一个好名字，人们绞尽脑汁，甚至改了又改。

作家老舍，曾名舒舍予，是把“舒”字拆开了，变为两个单字组合，“舍”即舍弃，“予”即我。舍弃小我，服务大家，正是他做人处世的信条。

一般小名儿是不会改的，终老不变。“六旬谁把小名呼？阿姊还能认故吾。”这是清代著名诗人袁枚的诗句。当他六十多岁时，还听到阿姊呼叫自己的小名儿，万分激动。但大名则可以改，原因种种：有人为改换运相，主动改名儿；有人出于环境压力，被迫改名儿。还有人敏感于时势激变，通过改名儿趋利避祸；有人为迎合潮流时尚，借改名儿引人注目。

我家有个街坊，新中国成立前给三个儿子分别起名儿叫“建中”“建华”和“建民”并给将来的儿子也预留了名字——“建国”。一九四九年后，他家如坐针毡，做的第一件事就是立即给儿子改名字。因为，这种赤裸裸为“中华民国”效忠的政治含义十分明显，他家出身又不好，岂不是公然与新政权对抗？后来，他给三儿子改为“建人”，才巧妙地化解了危机。

十年浩劫中，改名儿曾一度成风。我当时正上大学三年级。在破四旧的日子里，全班同学都纷纷改名儿。为了起一个能体现破四旧立四新的名字，大家煞费苦心。我的名字“尔纯”似乎不在四旧之列，但鲁迅有篇小说叫《高老夫子》，主人公叫“高尔础”，他想攀附苏联大文豪高尔基，就为自己改了名儿，骨子里却是个龌龊的封建余孽。

我的名字与之相近，既然要清除“四旧”，还是远避之为好。可改个什么名儿呢？我琢磨了好几天没有结果。后来，一个热心改名儿的同学启发我，说改名儿一定要和姓一起通盘考虑才好，让我突然开窍，我说：“叫高举旗咋样？”他摇头说：“不行，不行，没有定语，高举什么旗？红旗还是白旗？不明确嘛，一定要旗帜鲜明。”我笑着说：“那怎么办？要么叫‘高红旗’？”他说：“严肃点，这可是革命造反行动，不能开玩笑的。”后来，他真给我琢磨出个名字来，叫“高亢”。他认为，这个名字既有革命气魄，又显得文雅含蓄。我虽然嘴上喏喏，心里并不认同，觉着还是不如原来的名字好。改名儿需要在学校办理正式的登记注册手续，别人都办了，我却忽略了这道程序，故直到“文革”结束，我的名字始终未能改成。“文革”改名儿，大学生还讲究点文采，中学生和一般工农兵群众则直白政治理念，改名叫“卫东”“卫红”“卫兵”“永红”“向阳”的很多，也有叫“文革”“反修”和“卫彪”“卫青”的。“文革”结束后，“卫东”“卫红”“卫兵”“永红”“向阳”之类尚多保留，那些叫“文革”“反修”和“卫彪”“卫青”的，则因政治环境的变化不得不重新改名。“文革”中，改名儿最难的是一些特殊姓氏，“革命”“造反”，足够响亮，但与贾姓和胡姓连在一起就麻烦了，总不能叫“贾革命”“胡造反”吧？“文革”极“左”的狂热，从改名的风潮中可见一斑。如今，时代变了，人们不会刻意在起名儿、改名儿上附庸政治，但幻想靠起名儿改名升官发财的却大有人在。探讨名字的学问，也成了一种热门和显学。

其实，名字从某种意义上说只是一个识别符号，不能也不可能变成一种宿命。名字对一个人的后天成长也许会产生一些影响，但永远不会起到决定作用。真正能决定一个人命运的是后天的努力。试想，没有屠呦呦几十年如一日对中草药的探索研究，没有甘愿做铺路石的奉献精神和无数次在失败中奋起的毅力，她能够成就最后的伟业吗？说到底，屠呦呦的成功绝不是名字决定的。倘若，我们非要把偶然视为必然，把名字神秘化、绝对化，极可能会走到期望的反面，以为播下的是“龙种”，收获的却是“跳蚤”。

最近，我从网上看到一张中纪委公布的十八大以来查处的贪腐官员名单，老百姓戏称“老虎榜”。我发现，上百只大小老虎，论名字大多都起得不错，如×永康、×计划、×伯雄、×志军、×兴国、×怀忠等等，毫无将来要东窗事发或锒铛入狱的先兆，相反，名字起得清廉高洁、正气凛然，恰好与他们为人不齿的贪腐行为形成鲜明对照，平添了几许讽刺的意味。

可见，起个好名字重要，做个老老实实、清清白白的好人更重要。

2015 年 1 月 21 日

说　守　时

一寸光阴一寸金，寸金难买寸光阴。时间宝贵，谁都懂得珍惜。在现代社会里，人与人的交往，离不开时间的约定。守时，是一种最常见的信用承诺。社会越进步，生产力发展越快，时间的价值越高。鲁迅有句名言："时间就是性命。无端的空耗别人的时间，其实是无异于谋财害命的。"（《门外文谈》，见《鲁迅全集》第6卷第78页）然而，在我们的生活中，经常会遇到不守时的人，他们空耗着别人的时间，却不以为然，甚至习以为常。

出席朋友聚餐，总有人姗姗来迟，为等一个人，所有人干耗着，不敢动箸，直等到饭菜都凉了，那人才翩然而至，最多一句"抱歉"而已；乘车外出参观途中，偏偏有人不按时上车，为了集体行动，大家只好望眼欲穿地等待，有时原定计划不得不被迫更改或取消；参加一个会议，一般人都到了，偏偏会议主讲人尚未露面，许久，才到场。主持人解释："对不起，刚才某某领导同志有重要事情处理，来晚了。现在开会，请大家热烈欢迎。"主讲人在掌声中谈笑风生，好像什么都没有发生；有时参加晚会，观看演出，开演时间过了，台上还不见动静，观众开始抱怨，这时总有人出来解释："请大家原谅，有几位领导还没有来，他们一到，咱们就开演……"

不守时的人总会找出许多理由为自己辩护和搪塞，却很少意识到自己的行为是严重侵犯了别人权益，浪费了别人最可宝贵的时间。因此，不守时的人常让人厌恶。

在现代社会里，效率是在个体与群体协调一致条件下产生的，如果每个个体都置共同的行为规范于不顾，整个群体便解构为一盘散沙，毫无效率可言。守时，看似个人行为，实际却关乎整个社会的运转效率。

为了维护群体利益，守时作为从业者必须遵守的劳动纪律和职业素质纳入考核标准。在一些工厂和企业里，上下班打卡，是通常的做法，无故迟到早退是要扣发工资奖金的。据说，在英国，对公务员不守时的惩治最为严格，英国规定公务员每周五个工作日，每日办公时间为八小时十五分。上下班按时签到，迟到一次，都会被记录在案。凡上班时间迟到早退或中间溜号办私事的，一律会受到制裁，轻则罚薪、降职，重则开除，毫不客气。

但在我国，一些政府部门和一些事业单位就没那么严格。甚至对不守时的行为姑息迁就。我经常接到会议请柬，上面写的开会时间与实际开会时间常常相差半个小时到一个小时，比如九点会议，在请柬上却写八点或八点半，为的是给不守时的人留下迟到的余地。慢慢地，这个法子也不再管用，因为不守时的人也摸到规律，照样迟到。

为了对付不守时的人，也有的单位想出不少奇招。据报载，某单位开会，有人总是迟到，领导无计可施，只好采取撤凳子的办法，开会时间一到，他就让人把会议室多余的凳子全部搬走，迟到的人进来没处坐，只好退到一角，站着听会，一个会下来，站得腰酸腿冲，从此再不敢迟到了。报上这篇文章显然是在赞扬某领导的创新性管理思维，但我依然怀疑能否真正解决问题。你搬走了凳子，就能改变不守时者的恶习？未必。

我以为，改变不守时人的习惯，除了修订规章制度外，还应加强舆论监督，让不守时者付出丧失诚信的代价。要让大家都明白，不守时就是不守信，不守信是道德操守问题，不可等闲视之。不守时一般不会受处罚，更不会被判刑，但必须受到道德的批判和舆论的谴责。只有上升到这个高度，才会触及到那些不守时人的灵魂。对一些经常不守时的人，要告诫；对给他人造成经济损失和严重后果的，可以将其列入失信黑名单，以示惩戒。总之，绝不能让这些人平白无故浪费别人时间，继续“谋财害命”了。

我们应该逐步达成共识，将守时纳入守信范畴。想做一个有道德的人，一个值得别人信任的人，就自觉从守时开始吧！

2015 年 12 月 19 日

论 文 秘 诀

闲暇，偶翻一本文艺学术期刊，发现内中文章许多看不大懂，特向行家朋友请教，不料他们看了也摇头。我糊涂了，既然连行家都看不懂，这样的论文还有什么发表价值？

朋友笑了，笑我书生气。他说，价值是相对的，对学术无价值不等于对别的无价值；对你无价值，不等于对别人无价值。你怎么能断言无发表价值呢？

他进一步解释说，论文一旦变为市场行为，所谓的价值就仁者见仁智者见智了。对论文作者而言，论文是他的科研成果，是标定他科研水平的依据。如今社会，干什么都要凭论文说话。学位审查、业务考核、职称评定、职务晋升，没有论文就没有参评资格，其价值之大，谁敢小视？对学术期刊而言，论文价值除提高刊物声誉，更多在于能发行、赚钱。据说现国内学术期刊五千多种，读者范围却十分有限，发行量少而成本高昂，想通过刊物赚钱，何其难也！如果没有国家或单位补贴，维持经营面临很大困难。有时为了生存，不得不靠“卖版面”增加收入。刊物和作者的需求关系造成了一种默契，只要“市场价格”合适，“学术价值”便不再是论文发表的唯一标准。当然，有些社会骗子也乘机浑水摸鱼钻空子，靠卖版面非法敛财的犯罪案件屡见不鲜。据《北京青年报》披露，某人先后成立两家公司，冒用合法期刊出版单位的名义，专门收取论文版面费，仅二〇一四年一月至十月就轻松赚取一千二百余万元！在这些骗子眼里，论文就是他们大发横财的摇钱树，怎么会没有“价值”呢！

我还是有些不解：为何这些论文非要写得看不懂呢？

朋友又笑了，笑我太迂腐。他说，优秀的科研论文应当是看得懂的，除非审读论文的人水平太差。现在的情形是，没水平的论文太多，而有水平的编辑太少。越是写得差的论文，越喜欢故弄玄虚，让你看不懂，他们才好蒙混过关。这些论文若碰到有水平、又特别较真的编辑就难以蒙混过去。遗憾的是，有水平、有责任感的编辑太少了。物欲横流面前，不少编辑敷衍塞责，睁一只眼闭一只眼。至于一些挂名编委，多是专家、教授、社会名人，他们每天忙着到处讲演、做报告、出席各种研讨会，忙着签名售书、庆典揭幕，哪还有充裕时间细看你的论文？有人习惯一目十行，走马观花，看看开头结尾，就能写出评语。如果你的论文写得太通俗，太一目了然，读来固然省力，但他们对论文的挑剔度必然会增加，论文本身的问题和瑕疵也极易暴露；故弄玄虚的论文，读来磕磕绊绊，审阅过程耗时费力，一般人都缺乏足够的耐心，他们对你论文的挑剔度反而减轻了，你的论文也容易过关。更何况，他们当中也有不学无术的南郭先生，你写得越是看不懂，他越认为是有水平。于是乎，一些看不懂的论文就应运而生了。

原来如此！

通过朋友的点拨，我算长了见识，再去看那些看不懂的论文时渐渐地心平气和了，甚至觉得这也是时下论文的一种写作“方式”。再后来，开始研究它的特色，揣摩它的规律，渐渐悟出一些门道或曰“秘诀”，大致可以归纳为“六要六不要”，即：

一要把简单的道理说复杂，不要把复杂的道理说简单；

二要把通俗的事物说深奥，不要把深奥的事物说通俗；

三要把具体的事物说抽象，不要把抽象的事物说具体；

四要把明晰的结论说含糊，不要把含糊的结论说明晰；

五要把熟悉的语言说陌生，不要把陌生的语言说熟悉；

六要把中国的文字变外文，不要把外国的文字变中文。

……

不能再说了，这样揭人老底等于砸人饭碗，会让许多人不高兴的。打住！

2015 年 10 月 10 日

又 怎 样

俄国作家契科夫写过《小公务员之死》，对社会底层小人物的悲剧命运做了入木三分的剖析。也许，我们对主人公在权势面前的自卑、恐惧乃至猥琐的表现感到可怜可笑，但又不得不承认，小公务员的“小心眼”和“想不开”绝不是个别的，一般人也会有，只不过程度不同罢了。

当一个人的命运操盘在别人手里的时候，敢向命运主宰者说一声“不”，是需要极大勇气的。而奴颜婢膝的性格一旦养成，想改变也难。小公务员的死并非受到权势者的迫害，而是自己被自己吓死的，他自卑和多疑的性格让他为一个小小喷嚏付出了生命的代价。

我以为有三字真言可为怯者补气，为懦者壮胆，这三个字是：又怎样。

“又怎样”，是一种境界。人不到这种境界时，常怀畏惧感，患得患失，什么都怕，什么都想不开。一旦到了“又怎样”的境界，就无所畏惧了，原来许多烦恼都是自寻的，许多担心都是杞人之忧。

如果小公务员当初这么想了，他就不会为一个喷嚏耿耿于怀、一连几次向将军道歉，或者因道歉遭到斥责就郁成心病，更不会因小心眼儿枉送了性命。

人的恐惧心与生俱来。佛教认为人生有八苦：生苦、老苦、病苦、死苦、爱别离苦、怨憎会苦、所求不得苦和五取蕴苦。譬如生老病死，哪个不可怕呢？活在世上，如经炼狱，呱呱坠地之日起就要接受命运的严酷考验，一生中要经无数风浪，需面对种种风险，更何况苦痛和忧烦，若遇大劫难，常生不如死。生之畏惧，实难回避。再说老，老是人生最无奈的选择。人老珠黄，人老体弱，人老多忘事，人老就要退休、退位、退出人生的竞技场。老之畏惧，亦人之常情。再说病，更是老少共惧的魔鬼。病来如山倒，病去如抽丝。病魔缠身，令你一切美好的梦想化为泡影。人的终极恐惧，莫过于死亡。死是人生的尽头，是人生的必然归宿。但活着的人一旦想到它，便阴森恐怖，不寒而栗。生老病死中没有比死更可怕的了！

既如此，人们的恐惧心绝非庸人自扰或空穴来风，是有现实依据的。但承认有恐惧物在，并不等于恐惧心就无法避免，更不等于说，人生在世就只能战战兢兢提心吊胆地苟活着。倘若，你真能做一个命运的反叛者，对恐惧物说一声："又怎样？"极可能你的命运有意想不到的转折。

生又怎样？老又怎样？病又怎样？死又怎样？至于爱别离苦、怨憎会苦、所求不得苦和五取蕴苦，固然折磨身心，但想到，你徒有害怕就能消除吗？与其在痛苦中煎熬，不如以乐观的心态面对，不妨从心底里为自己解脱：又怎样！只要这么放胆去想，你便觉得恐惧心荡然无存，自己虽非仙非道，却能超凡脱俗，看破红尘，到达一种只有圣人才能到达的境界。

"又怎样"，不仅适用于逆境，也适用于顺境。人在遭受横逆、碰到挫折时，想到"又怎样"会不悲观、不气馁；人在顺境时，想到"又怎样"会保持清醒和冷静，不致被胜利冲昏头脑。

老杜诗云："文章憎命达，魑魅喜人过。"古往今来，多少人被名缰利锁困扰，自寻烦恼，一旦功成名就、名利双收后又忘乎所以，不知天高地厚，最终理智被欲望吞噬，酿出人生悲剧，这样的现世报在我们眼前还少吗？

结庐人境，身居红尘，自然摆脱不了人性中的懦弱，想要超凡脱俗，一尘不染，"不以物喜，不以己悲"，"泰山崩于前而色不变，麋鹿兴于左而目不瞬"，确实不容易做到。

但人生的乐趣往往在于挑战自我的过程中。当你面临一个正确的抉择却被自己的懦弱折磨得不能自拔时，不妨让思维简化一下，变成三个字："又怎样"，或许真能帮你摆脱困境。

信否？

2010 年 11 月 13 日

无问西东

中国人曾对“西方”又惊又怕，又爱有恨。中国人认为极乐世界在西方，故唐三藏非得到西天取经。但中国人又把西方看作生命的归宿地，人死叫“归西”，叫“驾鹤西去”。处决人犯，常常说“送你上西天”。

当然，中国人称东称西，最初是以我为中心的，认为中国是世界中心之国，一切国家都要以中国的位置来确定自己的地理坐标。国之东西，便是东西方称谓的最早来源。

欧洲自文艺复兴和英国工业革命后越来越强盛，鸦片战争更让中国人看到西方列强坚船利炮的威力。这时在中国人的心目中，西方的形象，已经由慈眉善目大腹便便的西天尊者如来佛，变成赤发碧眼、纵火焚烧圆明园的八国联军。再后来，十月革命一声炮响，社会主义的苏维埃横空出世，中国也改朝换代加入其阵营。冷战伊始，东西方遂成社会主义和资本主义两大阵营的代称。毛泽东巧妙用《红楼梦》里林黛玉的话“不是东风压倒西风，就是西风压倒东风”，改造出一句震惊世界的名言：“东风一定要压倒西风”。于是在中国人的政治语汇里，东象征革命、胜利、朝气蓬勃、生命旺盛，西则象征反动、失败、夕阳西下、气息奄奄。

五四运动曾有过一阵崇西贬东的插曲。胡适带头砸烂孔家店，力主全盘西化，甚至连文字都想把中国的方块字变成西洋拉丁文。结果阻力太大，没有行通。一九四九年新中国建立以后，批判最猛烈的就是胡适全盘西化那一套。“文革”时期更达到高潮，“东风吹，战鼓擂，如今世界究竟谁怕谁？不是人民怕美帝，而是美帝怕人民。”西方成了“反动”“腐朽”和“没落”的代名词。冷战结束特别是改革开放后，东风西风不再提了，西方的先进科学技术大量引进，西方的价值观念和意识形态也不请自来，大有泛滥之势。先是商品名字、商店名字迅速西化，接着是中国人大量西流。如今，不少家庭争先恐后地把子女送到西方国家镀金、深造，恨不得在西方永久扎根，不再东归。一些考不上托福，不能以正当渠道到西方留学的人，居然想出歪门邪道，让怀孕老婆偷偷到美国或其他西方国家生孩子，只要闯关成功，只要孩子在西方国家呱呱坠地，就等于取得了西方国籍。这种盲目地崇洋媚外和自卑心理似乎又走向另一个极端。人们常犯糊涂：月亮到底是西方比东方圆，还是东方比西方圆？说“东”道“西”似乎永远是个尴尬的话题。

我以为，从不同文明的角度来看待东西方，要比简单地贴政治或意识形态标签更有价值。我们的目标是建立人类共同体，各种文明开放包容、互学互鉴是唯一正确的途径。

东西方文明各具特色，但绝无高低优劣之分。只有秉持“美人之美、美美与共”的态度才能为世界文明的发展进步做出更大贡献。

实践证明，时代在发展，社会在进步，简单地说东道西、偏执一端都毫无意义。在经济全球化、创建人类命运共同体的今天，中国人比任何时候都充满文明自信，守住自己文化的根，绝不妄自菲薄，同时又比任何时候都虚怀若谷，善于学习其他文明和国外一切先进的文化和科学技术，永不闭关锁国。

去年一部热映电影叫《无问西东》，讲述了不同时代却同样出身清华的年轻人，在社会变革与时代风云激荡中追逐青春梦想、实现真实自我的故事。而“无问西东”的片名系清华老校歌的歌词：“器识其先，文艺其从。立德立言，无问西东”。清华学子们既然要立德立言，为民族复兴做贡献，就要有勇气打破传统的所谓东学西学的界限，要以更加博大的视野和胸怀去看待不同的文明，融会贯通、兼容并蓄，美美与共，开创未来。

我想，这也是新一辈人为学为人最好的抉择。

2019 年 5 月 20 日

小品三则

不拘一格

清宫选秀，太后在奏章上用朱笔批示："今年选秀,不拘一格"。

懿旨下来，忙坏了户部和地方一干官员。他们打破常规，准备让天下最美丽最贤淑最有才德的女孩入宫候选。经过几个月忙碌，跑遍全国各州府，自下而上，几经考察面试，总算有了结果。主管大臣进宫复命，太后一看名单非常不悦，在折子上又批道："不拘一格"。字体比第一次大了许多。

主管大臣一头雾水，回去后重新遴选。第二次报上，依然是四字批复："不拘一格"。四个朱红大字仿佛老太后生气的眼睛，怒不可遏！

主管大臣彻底慌了手脚，无奈之下，只好求助太后的贴身老太监帮忙。老太监讥讽道："你们这些人啊，平日里个个满腹经纶，像有多大学问似的，没想到关键时刻现出银样镴枪头，中看不中用。太后老人家这么明明白白的批示都看不懂，还好意思觍着脸在朝里混呐？"主管大臣拱手作揖道："老臣愚钝木讷，还望公公不吝指教！"老太监说："太后说不拘一格，就是让你们选秀不要光盯着一两家格格，要多选几家格格，谁让你们擅自扩大选秀范围了？"

主管大臣恍然大悟，拜谢而去。后没出京城，几天内就把选秀名单搞定了。候选人个个都是沾亲带故的皇亲国戚，和往年没有什么两样。

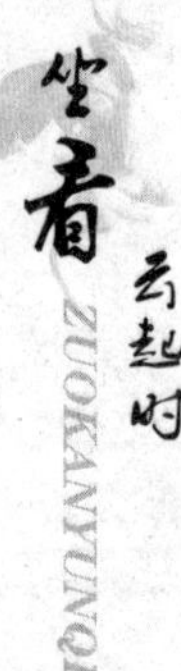

这一次，太后对办事的大臣非常满意，说了句："不拘一格，好啊，赏！"

文化老虎

一天，某市动物园领导突发奇想：东北虎、华南虎虽是国家一级保护动物，但从市场效益考量，均属赔钱货，远不如马戏团里那些经过演出驯练的老虎赚钱多。如能搞出点文化创意，让动物园里老虎也能身价百倍该多好！于是，领导指路子，专家出点子，记者拍片子，很快，一个大胆的文化创意广告在电视台播出：我市动物园将隆重推出"大宋景阳冈老虎巡展"。电视剧《水浒传》刚刚复播，观众对武松景阳冈打虎的情节记忆犹新，电视台此刻推出老虎广告正得其时。

电视台还组织著名虎文化专家现场答疑。

主持人问：世上老虎很多，为何偏要宣传景阳冈老虎？

专家答：因为只有景阳冈的老虎成就了武松的英雄伟业。没有景阳冈的老虎就没有打虎英雄武松，难道不该宣传？

主持人又问：再问一个尖锐的问题，景阳冈的老虎不是当年被武松打死了吗？怎么还会有徒子徒孙？

专家胸有成竹地回答：武松打死的是只雄虎，雌虎怀着它的后代，这很好理解嘛。

主持人最后提问：您怎么断定现在展出的老虎就是景阳冈老虎的后代呢？

专家笑了，反问道：你怎么知道它就不是景阳冈老虎的后代呢？是与不是，可参照《水浒传》里的描述，对照着看看，不就知道了吗？

……

次日，专程买票到动物园看老虎的游客排起了长龙，不少人手里果真拿着《水浒传》。追求文化时尚的人谁不想一睹景阳冈老虎的风采？

高屋建瓴

某乡长到县里听报告，散会时，主持会议的副书记、副县长强调落实县委书记报告的重要性，他说书记的报告“全面、深刻、精彩，高屋建瓴”。乡长没听说过“高屋建瓴”这个词，误以为是“高屋建岭”，一字不落地记在本子上。回到乡里，他照本宣科，向乡里干部传达会议精神。说到县委书记报告的重要性，特别指出：“书记的报告真是高屋建岭啊！”他怕别人没听懂，擅自解释说：“高屋建岭，就是全面、深刻、精彩的意思。你们想想，在岭上建高屋是什么眼光？什么气魄？咱们黑瞎子岭祖祖辈辈的梦想不就是在岭上盖楼房住楼房吗？县领导就是有水平！”听会的人个个点头称是。唯独不识时务的小学校长爱较真，不以为然地说：“乡长，您理解错了。高屋建瓴是成语，瓴不是岭，瓴是古人盛水的瓶子。将瓶水从高屋房脊上向下倾倒，叫高屋建瓴。”乡长听了很不不高兴，说：“你解释得不对！古人从房脊上倒水干什么？吃饱了撑的？”校长争辩说“成语原意就是这样的。”乡长说：“我解释得也没错呀。我问你，水瓶放到房脊上叫什么？”校长一脸茫然，乡长说：“这叫高水平（瓶）嘛！古人是让咱们猜谜语呢。哈，还是县领导高明，有水平！”

2016 年 5 月 16 日

斗 蚊 记

和蚊子为敌，且与之展开长时间的较量，是我从未有过的经历。

今年京城入夏少雨，气温居高不下，入伏后又连续桑拿天，人们白天被酷热折磨得精疲力尽，谁都渴望在夜里能睡个安稳觉。夜里温度毕竟要低些，如开着纱窗让空气对流或闭起门户把屋里的空调打开，都可以营造出一个比较凉爽舒适的环境，大可高枕无忧地酣然入梦了。

然而，可恶的蚊子却来骚扰，我和妻竟毫无防备。我家住十七层楼，往年很少有蚊虫光顾，搬到这里快十年了，像灭蚊药、驱蚊香之类从未买过。万万没想到，无备之患，竟让我们大吃苦头！

蚊子狡猾至极也凶猛至极。熄灯前，它们极善隐蔽，你根本摸不清它们潜伏在哪个角落；熄灯后，当你迷迷糊糊即将进入梦乡之际，突然，耳边听到“嗡嗡”之声，由远而近，由轻响到轰鸣，俨然敌机临空，它就在你头顶盘旋，耀武扬威的马达声显示着进犯者的狂妄和骄横。

蚊子和虱子、臭虫、跳蚤不一样，如果说那些属于“陆军”的话，它则属于“空军”，至少算“空降兵”吧，机动性能更强。瞬间，就能向你发动进攻，而且，当你开灯寻它时，它早飞得无影无踪。这完全是一种不对称战争。而感到狼狈的，不是渺小的蚊虫，而是庞然大物的我们。

经过几天叮咬之后，我特地到超市买回一个电蚊拍，样子像网球拍，只是那层网是用金属丝编织的，握柄处装有两节干电池，按动开关钮，蚊拍产生高压电流，足使那些敢冒天下之大不韪者当场毙命。

有了电蚊拍，我们有了与蚊子较量的武器。当黑暗中蚊子来袭时，我突然打开灯，仓惶逃跑或栖落在墙上的蚊敌，果然在电拍下在劫难逃，它们刚吸完血、来不及消化，肚子胀鼓鼓的，在电击时迸发出火花，并伴随着爆竹般响声："啪——啪——啪"……蚊子越是挣扎，爆炸越响亮。随着闪光，一股焦糊的血腥味在空气中弥漫。这真是天网恢恢疏而不漏啊！那一刻，我和妻都沉浸在一种歼敌的亢奋中，庆幸终于有了克敌制胜的法宝。

然而，我们未免高兴得太早，对蚊子的反攻实力估计不足。首先，我们不知这么多蚊子是从何而来的，另外，也不知蚊子繁殖速度之快，打掉一批又来一批，兵员补充之快，超乎想象。人是论代的，大概十年算一代，如"八〇后""九〇后"。蚊子如果算代估计须以时论，一个时辰就有一代新蚊降生，如加称呼的话，可能该叫"子时后""午时后"什么的。更可怕的是，它们个个都是亡命徒，吸了你的血，过了一把瘾，被你拍死，毫不畏惧，颇有前仆后继、慷慨赴死的架势。

看来，一两件新式武器，真奈何不了它们。

试用了几天电蚊拍，我发现我们是被蚊子牵着走，处处被动应付。为了打蚊子，我和妻不得不无数次地开灯关灯，为了追捕在逃之敌，我时而从床上跳下地，时而又从地板爬上床，墙角、柜头搜寻遍，还得仰脖观察天花板有无敌情。一夜里，与蚊子周旋的时间不下三四个小时。每天夜里三点前，基本没合过眼。最可气的是，你满以为彻底干净地消灭了敌人，可脑袋刚挨枕头，就发现那该死的冤家又嗡嗡地飞来了。

清人赵翼写过一首诗，谈蚊子的无孔不入和扰人之烦："六尺匡床障皂罗，偶留微罅失讥诃。一蚊便搅一终夕，宵小原来不在多。"他用蚊子来形容小人的可恶，但对如何制服蚊子，好像招数也不多，无非劝人采取守势，扎好蚊帐，别给蚊子留下任何"微罅"而已。至于，沈复在《浮生六记》里，把蚊子美化成"云中之鹤"，更有"审丑为美"的嫌疑了。"又留蚊于素帐中，徐喷以烟，使其冲烟飞鸣，作青天白鹤观，果如鹤唳云端，怡然称快。"蚊子两条长腿，飞在烟雾里，优雅的像驾云飞翔的仙鹤，样子的确很酷。但蚊子毕竟是嗜血的刽子手，再酷，我们也不能动恻隐之心轻易地饶过它吧？况且它吸血的手段又那么残忍和狡猾！

我知道，与蚊子的较量远没有结束。总结经验教训之后，我和妻决定从治本入手，细细检查蚊子的出处。是纱窗不严？还是阳台花木、下水管口以及抽油烟机烟道滋生了孽种？知己知彼方能百战不殆，不然，一味地消极防御或一味地打阵地战，绝非良策。

无论如何，我绝不会就此罢休。

孽蚊，你等着。

戏作于2010年8月5日，大暑将尽之晨

第七辑

人生也许是一本大书，用文字记载下的只是万分之一。读一个人，看他用文字记载的书重要，看他没有用文字记载的书更重要。

——《品读胡杨》

倩影弥珍

——《时光倩影》序

妻文稿初成，让我帮她想个合适的书名，我脱口便道："就叫'倩影集'吧！"我进一步解释说，"倩，是美好的意思；影，是印象。把美好的印象记下来，不正是你写作的初衷吗？"她说："好是好，就怕被人误解为我的相册，不如去掉'集'字，前加'时光'，叫'时光倩影'如何？"，我深以为然，于是有了这个书名。

细细品味"时光倩影"这四个字，还真有一番感悟在其内。

流年似水，韶华易逝，老是人生无奈的选择。人老了，才想到，人生何其匆促！杜甫有诗："繁枝容易纷纷落，嫩蕊商量细细开"，规劝人们要珍惜青春，从容地展示和享受生命的美丽。然而，人生的遗憾恰恰是既挡不住繁枝纷落，也做不到嫩蕊细开，或许正想着"细细开"呢，转眼就到了"纷纷落"的时节。更让人无奈的是，人生又像一本充满悬念的小说，主人公是你，作者却不是你。你被出生，你被长大，你被投入红尘，你被经历种种考验和磨难……情节如何发展、高潮如何出现、结局如何收场，似乎冥冥中早有定数，你却茫然无知。

人到老年，都喜欢回忆，回忆逝去的岁月，回忆不再的青春，回忆曾经的"繁枝"与"嫩蕊"，回忆"小说"情节中的机缘巧合，回忆人生路上与你一起同行的故旧亲朋和他们所施予你的至爱与真情。而如今，这一切的人和事，随着时空的变换和时光的流逝，都化作了渐行渐远的背影。

《时光倩影》无疑是作者对诸多美好背影的回忆。

一个人一生会经见无数的人和事，哪些值得回忆？哪些值得铭记？每个人都有自己的选择。《时光倩影》中的回忆文章，写得几乎都是好人好事，哪怕是别人的一点点好，作者都珍藏在心里。妈妈对儿女的毕生奉献（《妈妈的爱》），婆家人对自己的体贴（《婆家人》），哥哥双目失明后乐观生活的顽强意志（《黑暗中的色彩》），懂事的小妹辍学后省吃俭用、打工养家（《小青的故事》），农村插队锻炼时乡亲们所给予的关照和宽容（《坝上农村锻炼记》），命运转折、工作调动时所遇到的好人（《皎校长》），都成为作者刻骨铭心的回忆。即使学生送来的一碗绿豆、两把挂面（《师生情深》），小时玩伴教自己染指甲（《大岭姐姐》），朋友争取来的一次出差机会（《小左》），中学语文老师对自己的一次作文指导（《怀念母校，难忘师恩》），一位老友送来的一瓶药酒（《川妹苟惠》），小区一位好心人送来的一块磁铁（《电梯里》），都让作者感念不已。

回忆是一面镜子。有人照镜子，是为了孤芳自赏，顾影自怜，而作者却是以人为鉴，通过对故人往事的回忆，不仅记住了他（她）们的好，还经常对照，检点自己的不足，以自省自策。如一次教学观摩课听到的诚恳的批评（《镜子・朋友》），阔别几十年，发现好友还珍藏着自己早已忘记的赠言（《好友的珍藏》），社会底层儿童在艰难环境中的生存成长对自己的感动和启示（《垃圾站的风景》），对一只流浪猫寻找关爱而被自己冷落的追悔（《依偎》），给德国女孩鲍贝蒂送生日礼物所受到的教育（《生日的礼物》），对一个法国自费留学生行为误解而产生的愧疚（《丹尼尔的微笑》），对故去的母亲无缘回报，充满内心的悔恨和自责（《清明祭母》）。还有，在《静心斋悟静》和《千步沙听潮》中，对自己世俗心理的反省和对佛家道家清净无为的向往。不难看出，作者在每一篇回忆的背后，都潜藏着一篇心灵的剖白，写别人，其实是在写自己。

回忆过去的岁月，人们难免五味杂陈，特别是像我们这代经历过“文革”浩劫的人，最易让怨恨和哀伤的情绪蒙蔽视线，而作者却在还原历史真实情境时，更注重对人情人性中真善美的回味。那种特殊年代里，人与人的关系中鲜有的温暖和温馨，成为作者最深刻的情感回忆。《坝上农村锻炼记》自不必说，就连《看电影》《萝卜赛梨》也能体会到作者的用心。当然，最让我感动的是写和我有关的两篇散文。

《当白毛风吹来的日子里》回顾了我们相识相爱的过程，我冒着白毛风去看她，她在回忆中写道："他就像冬日里的一股春风，一束阳光，让我感到温暖和亲切。我知道，这世界上惟有爱情，才能产生出如此强大的魅力！"《坐二等车》回忆我骑车带她出行的往事，她说，"冬天的西安是寒冷的，坐在二等车上的我却感到暖意融融。三个人的身子紧贴在一起，心心相连，息息相通，那种幸福感也是让人永远无法忘却的。"这些带着体温的情感回忆，读来让人怦然心动。

其实，我们之间还有许多值得回忆的往事，只是主角是她，她就没写。比如，为了冬天取暖，她和我一起去十里外的草滩捡牛粪；冬日夜晚，她到学校给学生辅导，回来路上遇到群狗堵截，好不容易才得以脱身；为了帮我誊写稿件，在一盏昏暗的小油灯下，一熬半夜，无怨无悔；为了帮我复习功课，参加考研，她甘当陪练，逼着我"恶补"外语……也许，这些回忆文章该由我来完成了。

妻的这本文集中，除了几篇教学论文和几首诗歌外，大部分是散文。有回忆自己成长经历、工作经历的，有怀念亲朋好友的，也有一些属人生感悟和见闻杂记。

妻不是专业作家，提笔为文时从来不会矜持和拿捏，想到一些人、一些事，觉着有意思，就信笔记下来，而且写得很快。我有时调侃她："行啊，老林，文思泉涌，下笔如神啊！"她说："写文章，不就是写心里想说的话吗？有那么难吗？"文学需要有心人，为文却要平常心，她似乎做到了。

退休后的几年里，她一口气写了几十篇散文，还写了一部三十多集的电视连续剧剧本，有的散文已在刊物上发表，电视剧也在进一步修改中。虽然在构思谋篇及文字上还有一些不足，但其自由洒脱的写作状态和写作气势，让我不得不刮目相看。

我一向把读书写作看作是一种修行，看作是灵魂净化和向更高心灵境界攀升的过程，她完全赞同我的观点。因此，读书写作成了我俩退休生活中的共同癖好。她说她的写作，一不为名，二不为利，只是有话想说而已。自己当了一辈子老师，传道、授业、解惑，积习难改。过去想说的话全在讲台上说了，现在离开了讲台，腿脚也不灵便，没法到别处说，就想把它写出来，我很理解她的心情。

如今，我们都到了“唠叨当歌听，白发当花看”的年龄。在别人看来或许是“唠叨”的话，在我看来却是一首动听的歌。

读她的书，仿佛过去时光里那些渐行渐远的背影，突然又转过身来，同看书的人打招呼，让读者看到了他们的面目。谢谢作者的努力！

岁月留影，倩影弥珍。在《时光倩影》付梓之际，写了以上的话，且为序。

2013 年 12 月 16 日

《爱妹的岁月》序

《爱妹的岁月》以电视剧本的形式面世，是我未曾想到的。

我的初衷，是想让妻林倩将对母亲的怀念写成传记文学，不料她写着写着却变成了电视剧。我确实取笑过她是“无知者无畏”，但读了初稿，让我惊喜异常。我被她笔下的人物和故事深深打动了，也被她顽强的写作毅力深深打动了。

妻为母亲的爱所感动，又以对母亲的爱从事写作，这种人间最纯真温馨的情感交织，演绎成一行行有血有肉的文字。读她的初稿，我无数次热泪盈眶！

我在影视界多年，深知妻的做法，有违一般电视剧的创作、运作规律，极易被人说成是“外行”之举。因为，如今中国，没有哪个编剧，敢在还没有找到投资方的情况下就贸然动笔，并且肯花两年多的时间去写一部三十多集的电视连续剧！面对她的认真和执拗，我不敢再取笑她了。

妻自比“愚公”，却让我这个自命不凡的“智叟”折服。她初稿出来后，我毫不犹豫地加入到她“挖山不止”的行动里，又一锹一镐地拼了一年，遂形成今天的样子。

这是一个平凡女人的真实故事。女主人公爱妹是以妻的母亲林疏真为原型创作出来的，主要内容依循了真实人物的生活经历，但剧作叙事，包括人物关系架构和相关情节、细节，都做了大量的艺术加工和艺术虚构，并非严格的人物传记，读者也不必枉费猜测和对号入座。

故事从二十世纪二十年代初，爱妹逃难到上海写起，一直到二十世纪九十年代她在北京辞世止，大约七十年的沧桑岁月。爱妹六岁随父母从浙江绍兴逃荒到上海，她弟弟因病无钱医治，被送进育婴堂，下落不明。她七岁开始做童工，九岁母亲病故，买不起棺木，爱妹自愿卖身葬母，当了童养媳。后来她的姑姑和阿爸又先后离开人世。孤苦无依的爱妹当童养媳饱受欺辱，大姐骄横蛮霸，二姐心狠手辣，只有老太太尚存善心，对这个可怜的孩子多有垂爱。但命运乖舛，造化弄人，爱妹在婆家始终是一个任人驱使和打骂的使唤丫头。后来，爱妹和阿兴结了婚，一起到了天津二姐家。不会生育的二姐强行要走了她的女儿，人面兽心的二姐夫又对她虎视眈眈，公然提出借她的肚子为他家传宗接代。阿兴是个不务正业和没有骨气的角色，非但不帮她，还为虎作伥。爱妹走投无路时，遇到了一个爱她、疼她的男人，两个人大胆私奔，后来成为她的丈夫。谁知，这个她所信赖的男人最后也无情地背叛了她，成为伤害她最深的人。爱妹为了生存，为了养活三个孩子，开始了漫长的求生之旅，从天津到北京，从北京到张家口、从张家口到上海，再由上海回到北京，期间经历了无数的人和事，有痛苦和失落，也有感动和感恩；有流氓、骗子、歹徒的滋扰与加害，也有义友、善邻、好人的关怀与救助。她在工厂做过工，给私人老板当过推销员，给人洗过衣服、卖过饭，五十年代后期进了服装厂工作。生活窘迫时，她被迫卖血养家；遭遇屈辱时，几次徘徊在死亡线上。七十年人间冷暖，七十年世态炎凉，七十年大爱不已，七十年深情难忘。在她七十三岁临终之前，做了一个梦，梦见死去的阿妈抱着弟弟爱生在天堂向她招手，她不知不觉地飞起来，飞到天上。她忽然明白，自己的一生都在寻梦，寻找那个被爱和爱人的

爱妹原型——作者岳母林疏真青春照

梦……她向晚辈讲述自己的人生感悟时说："人都是哭着来的，却不能哭着走。人这一辈子，只要心里装着爱，就能把一切痛苦融化掉。永远地爱别人，最终你就会笑着离开这个世界。因为，你心里再无怨恨，只有真诚地祝福……"这就是爱妹，一个让我们永远怀念的平凡而伟大的母亲。

我们用爱妹的真实人生经历为线索，将中国七十年的历史变迁和时代风情融入叙事之中，让一个平凡的中国女人的故事能显示出历史的沧桑感和时代前进的印迹。艺术地再现普通百姓的生活，展示怀揣梦想的平凡小人物的坎坷命运，张扬人间的真情大爱，张扬善良、宽容、奉献的人性之美是我们创作的初衷。

子在川上曰："逝者如斯夫，不舍昼夜。"岁月如川中之水，随历史的江河远逝。我们愿意撷取爱妹这一朵浪花，献给普天下一切为爱而奔波、而奋斗、而献身的人们。

2013 年 9 月 8 日

品读胡杨

胡杨是一棵树，一棵在西北戈壁沙滩上春天泛绿、秋天摇金、四季生命旺盛、一生精神抖擞的树。

胡杨是一个人，一个在影视艺术创作上不断攀登、不断进取、青春无怨无悔，白发豪情依旧的人。

这个人就是我的好友高世杰，胡杨是他的笔名，也是他理想人格的写照。

我认识胡杨，是在二十世纪八十年代，那时我还在西北大学教书。改革的岁月，狂飙突进，文潮迭涌，一部名曰《昨夜的月亮》的电视剧，让我记住一个导演的名字：胡杨。我记住他，是因为他的艺术胆识、勇气和才华。

粉碎“四人帮”后，文艺的冰河开始解冻，中国文学史上许多被贬斥、被批判的作家和作品重新获得被甄别、评介的机会，其中就有女作家张爱玲和她的作品。当时在海外享有盛名、在国内却长期寂寞无闻的张爱玲突然走红，许多出版商争相出版她的作品，似有洛阳纸贵之势。但要改编成电影或电视剧，许多人却望而止步，不敢问津，生怕政治上惹麻烦，经济上受损失。就在别人犹豫观望之际，胡杨则敢为人先，在中国大陆第一个将张爱玲小说《金锁记》搬上了荧屏。他既是导演，又是该剧的编剧之一。电视剧拍竣后虽然遭遇波折，但终究被审查机关认可并由央视黄金时段播出，内地观众凭借电视传媒走近张爱玲和她的作品。此剧不仅在全国电影制片厂首届优秀电视剧评选中赢得荣誉，而且在首届全国录像片评选中获得二等奖。由赵奎娥饰演的曹七巧，较出色地塑造了一个在封建家族文化浸渍下性格扭曲、性心理变态、自己被扼杀、反过来又去残酷扼杀别人的独特女性形象。电视剧在深刻揭示人性的复杂性方面，独辟蹊径，让人耳目一新。未见胡杨本人之前，我以为他是个性格张扬、思想激进的年轻编导，没想到见面后才知道，他是个年过五旬、性格极沉稳内向的人。他改编张爱玲的作品完全是出于对作家作品的尊重，没有半点追逐时髦和沽名钓誉的俗念。这不能不让我感动和钦佩。

后来，我由西北大学调到西影厂，与胡杨见面和接触的机会多了，对他的了解也渐深。胡杨不仅与我同姓，还都是河北老乡，我俩趣味相投，一见如故，很快成为朋友。

胡杨生于一九三五年，长我九岁，早年就读西北俄语专科学校，后转入兰州大学读中文系，一九六一年分到西影，先在文学部当编辑，后调到电视剧部主持工作，再后分到导演室。他和西影许多人一样，是由编剧转行干导演的。他有较深的文学底蕴和艺术修养，为从影做过多方面的知识积累和业务准备，除了到电

1994年，作者与胡杨合影。

影学院专门进修外，平时更注重实践中的摸爬滚打。入行以来，他孜孜矻矻探求影视创作规律，摸索创作经验，先后创作了电影剧本《红缨似火》《阳光下的紫丁香》《灿烂的星》《望穿秋水》《有爱不寂寞》和电视剧本《晚秋的旋律》《未被处决的新娘》《风楼》《春梦了无痕》《天堂不是梦》等十余部作品。他亲自执导的电视剧有：《晚秋的旋律》《风楼》《昨夜的月亮》《神农殿的子孙》《风萧萧》《大路朝天》《平常女人》以及戏曲片《迟开的玫瑰》和《金碗钗》；电影有《何班主和他的情人》以及《女人寻梦》等。

西影是中国影视人才的一大摇篮，如今活跃在影视界堪称巨星大腕的艺术家不少来自西影或发迹于西影。也许是这些巨星大腕的光芒太璀璨、太耀眼了的缘故，使得西影那些本来也很闪光的艺术家被他们的光焰所遮盖，显得稍许黯淡和不那么显眼了。然而，正是这些看似"不显眼"的艺术家数十年来一直为西影默默奉献，他们的心血和汗水，他们的耕耘和收获，共同铸就了西影昔日的辉煌，同样弥足珍贵，令人怀念。胡杨就是其中一位。

在我的印象中，胡杨是个处世随和、在艺术上却格外执着的人。

一九九二年七月，他拍电影《何班主和他的情人》，我去甘肃环县探组，为了拍好剧中的真实场景，他白天找当地皮影艺人采访，晚上到村头看皮影戏班的演出，对皮影的历史、流派以及各地皮影造型、唱腔、演技的异同、皮影与其他传统戏曲的传承关系等都有广泛的涉猎和较深的研究，讲起来头头是道，让我暗自吃惊，因为一般导演是不肯为一场戏去下这个功夫的。一九九六年六月，他拍《女人寻梦》时，我也到组里看过他，由于资金有限、拍摄周期卡得很紧，戏拍得很苦。胡杨坚持质量标准，拍每一个镜头都不马虎，他的一丝不苟招致个别人不满，有个演员干脆以半路撂挑子相威胁。关键时刻，胡杨显示出一个艺术家的坚韧和淡定，他不迁就，不信邪，不降格以求，顾全大局，忍辱负重，硬是咬紧牙关把戏拍完，剧组上下无不受其感动。

随着市场经济的发展，在影视创作中，对艺术的追求和坚守变得越来越困难。影视行当，"四子"开店，"本子""票子""班子""片子"，一子不可或缺。写本子、拉票子、组班子、拍片子，哪个环节都不能出问题。有时费了九牛二虎之力，结果功亏一篑，是常有的事。特别是“票子”对影视创作的掣肘和制约更自不待言。胡杨自然也经历了无数这样的无奈和尴尬。记得有一年，他看中一部写服装业竞争的小说，想改编成电视剧，我还跟他跑了趟大连，亲自找作者谈，但终因稿费谈不拢，人家另攀高枝把剧本给了别人。眼看煮熟的鸭子飞走了，胡杨痛心不已，因为他为此白白耗费了半年多心血。还有一部写改革中人物命运的电视剧也因为同样原因不了了之。胡杨退休后，也写过一些影视剧本，本欲再度扬帆起航，结果都是受一些非艺术因素的干扰而遭遇搁浅。我想到杜甫的两句诗：“青冥却垂翅，蹭蹬无纵鳞”，比喻文人失意。其实搞影视，让人徒叹奈何的情形更屡见不鲜。影视艺术家的成功，机遇很重要，缘分也很重要，有机不遇，有缘无分，即便“把吴钩看了，阑干拍遍”，又将如何！艺术家能最终实现的，仅仅是他能达到而非最初心里期盼达到的，理想与现实的落差所造成的遗憾无法避免。因此，我非常同情和理解胡杨的心境。

胡杨是个心胸豁达和乐天知命的人，他努力作为，却不苛求回报。他起名胡杨，大抵也是为了激励自己不怕挫折、永远保持蓬勃旺盛的生命状态吧。胡杨兄高高的个子，论身材相貌，更像一株西北高原伟岸挺拔的钻天杨。他在西安长大，却不操秦腔，讲一口纯正的普通话。他总是面带微笑地待人接物，说话态度诚恳、谦和，“那是，那是”似乎是他的口头禅。包容大度、随遇而安，是他可贵的品性。

胡杨是个热爱生活、也很会享受生活的人，无论在物质层面还是在精神层面，他过得都比较精致、滋润。他有个温柔体贴又极会料理家务的老伴，衣食住行处处被照顾得无微不至。他家住在西影东边不远的部队医院里，我在西影期间，经常到他家蹭饭，亲自品尝过他老伴做的饭菜，他家堪称美味的臊子面和堪称精美的餐具，给我留下深刻的印象。胡杨拍戏之余，喜欢文学，喜欢音乐，喜欢旅游和收藏。他经常到西安古玩市场的地摊上淘宝，每有所获，乐不可支。他告诉我，他不在乎得失，甚至也不怕买假货上当，他说关键在乐趣。如今七十多岁的他，又喜欢开着辆老旧的英国车到处兜风。去年，我和另一个朋友到西安看民俗馆，他坚持用自己的车子接送我们，趁机显摆一下他宝刀不老的开车本事。

上个月，接胡杨电话，说他想把自己影视创作的文字稿集结起来，自费出一本书，特请我为他写序，我没有犹豫，便答应了他。朋友相托，却之不恭，再说，胡杨又是那么随和的人，我文笔怎样笨拙，他也不至嫌弃和责怪我吧？于是，有了今天这篇文字。

人老了，喜欢回忆过去，写作本身就是一种回忆。回忆，不是为了炫耀，是为检视自己的足迹，有坚定的，有蹒跚的，有辉煌的，也有遗憾的。但每一个脚印都是通过自己的双脚走出来的，都是自己曾经最真实的心迹。

人生也许是一本大书，用文字记载下的只是万分之一。

读一个人，看他用文字记载的书重要，看他没有用文字记载的书更重要。

一个像胡杨树一样生长和生活的人，是很值得我们去品读的。

西北有一棵树，它的名字叫胡杨。

西影有一个人，他的名字也叫胡杨。

那就让我们静心地去品读吧！

2013 年 6 月 12 日

农历癸巳年端午节于北京

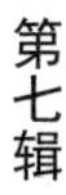

王迪老师的“菩萨行”

——读《妙法红楼》

我怀着兴奋和喜悦的心情，读完王迪老师的新著《妙法红楼》，由衷地感到，这是一本别开生面的书，一本让我受益匪浅的书，也是一本让我很受感动的书。

首先我要说，这是一本别开生面的书。

现在的电影理论界已经不那么引人关注了，多少有些冷清。我总感觉理论和创作之间缺乏有机的交叉，好像在各行其是。许多读者跟我一样，怕读那些大块头的不着边际的理论。但王迪老师这本书不同，它让我眼前一亮：“妙法红楼”，书名就把我吸引住了。

“妙法”有“妙学”的意思。王迪老师解释说：“所谓妙学，一言以蔽之，就是以清净心与曹雪芹‘感应道交’之学。”

王老师对《红楼梦》的研究，选择了一个非常独特的角度，他是以一个电影创作理论家的身份进入曹雪芹的艺术世界的。和一般读者或一般红学家不同的是，他在体味《红楼梦》的博大精深时，更留意《红楼梦》对于电影创作的借鉴价值。他在与曹雪芹“感应道交”中，又将自己的心得感悟及时向同行传达交流，以期引发更多电影人研读《红楼梦》的兴趣。

随着《红楼梦》研究在中央台《百家讲坛》热播和一些影视改编作品相继问世，人们阅读《红楼梦》原著的兴趣也在不断升温。与全社会普遍的“红楼热”相比较，电影界反而有点不温不火。许多人对《红楼梦》嘴上说好，却舍不得花工夫下力气读它、研究它。在电影从业者中，真正能主动阅读、研究《红楼梦》的人并不多，更少有人把研读《红楼梦》同提高我国电影创作的艺术质量联系起来。王迪老师的书，无疑是一面旗帜，它旗帜鲜明地倡导电影人放下身段，以一种虔诚、敬畏、谦恭的心态去读这部堪称东方艺术的“圣经”和中国封建社会百科全书的《红楼梦》，通过领悟曹雪芹的艺术经典，反观我们今天的电影创作，促进我们民族电影艺术的全面提升。

王老师的书，绝非故作惊人之举。众所周知，电影在成长发育过程中曾得到各类艺术的多重营养，其中受益最多、最不可忽视的是来自文学的营养。叙事文学表现人生的经验最值得电影艺术家借鉴。特别是小说，成功的小说不仅为电影改编提供了“母本”，也为电影艺术家创造成功的银幕形象提供了丰富而宝贵的经验。原苏联著名导演米哈伊尔·罗姆就曾直言不讳地说：“文学是电影的母亲。”王老师在书中提到，黑泽明读列夫·托尔斯泰的《战争与和平》不下二十遍。而在中国，却很少有电影艺术家能像黑泽明研读《战争与和平》那样去潜心研读《红楼梦》，并用《红楼梦》的经验去指导电影创作的。个中缘由，除了对民族文化估价不足、妄自菲薄外，更多是出于对电影的文学基础在认知上的偏见。许多人只看到电影艺术的特殊性，却不愿承认文学对电影所产生的决定性影响，更没有意识到文学素养在一个真正的电影艺术家身上所发挥的巨大作用。

王迪老师这本书，是我国红学研究的新收获，究其初心，还是想写给电影从业者看的。它所讲的内容也与其他红学论著不同，“不涉及《红楼梦》的索引、考证、批注、版本诸问题”，也不想在红学界标新立异、另辟一家之说，而是以艺术赏析为主，将自己研读《红楼梦》的心得体会毫无保留地传达给读者。因此，这本书既是王迪老师对曹雪芹创作经验的探究与体察，又是对电影人学习、借鉴《红楼梦》的一种“导读”。它的理论价值在于：将《红楼梦》作为电影文学创作最可借鉴的艺术范本进行针对性描述，把每一条具体的创作经验融汇到电影作为艺术必须遵循的内在规律上来。它比一般的电影理论著作更切合实际，更深入浅出，更有诚意，也更容易被读者认同和接受。

从这个意义上讲，《妙法红楼》不仅别开生面，而且独树一帜。“妙法红楼”，“妙法”二字，名副其实。

读王迪老师的书让我受益匪浅。

1997 年，作者与王迪老师合影。

我和王迪老师交往快二十年了。我觉得王老师是个既执着又谦和的人，没有学者教授的架子，他写的书我差不多都读过，语言平实流畅，从容舒缓，文风清正淳和，极像他平日讲课或交谈时的语调。论证说理绝不咄咄逼人，更不张牙舞爪，但又是非分明，在原则问题上毫不含糊。他对文艺界现状和电影创作中存在的问题，不回避，不粉饰，不随风俯仰，保持了一位学者应有的独立品格和涵养。记得他过去参加剧本中心的论证会，每次发言，都真诚坦直，对所论证的剧本，好处说好，坏处说坏，敢讲真话、实话，让人心服口服。

《妙法红楼》延续了王迪老师的一贯文风：真诚、热情、平实、坦直。议论分析，有的放矢；旁征博引，言之有据。全书分上下两篇，上篇谈作者品读《红楼梦》的心得，从曹雪芹的境界，谈到曹雪芹的艺术理念和艺术追求，再到曹雪芹的创作手法与创作技巧，包括人物塑造、情节铺叙、语言运用、结构谋略等等。下篇则是对电影《红楼梦》和电视剧《红楼梦》的评析。通过与原著对照，谈这些影视作品改编的成败得失。

作者是用一种特殊的方式进行“导读”。边谈自己对《红楼梦》的感悟，边联系电影创作现状逐一比照点评，有时还会插进一些自己的亲历或见闻，夹叙夹议，相当精彩。读后，对人启发良多。

如在谈到曹雪芹的境界时，他说：“曹雪芹是从佛的境界看宇宙。佛的境界是遍虚空尽法界。换句话说，整个宇宙都在曹雪芹的视野之中，是境界中的最高境界。”

我觉得这个观点，不仅新颖独到，而且为我们把握《红楼梦》的内在精神和艺术追求提供了新的视角。曹雪芹“有菩萨心肠与觉者智慧”，为实现自己的艺术追求，“披阅十载，增删五次”，无论什么困难，“亦未有伤于我之襟怀笔墨者”。可谓贫贱不移，富贵不淫，百折不挠，九死不悔，他境界超常，站得高，看得远，“不畏浮云遮望眼，只缘身在最高层。”（王安石：《登飞来峰》）而比照之下，当下一些电影人，则境界显得低俗，目光显得短浅，更有甚者，无利不起早，有奶便是娘，别说追求崇高的艺术境界，为了捞钱，连起码的职业道德都不讲了。

作者不胜感慨地说：“艺术之目的是净化人的灵魂——‘质本洁来还洁去’。但一些电影人却将本属于功能的‘说教’和‘娱乐’作为目的。他们黑白颠倒、本末倒置、迎合低俗，不以为错，反而振振有词地说是‘市场需要’。将传统文化之美，丢弃殆尽。”

读到此处，我对王迪老师的坦言，肃然起敬。其实，我也有诸多同感。譬如现在的影视评论，多是谈思想性，谈可看性，谈票房和收视率，却很少谈及艺术性。即便谈，也是蜻蜓点水，一提而过。这种评论现状，反映出当下电影人浮躁的急功近利的创作心态。电影产业化进程中，电影的商品属性被特殊强调，谈票房和收视率本来是很正常的，也无可厚非，但以收视率和票房衡量一切、决定一切，完全排斥电影作为艺术的本性和审美功能，就陷入偏颇了。

在电影面临市场化激烈竞争的当下，如何协调处理好电影的商品属性与艺术属性的关系，使电影在发挥市场效益的同时不迷失其净化观众心灵的艺术本性和神圣使命，是一个最值得探讨的话题。在一些人看来，驱动电影创作的不再是艺术而是金钱了。政府给钱，就高唱主旋律，私人投钱，就在娱乐大众上做文章。谁还顾上讲电影的艺术性？制片人在面临抉择、权衡利弊时，最易在艺术上做妥协，电影制作工序中最易偷工减料的地方也往往是艺术环节。

我们经常抱怨一些打着主旋律旗号却拍得苍白无力的电影，也抱怨一些打着娱乐大众旗号却拍得俗不可耐的电影，但很少用心探究电影如何通过独特的艺术魅力去教化观众、娱乐观众的经验。电影怎样才能真正赢得市场和观众？靠搞政治说教吗？靠搞低俗、庸俗和媚俗吗？显然不是！电影只有作为艺术，其宣教的功能才得以实现，其作为特殊文化商品的价值才能有可靠的保证。我以为，把艺术性同思想性、可看性截然对立起来，认为讲艺术就一定会妨碍思想性、破坏可看性，这种形而上学的论调不仅荒谬，而且可笑。

艺术是什么？可能会有不同的说法和解释，但我知道：急功近利不是艺术，标语口号不是艺术，感官刺激不是艺术，靠炒作走红又很快“速朽”被人遗忘的也不是艺术。

艺术家讲功利是讲人间的至善大爱，是一种神圣的社会责任感和真心实意为人民服务的精神，绝不是狭隘自私的功利观。

电影有宣传教化的功能，但需要通过引人入胜的故事和有血有肉、个性鲜明的银幕形象来感动观众，而不是把标语口号或空洞的政治说教强加给他们。

电影以制造视听奇观为特长，特别是现代高科技的运用会极大刺激观众的感官，增强电影的可看性，但这些必须附丽于或统一于电影艺术的总体构思之中，而不是孤立其外。片面追求感官刺激不能叫艺术。

电影重视娱乐性，但不以挑逗观众的自然本能和生理欲求为旨归，而是要把观众的欣赏品位提高到健康向上的审美层次上，让他们通过赏心悦目的视听享受，获得审美的愉悦。那些庸俗无聊的插科打诨，刻意制造的噱头，一切为迎合观众低级趣味而投放的佐料，可能会逗观众一阵傻笑，也不乏所谓的“娱乐”效果，但毕竟不是艺术。

艺术具有永恒的魅力。一部《红楼梦》流芳百世而不朽，是由它内在的品格决定的，不是靠炒作走红的。电影不能自封，不能单凭炒作来抬高自己的身价，说到底要靠艺术质量。真正的精品力作必然是经得起市场和时间双重考验的艺术品。

电影这种特殊的文化商品，究其本质，既不是“工具”，也不是“杂耍”，而是一门艺术。而艺术就要触及人的心灵，就要提升人的精神境界。就像王迪老师在此书中反复强调的那样：“艺术之目的是净化人的灵魂”，“耄耋之年，矢志不忘电影之为艺术”。王老师在《妙读红楼》中，不遗余力地为电影艺术“正名”，给我的印象非常强烈，让我非常震撼。

在谈到《红楼梦》里贾宝玉、林黛玉等人物塑造时，王迪老师认为，《红楼梦》最大长处，是写了众多人物而绝不雷同，他们各有各的面目，各有各的性格，其中的奥秘在于曹雪芹善于把握人物性格的主体性与丰富性的完美统一，善于写“真的人物”（鲁迅语）。我认为，王老师的分析一语中的。现在有些电影在人物塑造上确有这样的毛病，不能做到主体性与丰富性的统一。片面强调主体性忽视丰富性，必然会依循过去样板戏模式，将一切优质善行加在正面人物身上，以彰其美，或将一切劣质恶行加在反面人物身上，以显其丑。另一种则相反，片面强调丰富性而忽视主体性，结果是优劣杂陈，善恶混淆，把个性“丰富”到没有个性的程度，完全看不出人物的本来面目，让人不可理喻，难以捉摸。这样创造出来的人物必然虚假造作，都不是“真的人物”。

在谈到《红楼梦》写人与叙事关系时，王迪老师通过解析探春在贾府搞“改革”“兴利除弊”的情节后指出：“叙事艺术之写事，最终落笔到人物、人心和人的命运上，这，至为重要。”紧接着就联系实际说：“我们的一些电影，往往只知表现一个事件。人，不过是完成事件的活的工具。国产电影的这一‘顽症’由来已久。艺术与自然脱节，艺术必然失去生命，遑论透视出自然的规律。”这些话完全符合实情，现在国产电影里“重事轻人”的毛病司空见惯，包括一些革命历史题材的大片也在所难免。在这些影片中，往往事件纷繁，人物却被事件淹没。叙事场面多，主要人物在事件中走过场，被事件拖着走，观众看后平平淡淡，印象模糊，很难引发情感上的共鸣。

王迪老师在书中还用了很大篇幅谈《红楼梦》的改编，对一九九〇版的电影《红楼梦》和一九八七版的三十六集电视剧《红楼梦》都有很详细的解析。对它们的成败得失，分析得非常透彻，很有见地。他根据自己多年的研究，概括出电影改编的“六要素”，并一一加以阐述。在谈如何“忠实于原著”时，他强调“必须有科学的、清醒的、正确的认识”，那种认为“忠实原著，就是对原著的思想、人物、情节、结构、细节乃至人物重要对话里一个字，都不可改动”的说法是极其错误的。他说，这是“最使不得、最不可取、最糟糕的”“它貌似忠实于原著，实际上是表面的、形式上的忠实，是最省力的僵化了的忠实”。读到这些文字时，我由衷佩服王迪老师的鉴别力和洞察力。我甚至想到，如果这本书早出几年，最新版电视剧《红楼梦》的主创人员如能早一点读到王老师这本书，肯定对他们后来的创作大有裨益，或许可以避免或少犯些“最使不得、最不可取、最糟糕的”错误，不致留下今天这么多的遗憾。

王老师书里还有许多精辟论述，对我启示也很深，这里就不一一赘述了。

最后，我还要说，王老师的书也是一本让我很受感动的书。他甘于寂寞的写作态度和自度度人的菩萨心肠，让我掩卷之时情不自禁。

王迪老师说他读《红楼梦》如老僧读经，他说：“……读到妙处，幸福感如同一股热浪，从内心蓦然升起，不由自主地会心大笑，好半天止不住。我敢说，在山庄几百位老人中，此时此刻的我是最幸福的——犹如那位高僧读《坛经》那样幸福。”

一个电影学院文学系的老教授，一个有几十年教龄的学界前辈，几十年来为中国的电影文学事业舌耘笔耕，奔走呼号，呼吁人们重视电影的一剧之本，重视电影的文学基础，重视电影人自身的文学修养，他虽然桃李满天下，依然觉得自己的理念和主张没有完全实现，痛感电影界浮躁有余而文学底蕴不足。于是，在他耄耋之年，毅然把自己关进太申祥和山庄，闭门读书写作，一部《妙法红楼》，整整用了五个春秋！五年，对年轻人来说可能不算什么，而对于一个八十多岁的老人却是何其不易和宝贵，他是用整个生命来做拼搏和奉献的。我想，我们每个人都应该向他表示深深的敬意！

王迪老师有老僧一样的毅力，也有老僧一样的境界，他摒弃世俗杂念，保持了一颗难得的清净心。在一种禅静中研读《红楼梦》，感悟《红楼梦》，并从《红楼梦》里找到一种会心和通灵的乐趣。

王迪老师对佛学的领悟，贯穿在书的字里行间。他用佛的境界和辩证法引领我们漫游曹雪芹的艺术世界，也给我们开启了一扇新的通达智慧的窗口，让我们看到一片超越世俗的风景。佛家讲“菩萨行”，上求佛道，下化众生；自度度他，自觉觉人。我认为王迪老师的这本书，就是“菩萨行”。他孜孜矻矻研读《红楼梦》，又将他的心得和觉悟苦口婆心地传达给读者，传达给广大电影人，引渡他们最终到达电影艺术的彼岸。我相信，王迪老师的“菩萨行”一定能广结善缘，普度众生，一定会有更多的电影人在王老师“妙法”的感召下，从学习、借鉴《红楼梦》等文学名著中汲取营养，为振兴和繁荣我们的民族电影做出更多的贡献。

2010 年 12 月 11 日

（原载《北京电影学院学报》2011 年第 1 期）

真诚地祝贺

——致霍健

霍健同学：

利用中秋休假，把你发给我的二十九篇文章（含《铃声里的故事》六篇）认真地读完了。首先要说的是：谢谢你！谢谢你的文章！许久，没让我这么感动过了！二十七年前，你是我的学生，如今你已经是一位事业有成的企业精英了。对学生仕途经济上的发达，当老师的自然会感到骄傲，但还不足令我感动，看了你的文章，了解了你的内心世界，一个在权欲与物欲洪流面前依然纯情如昨、不失本性的你，一个在纷乱的环境中依然安放着一张文学书桌并在文学的原野里不倦耕耘的你，真的让我感动了！

你的文章有散文，也有小说，但分界不那么明显。许多文章是小说的构思，散文的笔法，又呈现出很浓很美的诗歌意境。

你是一个极善观察生活并在观察中有独到发现的人。《拔地而起》《最高的路和最低的天》《虹化》《波斯湾，那片诡谲的蓝》《发现井冈》《三联那一角》《红叶间的大师》等，可以说去过的人、看过的人和写过的人太多了，却鲜有你文章中所展示的视角。写布达拉宫，你留意到没有灵塔的仓央嘉措；写井冈圣地，你提起那个屈死的山大王袁文才；写香山红叶，你偏写建筑大师贝聿铭的遗憾。你看青藏高原，几乎是超越时空的俯瞰，宇宙茫茫，沧海桑田。“那路真像上苍抛下的一条祝福的哈达，静静地落在高原上。高原上的罡风袭来，恍惚间你会觉得那条‘哈达’像个精灵一样飞舞了起来。”

你是有真情实感的人，不为赋新词强说愁。《常欲抖落浮华伴君走》

《那个闪着灵光的雪夜》，无论是对现实壮士生命境界的敬慕，还是对古代雅士生存状态的向往，都是你自己真实的感受。即便是可望不可即的叹息，也让人感到是你内心世界隐秘的流露。

你是个情感细密、体验精微的人，粗心大意的人很难写出像《山路弯得像个谜》《棋趣》《五瓣丁香》《花盆里那个痦子》那样的作品。尤其是老夫妻各自独走香山，收获另一番风景的喜悦，个中况味，非亲身亲历不可得。棋趣是一种调侃，公民社会应有的平等，只有下棋时才能见到。

你是一个善于捕捉生活中的真善美，并且时刻自省自察的人。《东北汉子》《教研》《作文轶事》《善之小》等都是这样的作品。你教书时，孩子们对你的教育，你误解后的负疚，让我也着实地感动。我一向认为，写作，特别是散文写作，首先是写给自己看的，然后才能给别人看。不敢解剖自己灵魂的人，不配写散文。

最后，还要说的是你构思的巧妙和文笔的精美。你的结构能力和驾驭语言的能力让我很佩服。我很欣赏《太极》《钓神》《花匠老茅》等，悬念的设置，引人入胜，语言又极其简洁、生动。谜底揭开时，

2014 年，作者与西大学生聚会，后排右三为霍健。

让人震惊。我甚至觉得，这几篇再做加工，就可以搞成电影文学剧本。如有兴趣，不妨一试。

以上就是我的读后感，我说你的文章感动了我，是真心的，绝不是顺情说好话或有意敷衍你。

那天见面，我说过写作是一种修养，特别是文学写作，是提升自己心灵境界的过程。此事不关名利。人的学养、能力有别，文章自然有高下之分，但对修养而言，几乎没有差别。只要写在纸上的文字是你心灵的诉说，是你对人生的感悟，是你内心的忏悔，别的都不重要。我退休后一直坚持写作，自知笨拙而不愿辍笔，大抵也是这个原因。

我希望你坚持写下去，甚至不必过于苛求完美，归于自然的状态最好。鲁迅说：“散文的题材，其实是大可以随便的，有破绽也不妨。……与其防破绽，不如忘破绽。”此话很值得玩味。

拉拉杂杂说了不少，就此打住。

盼你写出更多好文章！

代我向旧日西大中文系同学问好！

高尔纯
2013 年 9 月 22 日于北影寓所

蓬门今始为君开

——致阎琦

阎琦兄：

昨天打开邮箱，才看到兄之来信，距兄写信之日已过去半个多月了。多有得罪，务望海涵！

我很少用电脑上网，也很少通过电脑发电子邮件与人沟通，主要是怕看一些作者发来的剧本，动辄几万字，十几万字，他那里洋洋洒洒，我这里头昏眼花。且我记性不好，看后面的，有时就把前面的忘了，还需重看，压力山大。后来，我给人看本，公开声明，一律看打印稿，电子版恕不受理。如有朋友特别邮件，他们会事先发手机短信给我。陶渊明说“门虽设而常关”，我的电子信箱亦如此，“信箱虽设而常不看”。我对电脑很不在行，能学会打字、写作，已是过望之喜了。最怕上网染了病毒，把写好的稿子给丢了。所以，我家两台电脑，只有一台可上网，而且与电话线连接，颇不方便。在高科技面前，我辈几乎成了文盲。富仁兄至今还不会用手机发短信，比我更甚。难怪年轻人讥笑我们“没文化，真可怕”！

兄在“三上”之余，尚能读我的书，还写了那么多赞扬的话，令我感动。我现在写作，全是为了寻乐。有些人和事，不写出来，好像心有亏欠似的，写出来，心里就舒服一点。至于名与利，毫不相干了。耍了几十年笔杆，老了才悟到，文学的至境，或许正是“为自己写作”。首先写给自己看，然后写给别人看，方能有真文字。否则，一下笔便想着“载道”，想着去“教化”大众，肯定是给弄虚作假找借口。我越发不能容忍报纸上那些空话连篇、套话连篇的文章，哪怕是出自名

2011年，作者与阎琦合影。

人之手，我也不看，甚至为他们害臊。

兄之《识小集》我回来后就拜读了，那些研究唐代文学的论文，其实我也很有兴趣，颇受烛照之惠。当然，不学无术久矣，未必能领略到兄文之真昧。书中《中文系忆旧》是我最喜欢的文字，所忆人物我都熟悉，尤其写蒙万夫、吴天惠、李云逸三篇，几乎字字句句动我心魄！他们的音容笑貌，历历眼前，读着读着，禁不住泪水盈眶。其实我也想写点回忆他们的文章，但看了兄文，我不敢再写了。你不仅情深意重，且视角独特，许多细节都是我想不到的，自愧弗如。

上次到西安，我特别让儿子开车拉我到西大旧校园转了转，斜阳衰草，落叶西风，物是人非，好生伤感。我怀念研究生的时光，怀念那些故人往事，那些曾经生龙活虎的人为何一下子都作古了？有时想想，真像做梦一般。

春节过后，又要忙着审片，今天赶快给你复信，怕再拖了。我在生日那天，给自己写了一句话："活蹦乱跳地生活和写作，是我最大的幸福。"现把这句话赠送给你和赵老师，希望你们和我都能活蹦乱跳地生活和写作。当然，我说的"活蹦乱跳"不仅是身体，更是心态。

好了，就此搁笔，容后再叙。

不必急于回复。以后，凡用电脑发邮件，请先发手机短信给我，以免延误。

老杜诗曰："花径不曾缘客扫，蓬门今始为君开。"愿我们借助网络之便多沟通、多联系！

顺祝龙年龙体康泰、龙颜大悦！

高尔纯

2012年2月1日 壬辰正月初十

让民族电影真正走向世界

——在“民族文学与电影”研讨会上的发言

在经济全球化背景下，多元文化间的相互碰撞又相互渗透，极大影响着人们的文化价值取向和审美诉求。面临世界电影市场的激烈竞争，如何发挥本民族电影的自身优势和独具的文化特色，从而强化中国电影的市场竞争力和文化影响力，是大家最关心的话题。很高兴能参加今天的“民族文学与民族电影”的研讨会，我也想就此发表点个人的看法。

我觉得谈民族电影，还不能仅限于少数民族电影，它应涵盖整个中华民族电影，包括汉族和少数民族在内，一切能体现我们民族本土特色的电影都应该属于民族电影的范畴。当然，少数民族相对于汉族而言，个性更为鲜明、突出，用少数民族题材的电影做分析样本，也未尝不可。

这几年，中国电影发展很快，故事片年产量早已轻松破五，去年达五百五十八部，这还不包括动画、科教、记录以及电影频道出品的数字电影。一些国产大片，也崭露出与好莱坞大片争锋的头角。但是，总体观之，电影创作数量激增，但创作质量还不如人意；有些电影虽然在国际电影节上获奖，但距离挺进国际市场进入主流院线还有相当大的差距。中国民族电影真正走向世界远未成现实，至少在目前，还是一种美好的期盼。

在查找原因时，有人抱怨我们对电影的投入太少，有人抱怨我们缺乏国际市场发行渠道和运作经验，有人责怪西方国家对我们存在着贸易壁垒和意识形态偏见，等等。我觉得这些因素可能都存在，但我们民族电影创作自身的原因更该检讨，否则，我们只有望洋兴叹的份了。

在影视界，乃至文艺界，一直流行着一句话“民族的，就是世界的”。（或“越是民族的，就越是世界的”）。这句话几乎成为创作的格言，被越来越多的人广泛引用、传播，甚至我们一些领导也在用这句话作为倡导民族化的理论依据。

“民族的，就是世界的。”这句话听起来好像有理，其实细推敲，则存在严重偏颇，它的偏颇在于，抽掉了“民族的”成为“世界的”必要前提和条件。把“可能性”说成了“必然性”。 好像只要写了民族特色的东西，就一定具备了世界公认的审美价值，就一定能走向世界。我认为，目前民族电影在创作上存在的困扰，与这句话的盲目流行不无关系。

有人说这句话是鲁迅说的。我查过鲁迅的原话，发现鲁迅并没有这样说过。鲁迅的原话是“现在的文学也一样，有地方色彩的，倒容易成为世界的，即为别国所注意。打出世界上去，即于中国之活动有利。可惜中国的青年艺术家，大抵不以为然”。（《致陈烟桥》1934.4.19）在这里，鲁迅说的是“有地方色彩的”，不是“民族的”；鲁迅说“倒容易成为世界的”，不是“就是世界的”。鲁迅从来没有下过“民族的就是世界的”这样武断的结论。

在生活中，名人的话被篡改、被以讹传讹并不少见，如“文学是人学”说是高尔基说的，其实至今没有查到出处；再如，“一有适当的利润，资本家就会胆壮起来，只要有10%的利润，它就会到处被人使用；有20%，就会活泼起来；有50%，就会引起积极的冒险；有100%，就会使人不顾一切法律；有300%，就会使人不怕犯罪，甚至不怕绞首的危险。”这段话一直被认为是马克思说的，其实不是，这段话的作者另有其人，是邓宁格在他的著作《工会与罢工》里说的，马克思只是在《资本论》的注释中引用过。为何类似的“名人语录”长期流传而没人出来澄清呢？一是对名人的崇拜，宁信其有，不信其无；二是一些话本身没有错误，只是被张冠李戴了。

“民族的，就是世界的。”这句话不同，它不仅冒充了鲁迅语录，而且论断偏颇，不加以矫正，不利于民族电影的创作和真正走向世界。

我认为，“民族的”要成为“世界的”，需要有三个必备条件：

第一，必须是体现民族本土的题材，有深厚的民族文化底蕴、文化积淀和鲜明的民族文化标志、文化印记，而不是道听途说、描状皮毛的东西，更不是胡编乱造、滥竽充数的伪劣产品。现在，一些电影刻意用民族特色做调料，不惜编造所谓的历史传奇、伪造所谓地方风俗、民族宗教习俗，有的看了，像回到史前社会，有的看起来像进了印第安人的部落，有的更像穿着民族服装的时尚表演。这种缺乏民族历史依据的东西，别说走向世界，恐怕当地人都不会接受。

第二，民族的，同时也应该是民族文化中最优秀的、最精华的、最闪光的部分，而不是民族文化的糟粕。纯粹为了猎奇而展示民族文化中一些愚昧落后的东西和封建糟粕，即便能吸引外人眼球，也不可取。像旧中国男人的辫子、女人的小脚，确实曾经是“民族的”，但我们能当国粹去展示吗？

第三，也是最关键的一点，在民族的特殊性中应该包含着世界各国和全人类文化的共性，使民族的电影成为与世界观众交流的语言。如果把民族特性强调到极致，在精神层面上完全背离了对人性的普遍价值追求，在题材层面上完全不顾全人类面临的共同课题和对人类生存发展命运的共同关注，必然难以真正走向世界。一些宣传政绩的应景之作，一些公式化、概念化的东西，一些近乎旅游广告和产品广告的所谓故事片，往往就是这样的作品。

电影语言应该是没有国界的。一些优秀的好莱坞影片，以及苏联影片、法国影片、日本影片以及伊朗影片，为什么会吸引中国观众？因为，电影语言与我们没有隔阂，我们观赏时，惊异于自然与人文环境的独特，惊异于民族风情和习俗的独特，惊异于特定环境中形成的民族性格的独特，但同时，又在充分地体验着人类共同的美好人性的教化，人类共同的美好情感的润泽，我们无法不被异国情调的故事和人物所感动并产生共鸣。

我们现在一些民族题材的电影，在形式上的包装远大于对故事文化内涵的开掘，忽略了民族电影是个性与共性的统一体。

鲁迅曾把“地方色彩”比作“杨桃”，他说偶从上海店里觅得这种“多角的果物”，给北方人看，北方人很好奇，“好像看见了火星上的果子”。因为，他们没有见过。从这个角度上说，“地方特色”

确实容易打到外面市场去，但不要忘记，“杨桃”最终让北方人认可、喜欢，并不完全是它多角的样子，而是它本身就是一种好吃的水果。好吃，又奇特，这才是赢得市场的秘诀。

因此，我想说的是，我们的民族电影，在发掘题材优势时，既要去伪存真，去芜存菁，注重民族特色的挖掘，又要注重人性和人类社会普遍价值的挖掘，两者兼顾，才能使我们的民族电影真正走向世界。

2012 年 9 月 5 日

张开想象和幻想的翅膀

——对儿童片创作的一点思考

儿童片创作的难度经常被低估了。不少人都想拿儿童片练手，结果碰了钉子才知道，拍儿童片并不容易。拍儿童片，需要依据大人们的审美经验对儿童审美心理做一番揣测，这种揣测本身就存在很大的盲目性和不确定性。不要以为，我们经历过童年就天然地具备了拍摄儿童片的能力，其实我们最不熟悉的恰恰是儿童心理。随着社会和时代的变化，如今孩子们的童年与我们的童年早已不可同日而语；加之年龄、代沟所产生的隔膜，我们在观察儿童生活、塑造儿童人物形象时不可避免地会发生某种误差和偏离；而且，不同年龄和文化层次的儿童在审美需求上的差异，如学龄前儿童、小学低年级儿童和高年级儿童及中学生的差异，农村儿童与城市儿童的审美差异等等，都不尽相同。创作者任何时候都不可自以为是，更不可用自己的审美经验去“绑架”童心，否则就拍不好儿童片。

近年来，我国儿童片产量和质量都有所提高，其中有的片子拍得还不错，然而就整体观之，我们的儿童片创作水平还不高，特别冒尖儿的有较大影响力的作品还不是很多，发行不畅的尴尬依旧。除了极个别影片能够保本盈利外，不少影片是赔本赚吆喝。我坚决反对以票房论英雄，但儿童片长久以来无法靠自身优势实现良性循环，大多需要靠政府或企业家的爱心赞助来维持生存发展，却是不争的事实。我觉得，如何拍好儿童片，实现社会效益和经济效益同步增长，让我们的儿童片在国际市场竞争中也能取得一席之地，是我们面临的重大挑战。

在这里，我想谈一点自己对儿童片创作的思考，供大家讨论。

我觉得我们的儿童片创作最薄弱的环节之一，是想象力不足，影片拍得太拘谨、太平淡、太一般化。想象力的贫乏，表现在如下方面：

一是取材单调。反映社会问题多，反映儿童在特定环境下成长过程少。写城市，离不开写独生子女的娇生惯养，写父母离异造成的苦果，写白血病患儿或聋哑残障儿童所经受的痛苦，写网恋的危害、早恋的无奈，等等。写农村，离不开写留守儿童的境遇，写贫困山区教育落后致使贫困家庭儿童辍学，地震、洪涝等自然灾害频发，使儿童失去亲人、幸得好心人救助，等等。许多题材揭露了社会问题，拍得比较沉重。社会问题揭示出来了，但儿童在困境中成长的轨迹反而模糊了，人物与事件相比总处于被动地位，人们更多的是对主人公命运的同情、怜悯，而他们在逆境中不屈的抗争、顽强的奋斗、乐观的成长和他们鲜活的生命状态往往被沉重的社会问题所淹没。

二是叙事单调。反映司空见惯的成长模式多，反映特立独行的成长经历少。大部分孩子的成长，都是一个固定模式：家长教育有方，老师循循善诱，社会关怀备至。在这种氛围中，坏孩子成了好孩子，差等生成了优秀生，淘气包成了乖乖虎。但孩子内心世界的矛盾、斗争、困惑和迷惘，统统看不见，也听不到了。更没有超乎预料的情节和细节让人感叹和玩味。像外国儿童片《小鞋子》《丑八怪》那样生动独特的故事，在我们的影片中很少看到。

三是性格单调。反映类型人物多，反映独特个性化的人物少。在传统的好孩子与坏孩子的标准下，影片人物丰富的个性被共性消融殆尽，我们看到的形象往往地域不同，民族不同，但性格相似，优点和缺点都被“格式化”，就像他们统一穿着的校服，整齐划一。一些影片，着力表现的是人物的行为和结果，而不是对人物性格的揭示。人物丰富独特的个性被概念化的类型取代了。

四是环境单调。反映家庭与学校场景多，反映更加广阔的自然与社会环境少。现在的儿童片场景集中在“五上”：床上、路上、课堂上、操场上、舞台上。很少延伸到更加广阔的自然和社会空间里。当然，也有极端相反的例子，完全用虚拟时空代替现实时空，不接地气，不食人间烟火，貌似丰富，实则是用高科技掩饰的另一种单调。我在下面还会谈到。

五是表现手法单调。许多人对现实主义表现手法理解存在偏狭，以为现实主义就是原原本本地复制生活。结果把儿童片拍得拘谨、刻板、缺乏灵气。本来可以呈现多样化色彩的儿童片，却变得表现手法过分单一。除了神话故事和民间故事改编的电影和科幻题材影片外，一般儿童片很少尝试多样化叙事手法，四平八稳，中规中矩，这与儿童观众多样化的审美需求很不适应。许多影片要靠梦境来展示儿童的心灵世界和他们的奇思妙想，显得笨拙可笑。

为什么会出现这种情况？如何才能张开想象和幻想的翅膀？我想围绕以下三个问题来谈谈：

一、想象力与教化功能

毋庸讳言，在所有影片中，人们对儿童片思想内容的把关是最严格的，在审查上也如此。这涉及对未成年人的保护问题，任何人都不敢掉以轻心或等闲视之。我国著名的儿童文学作家张天翼曾经说过，儿童文学创作最重要的有两件事或者说两条原则：一是要有益，二是要让孩子们爱看、看得进，能领会。然而，不少人在强调儿童片“有益”的时候，却忽略了张天翼说的后一条原则，即爱看、看得进，能领会。他们常常有意无意地把教化功能与审美功能和娱乐功能割裂开来，似乎一提教化，就不敢越雷池一步，一定要板起面孔来说事儿，把本来应该轻松的题材搞得特别严肃、特别沉重。

强调教化功能，就必然会束缚想象力的发挥吗？我觉得这里存在着一个很大误区。我倒认为，越强调教化，越要驰骋想象力、张开想象与幻想的翅膀。因为任何教化都是通过审美来实现的，只有儿童在观影中产生审美愉悦，心灵才会受到启迪，思想才会受到教育。缺乏想象力的儿童片必然沦为生硬的说教，变得平淡无味，从而也失去了教化功能。

俄国作家契诃夫写过一个短篇小说《在家里》，写一个在法院做法官的父亲在家庭教育上的启悟。一天，他听说七岁的儿子偷偷抽烟，很生气。于是把儿子叫来，当面指出儿子“抽烟、拿别人的烟和撒谎”三大错误。满以为通过这种有理有据的批评教育会让儿子认错，没想到儿子并不买账，甚至连听都没听进去。做法官的父亲面对儿子很觉尴尬和无奈。后来，他改变了方法，不再说教，而是睡觉前给儿子讲故事。说从前有一个美丽的王国，国王一家住在水晶宫殿里，外面是一座充满鸟语花香的大花园。老国王只有一个儿子，却不听话，从小偷着抽烟，后来得了病，活到二十岁就死了。老国王孤苦伶仃，没有人帮他管理国家，最终遭遇外敌入侵，老国王被杀，宫殿被毁，“现在那个花园里既没有樱桃，也没有鸟儿，也没有小铃了。”这个编造的故事深深吸引了儿子，他被感动了，眼睛里充满哀伤和恐惧。小说写道：“他对黑暗的窗口呆呆地瞧了一分钟，打个冷颤，用低抑的声调说‘往后我再也不抽烟了……’”。这位法官父亲，用两句话概括了自己的体会：“良药应当甜，真理应当美。”我想，这两句话也很适用于儿童片创作。

我们过去的经验是“良药苦口”“信言不美”，认为治病的良药吃起来苦口是很正常的，反映真理的话听起来不大舒服也是天经地义的事，没想到这个法官父亲却给出相反的结论。我觉着“良药应当甜，真理应当美”，也正说到了儿童片创作的要害处。儿童不同于成年人，他们接受教育的方式是有别于成人的。如果说“寓教于乐”是对文艺作品的一般性要求，那么，对儿童片来说，“寓教于乐”就是它的创作前提和生命所在了。儿童片必须通过高超的艺术想象力编造引人入胜的故事，寓教于乐，才能达到“甜”与“美”的融合，从而让儿童观众“爱看、看得进、能领会”。

二、想象力与游戏化

心理学证明，儿童是伴随着游戏长大的。“培养丰富想象的角色游戏，能使儿童加深和巩固有价值的个性品质（勇敢、果断、组织性、机智）；儿童在想象情境中把自己和别人的行为同想象的真实人物的行为加以对比的同时，就在学习进行必要的评价和比较。”（彼得洛夫斯基《普通心理学》）这提示我们，在儿童片创作中应当重视游戏化策略，通过充满想象和幻想的故事情节，激励儿童的内在想象力，让他们获得更大的审美愉悦。

游戏化策略不是把电影搞成电子游戏，而是注重儿童在观影过程中的参与性。许多成功的儿童片在游戏化策略的运用上都很成功。如《独自在家》，即是游戏化策略运用最成功的典范之一。聪明孩子斗笨贼的故事，让孩子们在观看电影时，情不自禁地加入到编导者设计的游戏程序之中，影片中孩子的行为，让观影的孩子感同身受，在轻松诙谐的情节进展中，孩子们的想象力被充分调动起来，就好像他们自己在与笨贼斗智斗勇一样。这部影片在我国放映后，不少人加以模仿，类似的题材拍了不少，如为保护珍稀动物同偷猎者斗争，为保护国家文物同走私贩子斗争，为保护财产同闯入私宅行窃的歹徒斗争，等等，但很少有超过《独自在家》的。究其原因，还是和我们的想象力不足有关，由于想象力不足，规定情境不合理，游戏化策略运用得过于生硬。更有甚者，完全不顾及题材特殊性的要求，竟把一些特别严肃重大的题材也游戏化了。比如，写抗日，少年英雄斗日本鬼子，战争的苦难，战争的残酷，变成了一场可笑的游戏，敌人愚蠢到家，儿童赤手空拳便轻松战胜敌人。看了以后很别扭，这是对历史认知的误导。凶残狡猾的日本鬼子怎么能当作笨贼加以表现呢？

充满想象力的游戏需要精心构建人物关系和编织故事情节。要巧妙地把以小搏大、以柔克刚、最后正义战胜邪恶的主题融进游戏程序之中。要让孩子们在彼消此长的博弈中，树立克服困难的勇气和必胜的信念。从某种意义上说，创作者的想象力越丰富、越高超，游戏化策略运用得越娴熟、越自然，孩子们就越爱看。承认这一点，不会降低一个儿童片编剧或导演的身价，恰恰会提升他们在儿童观众中的威望。如果我们能俯下身来和孩子们一起“做游戏”，变成受他们欢迎的“孩子王”，我看是对儿童片创作者最大的褒奖。

三、想象力与高科技

如今，高科技开启了电影制作的新时代。谁都不会否认，高科技在营造电影视听奇观方面的独特作用。但是，电影中采用高科技越多，是否就意味着我们的想象力越丰富呢？特别在儿童片创作中，高科技手段是否就可以替代艺术想象力的发挥和提升呢？我觉得其中同样存在着很大误区。

近年来，数码和3D技术在电影中的应用日趋广泛。只要想到的，就能在影幕上看到、听到。特别是一些动画片，凭借技术优势、声画效果非常有震撼力。于是，在许多人眼里，艺术似乎可以让位于技术了，在他们看来，数码程序的设计远比提升艺术想象力更立竿见影，或者说更重要得多。于是，许多儿童片不再在故事和人物上下功夫了，而转向对高科技的追求。许多儿童动画片，拍得越来越像电子游戏。这类影片有一些共同特征：科技词汇术语大轰炸，各种机器人满天飞；故事情节不外乎降妖伏魔、拯救地球或争夺宇宙霸主之类，老套雷同、千篇一律；双方博弈也不外传统剑侠神魔故事里常用的武林对决或超能量武器的比拼；在动画造型上极尽时髦或仿照外国动画人物，似曾相识者居多；台词对话和画外音解说尽量罗列网络流行语和世俗调侃。然而，叙事的想象力相对贫乏，没有一个好故事，甚至流于胡编乱造，内容杂乱，什么都想表现，什么都说不清楚，大人看了索然无味，儿童看了莫名其妙。这类儿童片，乍看一两部还有点新鲜感，看多了，就让人大倒胃口了。

电影故事片创作归根结底要落实到叙事和人物塑造上，而不是靠简单造型就能完成其艺术使命的。技术只能解决表现手段的问题，不能解决表现内容的问题。不提升艺术想象力，一味迷信高科技，难免会本末倒置。电影高科技给艺术想象力的实现提供了更多机会，但如何把高科技使用到点子上，则需要我们很好地去研究。

社会进化中，人类由亲近自然逐渐到疏离自然，最后为了眼前利益，疯狂掠夺自然资源，破坏生态平衡，酿出许多惨剧。儿童片从某种意义上就是呼唤人类纯真本性的回归，寻找失落的人类童心。相反，现在的一些影片为了商业目的，有意无意地渲染人类膨胀的物欲，宣扬机器人超越时空的能量，将善恶观、是非观和美丑观都给模糊淡化，甚至扭曲了。只要有了机器人，普通孩子就能变为超人，就能管控一切，在虚拟世界里称王称霸，为所欲为。我想，这与儿童片的拍摄理念是背道而驰的。

我们中华民族是一个极富想象力的民族，《山海经》里“精卫填海”“夸父追日”的神话，《庄子》《列子》里许许多多极富幽默感的寓言，吴承恩的《西游记》里唐僧取经的动人故事，至今保持着鲜活的生命力，闪烁着我们民族的文化智慧。可惜在某些动画片里，我们民族的、本土的元素几乎看不到了，无论造型和故事都在生吞活剥地模仿国外动画片，而不是在本民族题材的挖掘和创新上下功夫，这种做法显得很弱智。我们中华民族的历史和文化，我们中国人的现实生活，是儿童片电影创作取之不尽用之不竭的矿藏，中国的儿童片没有理由不讲好中国的故事。

我看过一个报道，说二〇〇九年教育进展国际评估组织对全球二十一个国家进行调查显示，中国孩子的计算能力排名世界第一，想象力却排名倒数第一。可见，提升孩子的想象力是全社会的责任。从这个角度讲，为孩子们拍的儿童片尤其要富于想象力。那些想象力低下的儿童片对提升我国儿童的想象力只能提供负能量。

总之，我以为提升想象力是提高儿童片创作质量的重要方面，值得所有人重视和研究。儿童片绝不是仅供初学者练手的实验品，更不是博得社会名声或个人敛财捞钱的工具。儿童片是电影艺术畛域里最美丽也最娇嫩的花朵，需要无数艺术家去悉心栽种和培育。让我们大胆而充分地张开想象和幻想的翅膀，把儿童片拍得更好看，更有吸引力吧！

2013 年 8 月 28 日

2014 年 8 月 14 日改定

猫鼠游戏

——电影创作谈之一

电影创作，从某种意义上讲好比一场猫与鼠的游戏。导演是猫，观众是鼠，猫鼠斗智斗勇，贯穿在观影的全过程。一部电影把观众征服了，那就是导演的胜利。相反，征服不了观众，说明导演这只猫没有当好。

猫鼠是比喻，不含褒贬。不要低估观众，他们不是傻老鼠，他们经验丰富，对猫的一般习性、动作思维和捕捉策略都了然于心，想把他们轻易抓住很难。猫要把老鼠抓住，必须出奇招。

一个导演要让观众服你，从第一个镜头开始，你就要逆着观众的思维来，甚至敢于对着干。千万不要让观众想到你下一情节要讲什么，否则，观众会兴味索然。现在许多电影，导演跟着观众跑，看上去是尊重观众，实际是无能的表现，跑着跑着就把观众跑丢了。因为你尽讲些他们已经猜到的故事，说得不文明些，“一撅屁股，就知道要拉什么屎”。

好导演首先要知己知彼，对观众的心理摸个熟透，在艺术展示上，处处吊观众的胃口。在情节铺陈上偏偏让观众出乎意料。欲擒故纵是猫的策略，许多优秀的导演都谙熟此道。

最近，看张艺谋的《归来》即如此。一个右派分子被抓起来，发配到外地接受劳动改造，“文革”结束后被放回来，结果，他的妻子却不认识他了，因为她得了失忆症。这部影片是根据严歌苓的小说《陆犯焉识》改编的，小说写了陆焉识与妻子的恋爱过程，也写了他如何被打成右派，如何被关进监狱接受改造，最后才写到他在“文革”后回家。如果按常规改编，一定要顺着人物的命运脉络一步接一步地展示，因为观众期待这样做。

张艺谋则不然，他对小说做了大胆浓缩，舍弃了对人物大段历史的铺叙，只突出陆焉识的“归来”。观众可能一开始想看的，张艺谋全给省略了，故意不做交待，留下许多空白让观众自己去想象。比如：陆焉识犯了什么错误被打成右派？打成右派后如何被发配到外地接受劳动改造？他中途怎样从农场跑回来的？他的妻子冯婉瑜在“文革”中经历了怎样的痛苦和磨难？她的失忆症是怎样得的？工宣队的方师傅究竟对冯婉瑜做了什么？这些都没有表现。张艺谋说：“留白里的白很容易，留什么才重要，留的东西你自己去弥补那个白，如果不满意，可以再看小说。”这就是张艺谋的叙事策略，在猫鼠游戏中，他始终处于主动地位。

影片结局，冯婉瑜的失忆症依然没有好，她每年每月都去接站，可丈夫就在身边她却不知道！这种处理，也是大多观众想不到的，如果一般导演，可能都要加上个光明尾巴，让冯婉瑜在陆焉识的关爱下失忆症逐渐康复，夫妻终归鸳梦重温，而张艺谋偏不不取这种套路，故意留下遗憾，让你惋叹不已。在这场猫鼠游戏中，观众是被导演牵着走的，是带着诸多悬念完成了观影过程的。只有看完全片，观众才彻底被导演高明的艺术处理所折服。

猫鼠游戏，反映出一种创作心理机制，好的编剧和导演，在创作时都需面临这种状态，要让观众服你，你就要比观众高明，想到他们没有想到的地方。据说好莱坞的导演经常这么做，情节设计总会提出多种方案，凡是一般人想到的都弃之不用，只用那些一般人想不到的。当然，这种选择需要艺术的智慧，甚至政治的智慧。或独出心裁，或平中见奇，或以“不写写之”，“此处无声胜有声”。

平庸的导演总给自己找借口，抱怨观众胃口太刁，难伺候，其实，作为“猫”的一方，倒需要认真思考一下，自己是不是太笨了？

猫鼠游戏会一直进行下去，电影永远是最新的“升级版”。

不管白猫黑猫，能抓住老鼠就是好猫。

但愿导演都能成为抓住观众的好猫。

2014 年 5 月 20 日

神、妖、人及其他

在神话传说中，宇宙初始，只有天神和妖魔，他们无休止争斗，导致山崩地陷，洪水滔滔。最终天神获胜，暂居主导，妖魔败退一隅。和平环境下，遂有四季更替，五谷生焉。然而，妖魔并不甘于失败，千方百计卷土重来，挑战天神，妄图改变宇宙秩序。后来出现了人。人的出现，使神妖之战有了替身。

人本来非神非妖，但由于处在天神与妖魔争战中，无法保持中立。有的人通过修炼，获得了天神的超自然力量，即神人；有人通过修炼，获得了妖魔的超自然力量，即妖人。修炼的方式和规则，就是宗教。在传统的宇宙秩序中，天神一直占据主位，是正统，所以修神的宗教被认为是正教，而修妖的宗教被认为是邪教。

人也可说是半神半妖的复合体。在人性中，一半是天使，一半是妖魔。不仅人与人的斗争，是神与妖的斗争，人自身的斗争也是神与妖的斗争。神是理性、道德的化身，妖是非理性、非道德的化身。从社会的角度看，为了求得稳定和谐，必然要强调神、崇拜神，从人性的角度看，为了求得自由和解放，必然强调妖、崇拜妖。可见神与妖，与生俱来，相辅相成，没有神不成社会，没有妖不成生活。

人类的文化，从此有了明显区分。

正统的文化都是颂扬天神的文化，非正统的文化都是歌颂妖魔的文化。封建社会的统治者历来都把自己说成是天生的神人，君权神授，帝王都是真命天子。除了皇帝，其他人要成神人，非得修炼，参禅悟道不可。有人天生是妖人，注定要叛逆犯上，如历代农民起义都被说成是“妖魔作乱”。

为人者很痛苦，时时面临选择，是为神呢，还是为妖？他们都有超自然的力量。人要改变现状，总得依靠一方。靠天神者获成功的，被认为是正道，是善人。靠妖魔获成功者，被认为是邪道，是恶人。于是产生了法律和道德，规范人的行为，引导人们走正道，不走歪门邪道。

然而，在宇宙初始的世界里，是没有善恶的。只有人的出现，才有了善恶。于是，在人类社会中，天神和妖魔哪个更合法？便成为争论不休的话题。

正统的文学都是褒天神而贬妖魔的，偶尔也有颂扬妖魔、揶揄天神的，常被视为异类，但其文学价值反而更被下层草根读者看重。

《西游记》总体立意是天神战胜妖魔。但孙悟空本身却是一个妖，他不服天神统治，大闹天宫，搅乱天庭秩序，被人们传为美谈。但他最终逃不出如来手心，还是被天神降服。取经路上，他妖性未改，时时给天神出难题，因为许多所谓的妖怪都是天神的亲信和下属，与妖魔的斗争，从某种意义上说，即是变相地同天神的斗争。取经后，天神居然也想索贿，更是对天神的调侃。孙悟空一旦由妖变成神，就毫无看头了。猪八戒最有意思，他本来是天神中的一员，做过“天蓬元帅”，后因调戏嫦娥，犯了作风错误，被罚到下界当妖。后来被孙猴子制服，协助唐僧取经，修得正果后重返神界。他在高老庄招亲，过得很惬意，能吃也能干，除了长得丑，这个女婿其实也蛮好的。在取经路上，他多次对高老庄念念不忘，一遇麻烦，就想逃回高老庄去。此妖贪色花心，充满七情六欲，更近乎人。唐僧是神人，但人妖不辨，忠奸不分，办事刻板，絮絮叨叨，常被当作嘲讽的对象。

《聊斋志异》实写妖魔的悲剧，从某种意义上为他们鸣不平。蒲松龄挑战传统的妖魔观念，认为对妖魔鬼怪不能一概而论，有的妖魔鬼怪也是善良的、可爱的。如宁婴、小倩及一大批狐鬼花妖，他们都值得歌颂和同情。人贪欲过甚，走火入魔，妄送性命，其实与妖魔们无干。

《白蛇传》里的白娘子，嫁给许仙，婚姻美满，因为她是妖，就不为代表天神意志的法海所容，最终将白娘子镇压在雷峰塔下，令人不胜唏嘘。人们同情白娘子，憎恨法海，说明妖并非人的天敌。

文学毕竟是人学，即使是神话题材的作品也是为现实社会中的人服务的，是通过神话故事传达人的思想感情和理想追求的，其核心价值与审美取向依然以真善美为标准，歌颂光明战胜黑暗，正义战胜邪恶。否则，所谓的“神话”就变成无厘头闹剧和无聊的脑残游戏了。

近来，看到个别神话和魔幻题材的影视作品，不少是高科技大制作，但主题模糊，情节怪诞，神魔乱舞，却不知所云。有些影视作品虽取材传统神话经典故事，如《西游记》《聊斋》《封神演义》等，然一味游戏打闹，缺乏应有的人文内涵，成了东施效颦和狗尾续貂之作，令人遗憾。

其实，神、妖、人的关系组合，变化无穷，从某种意义上展示了文学艺术题材的丰富性和多样性，值得我们充分发掘和利用。只要尊从艺术规律，坚持正确审美导向，就一定能推陈出新，避免雷同，创作出更多的精品佳作来。

2012 年 9 月 14 日

下卷

坐看云起时

高尔纯 著

中国文史出版社

图书在版编目（CIP）数据

坐看云起时 ： 全2册 / 高尔纯著. -- 北京 ： 中国文史出版社，2019.11

ISBN 978-7-5205-1528-3

Ⅰ. ①坐… Ⅱ. ①高… Ⅲ. ①诗集－中国－当代②散文集－中国－当代 Ⅳ. ①I217.2

中国版本图书馆CIP数据核字(2019)第242810号

责任编辑：全秋生
封面设计：徐　晴

出版发行：中国文史出版社
地　　址：北京市海淀区西八里庄路69号　　邮编：100142
电　　话：010－81136602　　81136603　　81136606（发行部）
传　　真：010－81136655
印　　装：廊坊市海涛印刷有限公司
经　　销：全国新华书店
开　　本：787×1092　　1/32
印　　张：18.5　　字数：500千字
版　　次：2020年1月北京第1版
印　　次：2020年1月第1次印刷
定　　价：68.00元（全2册）

序　言

我从小喜欢读诗，也尝试着写诗，但总不自信，除盲于诗道外，还和先天发音及四声把握不准有关。我很欣赏俄国作家契科夫说过的一句话：大狗叫，小狗也要叫。天生一副“破锣嗓子”，想当歌唱家自然不行，放胆哼唱几句总可以吧？我最初写诗的动机大抵如此。

我最早写诗在一九五八年。当时，我们中学生一边参加大炼钢铁，一边参加新民歌竞赛。同生产钢铁一样，写诗也要放“卫星”，比赛看谁写得多、写得快、写得好。写了诗，立马送到战地广播站广播，那番浪漫主义激情让每个同学都亢奋不已。不过我们的“诗”，大多属于空洞夸张的豪言壮语，艺术上粗糙幼稚，没有生命力，写完了，念完了，也都忘完了。但由此产生的创作冲动和写诗习惯却延续下来。上高中后，我一度为写诗发狂，几乎见到什么写什么，每天都有新作品。我还在学校积极创办诗歌油印刊物《新苗》，并担任主编。不到两年时间，我的诗居然攒了厚厚一大本，还在校庆时展览过。

可上大学中文系之后，随着学识增长，读古典和当代中外名诗名作渐多，方知自己的浅薄，过去自以为“诗”的东西，根本称不上诗。自己之所以敢写，纯属无知者无畏。羞愧中，将昔日诗稿一炬了之。此后，再不敢轻易动笔写诗。

步入中年后，我的兴趣转入文论研究，偶尔搞点创作，也偏向散文，写诗很少。但随着年龄增长，特别到了老年，不知何故，写诗的冲动不经意间又流露出来。这种少年时曾令我痴恋和钟情的文体，又重新回到今我的怀抱。我在用心读诗品诗的同时，也把写诗当成一种精神消遣和艺术享受。每有所遇、所感，心情激动不能自持时，常借助诗歌一吐胸中垒块。我知道，我至今依然是个学习写诗的人，与行家相比，我的诗依然浅陋，但我很在意写诗的过程，很享受写诗给我带来的乐趣。况且，几十年过去，我对诗歌的认识也在不断深化，写诗的体验也在不断增多，很想通过诗集出版的机会与大家共勉。“嘤其鸣矣，求其友声”，如是而已。

以下是我的一点“诗悟”，愿乞正于方家。

有人说，诗是心灵的急语。心里有话，急于表达，就写诗。但也说明，诗要言之有物。无病呻吟，“为赋新词强说愁”不会有好诗。

我反对把写诗简单地概括为“发泄”。人的情感、欲念只有经过审美的过滤，才能进入诗的创作境界。否则，诗就可能变为人醉酒后的呕吐和患痢疾后的腹泻，那种发泄出来污秽之物是不能叫诗的。

诗歌是诗与歌的复合体，最讲节奏和韵律。写在纸上是诗，吟诵出来是歌。吟诗与唱歌一样，有一种音乐的美感。有些现代诗完全放弃了音乐的美感，我不认为这是诗歌创作的进步。

诗应该很真，真情实感。那些爱说假话的人不配看诗写诗。

诗应该很善，与人为善。那些心存恶念的人不配看诗写诗。

诗应该很美，美轮美奂。没有审美能力的人不配看诗写诗。

写诗如入圣殿，须有十足的虔诚。你写下的每个字都是敬献于佛前的一束心香，神灵是不能被欺骗和被亵渎的。

诗的灵感像飞翔着的精灵，不是随意就能捕捉的凡鸟。只有特殊境遇才能遇到，而且稍纵即逝。它还常和那些缺乏艺术耐心、惯于浅尝辄止的人开玩笑，当他们兴高采烈自以为妙手偶得时，突然发现到手的不是种子而是秕糠，秕糠是不能播种也不会有收获的。

好的诗句来自生活，来自大自然，是从生活和大自然中“捡”来的，不是闭门造车“造”出来的。诗人的本领和职责在于发现它、撷取它和驾驭它，用精彩的生活语言表现生活，用优美的大自然旋律歌唱大自然。

好诗应该好懂。“床前明月光，疑是地上霜。”“白日依山尽，黄河入海流。”明白如话，能说不是好诗？现在有人偏说，看不大懂的诗才是好诗，实在荒谬。我认为，只有一种看不大懂的诗可以原谅，就是为环境所迫，无法将真实想法如实说来，非“朦胧”一下不可的诗。历史上，一些担心受迫害或个人隐私不便公开的诗人才取此法。

好懂的诗其实最难写。因为好懂的诗不仅需要用朴素而生动的语言来表达，还要有韵味，讲求意境。意境是诗之魂，有了意境，诗才如香茗醇酒，品之不尽，味之无极。意境讲含蓄之美，忌直白浅露，但含蓄绝不等于晦涩。若将诗歌的审美完全演变成一种猜谜或考证，搞得谁都看不懂，那就是一种病态了。这种病态诗人的诗不值得赞美。

好诗应该有我。苏轼追悼亡妻的《江城子》“十年生死两茫茫”以及陆游怀念前妻的《钗头凤》“红酥手，黄滕酒，满城春色宫墙柳”，我每读一次，都会感动落泪。诗人的情感和真实的内心世界毕露无余，让你情不自禁。现在，许多诗，通篇我我我，可是不感人。因为，写诗需要真我——那种对生命有刻骨铭心体验而没有半点矫情和虚伪的真我。

好诗靠推敲。安稳一个字，拈断数茎须。然而，推敲也是写诗之乐。在几千汉字中能找到一个最满意的字，不啻在茫茫人海里寻到最知心的伴侣。“梦里寻他千百度，蓦然回首，那人却在灯火阑珊处。”此等乐趣，非寻常也！

写诗偷懒，如草率婚姻，明知非己所爱，还要勉强凑合。到头来，苦果备尝，爱情未得。凑合一天，痛苦一日，非离婚不可解脱。悲夫！

好诗贵简。一句话十句说，只能是文，十句话一句说，才是诗。

故诗有一以当十之功效，文不逮矣。介乎二者间，或曰“散文诗”，其实是打了折扣的诗，有诗味，毕竟啰唆了许多。

好诗如画。“两只黄鹂鸣翠柳，一行白鹭上青天。窗含西岭千秋雪，门泊东吴万里船。”读其诗，一幅丹青在眼前。诗是心中画，画乃心中诗。现在的新诗，大多无画面感，只因作者心头还是糨糊一团。

好诗有独见、独悟。在人人所见中见人所未见，在人人所悟中悟人所未悟。老生常谈，鹦鹉学舌，拾人牙慧，乃学诗之大忌。我以为，宁可无诗被人嘲，决不因袭遭人笑。

独见与独悟，是诗人对审美客体全新的感受和发现。是大理智、大情商长期凝聚又在瞬间爆发的结果。这与平日见闻与学识的积累密切相关，一言以蔽之：“功夫在诗外”。

白乐天说：“天意君须会，人间要好诗。”我们当共同努力！

零零碎碎的，还有一些心得，就不在这里饶舌了。

翻检旧日诗作，不少已经散佚，留下的尚有百首之多，新诗和旧体诗都有。从严格的诗律挑剔，十之八九都不合格，更难入流，但我却深爱之。因为，它是我不同时空里的“心灵急语”和真实感受，是我用诗歌留下的岁月之痕。幼稚也好，肤浅也罢，毕竟都是我回忆中的珍藏。

人生如旅，岁月如歌。诗集取名《踏歌行》亦是我人生态度的表白。我以为，无论经历过多少磨难，遭遇多少坎坷，人都应该坚强乐观地活着，边走边唱，踏歌而行，从容愉快地迈向人生新的旅程。

2019 年 6 月 2 日

·上　编·

·下　编·

上编

我是一个快乐的牧者，
将自己的心灵牧放。
自由的大地、天空和海洋，
到处是我心灵的牧场！

——《牧放心灵》

鸟的梦

鸟睡了，

树睡了，

山睡了，

云睡了，

月亮也睡了。

鸟是树的梦，

树是山的梦，

山是云的梦，

云是月的梦，

月是鸟的梦。

一只鸟向月亮飞去，

飞过树梢，

飞过山巅，

飞过云端，

赤诚得像颗星，

执着得像支箭。

飞呀飞，

飞向那个橘黄的圆。

（2018 年 11 月 26 日夜）

暮　归

天边，

一轮浅黄，

引来点点灯光。

一只离群的乌鸦，

徘徊在水泥丛林之上。

西风萧瑟，

暮色苍茫，

不知该落还是翔，

叫声听来也凄凉。

突然，

眼下，

几树寒枝挥臂膀，

借风传语莫彷徨：

此处原本你故乡，

老树老巢老街坊，

盼你从天降。

钻天杨，

热心肠，

早把圆月挂在树梢上。

愿借这盏灯，

把你回家的路

照亮。

（写于2015年12月24日平安夜）

我是天边最后那片云

你像一只金色的凤凰，

飞倦了，

栖落在西山之巅。

抖动着绚丽的翅膀，

无意间，

将寻常云朵

点化成

炫目的锦缎。

风在欢呼，

山在赞叹，
多少流云向你顾盼！
可我知道，
你早厌倦了世俗的恭维，
只希望早一点归巢，
因为明早，
还要赶赴东海，
诵读黎明的诗篇！

我是天边最后那片云，
没有色彩，
没有光环；
也没有妒忌和遗憾。
匆匆赶来，
只为向你
道声晚安。

盼望着

明早，

与你在东海的波涛上

相见！

（2014 年 8 月 15 日）

人生风景

人生路长长，

风景不一样：

童年的风景是白云，

美妙的幻想飘在苍穹上；

少年的风景是草原，

纯真的心灵闪在绿叶上；

青年的风景是大海，

探索的勇气鼓在风帆上；

中年的风景是沙漠，

跋涉的汗水浸在驼铃上；

老年的风景是夕阳，

人生的辉煌留在山巅上。

朋友，

你问：人生到底是什么？

我说：人生是——

白云，

草原，

大海，

沙漠，

和

夕阳！

（1985 年 5 月 21 日）

牧放心灵

我的心灵该是一只小羊，

嚼着青草，

在绿色草原上徜徉；

我的心灵该是一只雏鹰，

驾着春风，

在蓝天白云间翱翔；

我的心灵该是一只幼鲸，

和着海韵，

在波峰浪谷中欢唱……

让心灵去牧放吧，
不再想烦恼和忧伤，
让心灵去牧放吧，
不再为形役而惆怅！

我是一个快乐的牧者，
将自己的心灵牧放。
自由的大地、天空和海洋，
到处是我心灵的牧场！

（2005 年 7 月 18 日）

浪　花

我伫立海岸，
看着你，
在波峰上飞跃，
在浪谷里翻转，
借着海风，
也曾直逼云帆。
是想留住亲人的牵挂吗？
还是
想把告别的泪水，
甩向高高的桅杆？

一群鸥鸟，

衔来落日，

将一抹晚霞，

投诸波涛之间。

我看到

此时的你，

幻化出

无数

绮丽的梦幻。

耀眼的金色中，

你和天上的云，

海中的帆，

融为一体，

霞光闪闪。

阵阵潮声，

传来你的祝福：

平——安，

平——安，

天籁之声哟，

朴实而真诚，

温馨又浪漫……

（2017 年 11 月 17 日）

观海逐浪，作者 1999 年摄于北戴河。

花港观鱼

花影在水，

鱼在花间醉；

云影在水，

鱼在云上飞。

一阵狂风起，

吹皱西湖水：

花纷乱，

云迷离，

繁花锦云去，

不见水中鱼。

游客多扫兴，

抱怨又叹气。

忽而狂风住，

又见水中鱼。

鱼儿嗤嗤笑，

嗫喋对人语：

造物本无常，

何必太戚戚！

（2008 年 7 月 20 日）

哦，久违的红高粱

——电影《红高粱》观后感

奶奶、爷爷，
早被历史淹没，
唯那片红高粱，
还能让人无尽思索：
人性的旋风，
在这里，
曾扬起爱情的波涛，
精神的干柴，
在这里，

曾燃起复仇的烈火。

畅饮血酿的酒，

逍遥十八里坡！

天地间赤裸裸的灵魂，

羞煞诗人们的“自我”！

原来，

孱弱的民族之躯，

并非血淡如水，

只是重重樊笼，

才将雄狮的锐气消磨！

哦，久违的红高粱，

你在大声疾呼：

人就该这样

去爱、去恨，

去死、去活！

（1988 年 3 月 5 日）

长　城　咏

绵绵……

一路逶迤到海边。

秦时明月如弓，

汉时繁星如箭，

犹忆曩日烽烟。

翩翩……

一任风流舞千年。

腾挪三江浪涌，

啸吟五岳云变，

惟我龙颜不改。

恋恋……

一笔汉字写中间，

千里始于一步，

九州梦盼一圆，

万众一心向前。

（2006 年 5 月 22 日）

2002 年，作者摄于北京。

夜半观雷雨

十万战车，

九天兵演，

将女娲补处重扯。

电光闪，

日吐舌，

疑是后羿漏射。

更有凭空滔滔，

恣意而下，

精卫无计泻天河。

伟矣哉！

自然舞台，

大幕稍稍启，

奇幻动心萼。

渺矣哉！

芸芸众生，

自恃万物灵长，

不过区区看客！

扪心问：

与天蛮斗，

劳民伤财，

胜算几何？

远不如，

顺天意，

止干戈，

科学发展，

天人共谱和字歌！

和，和，和，

夜半观雷雨，

诗情此处多。

（2011 年 6 月 8 日午夜雷电交加时）

5·12 致汶川

两年前，

在你垮塌的瞬间，

我的心，

同时被震裂，

震裂成无数碎片。

许多想说的话，

未及开口，

就被滑落的山体掩埋。

惊恐与悲恸，

堰塞了我的心路，

鲜血和死亡，

凝固了我的双眼。

啊，汶川，

一个陌生的名字，

第一次听到，

居然是你遭逢大难。

啊，抗震，

救灾，

啊，汶川，

前线！

十三亿人，

同时向你伸出援手，

十三亿颗心，

同时与你紧紧相连。

旷世大震，

震出旷世大爱，

古老的民族，

用锹、用镐、用挖掘机，

从废墟下，

拯救出自己的骨肉，

用手、用心、用真善美，

续写出华夏历史的新篇。

如今，

你已从废墟中挺立，

在那绿树掩映的地方，

绽露着你凤凰涅槃般的容颜。

看着你，

我的诗句，

竟如一江春水，

无法阻拦。

祭奠你啊，

那场灾难中逝去的同胞，

祭奠你啊，

那些在救灾中牺牲的英雄好汉。

今年的 5.12，

我折好一只纸船，

缓缓放入诗的江中，

愿它载着我的心，

漂向你，

漂向我心中的汶川！

（2010 年 5 月 12 日）

中国，难不倒！

金融海啸，

次贷风暴，

老美惹祸，

全球乱套。

一刹那，

股指打着滚儿地暴跌，

股票捆着卷儿地狂抛，

华尔街最先传噩耗。

鸡飞狗跳，

鬼哭狼号。

大亨们威风全消，

小布什倍受煎熬，

临卸任寡人睡不成一宿安生觉！

这厢里强按下牛头吃草，

那厢里强摘下生瓜促销，

横下心将七千亿当了救命草。

噫，金元帝国神话不见了！

眼见着洪水咆哮，

大堤决倒；

眼见着寒流袭来，

万木萧条。

吓坏了英伦，

破产了冰岛，

整个欧洲、日本也难逃。

怪哉了也么哥，

怪哉了也么哥，

金凤凰忽喇叭都变成寒号鸟！

世界地动山摇，

中国也难逍遥，

千方百计图自保。

好在呵三十年改革根基牢，

好在呵十三亿市场暂时还能吃得消。

莫侥幸，

眼前路迢迢，

细算账，

损失也不小。

更何况，

股市见跌，物价看高，

人民币波动搞得人心焦。

休烦躁！

海啸风暴，

全当一次考。

回头瞧，

战洪水逞英豪，

抗非典传捷报，

斗冰雪志气高，

汶川地震，

更显中华精神凝聚牢。

再看那，

奥运成功世人赞，

神七飞天，

五星红旗首度太空飘。

此次应考，

定会将合格答卷交。

三中全会引路标，

冷静应对出奇招，

加强三农不动摇。

科学发展开启新局面，

扩大内需解开疙瘩套。

开放中国出路多，

社会主义自有护身宝。

君信否？

乌云过后艳阳俏，

风雨过后彩虹更妖娆！

中国，

难不倒！

（2008 年 10 月 19 日）

SHE 字歌

蛇年春来早，
舍前青青草。
赊来晴空丽日，
慑退雾霾烦扰。
社会风清气正，
舌尖反腐有效。
涉深水改革渐进，
射恶虎威镇蝇小。
设宏图开创大业，
摄民意阳光普照。

（2013 年 2 月 10 日，农历蛇年春节，立春后第六天。）

故乡，我为你祝福！

——欣闻北京携张家口申冬奥成功

二〇一五年七月的最后一天，

申冬奥成功的喜讯从吉隆坡传来。

无数人打开地图，

寻找亚洲，

寻找中国，

寻找北京，

一直寻找到你的身边。

张家口，

一个土得掉渣的名字，

刹那间闯入全球人的眼帘。

这一刻，

我陶醉了，

发痴发呆，

我为故乡名声鹊起，

心潮澎湃。

我曾以为

故乡早被世人忘怀，

除了

坝上口蘑尚留余香，

宣化葡萄偶有惦念，

别的，都化作历史尘埃。

岂料

故乡的冰雪，

创造了涅槃的奇迹，

让一座沉睡的古城，

焕发出青春的光彩！

啊，

故乡，

曾经封闭的大境门

就要向全世界打开！

大好河山，

冰雪耀眼，

冰封雪飘的故乡，

要为奥运健儿搭起最佳的舞台。

感恩首都吧，

没有北京的提携，

故乡永远是

闭塞的城垣。

京津冀协同发展，

故乡迎来腾飞的一天！

驾着长城巨龙，

直上理想的峰巅。

我渴望着 2022 年，

当崇礼的冰雪把你妆成白雪公主，

当世界各地的冰雪王子们

穿着冰鞋、滑着雪橇，

争着向你致敬膜拜，

你的容貌一定会让

所有人惊艳！

我会告诉所有人，

张家口，

这个土得掉渣的名字，

是我一生一世的最爱！

请相信，

故乡每一片冰凌、每一朵雪花里，

都有我深情的祝愿。

（2015年8月1日）

2013年，作者摄于浙江景宁。

夜游两江

楼似山岳嵯峨，
桥如长虹卧波。
春风伴我两江游，
满城华灯壮星河。
回望朝天门，
繁华非旧梦，
涛声唱新歌，
敞开胸襟立潮头，
笑纳万舟千舸！

注：两江指长江和嘉陵江。

（2002 年 4 月 22 日）

巫 山 女

巫山云，

巫山雨，

最美不过巫山女。

……

粉衫儿，

绿裙衣，

手中一面小红旗。

不施粉，

不修眉，

一江清水照芙蕖。

迎客来，

送客去，

迎来送往笑容掬。

三峡导游巫山女，

多少游客记住你！

巫山女，

好神气！

天资聪明又伶俐。

曾向阿公学摇橹，

曾向阿爸学捕鱼，

常年风波浪里行，

练就一身好功底。

曾向阿婆学织网，

曾向阿妈学裁衣，

渔家女儿当家早，
心灵手巧百挑一。

巫山女，
好福气！
赶上改革好时期。
三峡开工忙拆迁，
家随移民到江西。
转眼大坝初建成，
眼前一片新天地。
大专毕业当导游，
踌躇满志返故里。
又见巫山十二峰，
又见巫山云和雨。

巫山女，

好志气！

胸怀远大更谦虚。

手持话筒做介绍，

道出一番惊人语：

为圆中华千年梦，

服从全国一盘棋。

家乡不在山水在，

船离身离心不离。

我愿代表众乡亲，

欢迎各位到此地，

理解移民一片心，

愿为三峡多出力。

言罢又歌多谢了，

山歌飞进人心里。

歌声化作巫山云，

歌声化作巫山雨。

巫山云，

巫山雨，

最美不过巫山女！

……

（2002 年 4 月 25 日）

2002 年，作者在三峡游轮上。

新西兰记游（三首）

海　　钓

蓝天静悄，
白云逍遥。
驾着船儿，
在太平洋浪尖上
垂钓。

海鸥殷勤指路，
船长果断抛锚。

浪花舔着船舷，

鱼竿甩向波涛。

一声惊呼，

一阵欢笑。

一尾青鲷，

投入怀抱。

此时的我，

心旷如海，

心旷如海啊，

我是在浩瀚的心海里垂钓。

谢谢啦，

活蹦乱跳的你，

让我把

久违的好心情

钓到。

蝴　蝶　鱼

你是云仙子？

还是海神女？

外表像蝴蝶，

却是一条鱼！

蝴蝶鱼，

会游的蝶，

会飞的鱼。

天空和大海，

没有了禁区。

人世间梁祝的故事，

因为你而更加有趣。

你是梁祝的化身，

上天为蝶，

入海为鱼。

爱魂从天空中飞来，

爱魂向大海里游去。

天空和大海，

写满了

爱的诗句！

拾贝激流岛

蔚蓝的海，

蔚蓝的天，

蔚蓝的梦幻，

罩着银色的海滩。

海浪扑来又离去，

将无数精灵留在岸边。

一只只美丽的贝壳，

闪亮又光鲜，

仿佛述说着

与大海的

前世今缘。

我想到一位年轻的中国诗人，

也曾在此流连忘返。

眼前这些小小的贝壳，

一定触动过他的灵感。

面对大海，

他狂歌浩叹，

忽而又像孩子般大哭大喊。

我在激流岛海滩上拾贝，

寻觅着他遗落在贝壳里的诗篇。

注：年轻的中国诗人，指顾城，他最著名的诗句是“黑夜给了我一双黑色的眼睛，我却用它来寻找光明”。二十世纪八十年代末移居新西兰激流岛，不幸于一九九三年身亡。

（2018 年 12 月 6 日）

垂钓太平洋，摄于 2018 年 10 月 28 日。

拾贝激流岛，摄于 2018 年 10 月 31 日。

祝 酒 歌

好酒啊，

酒好。

我们在一次次举杯中，

慢慢变老。

今天，

我们又举起酒杯，

投入

杜康的怀抱。

让我唱支祝酒的歌吧，

在这难忘的良宵。

忆往昔，

岁月峥嵘，

激情燃烧。

青春的酒啊，

连干十杯百杯，

我们都

不醉、不倒。

因为，

那杯中的酒，

不是含醇的水，

不是液化的料。

那是我们自己的血，

自己的汗啊，

经过风雨的勾兑，

经过铁火的煎熬，

交由杜康
酿造。

青春的酒，
是添在马达里的油，
是加在火箭里的料。
推动我们，
为理想，
为信念，
飞奔快跑。

无怨无悔，
无怨无悔啊！
那青春的岁月，
青春的酒，
真香啊，

真好！

好酒啊，

酒好。

我们在一次次举杯中，

慢慢变老。

今天，

我们又举起酒杯，

投入

杜康的怀抱。

让我唱支祝酒的歌吧，

在这难忘的良宵。

看今朝，

满座鬓发，

白多黑少。

老年的酒啊，

即便三杯两盏，

我们也

会醉、会倒。

我们都不胜酒力了，

不再青春年少。

但是，

这酒还是要喝，

因为，

这杯中的酒，

不是含醇的水，

不是液化的料。

这是我们的真诚，

我们的友谊啊，

经过时间的沉淀，

经过岁月的发酵，

交由杜康

酿造。

老年的酒，

是滋润心田的雨，

是化解心结的药。

它为我们，

添欢乐，

忘烦恼，

人老心不老。

无怨无悔，

无怨无悔啊！

这老年的岁月，

老年的酒，

真香啊，

真好！

让我们一起干杯吧，

为了别人，

更为了自己，

为了

一的一切，

一切的一，

都好！

（2011 年 3 月 12 日）

白发如花更胜花

桃花、杏花、牡丹花……

花海遍天涯。

噫！

万紫千红里，

为何又多了簇簇白花？

一阵笑语引来看花人，

老伴、老友、老人家，

个个满头白发。

老人若树，

白发如花。

在春天里绽放，

朵朵容光焕发。

年年来看花，

相邀你我他。

莫再问：

“时间都去哪儿了？”

告诉你：

“时间将青丝染成白发，

又让白发变成了春天的花！”

不怕风吹雨打，

不怕霜欺雪压。

春春秋秋，

冬冬夏夏，

经岁不凋，

白发如花更胜花！

春天里，

花看你，

你看花，

万紫千红敬白发。

轻薄的桃花不再张狂，

争艳的杏花不再自大，

娇贵的牡丹谦恭有礼，

满心虔诚用芬芳的语言表达！

啊，

朋友，

来赏春吧，

也让春天把你记下！

不要忘记，

在炫耀青春的季节里，

美丽，

除了百花，

还有你头上的白发！

（2015年5月1日）

锐角里的祝福

你垂直地升起，

我平行地远去，

在一个小小的锐角里，

眺望着你。

许多人举着鲜花

向你拥去，

在喜庆的酒会上

你喝得微醉。

一个阳光午后，

去听你的演讲，

激情与幽默，

赢得全场赞美。

此后的日子，

见面少了，

听到的传闻多了，

大家都在跟你套近乎，

添枝加叶地演绎着

你的传奇。

有一天，

偶然遇到你，

匆忙着去参加一个会议。

你苦笑着说，

你像一架忙碌的机器，

真是忙啊，

我看你说话时还在接听手机。

又一次，

我打去问候的电话，

你问我：

有什么事吗？

有事尽管开口，

千万别客气！

我说：

没事，

就是突然想你。

你听了无比诧异，

别人都是有事相求才找你。

我常怀念过去，

怀念那些无拘无束的日子，

听你用亲切的方言，

描述身边的故事，

听你用平民的歌喉，

哼唱下里巴人的小曲。

你垂直地升起，

我平行地远去。

在一个小小的锐角里，

祝福着你！

不管你升多高，

不管我走多远，

请相信，

这个锐角，

有我最真诚的

目光；

这条斜边，

是我们最短的

心距！

注：此诗受直角三角形几何图形启发有感而作，献给我所有正在仕途上的朋友。

（2010年4月15日凌晨）

牵着老伴的手

牵着老伴的手，

依偎着向前走，

走过红灯绿灯

那街灯闪烁的路口。

啊，

岁月悠悠，

蓦然回首，

可记得，

我们曾走过

多少个这样的路口？

品味青涩橄榄，

最忆相思红豆；

荒原里的相识，

风雨中的牵手。

就这样一路走，

从红颜到白头！

曾经白手起家，

哪怕一无所有；

曾经多少坎坷，

哪怕山高坡陡。

就这样一路走，

从红颜到白头！

日子有甜有苦，

生活有喜有忧。

乐观的你和我，

不向困难低头。

就这样一路走，

从红颜到白头！

牵着老伴的手，

依偎着向前走，

走过红灯绿灯，

那街灯闪烁的路口。

啊，

岁月悠悠，

蓦然回首，

可记得，

我们曾走过

多少个这样的路口？

（2010 年立秋之日）

2010 年，作者夫妇摄于韶山滴水洞。

老　　伴

年轻时，

我们健壮，

我曾是我，

你曾是你，

彼此是可以拆分的个体；

年老后，

我们衰弱，

我不再是当年的我，

你不再是当年的你，

彼此间拼成了一个整体。

老伴，
好奇怪的动物，
四只眼睛，
两张嘴；
四只胳膊，
两双腿。
血脉虽无法接通，
灵魂却连在一起。
同样的感觉，
同样的思维，
再没有遗憾，
再没有恐惧。
哪怕天崩地陷，
你我都会共同面对。

我们是量子纠缠的产物，

我们是宇宙生命的合体。

你就是我，

我就是你。

老伴，

是我们

共同的名讳。

（2018 年 11 月 29 日）

我真想叫你一声妈

嘟哒，

嘟哒，

是你拄着拐杖走过来了。

每一步都很艰难，

每一步都是挣扎。

你问我：

好点了吗？

我笑笑：

好多了。

要喝水吗？

我没回答。

你不由分说，

拿起床头柜上的茶杯，

转身去了。

不一会儿，

又传来你的脚步声，

嘟哒，

嘟哒。

当你将茶杯，

颤巍巍地递给我，

我心头顿时热辣辣。

有一句话憋着未出口：

老伴，

我真想——

我真想叫你一声妈！

（2019 年 2 月 22 日）

想 明 白

花谢了还会再开，

人走了不会再来。

老友啊老友，

可曾想明白？

赤条条来到世间，

红尘中滚爬多年，

感受过冷暖炎凉

品尝过苦辣酸甜。

富与贵镜花水月，

名与利过眼云烟。

惟我们的友谊，

不离不弃不变。

老友啊老友，

可曾想明白？

岁月匆匆而去，

你我鬓发全白。

我们拥有过去，

很难再拥未来。

当下属于我们，

过好每日每天。

像童年一样纯真，

像少年一样热爱，

像青年一样自信，

像壮年一样强健，

活出自由，

活出尊严。

活出快乐，

活出精彩。

不必抱怨他人，

只管迈步向前。

不必羡慕他人，

自己就是神仙。

花谢了还会再开，

人走了不会再来。

老友啊老友，

可曾想明白？

（2018 年 7 月 30 日）

不能再等了

——致那个曾经的我

一辈子的毛病，

一辈子的习惯，

用一句话概括：

等着别人召唤！

总有人召唤我工作，

总有人召唤我上班，

总有人召唤我参加会议，

总有人召唤我出席庆典。

我在召唤中东奔西忙，

我在召唤中跑后跑前。

一年到头，

从早到晚，

等待电话，

等待召唤。

被动得像只陀螺，

忙碌得团团旋转。

它慰藉着我的虚荣心，

它刷爆了我的存在感。

说明我被需要，

证明我还能干。

自己在召唤中陶醉，

岁月在等待中流转。

突然有一天，

再也听不到召唤，

等待变成了空盼。

守候在电话机旁的我，

六神无主，

气躁心烦，

仿佛被别人抛弃，

仿佛与世界割断。

此时的我才省悟：

召唤是一生中最大的奢望，

等待是这辈子最坏的习惯！

等待召唤是被动的人生，

等待召唤是把自己高看。

这世界离开谁都能存活，

被召唤只是一种际遇偶然。

浪淘尽千古风流人物，

更何况凡夫俗子如你我这般。

凡人应该有凡人的活法，

首先应该将名和利看轻看淡。

随心所欲，

随遇而安。

自寻其乐，

顺其自然。

不能再等了，

不再为等待心烦。

记着，

从现在起，

不再按别人的节拍生活，

只听从，

自己

心灵的

召唤！

注：2019 年 2 月 20 日，得知电影审查委员会即将换届，七十岁以上的委员要全部退出。我是 1997 年参加审片的，已连续审片二十二年，突然离开审片岗位，怅然若失。妻开玩笑说：以后再也不用等审片的电话了！一句话引发我诸多感慨，遂写成此诗。

（2019 年 2 月 20 日）

让我仿佛又回到昨天

思念，

无尽的思念，

让我仿佛又回到昨天。

昨天——

风雪严寒的坝上，

有个暖心的地方叫沽源。

两对年轻的夫妇，

他们是小高和小林，

小张和小田。

因相慕而结识，

因相邻而结缘。

三间简陋的土坯房，

是他们共同的家园。

早晨、中午、傍晚，

见面后的头一件事，

是聚在堂屋里烧火做饭。

两个灶口同时蹿出腾腾的火苗，

两只烟囱同时冒出浓浓的炊烟。

两家的男主人，

几乎同时坐在灶前板凳上，

分别拉响各自风箱的琴弦。

奇特的音响组合，

像一阵风声雨声，

骤然而起，

时急时缓；

又像走西口的汉子，

扯着沙哑的喉咙，

飙歌呐喊。

两家的女主人，

围着灶台，

炒菜烧饭，

噼啪的炝锅声，

像喜庆的爆竹，

回响在耳畔。

蒸笼冒出的热气，

犹如朵朵祥云，

在心头缭绕，

在房间弥漫。

我们的生活，

简单又平凡，

但决不平庸和平淡，

无论是风箱的合奏，

还是锅碗瓢盆的交响，

都是对生活对命运，

最真诚的咏叹。

两家人，

谈理想谈工作也聊家常，

天下大事、小道消息，

吃喝拉撒、柴米油盐。

两家人，

既报喜又报忧也发牢骚，

从美好的遥远到沉重的当前。

一起抗击风雪，

一起抵御严寒。

危难时倾心相助，

困厄时出手相援。

一孔小小的山药窖，
装着两家的越冬菜；
一层厚厚的胡麻秸，
焐暖两家的冷房檐；
一扇矮矮的栅栏门，
系着两家的平安愿。

蹉跎岁月不分你和我，
艰苦日子不计恩和怨。
像兄弟般情深义重，
像姐妹般心心相连。
走过风雪严寒的两家人，
友情的感受叫温暖。

几十年过去，

温暖充满了记忆，

温暖牵动着思念。

啊，无尽的思念，

让我仿佛又回到昨天。

……

注：2018 年 7 月 11 日，老友张仲学用手机发来一个声画相册，他将我们 2003 年回沽源的几张照片和一首抒情歌曲《我的快乐就是想你》编辑在一起，赏后感动不已。回想起三十多年前我们两家人同在一个屋檐下生活的情景，清晰如昨。激动之余，创作了这首诗歌。

（2018 年 7 月 15 日）

七十年代作者与张仲学摄于沽源

一声再见五十年

——致南开同窗

告别南开园，

一晃五十年。

当年的我们，

像一把晦气的种子，

被风暴吹落到天边。

真侥幸，

未被鸟雀啄食，

未被鼠兔吞咽，

风暴过后也未化作垃圾和尘埃。

我们在无边的风雨中萌发，

默默地

艰难地

成活成才。

我们不是知青，

却经过上山下乡的历练；

我们不是老九，

却被冠以“臭老九”的头衔；

我们也不是下放干部，

却要到穷乡僻壤接受最严酷的考验。

荒唐年代里遭遇荒唐的我们，

面对着同样荒唐的人生答卷。

总算老天有眼，

十月里的一声惊雷，

才将我们的命运改变。

感谢改革开放，

感恩时代眷恋。

行将不惑的我们，

终于站到新长征出发的队伍前。

为了实现四化，

为了夺回被“四人帮”耽搁的时间，

顾不上换洗满身尘垢的衣服，

顾不上修饰满脸风霜的容颜，

顾不上与妻儿告别，

顾不上与父母寒暄。

我们像应征入伍的战士，

满腔热血接受祖国挑选。

就在这一刻啊，

我们才知道，

荒唐年代毕业的我们，
知识的武装实在可怜。
大学五年，
一次抗洪，
两次社教，
半工半读的课堂，
是在地头田间。
紧接着是场浩劫，
彻底与文化绝缘。
我们第一次为自己流泪，
感慨蹉跎的岁月里，
宝贵青春化作逝去的云烟。

只争朝夕啊，
无悔无怨；
重头再来，

无非比别人多用一些时间。

加紧复习补课，

重新回炉考研。

拖家带口的我们，

和年轻人站在了同一条起跑线。

即便岗位平凡，

也要奋勇争先；

不敢患得患失，

只能任劳任怨；

不敢挑挑拣拣，

只能随遇而安；

不敢心浮气躁，

只能认真钻研；

别人谋身长远，

我们立足当前；

别人天马行空，

我们老牛耕田。

不是我们有多高的思想觉悟，

实在舍不下时不再来的机缘。

一晃五十年，

一九六八到今天。

老了同窗，

老了时间，

老白了头，

老花了眼，

不老的是我们同窗的怀念。

想必还记着五十年前的那个冬天，

我们在凛冽的寒风中告别，

马蹄湖的残荷悄悄挥手，

大中路的梧桐默默无言。

寒蝉般一声再见，

常在我心头回旋。

双手握别半世纪，

一声再见五十年。

如今的我们，

都到了古稀之年。

我们渴望着再见，

却也惧怕着谋面。

真担心沟壑般的皱纹和飘零的白发，

颠覆了相册里风华正茂的从前。

还是让我们在怀念中祝福吧，

祝福友谊，

祝福康健，

祝福一路走来的今朝，

祝福一路去往的明天！

注：2018 年是我国改革开放 40 周年，也是我大学毕业 50 周年。五十年来我们经历了社会变革的风雨沧桑，当年的南开同窗如今个个年逾古稀。回首以往，不胜感慨，特写此诗以为纪念。

（2018 年 11 月 16 日）

谈　诗

久仰诗人大名，

学生一脸虔诚。

对方正在蹲厕，

憋得满脸通红。

百忙之中作答，

让人似懂非懂：

“记住——

诗是宣泄。”

（说完咕嗵一声）

“诗是口香糖

（只见腮帮蠕动），

自己嚼着有味，

吐了还带粘性！”

学生听罢无言，

愧对大师批评。

手捏诗稿犯难，

不知如何回应。

权当手纸一团，

献上十分恭敬。

“有劳大师慢用，

还望不吝指正。”

（1999 年 3 月 3 日戏作）

秘　诀

学会吃通，

讲台唱红，

寒窗终日暖烘烘。

娱乐胜学术，

严肃让轻松。

出名不费吹灰力，

成家何须板凳功？

儒冠生财有秘诀，

尽在大师两片中。

（2012 年 2 月 12 日）

艺考面试

黑压压的考生，

组成一条流水线，

像产品进入检验车间。

考场是最后一道工序，

每台“机器”都有张冷漠的脸。

多则三言五语，

少则一眼两眼，

最智能的“扫描”，

决定着产品的命运和未来。

考场的出口，

又是黑压压的一片，

望子成龙的家长，

心急如焚地等待。

通过或被卡住，

合格或被淘汰，

结果就在眼前。

一百七十比一啊，

谁敢说稳操胜券？

成千上万个考生，

十之八九是失败。

认赌服输吧，

只能无悔无怨。

如今的艺术学院，

虽不是先祖的宗庙，

也不是佛陀的圣殿，

却更能吸引人顶礼膜拜。

因为有太多的家长，

做着黄粱美梦，

有太多的凡夫俗子，

幻想羽化登仙。

误把知识的学府，

当做名利的摇篮，

以为艺术魔棒，

能让人一夜走红，

星光璀璨，

腰缠万贯。

于是

就有了

眼前这黑压压的一片。

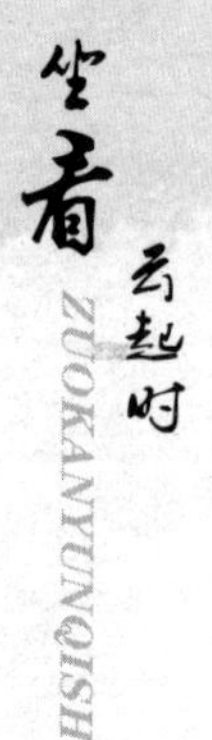

阳光依然普照，

春风乍暖还寒，

艺考的流水线还在加长，

绵绵不断……

（2016 年 2 月 18 日）

老婆，你别烦

老婆，你别烦，
好男人有时也挺懒。
在外头拼命干活挣钱流血汗，
回到家只想歇着不愿再动弹。

老婆，你别烦，
好男人有时也挺馋。
在外头哪怕吃了山珍和海味，
回到家还想吃你做的粗茶饭。

老婆，你别烦，

好男人有时也挺难。

在外头受了委屈苦水肚里咽，

回到家脾气不好发火很自然。

老婆，你别烦，

好男人有时也挺憨。

在外头为撑面子多花冤枉钱，

回到家不好意思向你报清单。

老婆，你别烦，

好男人有时也挺冤。

在外头守身如玉花花草草从不沾，

回到家却说自己有那贼心没贼胆。

老婆，你别烦，

别烦……

（2010 年 8 月 7 日戏作）

古诗今唱（三首）

思　　念

古道刮着西风，

跑来一匹瘦马；

枯藤缠着老树，

飞来一只昏鸦。

天光渐渐暗去，

夕阳眼看西下。

我的心上人啊，

今夜哪里安家？

送你出了阳关，

心儿时时牵挂。

想你想得肠断，

梦你梦到天涯。

我是那阵西风，

我是那匹瘦马，

我是那棵老树，

我是那只昏鸦！

重　　阳

重阳九月九，

菊花插满头。

挽着老伴手，

牵着我家狗。

再带一壶酒，

咱往香山走。

红叶红叶你干杯酒，

老伴老伴你放声吼。

小狗小狗你莫傻笑，

老汉老汉我最风流。

送　　别

忘不了，长亭外骤雨初歇；

忘不了，执手相看语凝噎；

忘不了，方留恋处兰舟发；

忘不了，暮霭沉沉楚天阔。

树上寒蝉声凄切，

阿妹有话对哥说：

自古多情伤离别，

今夜又逢中秋节。

外出打工多自重，

江南也有塞北雪。

想妹就往天上看，

杨柳岸边晓风月！

（2012 年 2 月 6 日元宵夜戏作）

物　语　录

西瓜：我是甜蜜的孕妇。

石榴：我是快乐的妈妈。

谷穗：别误会，我可不是思想者。

麦田：说我浪？都是风儿惹的祸！

红高粱：因为好出头，无知使人羞。

向日葵：跟着太阳转，不是想发电。

无花果：说我未婚先孕，纯属以讹传讹。

含羞草：生来性格如此，害羞不关风月。

玉兰花：没有叶子，我照样开花。

枫树叶：没有花朵，我照样媚人。

茄子：人们照相玩，何故把我喊？

大蒜：水仙不开花，恶名我来担。

蜜蜂：人们吃了我的蜜，谁敢说我曾好色？

蚯蚓：开了一辈子矿，还没找到一块矿石。

蝙蝠：我像鼠，长了翅膀就不再怕猫。

猫头鹰：我像猫，长了翅膀也骗不了鼠。

春蚕：我吐丝，是为了裹住自己。

蜘蛛：我吐丝，是为了网住别人。

知了：我这一辈子只会一首歌，所以不停地唱。

八哥：我唱一首歌难混一辈子，所以不停地学。

家猫：知我非虎，我能逮鼠。

老虎：知我非猫，我能吃猫。

喜鹊：即便落在坟头，我也是只吉祥鸟。

乌鸦：即便落在轿顶，我也是个晦气鬼。

（2012 年 2 月 19 日）

伤心窗口

两张老脸，

两双老眼，

印着不舍，

透着眷恋。

追着一个背影，

走出家门庭院，

挥手相别竟无言！

啊，

暑往寒来，

岁岁年年，

每次离开故乡，

都有这样难忘的瞬间。

回眸中，

二老送别的画面，

总出现在那个窗前！

让儿情不自禁，

让儿梦绕魂牵！

后来，

两张脸变成一张脸，

两双眼变成一双眼，

印着伤感，

透着无奈。

追着一个背影，

走出家门庭院，

挥手相别更无言！

如今，

我离开故乡，

习惯地回眸窗前，

二老送别的身影却无缘再现。

寂寞的窗口一片空白，

看不到熟悉的老脸，

看不到熟悉的老眼，

空荡的窗口

如相框被揭走了照片。

啊，

我曾用泪水，

一遍遍冲洗往昔的胶卷，

希望将一张张照片在回忆中复原。

我知道，

二老有灵，

一定会在天堂里，

开启一扇窗，

那天堂的窗口，

依然是

两张熟悉的老脸，

两双熟悉的老眼。

二老有知，

就托个梦吧，

让我们在梦中相见，

莫让儿看着伤心的窗口，

空劳思念！

（2015 年 1 月 16 日）

老爸，我今天真想对你说

老爸，

我今天，

真想对你说，

你却听不到了。

“爸，我走了！”

那一天，

你微笑地看着我，

似乎等我再说些什么，

我却什么都没说。

我不是不想说，

只是不想让你看到，

泪水已将我的喉咙哽咽。

更不忍再用伤感的话，

同你告别。

我上了火车，

习惯地隔着车窗向站台寻望，

多少年来，

站台的栅栏旁，

一直藏着你深情的目光。

而此刻，

却空空荡荡。

我的泪水，

再无法忍住，

在心头，

在脸上，

一泻如狂！

听老妈说，

那天我走后，

你执拗而艰难地

将身子，

移动到有电话机的桌旁，

静候着，

来自北京的电话铃响。

“我已经到了！”

“到了？好，好啊。”

想不到，

这两句话，

竟是我和你，
最后的应答。

老爸，
你离开这个世界三年了，
墓前的松柏
已绿影婆娑。
我伫立墓前，
看着你的遗像，
有一肚子话想对你说。

老爸，
我知道。
你再也听不到了。
即便听不到了，
我还是要对你说！

假如还有来世，

我们再做父子，

我会用加倍的孝，

报答你今世的爱！

当你需要我的时候，

我一定会守候在你身边，

一步都不离开，

一刻都不离开……

（2014 年 12 月 2 日）

天国飘来一场雪

2018 年 4 月 4 日晚至 5 日清晨，京城降下一场雪，据气象台报，清明节雨雪为三十年来所未见，特作小诗以记之。

清明节，
天国飘来一场雪。
纷纷扬扬，
温馨润洁。
亡灵们的相思泪，
在清冷的苦盼中

凝结。

像白花，

像素笺，

洒向人间，

绵绵不绝。

白花开给故乡看，

素笺寄给亲人阅。

花香与心语，

化作邂逅雪。

茫茫情无限，

天地两相悦。

清明节，

天国飘来一场雪

……

（2018年4月5日戊戌清明）

下编

青山依旧在，抖擞照夕阳。
看我踏歌行，还似少年郎！

——《踏歌行》

天马山记游

石　　刻

天马欲何往？

山河带砺长。

将军勒石在，

遗墨万年香。

山　　泉

掬水问清泉，

开源系何年？

红尘竟不染，

沉翠岫云间。

钟　声

云傍马头立，

风自罅口生。

惊魂绝壁处，

古刹漾钟声。

注：1965年春，游天马山。古刹、山泉、崖壁上戚继光亲笔石刻“天马行空”“带砺山河”印象颇深。

（1965年春）

1964年春，作者与臧恩钰同学摄于天马山下。

登冰山梁即兴（六首）

1971年6月，我到沽源县丰元店公社盘道沟大队采访，偷闲登冰山梁，有感即兴，得诗六首。

爬西坡

取道西坡步维艰，
青山如兽扑面来。
峰回路转惊未定，
眼中胜景斧凿开！

望　长　城

为占风光上险峰，

兴高哪怕路无径。

鲜花万朵边墙缀，

一脉龙痕是长城。

看　山　坡

金针蕨菜野韭芽，

芍药山丹百合花。

放眼白云依恋处，

嫣红姹紫尽奇葩。

山　中　行

攀云拨雾上，

品草赏花行。

谷静泉声著，

山幽鸟语清。

樵风来处有，

牧雨去时停。

恍如仙源里，

凡世不曾经。

烽　火　台

峰火故城台，

巍巍铁骨骸。

同仇拼日寇，

热血染苍苔。

壮士捐躯处，

山丹踊跃开。

前扑应笑慰，

后继举旗来！

棋　盘　台

二仙对弈留棋盘，

一将戍边困雪山。

大漠传闻无暇记，

小村故事听不完。

注：冰山梁南峰有棋盘台，据说有人曾见两白发仙人在此下棋。明天启年间大将军刘廷镇守独石口，后被女真族侵军围困于冰山梁，宁死不屈，传为神话。

（1971 年 6 月于河北沽源）

颐和园咏怀（二首）

一

颐养天和求梦圆，
山呼万寿总虚悬。
无梁殿上参造物，
莫忘人民智慧海。

二

金风吹送金桂香，

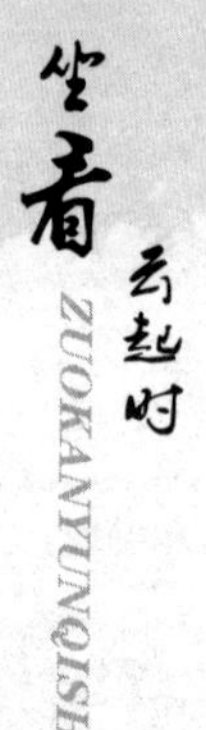

艳日临湖照艳妆。

坐爱名园斯时景，

乘龙来去看秋光。

注：智慧海又名无梁殿，是万寿山上最高建筑。乘龙，乘龙舟也。

（1977 年 9 月 10 日）

捉 蒋 亭

骊岳郁苍苍，

有亭在上方。

游人频笑语：

此处捉老蒋！

注：1979 年 10 月 27 日游临潼华清池，见捉蒋亭，现改名为兵谏亭，系“西安事变”捉蒋处。

（1979 年 10 月 27 日）

访 三 游 洞

三贤弃棹探幽行，

野洞荒穴始有名。

地鼓天钟凭雾绕，

青溪碧水伴虹生。

西陵峡口云烟渺，

至喜亭前胜迹清。

忽报编钟传古乐，

锵锵楚韵却巴声。

注：三游洞位于湖北宜昌市西北 10 公里西陵峡口，唐元

和十四年（819）三月十二日，著名诗人白居易与其弟白行简及好友元稹同游此洞，饮酒赋诗，三游洞由此得名。北宋嘉佑四年（1059）十月，苏轼偕父苏洵、胞弟苏辙亦游过此洞，为别元白“前三游”，史称苏轼父子为“后三游”。

（2002 年 5 月 8 日）

2002 年 10 月，作者摄于三游洞。

游栖霞寺

古寺栖霞圣迹留，
当年陆羽访茶游。
芸芸只道茶味好，
谁把心香苦苦修？

注：栖霞寺在南京东北二十公里的栖霞山中峰西麓，南朝宋、齐间，明僧绍隐居于此，明僧绍字栖霞，故得名。陆羽（733~804），唐代人，字鸿渐，著《茶经》，被后世尊为茶圣。他把中国古代道家佛家阴阳五行、天人合一的哲学理念以及儒家的中和思想熔于一炉，对中国茶文化的形成和发

展做出了独特贡献。他曾为写《茶经》在栖霞山一带考察。《茶经》上说“为饮，最宜精心俭德之人”。即认为人品人格的修炼与茶道的修炼同等重要。心香，这里指心灵的芳香。

（2002年5月26日）

阮郎归·圆明园观荷

翡翠妆成百亩塘，红蕖照斜阳。游人凭栏多感伤，故园留余香。　　老柳绿，野花黄。雄狮回首望。中华血史岂能忘？福海忆国殇。

注：雄狮，指圆明园中假山狮子林。福海，圆明园中的湖。国殇，指在保卫国家战争中牺牲的将士，这里也指被八国联军焚毁的圆明园。

（2006年7月25日）

游颐和园西堤（六首）

二〇〇六年七月二十三日，农历大暑，与妻儿同游颐和园西堤。晨有小雨，倍感清爽。轻风细雨中，饱览西堤和耕织园风光。午离园，大雨又至，遂到西贝莜面村用餐兼避雨。回家后，草成小诗六首，以记当日游园之趣。

竹 篁 行

又是伏天到西堤，
犹记去年汗洗衣。
今逢大暑小雨降，

人在竹篁绿伞里。

苏　州　街

皇家商铺太后开，
老店依然旧招牌。
天下生意此处好，
财神不请当自来。

耕　织　图

耕织自古养天下，
教子难得帝王家。
惜悯农夫稼穑苦，
闲花划去种桑麻。

大　清　舰

堤岸何故留舰甲？

此处大清水师家。

当年操练海军处，

无尽碧荷正着花。

西　湖　荷

细雨初湿千树柳，

轻风始皱万匹纱。

颀茎无意藏老蟹，

阔叶有情护稚鸭。

出水莲蓬举麦克，

凌波菡萏唱卡拉。

浮生半日心绪好，

伫雨迎风看荷花。

北　宫　门

游园方出北宫门，

暴雨骤至如倾盆。

莜面食家名西贝，

高扬旗幡招断魂。

（2006 年 7 月 24 日）

颐和园初夏（夏菲摄影）

水调歌头·游北京大观园

倾慕书中景，所憾未曾见。如今痴愿遂了，旧署变新园。桥榭楼台亭槛，曲径廻廊庭院，山水更奇妍。梦里销魂处，历历在目前。　曹公笔，鬼神叹，巨如椽。旷世悲欢，全在石上说因缘。红院海棠如诉，潇馆斑竹如怨，宝黛正当年。名著化名胜，此举妙无先。

注：旧署，指明代的“嘉疏署”，大观园就是在它的废址上建造的。红院，指怡红院。潇馆，指潇湘馆。

（2006 年 7 月 29 日）

游北海逢雨

早起游园趁未晴，

雨脚追至五龙亭。

黑云席卷如泼墨，

重雾低垂似暮行。

碧瓦红墙全不见，

琼岛白塔亦无形。

北海茫茫一眼望，

朦胧之处有桨声。

（2006 年 7 月 31 日）

南澳岛记游（五首）

出　　港

逍遥出海赛仙翁，
乘轮胜似驾鲲鹏。
眼前百尺冲天浪，
耳后千里快哉风。

总　兵　府

雄踞宝岛固金汤，

总兵大旗南澳扬。

脚踏闽粤两省地，

敢拒倭贼四海强。

宋 井

离海咫尺见井栏，

海水咸苦井水甘。

渔乡儿女识甘苦，

一井牵系万户帆。

金 银 岛

金银岛上有金银，

藏宝谜语传至今。

海边礁石无贪念，

潮起潮落不动心。

注：明嘉靖年间，诏安人吴平组织武装集团海上为盗，后被戚继光军剿灭。吴平出逃前密秘藏金十八窖于此，并留下两句话：“水涸淹三尺，水涨淹不着”。后人循谜前来寻宝者无数，但都空手而归。藏宝遂成千古之谜。

海　　滩

金沙映海蓝，

苍鸟戏白帆。

莫羡沧浪水，

濯缨此处宽。

注：宋人石延年《瀑布》诗“沧浪不足羡，就此濯尘缨”。沧浪，指汉水。

（2007 年 10 月 12 日）

2007 年 10 月，作者摄于金银岛。

冬日游园即兴

莫道西风冷客心，

于萧瑟处见温馨。

残荷摇曳破冰舞，

纸鹞高飞伴云临。

几度夕阳依老树，

一腔余热暖寒禽。

最是岸柳诚意满，

笑拢垂条奏竖琴。

造　　化

冬遊黄昏近，

夕照眼前新。

残荷冰上舞，

纸鹞云中临。

落日依老树，

余温暖寒禽。

天地有真意，

造化动人心。

（2008 年 1 月 31 日）

夕阳暖寒禽（尔纯摄影）

浪淘沙·宣化万柳公园

万柳碧连天，府邑西边。神京屏瀚赖林垣。锁定风沙汝当先，绿满家园。　　老柳可吹绵，嫩柳芊芊。柳浪闻莺唱新篇。黄令方公今何在？笑柳如颜。

注：黄令方公，指清代乾隆年间任宣化县令的黄可润和任直隶总督的方观承，他们都为宣化植树造林、防风固沙做出过杰出贡献。后人曾建万柳亭，树碑勒石纪念之。

（2008 年 7 月 27 日）

万柳亭

柳川河畔柳万千，
绿甲貔貅护邑垣。
不让风妖一寸土，
敢夺沙怪百顷田。
爱民自古多廉吏，
植柳原不为邀蝉。
父老乡邻情义重，
树碑勒石记前贤。

注：万柳亭在宣化西郊万柳公园内。

（2008年7月29日）

登临壶口

远眺黄河不见河，
蒸云煮雾似开锅。
三千飞瀑川底画，
十万迅雷塬上歌。
骇浪惊涛一吐快，
峭壁巉岩几经磨。
中华血脉炎黄骨，
壶口登临感慨多！

（2008 年 8 月 3 日）

壶 口 观 瀑

九曲黄河一壶收，

沸水蒸云起平畴。

飞瀑三千须下看，

迅雷十万上心头。

（2008 年 8 月 3 日）

2008 年，作者夫妇在壶口留影。

游元大都遗址公园

碧桃昨夜嫁春风，
秀岸今朝绿映红。
悦目赏心大都北，
低吟浅唱小桥东。

（2012 年 3 月 23 日）

钗头凤·冬雨中游沈园

往事遥，伤心桥，葫芦池畔雨潇潇。宫柳去，亭台移，残壁犹在，诗迹难觅。虚！虚！虚！　　黄花俏，红叶照，问梅槛里风铃闹。叹唐凄，怨陆拘，今人难解，古人情谜。愚！愚！愚！

注：2013 年 12 月 17 日，绍兴冬雨，下午独游沈园，返京后作。葫芦池，在沈园内，相传为当年陆游与唐婉相会处。伤心桥，出陆游《沈园》诗："伤心桥下春波绿，曾是惊魂照影来。"宫柳，出陆游《钗头凤》："满城春色宫墙柳。"残壁，沈园现存的墙壁，即半壁亭，亭柱上对联："莫因半壁忘全

壁，最爱诗园是沈园。”红叶，指枫叶，半壁亭前枫叶正红。问梅槛，茅草顶的木楼，内悬挂无数带着爱情祝福的小风铃。

（2013 年 12 月 25 日）

沈园陆游诗壁

香 山 观 枫

雨后秋山红叶娇，
白发曳杖任逍遥。
老夫贪恋枫林晚，
只顾攀登不问高。

注：读孙恒杰友来信，他说他的写作态度是“只顾攀登不问高”，深膺其意，借《香山观枫》为题，凑成七绝一首。

（2010 年 10 月 5 日）

2017 年 4 月，作者摄于北京植物园。

西江月·西山看花归来

春日花忙山忙，脚健不烦筇杖。　寻芳归来说花事，却道鸟醉云香。

（2016 年 3 月 22 日）

春　　耕

塞外惊蛰冬未了，
春风难绿原上草。
谁惹铁牛滩头怒？
一吼惊煞布谷鸟。

（1973 年春河北沽源）

如梦令·生日感言

笑我五十又五，还想驾船摇橹。　　凭雨打风吹，不悔扬帆前路。竞渡，竞渡，赤子豪情依旧。

注：1999 年 12 月 26 日是我 55 岁生日，想到 50 岁时曾说过“五十从头过，半百当少年”的豪言壮语，有感而作。

（1999 年 12 月 26 日）

2008 年，作者摄于西安。

咏　　蚕

漫漶世情辨亦难，

劳劳无语识春蚕。

真丝吐尽舍命去，

精魂化蝶蹑翼还。

注：漫漶，本意指文字、图画等因磨损或浸水而模糊不清。此处比喻人的情感真假难分，不可捉摸。

（2000年4月21日）

银 叶 树

繁华远去寂寞滩，
不恋红尘爱蔚蓝。
嫁与潮汐无怨悔，
风波浪里相见欢。

注：2003 年 6 月 8 日，到深圳参加电影剧本《生死界限》研讨会，偷闲到海边一个叫“盐灶”的小渔村参观，见到银叶树，它扎根水中，营养虾蟹，涵养水质，守海护堤，与大海相拥相伴。感慨系之，遂有小诗。

（2003 年 6 月 12 日）

喜　　鹊

消暑入伏雨，

添凉立秋风。

家乡花喜鹊，

日日报安宁。

（2003 年 7 月 20 日）

花 甲 悟

年逢本命，

岁交花甲。

信步闲庭，

从容潇洒。

水中望月，

雾里看花，

凡夫世界，

朦胧最佳。

（2004 年 12 月 31 日）

雪

纷纷扬扬一场白，

茫茫乾坤似未开。

人生好比雪中客，

于无径处踏路来。

（2006 年 3 月 20 日）

小月河雪景（尔纯摄影）

秋　夜　思

蛩声渐起月华凉，

独照无眠漫思乡。

遥忆儿时中秋夜，

过门道里捉迷藏。

注：过门道是故乡老院通往街门的过道，前后门关闭后，里面一片漆黑，是我儿时与小朋友们玩捉迷藏的最佳处所。中秋夜，大人们赏月，孩子们聚集在此玩耍，乐不思归。

（2006 年 8 月 27 日）

踏　歌　行

——笑吟人生

人生太匆忙，春暖又秋凉。

春花秋露谢，黄鸡白发唱。

唱也终须唱，不卑也不亢。

戏作踏歌行，韵脚落江阳。

申猴生冻馁，时运多乖张。

籍贯察哈尔，宣化乃故乡。

襁褓逢战乱，童年迎解放。

上学四岁半，衣裤尚开裆。

贪玩厌学习，临阵才磨枪。

升级又留级，依然喜洋洋。

直到八岁时，才悔学业荒。

忽然爱读书，后来反居上。

作文夺第一，入队三道杠。

老师多鼓励，少年美名扬。

五七入初中，反右不知详。

五八大跃进，激情燃胸膛。

遍地土高炉，烟火蔽日光。

白天砸矿石，叮当复叮当。

夜里背矿石，瞌睡倒路旁。

尤喜除四害，吾辈最擅长。

执铲挖蝇蛹，下夹捕鼠忙。

敲锣驱麻雀，麻雀坠地亡。

更有新创举，街道办食堂。

吃饭不要钱，大碗喝粥汤。

浮夸现世报，遭遇大饥荒。

高中三年整，天天饿肚肠。

东门蹭过饭，西门开过荒。

一顿莜面饱，几乎把命丧。

六三考南开，抗洪上前方。

独流减河畔，大旗雨中扬。

抢险拼命上，保堤筑人墙。

蚊子日当餐，水蛇夜进帐。

大学第一课，至今未能忘。

不久搞社教，匆匆又下乡。

双十二十三，条条记心上。

路线有左右，眼睛须擦亮。

阶级分敌我，警惕新动向。

而后搞教改，办学到农场。

学习新理论，改造旧思想。

不怕粪土臭，唯愧饭菜香。

政治千般热，专业一时凉。

接着是浩劫，灾难从天降。

挣扎风波里，惊魂浪尖上。

造反凭血统，革命看爹娘。

身陷黑五类，人归狗崽帮。

因祸也得福，暂入避风港。

毕业当农民，插队到坝上。

白毛风剔骨，四野雪茫茫。

初在生产队，干活挣口粮。

后到报道组，发挥一技长。

写稿下基层，跑遍社和乡。

乡下真情状，点点记心上。

不畏恶风寒，何惧暴雪狂。

位卑尚忧国，冬夜梦春阳。

奋斗求生存，坚持靠顽强。

信念吹不灭，热血冻不僵。

陋室读书勤，白屋笔耕忙。

更有贤内助，励我志气昂。

多少不眠夜，陪伴在身旁。

帮我搞校对，心血注字行。

帮我抄稿件，手指磨茧膙。

油灯照倩影，每忆热衷肠。

七九最难忘，入党夙愿偿。

站在党旗下，激动泪千行。

不图虚名好，只为执着长。

铁肩担道义，理想著华章。

投身四化业，发愤图国强。

从此跨征程，驰驱不彷徨！

沽源十一年，悲壮不悲伤。

今生有所幸，粉碎四人帮。

拨乱反正日，乌云见太阳。

春光流水逝，韶华绿叶黄。

年龄三十五，考研重入庠。

满眼青春脸，唯我胡子长。

老骥惜寸阴，笨鸟当自强。

一日争朝夕，三年苦寒窗。

西大学风正，师友情谊长。

硕士毕业后，留校教授当。

杏坛栽桃李，居家谋稻粱。

九〇到西影，书生变厂长。

全力抓剧本，甘做嫁衣裳。

个中苦与乐，外人难知详。

不觉又七年，事业转辉煌。

忽然调令来，催我整行装。

赴任广电部，告别西影厂。

建我新单位，辟我新战场。

创业谈何易，屡屡碰南墙。

初到京城时，无薪也无房。

借地资料馆，没照先开张。

莩路除荆棘，蓝缕开新疆。

终于批文下，编制列其上。

名正言遂顺，困厄化吉祥。

莫道单位小，全国有影响。

组织论证会，主办夏衍奖。

策划重点片，建立信息网。

培养剧作家，采风又采访。

剧本找出路，中心当红娘。

电影要繁荣，剧本紧跟上。

时促任务紧，重担一肩扛。

常怀知遇恩，不揣非分想。

律人先律己，自觉做榜样。

克己贪心少，奉公正气长。

芥草负春晖，勉力添韶光！

转眼过花甲，〇五退下岗。

岁月不饶人，顾镜鬓如霜。

回眸人生路，恍如梦一场。

梦中红颊儿，醒后变老苍。

造化戏弄人，时空不复往。

莫惊世事变，物我皆沧桑。

爱人仁者寿，容人智者昌。

只要心不老，白发又何妨？

青山依旧在，抖擞照夕阳。

看我踏歌行，还似少年郎！

注：春天的花朵在秋露中凋谢，人到老年慨叹时光逝去的无奈。白居易诗句："谁道使君不解歌，听唱黄鸡与白日。黄鸡催晓丑时鸣，白日催年酉前没。"（《醉歌示妓人商玲珑》）苏轼词句："门前流水尚能西，休将白发唱黄鸡。"（《浣溪纱》）我生于1944年农历甲申年11月12日，属猴。据说冬日之猴一生注定要经受冻馁磨难。"三道杠"指少先队大队长。1960年困难时期，饥饿难耐，父亲曾带我到东门外农村亲友家蹭

饭吃。全家人还在西门外城墙边开小片荒种黍，收获甚微。1961 年元旦，父亲到宣化炮院帮制酱油得一副黄羊下水酬劳，回来用羊下水余莜面，我狼吞虎咽，险些把胃撑破。“双十”“二十三”指当时中央下达的四清文件，即前十条、后十条和二十三条。“十年浩劫”初期盛行血统论，最流行的口号是“老子英雄儿好汉，老子反动儿混蛋”。1968 年底，到沽源小河子公社脑包山大队狗咬房子村插队，干活计工分，不发工资。庠，古代乡学的名称，此处泛指学校。1979 年参加研究生招生考试，被西北大学中文系录取，为文艺学创作论研究生。时年三十有五。剧本中心属新建单位，我调北京后暂时借用电影资料馆地方办公。很长一段时间剧本中心的建制没有批下来，但相关剧本策划工作却一直在进行。

（2008 年 2 月 24 日）

1984 年，作者摄于陕西南五台。

2013 年，作者摄于长沙橘子洲头。

梁　祝

道是有情却无缘，

爱魂化蝶动心弦。

一点灵犀双飞翼，

相伴相随天地间。

（2008 年 9 月 10 日）

自　　嘲

朦胧月迟迟，
老来夜作诗。
辗转枯肠尽，
反侧文心痴。
苦吟乢间有，
此乐几人知？
又见云中月，
对我笑啸啸！

（2008 年 9 月 19 日）

雨中品白茶

抱朴自无华，
白毫绿雪芽。
品茗秋雨里，
天地一杯茶！

（2010 年 11 月 6 日福鼎）

十六字令·龙之歌（三首）

龙，涣然鳞光耀九重。穿云至，其势壮如虹。　　龙，华夏图腾传万宗。精魂在，续写大国风。　　龙，赶月追星遨苍穹。挟雷电，奏响世纪钟。

注：公元两千年元旦来临之时，中华世纪坛圣火点燃，钟声大作，中国人民向全世界庄严宣告：中华民族必将在二十一世纪实现伟大复兴。此情此景，让人感慨万端。

（2000 年 1 月 1 日）

闻北京申奥成功

当年申奥败悉尼，
爆竹不闻鼓不擂；
今日终圆奥运梦，
礼花伴着泪花飞。
天安门下狮昂首，
世纪坛前龙摆尾。
相约京城七年后，
再看你我显神威！

（2001 年 7 月 13 日午夜）

立　春

冬去天时变，
春来人心悬。
雪锁江南路，
冰封水乡田。
车停铁运阻，
煤缺电又断。
不知旅中客，
何日叩乡关？

（2008 年 2 月 4 日）

江城子·北京奥运会开幕

万人击缶启华章。山河壮，日月光。挥洒丹青，风流画卷长。忽见夸父天边来，点祥云，照无疆。　　四大发明何辉煌。丝路长，传八方。改革中国，胸襟更开张。看我炎黄新一辈，举大旗，意气扬。

（2008 年 8 月 8 日）

奥运会观赛有感

老少聚首电视前，

观赏奥运胜过年。

水方看尽蛟龙舞，

鸟巢时见彩凤还。

竞赛场如波涛涌，

助威声似海浪喧。

最是国人情动处，

五星旗升此刻间。

（2008 年 8 月 18 日）

江城子·北京奥运会闭幕

百年大梦今日圆。捷报连，奏凯旋。五十一金，荣登奥峰巅。一览群山不自大，与世界，共翩跹。　五环旗下肩并肩，手相牵，心无间。笑对输赢，喜结金玉缘。惟盼天下和为贵，止干戈，灭烽烟。

（2008 年 8 月 24 日）

中　秋　月

不为九州共仰，

阴晴圆缺何妨？

唯念天涯孤旅，

相约今夜还乡！

（2008 年 9 月 14 日）

叨叨令·共度时艰

黄金有价情无价，全民救灾度春夏。江南雪阻心牵挂，汶川地震担惊怕。　　犹豫啥也么哥，犹豫啥也么哥，援手就是活菩萨。

（2008 年 9 月 20 日）

为中医辩

看凤凰卫视一虎一席谈节目，辩论中医是否伪科学，对某些人诋毁中医的偏见深以为谬，遂草诗一首为中医辩。

中医中药一脉随，
治标治本两相宜。
千年史实胜雄辩，
万民心头皆是碑。
真理岂分洋和土，
科学不计中与西。

纵有惠翁岐黄术，

桀犬吠尧亦难医！

注：惠翁，本名刘邦永，明从化县人。传说少孤贫，樵于山中，遇异人传授岐黄之术，后成名医，著《惠济方》四卷。桀，指夏桀，古代暴君；尧，指唐尧，古代贤君。夏桀的狗喜欢朝着唐尧乱叫。这里比喻某些人摇唇鼓舌恶意诋毁中医的行为。必须声明，正当的学术争鸣，哪怕对中医最尖锐的批评，都不在“桀犬”之列。

（2007 年 2 月初）

山坡羊·楼市

高楼出岫，豪宅夺目，住房困扰还如旧。你做秀，我来凑，专家评说有门路。　　无奈小民难看透。涨，百姓愁；跌，百姓忧。

（2008年10月15日）

山坡羊·股市

神牛天降，财源无量，投资炒股争相向。穷也忙，富也忙，百年机遇谁能放。　　不曾好梦变黄粱。赚，也是盲；赔，也是盲。

（2008 年 10 月 15 日）

香　　客

庙里进香首长多，

磕头祷告阿弥陀。

新僧有惑不曾问：

尔等施主也求佛？

（2011 年 3 月 28 日）

生肖三咏

猴

健康当学孙行者，
快乐应是美猴王。
修得悟空真境界，
齐天大圣福寿长！

鸡

身无金缕衣，

焉敢择梧栖？

吾本农家鸟，

只为报晓啼！

狗

金屋不炫富，

柴门不怨贫。

诚哉小奴仆，

义哉大忠臣。

（2016年2月7日除夕）

送丽娟姐入甘

冀北红深已见蜂，
河西绿浅未藏莺。
行天丽日笑风雨，
照地婵娟傲霜冰。
既信沉浮由人定，
何须泰否问君平。
羌笛又起玉关外，
杨柳青青正春风。

注：1964 年春，丽娟大姐离宣化西行，赴甘肃酒泉工作，

时余在河北抚宁参加社教，闻讯后，写诗以赠。“冀北”指河北省，具体指抚宁县。“河西”，指甘肃河西走廊。君平，指西汉著名相士严君平，此处泛指算命看相之人。南宋刘克庄诗“西汉君平莫是渠，萧然闭市或旬余”。(《李术士善医卜》)“杨柳羌笛”，见王之涣《凉州词二首》诗句：“羌笛何须怨杨柳，春风不度玉门关。”

（1964 年 5 月河北抚宁）

2007 年，作者摄于广东珠海。

戒 烟 诗

朝夕贪恋齿唇边，
吐雾吞云计有年。
初是好奇后上瘾，
积习成癖改亦难。
牙黄指黑衣百洞，
口燥舌焦咳千番。
日里有餐多味寡，
夜间无觉少梦酣。
问尔何能助思考？
问尔何能解忧烦？

损人害己惹公怨，

岂止白白掷角元！

亡羊补牢今日事，

男儿有志不空谈。

立此存照向君示，

知烟难戒偏戒烟！

注：1977 年 1 月 17 日午饭后，单位诸君谈戒烟，历数吸烟之害，窃以为然，遂有写诗戒烟之举。

（1977 年 1 月 17 日晚）

酒 少 饮

酒少饮，多饮必伤人。诚心待客常自醉，挚意答友杯先斟。大好时光蹉跎逝，皆因逞能一口闷。醒时不自禁，醉后梦沉沉，更有翻肠倒肚，天旋地转，浑身骨离筋。一醉三日软，无妄病缠身，头脑麻木记忆减，反应变迟钝。　　饮酒无大益，节酒须狠心。交友待客不在酒，亲朋聚会岂为饮？君不见，大使贪杯泄机密，小川酒醉枉断魂！喝酒都爱吹牛皮，酒场难逢真知音。从今决计酒少饮，不向杜康做顺民。处世从容心身健，琼浆玉液不动心！

注：据报载，某国大使因喝醉酒而泄露机密，被革职。诗人郭小川因酒醉，不幸在一场火灾中丧生。杜康，即少康，夏朝的一个帝王。传说是酿酒发明者。后以杜康作酒的别称。

（1977 年夏）

《杨门女将》观后

国事危厄显大节，
男是英雄女豪杰。
泱泱华夏龙魂在，
常使熊罴空叹嗟！

（1977 年 10 月）

题保定二招食堂

借力东风炉火旺，

花开大治饭菜香。

二招情盛难为喻，

狼牙山高易水长！

注：1977 年 10 月 27 日，参加河北新闻通讯工作先进代表会议，住保定第二招待所。为感谢食堂师傅的辛劳，遵张家口地区领导之嘱，特写诗赠之。

（1977 年 10 月 27 日）

为母校校庆而作

枝拔干挺更中强，
雪剑霜刀任砍伤。
欣喜翦除虫孽后，
新花老树沐春阳！

注：1978年12月8日，回宣化参加母校——宣化四中建校三十周年校庆并作大会发言。有感即兴，赠母校师生。

（1978年12月8日）

赠黄云安老师

意往心随叹黄牛，

苦耕尚落鞭子抽。

谁解一腔凌云志，

安于青山不回头。

注：接黄云安老师来信，有诗云“意懒心灰叹笨牛，常须鞭子体边抽。警觉尚能朝前走，感遇终能奔到头”。遂步其韵，应和一首赠之。一、三、四句藏恩师名姓。

（1979年1月16日）

家事拾趣（五首）

水　　仙

人间冬月三九天，

窗外飞雪照无眠。

两副花镜四只眼，

凑向灯前剥水仙。

嘉　　树

世纪之末一月五，

雪压京城朔风吼。

忽见嘉树门前立，

问遍邻里无失主。

不期而至必有缘，

既来则是客与友。

迎进书房拜上座，

敢问先生适意否？

过　　街

车行如水流复流，

人生如旅走且走。

老腿过街莫害怕，

只要你我手牵手。

购　　物

摩肩接踵商场游，

十次上街九怵头。

千挑万选买回家，

却道所购非所求。

鸟　　瞰

入住新居十七层，

鸟瞰楼下影视城。

偶有英豪招摇过，

却是庶民戏中逢。

（2001 年 5 月）

七　夕（二首）

一

人间今夕乞巧忙，
天上织女会牛郎。
灵鹊有情飞霄汉，
殷勤架桥做红娘。

二

五彩云霞今夕多，

织女携锦过天河。

为酬情郎相思意，

巧手夜夜弄金梭。

（2006 年 7 月 31 日）

除　　夕

鞭炮声声未有暇，

株株火树落银花。

嫣红姹紫喧喧处，

春意融融暖万家。

（2008 年 2 月 6 日除夕）

小桃红·小区重阳

绿女红男尽白头，欢聚九月九，满园菊香沁心透。赛风流，敢说人比黄花秀！纵意放喉，激情演奏，快活一天秋。

（2008年10月7日重阳节）

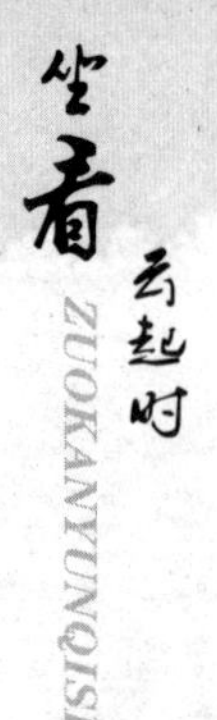

小桃红·重阳对酌

秋菊如约就白头，金甲穿香透，把酒对酌黄昏后。　　情悠悠，休说人老黄花瘦！暮云乍收，银河暗渡，弯月似兰舟。

（2008 年 10 月 8 日又作）

宣化史歌

泥河上溯旧石器，禹定天下曾属冀。

商殷周武归幽燕，秦汉封郡上谷地。

唐置武州领文德，金元又改宣德矣。

明为军城宣府镇，雄踞九边有名气。

清代定名宣化府，屏翰神京第一邑。

宣扬德政传教化，历代治者费心机。

民国划作察哈尔，首次解放置省会。

建国之后属河北，几番更迭市镇区。

如今版图入张垣，发展开启新世纪。

不忘历史不忘祖，前人薪火后人续。

渺渺风烟今何在？滚滚洋河东流去。

注：抗日战争胜利后，宣化回到人民手中。在共产党领导下，1945年11月2日至6日，在宣化召开了察哈尔省人民代表大会，选举出察哈尔省民主政府成员，张苏出任省政府主席，宣化被定为察哈尔省省会。

（2008年12月13日）

和　林　琦

平生何所求？
无欲自风流。
眼前无骇浪，
命里有方舟。
功名随缘去，
逍遥着意留。
感君真情性，
愿与同船游！

注：林琦原诗《次梅蕊韵有感而作》："认命为船命，同

游四海游。开心一刻起，遗憾半生留。屡试重阳乐，从无隔夜愁。相逢论知己，相伴觅温柔。”

（2010 年 12 月 2 日）

读高汉先生著作有感

患难人生玉汝成，

经霜历雪绽寒英。

拘心常念江南雨，

剖胆愿借塞北风。

半步桥边吟旧月，

蓟门城畔唱新声。

学诗问道三话好，

汉老门前五柳青。

注：高汉，原名陈汉皋，1926 年生，浙江天台人。新中

国成立前投身革命，加入北平地下党组织，参加接管北平。在北影副厂长任上离休。十年浩劫中饱受“四人帮”的迫害。他身陷囹圄，依然乐观坚定，曾写下“他年若返江南住，不掩听蛙听雨门”“可恨冰风非剑，无从剖我肝肠”这样的诗句。汉老本人诗、词、书法俱佳，《三话》是他研究中国古典诗词和书法的专著。

（2012 年 2 月 19 日初稿，后修改）

作者与高汉先生合影，于 2018 年。

邂　　逅

老大重聚首，

发小已白头。

相见浑不识，

乳名试一呼！

（2015 年 5 月）

鹧鸪天·南开老友重聚

转眼朝暾夕照红，无情岁月太匆匆。莫嫌霜鬓秋光老，何叹苍颜春梦空。　　桑榆晚，宜从容，淡泊名利与君同。那家聚会南开友，情满胸怀酒满盅。

注：那家，指那家小馆，在西南郊石景山区六合园附近，系一家满族风味的特色餐馆。2016 年 9 月 9 日，南开老同学在此聚会。

（2016 年 9 月 9 日）

2016 年 9 月，南开部分老同学聚首京城。

鹧鸪天·赠燕生介庄伉俪

岁月蹉跎误儒冠，当年风雨历艰难。月老牵系红丝线，幸有女娲补坠天。　　情款款，意绵绵，翩翩金燕好姻缘。百世修来同船渡，此爱相约一万年。

注：金燕，指南开同窗金介庄和介燕生。

（2016 年 9 月 13 日）